KATE HIGH

Die verschwundene Frau
und das Geheimnis der Siamkatze

AF202040

Weitere Titel der Autorin:

Die Katze und die Leiche in der Scheune
Der Hund, der mit den Pfoten scharrte

Über die Autorin:

Kate High hat Bildende Kunst studiert. Ihre Arbeiten wurden bereits international ausgestellt und verkauft. Sie engagiert sich für die RSPCA, die königliche Gesellschaft zur Verhütung von Grausamkeiten an Tieren, eine Tierschutzorganisation in England und Wales, und sie ist Mitbegründerin einer Wohltätigkeitsorganisation, die sich um ältere Tiere kümmert. Kate High lebt in der Nähe von Boston, Lincolnshire.

KATE HIGH

Die verschwundene Frau und das Geheimnis der Siamkatze

· EIN FALL FÜR CLARICE BEECH ·

Kriminalroman

Aus dem Englischen übersetzt
von Frauke Meier

lübbe

Die Bastei Lübbe AG verfolgt eine nachhaltige Buchproduktion. Wir verwenden Papiere aus nachhaltiger Forstwirtschaft und verzichten darauf, Bücher einzeln in Folie zu verpacken. Wir stellen unsere Bücher in Deutschland und Europa (EU) her und arbeiten mit den Druckereien kontinuierlich an einer positiven Ökobilanz.

Vollständige Taschenbuchausgabe

Deutsche Erstausgabe

Für die Originalausgabe:
Copyright © 2022 by Kate High
Titel der englischen Originalausgabe:
»The Missing Wife and the Stone Fen Siamese«
First published in Great Britain in 2022 by Constable

Für die deutschsprachige Ausgabe:
Copyright © 2023 by Bastei Lübbe AG,
Schanzenstraße 6–20, 51063 Köln

Textredaktion: Dr. Frank Weinreich, Bochum
Umschlaggestaltung: Kirstin Osenau unter der Verwendung von Illustrationen von
© shutterstock: albertgonzalez | Ralf Juergen Kraft | Elena Elisseeva |
BORINA OLGA | Nebs | Artiste2d3d | Eder | lookus | Flash Vector |
Anvin Iwanicki | GoodStudio | Pavlo S | Kmannn | VikaSuh
Satz: hanseatenSatz-bremen, Bremen
Gesetzt aus der Bembo Std
Druck und Verarbeitung: GGP Media GmbH, Pößneck
Printed in Germany
ISBN 978-3-404-19097-3

2   4   5   3   1

Sie finden uns im Internet unter luebbe.de
Bitte beachten Sie auch: lesejury.de

*Für all die Tierfreunde,
die einem Hund oder einer Katze in Not
ein neues Zuhause gegeben haben.*

Kapitel 1

Die Kreatur schoss mit Lichtgeschwindigkeit aus der Schwärze des nassen Straßengrabens. Erschrocken rammte Clarice Beech den Fuß aufs Bremspedal und schaltete das Fernlicht aus. Der Hase, der knapp vor ihrem Wagen auf der einspurigen Straße landete, verweilte nicht einen Augenblick. Stattdessen sauste er gleich weiter; die Vorderbeine ausgestreckt, stieß er sich mit den langen Hinterbeinen ab zum nächsten Sprung in Richtung Straßengraben auf der anderen Seite der Fahrbahn und verschwand wieder in der Dunkelheit. Die Eleganz, die Koordination und die Anmut blieben für den Rest der Fahrt in Clarices Geist präsent.

Der Dienstagabend-Keramikkurs des neuen Halbjahres hatte in der dritten Septemberwoche angefangen, und die Fahrt von Castlewick in den Lincolnshire Wolds zurück nach Hause führte zwanzig Minuten lang über dunkle Landstraßen. Nun, da die britische Sommerzeit beendet war, zog die Abenddämmerung früh herauf, also fuhr sie stets im Dunkeln hin und wieder zurück.

Ende September hatte sie oft das Gefühl, sie stünde mit einem Fuß immer noch im Sommer mit seinen sonnigen, in laue Abende übergehenden Tagen. Dieses Jahr jedoch war es schon seit dem Beginn jenes Monats kalt und herbstlich gewesen, und nun, nach der ersten Novemberwoche und der sechsten Halbjahreswoche, hatte winterliche Kälte das Land fest im Griff.

Der Kurs fand inzwischen schon seit elf Jahren statt und zog vor allem Leute an, die tagsüber arbeiteten. Die Größe der Werkstatt limitierte die Anzahl der Kursteilnehmer auf acht; sechs der derzeitigen Schüler waren von Anfang an dabei gewesen. Während sie sich mehr und mehr Wissen über die Methoden angeeignet hatten, hatte sich nicht nur ihre Arbeit verbessert, es hatten sich auch Freundschaften entwickelt und verfestigt, sodass die Männer und Frauen dieser kleinen Gruppe einander eng verbunden waren.

Clarice staunte bisweilen, wie gut sich die Schüler in diesem bunt gemischten Haufen verstanden, denn ihre Vorgeschichten und Lebenserfahrungen könnten gar nicht unterschiedlicher sein. Da gab es einen Buchhalter, einen Tätowierer, einen Mechaniker, einen Arbeiter, einen Anwalt, eine Lehrerin, eine Krankenschwester und eine Sekretärin im Ruhestand. Ihr Alter reichte von fünfunddreißig bis vierundsiebzig.

Die Schüler teilten Erfolge wie Misserfolge. Wenn ein Stück nach dem Brennen mit einem Riss aus dem Ofen kam, waren alle gleichermaßen enttäuscht, war sich doch jeder der Mühe bewusst, die in die Herstellung geflossen war. Und häufig galt es, Termine einzuhalten, weil die Keramikgegenstände als Geschenk zu einem Geburtstag, zu Weihnachten oder zu einer Hochzeit gedacht waren. Überstand ein Stück den Brennvorgang nicht, hieß das, man musste von vorn anfangen.

Natürlich gab es auch viele Neckereien und Gelächter, wenn die Gruppe während des Kurses Probleme innerhalb der Familie oder auf der Arbeit diskutierte und man sich gegenseitig auf den neuesten Stand dessen brachte, was seit dem letzten Zusammentreffen passiert war.

Heute Abend hatte ein Schüler gefehlt, Colin Compton-Smythe, ein Buchhalter mittleren Alters; einer der sechs, die seit dem ersten Kurs dabei waren. Er hatte Clarice erzählt, er wäre nicht überzeugt, dass Keramikarbeiten etwas für ihn wären, aber er hatte es zumindest für ein paar Monate versuchen wollen.

Colin war klein, schlank und, passend zu seinem Beruf, konservativ in Kleidungsfragen. Als er mit dem Kurs angefangen hatte, da hatte er zunächst einen extrem schüchternen Eindruck gemacht. Aber mit der Zeit hatte er Beziehungen zu seinen Mitschülern geknüpft und begonnen, darauf zu vertrauen, dass auch er erstklassige Keramikarbeiten herstellen konnte. Dadurch war seine Selbstsicherheit gewachsen, und er war regelrecht aufgeblüht. Dann, als er seine Zurückhaltung abgelegt hatte, waren Clarice Veränderungen in seinem Erscheinungsbild aufgefallen. Im ersten Jahr hatte er seine Krawatte weggelassen, und im zweiten hatte er sich eine Jeans zugelegt. Die bezeichnendste Veränderung trat nach drei Jahren ein, als er seine schlichte, konventionelle Brille durch ein elegantes Modell mit gletscherblauem Rahmen ersetzte. Das war geradezu ein Akt der Rebellion – als hätte er plötzlich beschlossen, er wolle nicht länger unsichtbar sein.

Jeder in der Gruppe hatte Colins Tochter Emily kennengelernt. Über die Jahre hatte sie an etlichen privaten Treffen und den Partys zum Ende des jeweiligen Kurses teilgenommen. Clarice hatte zugesehen, wie sie sich von einem achtjährigen Schulmädchen in eine neunzehnjährige Studentin verwandelte. Sie hatte die Scheu ihres Vaters geerbt, schaffte es aber, eine lässige Fassade aufrechtzuerhalten; nur ein Erröten verriet mitunter ihre Schüchternheit.

Früher an diesem Tag hatte Clarice einen Anruf von Emily erhalten, in dem sie ihr mitgeteilt hatte, dass ihr Vater wie geplant ins Lincoln Hospital gegangen sei, um sich wegen eines Darmproblems einer Operation zu unterziehen.

Clarice hatte das Mädchen gebeten, Colin ihre Genesungswünsche auszurichten, und eine Gute-Besserung-Karte in den Kurs mitgenommen; all seine Mitschüler unterzeichneten und hinterließen aufmunternde Botschaften.

Nachdem sie unterschrieben und die Karte weitergereicht hatte, hatte Gill, die Sekretärin im Ruhestand, mit sorgenvoller Miene an ihrer Unterlippe genagt. »Er wird doch wieder gesund, oder?«, fragte sie in die Runde.

»Natürlich wird er das«, versicherte ihr Micky, der örtliche Tätowierer. »Er hat mir erzählt, der Gedanke würde ihm nicht gefallen, aber er wolle es hinter sich bringen; in ein paar Wochen ist er wieder kerngesund.«

Clarice wusste, dass Emily im Haus ihres Vaters am Stadtrand von Lincoln war, und sie hatte vor, die Karte morgen mit ein paar Blumen auf ihrer Schwelle zu hinterlegen, dann konnte sie sie ihrem Dad bei ihrem nächsten Besuch im Krankenhaus mitbringen.

Während sie in der Finsternis vorsichtig über die schmalen Straßen fuhr, wanderten ihre Gedanken zu Rick. Sie hoffte, dass er vor ihr zu Hause sein würde. Als Detective Inspector der Polizei von Lincoln hatte er nicht gerade feste Arbeitszeiten. Das Abendessen musste Clarice meist allein einnehmen und Rick sich seine Portion später wieder aufwärmen.

Seit dem vergangenen Wochenende war er mit der Arbeit an einem neuen Fall beschäftigt, der mit einem Vorfall in einem Nachtclub in Lincoln zu tun hatte. Ein Streit zwischen zwei Gruppen war eskaliert, ein Messer kam zum

Einsatz, und ein Toter blieb zurück. Wegen belanglosen Gezänks hatte ein Dreiundzwanzigjähriger sein Leben verloren. Und nun befasste sich Rick in seiner gewohnt stoischen Art mit den Einzelheiten des Geschehens in jenen Minuten, die dem Tod des Opfers vorausgegangen waren. Der Bereich des Korridors in der Nähe der Toiletten, in dem die Auseinandersetzung stattgefunden hatte, wurde von den Sicherheitskameras des Clubs nicht erfasst. Und die Aussagen, wer das Messer bei sich gehabt und dem Opfer den tödlichen Stich ins Herz zugefügt hatte, waren widersprüchlich.

Als sie den letzten Streckenabschnitt über gewundene Nebenstraßen hinter sich hatte, ging es auf einer breiteren, aber unbeleuchteten Landstraße weiter. Verborgen in der Finsternis des späten Abends flankierten Agrarflächen und wogende Hügel die Fahrbahn. Das Licht ihrer Scheinwerfer bohrte sich in die Schwärze, und zehn Minuten später erreichte sie eine nicht gekennzeichnete Abfahrt, die einen Hang hinab auf einen holprigen Weg führte, dem sie um eine Biegung folgte. Kaum hatte sie die Kurve hinter sich, da sah sie die einladenden Lichter ihres Hauses vor sich.

Das in den 1850ern erbaute und von diversen Eignern über die Jahre erweiterte Cottage war umgeben von einem fünf Morgen großen Garten und mehreren Nebengebäuden, darunter ihre Keramikwerkstatt und eine Scheune, die zu einer Auffangstation für heimatlose Tiere umgebaut worden war. Einige Jahre zuvor hatte Clarice eine Wohltätigkeitsorganisation mit Namen Castlewick Animal Welfare, auch bekannt als CAW, gegründet; in der Scheune waren Tiere untergebracht, die sie in Pflege nahm, bis sie ein dauerhaftes Zuhause für sie fand.

Sie parkte ihren blauen Range Rover neben Ricks weißem BMW-Kombi. Dass er schon daheim war, brachte sie in gute Stimmung. Auf dem Weg vom Wagen zum Haus zog sie ihren schweren grauen Wintermantel fest zu, um sich vor dem peitschenden Wind und der kalten Nachtluft zu schützen. Unterwegs erhaschte sie einen verlockenden Hauch des davonwehenden Holzrauchs; Rick hatte das Feuerholz angezündet, das sie bereits am Morgen aufgeschichtet hatte.

Noch ehe sie die Tür erreicht hatte, erklang das freudige Kläffen der Hunde. Das Motorengeräusch hatte ihre Ankunft kundgetan und sie in den Begrüßungsmodus versetzt. Die Tür wurde geöffnet, und schon rannten Blue, eine stämmige Labradormischung, schwarz mit weißer Brust, und Jazz, ein kleinerer brauner Hund mit drahtigem Fell, langem Körper und kurzen Beinen, heraus, um sie in Empfang zu nehmen. Blue hielt wie üblich ein Geschenk für sie zwischen den Kiefern, einen arg mitgenommenen Tennisball. Jazz wedelte ohne Geschenk gleich dahinter so unbändig mit dem Schwanz, dass der ganze Körper wackelte.

Hinter dem Willkommenskomitee stand Rick in der Tür. Kräftig und breitschultrig füllte er den Rahmen aus und blockierte das Licht. Mit seinen eins dreiundneunzig überragte er seine Frau um ganze zehn Zentimeter.

»Guter Kursabend?«, fragte er, als die Hunde sich wieder beruhigt hatten und Clarice den Zutritt zum Haus erlaubten.

»Nicht übel«, sagte sie, ehe sie ihm von Colins Abwesenheit und dem Grund dafür erzählte.

»Etwas, womit zu rechnen war?«

»Er wusste, dass er ins Krankenhaus musste«, sagte Clarice. »Gestern hat er sich einer Menge Tests unterziehen müssen, und heute sollte er operiert werden, aber das schien ihn nicht zu beunruhigen.«

Rick schenkte zwei Gläser südafrikanischen Shiraz ein, und dann schlenderten er und Clarice, gefolgt von den Hunden, ins Wohnzimmer und in die anheimelnde Wärme des Feuers. In ihrer Kindheit war dieser Raum in zwei kleinere Zimmer aufgeteilt gewesen. Nachdem sie den Besitz von ihrer Mutter geerbt hatte, hatte sie das geändert und einen langgestreckten Raum geschaffen, dessen Fenster am hinteren Ende nun mit schweren, roten Vorhängen verhängt waren. An den Wänden hingen große, bunt gerahmte Poster von Jazz- und Bluesmusikern im Licht diverser Tischlampen, das sich mit dem Feuerschein vermischte.

Clarice nahm ihren üblichen Platz ein und machte es sich auf dem Sofa vor dem offenen Kamin gemütlich, während Rick sich in einen Armsessel ganz in der Nähe setzte. Toots, eine große, graue Katze streckte sich auf der Rückenlehne des Sofas aus und hob zur Begrüßung lediglich den Kopf. Die Hunde legten sich vor dem Feuer auf den Boden, und als alle sich entspannt hatten und Ruhe einkehrte, gesellten sich auch die anderen Katzen dazu.

»Sandra hat dir eine Nachricht hinterlassen«, sagte Rick. »Sie und Bob sind gegen sieben gegangen. Sie haben alle Katzen in der Scheune gefüttert und die Wassernäpfe aufgefüllt.«

»Toll.« Clarice lächelte und fragte sich im Stillen, wie sie ohne die Unterstützung durch ihre Freunde Bob und Sandra zurechtkommen sollte, die sich als freiwillige Helfer in ihrer Tierschutzorganisation engagierten. »Erzähl mir von deinem Tag. Hat jemand den Messerangriff gestanden?«

»Nein.« Beim Sprechen streckte Rick die langen Beine aus. »Wir haben Aufnahmen der Sicherheitskameras im Club und draußen, aber nicht von der Stelle, an der die Messerstecherei stattgefunden hat. Wir können alle beteiligten Individuen identifizieren und haben vierzehn Zeugenaussagen, darunter die sämtlicher Personen, die zur fraglichen Zeit in dem Korridor waren, in dem das Opfer starb. Inzwischen konnten wir die Zahl der Verdächtigen auf zwei Personen eingrenzen.«

»Was ist mit Fingerabdrücken auf dem Messer?«

»Wir haben das Messer nicht. Wer immer es benutzt hat, hat es verschwinden lassen«, erwiderte Rick nachdenklich. »Außerdem hatten alle, die dabei waren, Blut des Opfers an ihrer Kleidung. Wir werden anhand des Musters der Blutspritzer herausfinden müssen, wer dem Opfer im Moment des Angriffs am nächsten war.«

»Worum ging es bei dem Streit?«

»Man muss bedenken, dass sie alle ziemlich angetrunken waren, aber es scheint darauf hinauszulaufen, dass einer der Kerle einen anderen am Arm angestoßen hat, wodurch der seinen Drink verschüttete.« Rick blickte auf. »Es fing mit Flüchen und Beleidigungen an und ging damit weiter, dass die beiden Männer und ihre Freunde den Bereich um die Bar verlassen und sich auf den Korridor vor den Toiletten verzogen haben.«

»Unfassbar«, sagte Clarice. »Dreiundzwanzig! Er hatte noch sein ganzes Leben vor sich.«

»Und eine schwangere Freundin.«

»Nein! Das ist ja furchtbar.«

»Es ist ziemlich deprimierend.«

Das Klingeln des Telefons unterbrach ihr Gespräch.

»Ein bisschen spät.« Rick warf einen Blick auf seine Armbanduhr. »Das ist bestimmt für mich – noch mehr Probleme.«

»Ich gehe dran.« Clarice hob Big Bill, eine große, freundliche, rotfellige Katze, von ihrem Schoß.

»Hallo Clarice, hier ist Emily – Colins Tochter aus Ihrem Kurs. Entschuldigen Sie, dass ich so spät noch anrufe.«

»Emily«, sagte Clarice verwundert und sah sich zu Rick um, der sich, als er erkannte, dass der Anruf nicht ihm galt, erleichtert in seinem Sessel zurücklehnte. »Wie ist Colins Operation gelaufen? Ich hoffe, alles ist gutgegangen.«

Ehe Emily antwortete, herrschte lange Zeit Stille, und Clarice erkannte, dass sie darum kämpfte, die Ruhe zu wahren.

»Es schien okay zu sein«, sagte sie. »Aber Dad war viel länger im OP, als sie angekündigt hatten. Als er dann rauskam, durfte ich eine Weile bei ihm sitzen.«

Clarice wartete darauf, was da noch kommen würde. Emilys Ton hatte ihr längst verraten, dass sie keine guten Neuigkeiten hatte.

»Während ich dort war, ist er nicht zu sich gekommen, und die Leute im Krankenhaus haben gesagt, ich soll nach Hause gehen und schlafen – und morgen wiederkommen.«

»Also bist du nach Hause gegangen?«, fragte Clarice sanft.

»Irgendwann, ja. Ich wollte ihn nicht allein lassen.« Abrupt brach Emily ab. Clarice wartete wieder schweigend. »Ich war gerade zehn Minuten daheim, da haben sie angerufen, um mir zu sagen, dass mein Dad gestorben ist. Ich wünschte, ich hätte ihn nicht allein gelassen ...« Ihre Stimme glich einem Wehklagen.

Clarice dachte daran, wie jung Emily noch war, und kehrte prompt in Gedanken zu dem dreiundzwanzigjährigen Mann zurück, der in dem Nachtclub ermordet worden war. Colins Tochter war noch jünger, gerade neunzehn, und studierte Sozialgeschichte an der Nottingham University. Jung zu sein bot keinen Schutz vor schlimmen Ereignissen.

»Das ist nicht deine Schuld, Emily«, sagte Clarice. »Die

Leute im Krankenhaus haben sicher geglaubt, die Operation wäre gut verlaufen. Sie hätten dir nicht vorgeschlagen, nach Hause zu gehen, wenn Grund zur Sorge bestand, dass er es nicht schaffen wird.«

»Sie haben gesagt, er hätte einen Herzanfall gehabt – die Operation war offensichtlich zu anstrengend für ihn.«

»Es tut mir so leid«, sagte Clarice und wartete darauf, dass Emilys Schluchzen nachließ, ehe sie fortfuhr: »Bist du allein? Ist jemand bei dir?«

»Ich habe Jake, meinem Freund, eine Textnachricht geschickt. Er ist in Nottingham, aber ich glaube, wenn er die Nachricht liest, wird er mich anrufen und rüberkommen.«

»Kommst du zurecht, bis er da ist?«

»Ja …« Emilys Stimme verlor sich für einen Moment. »Ich muss meine Mum anrufen. Sie lebt in Frankreich – sie und Dad sind geschieden. Und dann meinen Großvater, Dads Vater. Bis dahin hat Jake sich bestimmt gemeldet – ich komme klar.«

Später, nachdem sie ihren letzten Kontrollgang zu den Tierschutzkatzen in der Scheune erledigt hatte, führte Clarice zusammen mit Rick die Hunde im Garten spazieren und dachte über Colins überraschenden Tod nach.

»Machst du dir Sorgen um sie?«, fragte Rick.

»Ja«, sagte Clarice. »Das arme Mädchen steht unter Schock. Ich hoffe, ihr Freund kommt schnell her. Sie braucht jemanden, den sie liebt und dem sie genug vertraut, um sich an seiner Schulter auszuweinen. In Zeiten wie diesen sollte niemand allein sein.«

Kapitel 2

Am folgenden Morgen hingen tiefe graue Wolken wie eine schmutzige, zerdrückte Daunendecke über den Feldern und Hügeln und drohten mit Regen. Rick und Clarice führten die Hunde am Rand des Grundstücks Gassi. Mit ihrem neuen Schatz, einem kurzen, aber dicken Stock, den sie zwischen den Zähnen trug, strotzte Blue nur so vor Freude, während Jazz im Kreis um sie herumrannte; der Morgenspaziergang war für sie stets der Höhepunkt des Tages.

Nach drei Runden entlang der Grenze küsste Clarice Rick zum Abschied und sah zu, wie sein Wagen auf dem Weg zur Long Road außer Sicht verschwand. Dann ging sie zurück ins Haus, fütterte die Tiere und frühstückte Toast mit Honig zu einer Tasse Tee, ehe sie wieder hinausging und den Garten in Richtung Katzenhaus durchquerte.

Die Scheune war in drei Abschnitte unterteilt, was es Clarice ermöglichte, die Tiere bei Bedarf zu trennen oder einzelne ihrer Schützlinge zu isolieren. Während des Frühjahrs und des Sommers hatten sie viele Katzen und Kätzchen gehabt, aber es hatten auch eine Menge Hausbesuche stattgefunden, in deren Folge etliche Tiere ein Zuhause fanden. Außerdem hatte Clarice vier neue Pflegestellen in und um Castlewick anwerben können. Der Nachteil daran, eine

Katze vorübergehend einem begeisterten Katzenfreund anzuvertrauen, war, dass sie sich samt und sonders in die erste Katze verliebten, die sie in Pflege nahmen, und dann, wenn ein künftiger Halter gefunden wurde, den Gedanken nicht ertragen konnten, sie wieder abgeben zu müssen. Der Vorteil war, dass Clarice zwar eine Pflegestelle verlor, die Katze aber ein wundervolles, liebendes Zuhause gefunden hatte. Durch den Anstieg der erfolgreichen Vermittlungen und die zusätzlichen Pflegestellen hielten sich derzeit nur zehn Bewohner der Gattung Felis in der Scheune auf.

Auf dem Weg durch den Garten hörte sie den Schrei ihres letzten Neuzugangs, einer apricotfarbenen Perserkatze. Als sie eintrat, sah sie, dass Sassy, nachdem er sein Kissen über den Boden geschleift hatte, nun in der Mitte des Raums saß und ein lautes, krächzendes und entrüstetes Heulen von sich gab. Der alte Kater war vollständig taub und merkte offenbar nicht, dass er nicht allein war; allem Anschein nach brüllte er die Wand an.

Drei Tage zuvor hatte Clarice die Art von Anruf erhalten, die sie stets fürchtete: Sassy-Boo, eine siebzehnjährige Katze, war zurückgeblieben, als der Sozialdienst ihre ältliche Besitzerin in ein Altenheim gebracht hatte. Eine Nachbarin war beauftragt worden, das Tier zu füttern und einer Tierschutzorganisation zu übergeben, was sich angesichts des hohen Alters als praktisch unmöglich erwiesen hatte. Schließlich hatte die Nachbarin unverkennbar verzweifelt Clarice aus einer Tierarztpraxis in Lincoln angerufen, in die sie Sassy-Boo zum Einschläfern gebracht hatte. Eine der Mitarbeiterinnen hatte ihr Clarices Telefonnummer gegeben, also hatte sie sich vom Telefon der Praxis aus gemeldet, um zu fragen, ob ihre Organisation helfen könne.

Clarice hatte Sassy-Boo zur Untersuchung zu ihrem

Freund Jonathan Royal gebracht, dem Tierarzt von Castle-wick.

»Du bist ein muffiges altes Mädchen«, sagte Jonathan sanft zu der Katze.

»Ihre Zähne«, stellte Clarice fest. »Das ist mir gleich auf-gefallen, als ich sie abgeholt habe.«

»Was weißt du über sie?«

»Nicht viel. Die Nachbarin hat mir erzählt, ihre Halterin wäre einundneunzig und hätte Sassy schon seit fünfzehn Jah-ren. Eigentlich ist sie eine Süße«, erzählte Clarice und sah die Katze dabei an, »aber sie hat den mürrischsten Gesichtsaus-druck, den ich je an einer Katze gesehen habe.«

»Der Name kommt mir auch nicht sehr passend vor.« Jo-nathan zog die Brauen hoch.

»Stimmt.« Clarice verzog das Gesicht. »Und anscheinend hat die Halterin ihr gern eine Schleife aus einem pinkfarbe-nen Band auf den Kopf gesetzt.«

Eine Weile standen sie schweigend Seite an Seite vor der Katze und betrachteten das griesgrämige Gesicht; angriffs-lustige Augen erwiderten ihre Blicke, als wollte das Tier sie herausfordern.

»Lass sie hier«, schlug Jonathan lächelnd vor. »Ich checke sie durch und kümmere mich um die Probleme mit ihren Zähnen. Du weißt aber, dass ich sie betäuben muss, nicht wahr?«

Clarice nickte. »Ich komme dann später wieder.« Ihr war klar, dass Anästhesie bei älteren Katzen Risiken barg, aber sie hatten keine andere Wahl. Wenn eine Katze unter verfaulten Zähnen litt, wirkte sich das auf ihre gesamte Lebensqualität aus.

Als sie in die Praxis zurückkehrte, war die schläfrige Sassy-Boo bereits aus dem Sprechzimmer in ihren Transportkorb verfrachtet worden. Jonathan, klein, stämmig, mit einem Wust lockiger weißer Haare, stand in seiner üblichen Haltung da, die Arme vor der Brust verschränkt, den Kopf leicht zur Seite geneigt.

»Sie ist noch ein bisschen benebelt«, sagte er.

»Wie viele …«, begann Clarice.

Jonathan fiel ihr mit erhobenem Zeigefinger ins Wort: »Frag nicht, wie viele Zähne ich gezogen habe. Frag lieber, wie viele ich ihr lassen konnte.«

»Und wie viele hast du ihr gelassen?«, fragte Clarice brav.

»Vier.«

»Dann war es schlimm.«

»Furchtbar schlimm«, bestätigte Jonathan. »Ich konnte sie mehr oder weniger mit den Fingern rauszupfen. Sie müssen ihr eine Menge Ärger bereitet haben. Und ich glaube, ich habe den Grund für das mürrische Gesicht gefunden.«

»Sprich weiter«, bat Clarice.

»Wenn du ein großer, maskuliner Kerl wärst, wie würde es dir dann gefallen, eine pinkfarbene Schleife im Haar zu tragen und von jedem als hübsches Mädchen bezeichnet zu werden?«

»*Sie* ist ein Er?«

»*Er* ist ein kastrierter Kater.«

Als sie Sassy nun durch die Scheune trug und seinem lauten Schnurren lauschte, musste sie wieder an diese Unterhaltung denken.

»Du hast vielleicht das mürrischste Gesicht aller Zeiten, aber du hast auch das lauteste Schnurren.« Sie kraulte ihn hinter den Ohren. »Von jetzt an nenne ich dich Sassy, und wir vergessen Boo und die Schleifen.«

Sassy sabberte vor Entzücken.

»Du machst ganz schön Stunk, wenn du allein bist, dabei

hast du doch deine eigene Box zum Verstecken.« Nachdenklich setzte Clarice die Katze ab. »Ich schätze, deine Halterin war den größten Teil des Tages an deiner Seite.«

Sassy hörte auf zu schnurren und starrte missmutig vor sich hin, als Clarice zur Tür ging.

»Mach dir keine Sorgen, Süßer, ich bin bald wieder da«, sagte sie leise. »Und vergiss nicht, den großen Mann zu bezaubern, den ich später herbringen werde.«

Wieder im Haus hinterließ sie eine Nachricht für Bob und Sandra, um ihnen mitzuteilen, dass sie Emily besuchen und danach zurückkommen würde. Geschützt durch ihre dicke, wasserfeste Jacke für Hundespaziergänge, stülpte sie sich eine passende braune Wollmütze über den Kopf und steckte das schulterlange kastanienbraune Haar hinein. Das Gras draußen war nass, der Regen, der sich schon viel früher angekündigt hatte, nieselte vor sich hin.

Es war beinahe halb neun geworden, als sie den Stadtrand von Lincoln erreicht hatte. Nach einem Blick auf die Blumen in ihrem Garten war sie zu dem Schluss gekommen, dass die windgepeitschten Herbstblumen als Mitbringsel ungeeignet waren. Also war sie direkt zu einem Floristen in der Nähe von Colins Haus gefahren und hatte aus der großen Auswahl ein Bukett gelber Chrysanthemen und weißer Nelken zusammengestellt. Nachdem sie sie zu der Beileidskarte auf dem Beifahrersitz gelegt hatte, bahnte sie sich einen Weg durch das Labyrinth aus Straßen im Bereich Nettleham, um zu Colins Bungalow zu gelangen.

Über die Jahre war Colin, der zunächst auch nur ein weiterer Schüler für sie gewesen war, zu einem guten Freund geworden. Er hatte oft von seiner Tochter erzählt. Emily war ein Einzelkind, und sie hatten täglich telefoniert oder Textnachrichten ausgetauscht. Außerdem war sie sonntags immer zum Mittagessen zu ihm gekommen. Clarice hatte die enge Beziehung der beiden stets als Glück für Colin angesehen, aber nun, da er so überraschend gestorben war, würde die Tatsache, dass er so eine große Rolle in ihrem Leben gespielt hatte, den Verlust für Emily nur noch schlimmer machen.

Sie bog in die stille Sackgasse ein und fuhr langsam die schmale Straße hinauf, die zu beiden Seiten von Reihenbungalows gesäumt wurde. Erbaut im neuen Jahrtausend, wirkten sie von außen elegant und gut gepflegt. Die Vorgärten waren durch den früh einsetzenden Winter bereits ziemlich kahl. Die Bäume hatten ihr Laub größtenteils abgeworfen, und was übrig war, das kleidete sich in braune und goldene Farbtöne. Der Boden unter den Bäumen war überwiegend frei, was auf eine ordentliche Nachbarschaft schließen ließ.

Als sie sich dem Ende der Sackgasse näherte, erinnerte sich Clarice an ihren letzten Besuch im Mai. Damals hatte sie Colin Keramikteller gebracht, die sie für ihn im Ofen des Colleges gebrannt hatte, und war auf eine Tasse Tee geblieben. Sie erinnerte sich an ein ordentliches Haus und an Colins selbstgefertigte Schalen, Teller und Vasen, die Hausflur und Wohnzimmer schmückten. Er hatte Rosen geliebt und viele seiner Stücke mit abstrakten roten Formen verziert, die an Blumen erinnerten; eine beachtliche Leistung, wenn man bedachte, dass rote Glasuren berüchtigt dafür waren, sich schlecht brennen zu lassen.

Sie parkte vor der Hausnummer 72 und ergriff Blumen und Karte. Die Vorhänge waren zugezogen, und sie überlegte, ob Emily und Jake nach einem nächtlichen Gespräch womöglich noch im Bett lagen. Sie legte die Blumen auf eine Seite der Veranda, schob die Karte darunter und ging leise über den Pfad zurück zur Straße.

»Clarice!«

Emilys Stimme drang an ihr Ohr, als sie gerade den Garten verlassen wollte.

Kapitel 3

Clarice machte kehrt und ging zurück. »Ich wollte dich nicht stören«, sagte sie.

Emily war hübsch, klein und schlank. Sie erinnerte Clarice an einen zarten, spindeldürren Whippet. Verständlicherweise sah sie heute nicht allzu gut aus. Sie hielt sich halb hinter der Tür versteckt in einem zerknitterten pinken Pyjama, das lange braune Haar zu einem Pferdeschwanz zurückgebunden, die Haut fahl und die Augen verquollen.

»Ist Jake noch hier?«

»Er hat es nicht geschafft«, sagte Emily nur, ohne ihr eine Erklärung zu bieten. »Kommen Sie rein, Clarice.« Sie hielt die Tür auf. »Und danke für die.« Sie hatte die Blumen in der Armbeuge, als sie zum Wohnzimmer voranging.

Der Raum hatte sich seit ihrem letzten Besuch nicht verändert. Clarice betrachtete die Teller und Vasen auf der Anrichte und der Fensterbank; Emily folgte ihrem Blick.

»Er hat Ihre Kurse so geliebt.« Emily legte die Blumen und die Karte auf einen Tisch und versuchte sich an einem schwachen Lächeln. »Und ich habe durch seine Mitschüler eine ganz neue Familie bekommen. Er hat mich bei all den privaten Treffen mit einbezogen.«

»Am ersten Tag hat er mir gesagt, er wolle den Keramikkurs ein Semester lang ausprobieren – und dann war er total begeistert«, erzählte Clarice ihr.

»Das kann ich mir vorstellen. Ich glaube nicht, dass er sich je als künstlerisch oder kreativ empfunden hat, aber das war er.« Ein Hauch von Verwunderung lag in Emilys Stimme.

»Er musste nur einen Weg finden, um sein Potenzial freizusetzen, und die Keramik hat ihm diesen Weg geöffnet.«

Emily nickte, ihr Lächeln geriet ins Schwanken, und dann brach sie in Tränen aus.

»Es tut mir so leid.« Clarice legte ihr einen Arm um die Schultern und wartete, während die junge Frau, deren Hände nun mit Taschentüchern gefüllt waren, die sie sich ans Gesicht presste, laut schluchzte. Als die Tränen schließlich versiegten und sie nur noch leise schniefte, führte sie Emily zum Sofa und setzte sich mit ihr hin.

»Ich schätze, du hast letzte Nacht keinen Schlaf gefunden?«, fragte sie.

Emily schüttelte den Kopf. »Ich bin durchs Haus gewandert. Ich hab einfach keine Ruhe gefunden.« Sie putzte sich die Nase und schniefte wie jemand, der sich bemühte, die Fassung wiederzuerlangen. »Es ist so unfair. Dad war erst fünfundfünfzig. Grandpa – Dads Vater – ist Mitte achtzig und immer noch gut in Form.«

»Es ist nicht fair«, stimmte Clarice milde zu. »Aber so ist das Leben.«

»Das hat Grandpa gestern Abend auch gesagt. Er hat gesagt, Dad wäre zu jung gewesen.« Emily dachte kurz nach. »Ich glaube, er hat geweint, aber ich weiß es nicht genau. Er ist nicht der Typ, der weint.«

»Wenn er in den Achtzigern ist, dann hat er sicher über die Jahre schon viele Menschen verloren, Freunde und Ver wandte. Aber Colin war sein Sohn – das ist eine besondere Bindung. Hatte dein Dad Geschwister?«

»Nein.« Inzwischen hatte Emily sich beruhigt und verdrehte nur noch die Taschentücher zwischen den Fingern. »Er war ein Einzelkind, genau wie ich.«

»Das bin ich auch.« Clarice lächelte. »Es hat Vor- und Nachteile.«

Emily nickte zustimmend. »Lassen Sie mich Ihnen eine Tasse Tee oder Kaffee machen.«

»Ein Tee wäre wunderbar.« Clarice folgte ihr in die Küche und begegnete unterwegs im Flur einer schwarzen Katze. »Hallo, du.« Während sie mit dem Tier sprach, ging sie in die Knie und sah zu, wie die Katze ihr Köpfchen in ihre dargebotene Hand schmiegte.

»Das ist Josephine«, sagte Emma. »Napoleon liegt auf Dads Bett.«

»Ich habe die zwei schon früher kennengelernt – Geschwister. Ich konnte sie nicht auseinanderhalten.«

»Beste Freunde sind sie auch«, sagte Emily. »Ich war vier, als Dad sie als kleine Kätzchen hergebracht hat, und jetzt sind sie jetzt schon über fünfzehn Jahre alt.«

Zehn Minuten später saßen sie gemeinsam mit ihren dampfenden Teebechern an einem runden weißen Resopaltisch in der Küche. Wie der Rest des Hauses sah die Küche mit ihren Pinieneinbauschränken und den ebenfalls weißen Wandfliesen makellos aus. Drei ziemlich unförmige Pappmachéschweinchen unterschiedlicher Größe hockten in einer Reihe auf dem Kühlschrank.

»Die habe ich für Dad gemacht«, erzählte Emily und zeigte auf die Schweine. »Als ich noch in der Schule war.«

»Also war Colin nicht der einzige Künstler in der Familie«, zog Clarice sie liebevoll auf.

»Die sind eigentlich ziemlicher Schund – aber ich war erst sieben.«

»Dein Dad hat sie nicht für Schund gehalten.«

»Nein«, sagte Emily mit ernster Stimme. Ihre Augen wirkten glasig, wie unter einem Schleier unvergossener Tränen liegend.

»Was ist für die Beerdigung geplant?«, wechselte Clarice das Thema.

»Darum wird Grandpa sich kümmern.« Während sie sprach, wischte Emily sich mit der Hand über das Gesicht, bemüht, ihre Tränen zurückzuhalten. »Die Compton-Smythes haben ein Familiengrab an der Kirche von Sealsby. Ich weiß, dass Großvater ihn dort beisetzen lassen will. Er wird auch für den Gottesdienst sorgen … obwohl das irgendwie schon ein bisschen unangenehm ist.«

»War Colin nicht religiös?«

»Nein.« Emily verzog das Gesicht. »Ich weiß natürlich, dass es auch nichtreligiöse Möglichkeiten der Bestattung gibt, aber das würde Grandpa nie zulassen. Und ich fühle mich nicht stark genug, um mich deswegen mit ihm zu streiten.«

»Ist der Familiensitz in der Nähe des Dorfs?«, erkundigte sich Clarice.

»Ziemlich, ungefähr fünf Meilen entfernt. Stone Fen Manor liegt am Rand der Fens, eines der letzten Häuser vor The Wash. Es wurde achtzehnhundertneunzig auf zurückgewonnenem Land erbaut. Hundert Jahre früher wäre es ein Teil des Wash gewesen. Dad hat es als ›das Ende der verdammten Welt‹ bezeichnet. Hat er es Ihnen gegenüber gar nicht erwähnt?«

»Nein.« Clarice dachte nach. »Ich kann mich nicht erinnern, dass er das Haus oder seine Familie – abgesehen von dir – je zur Sprache gebracht hat. Aber über dich hat er furchtbar gern gesprochen.«

»Er muss Sie alle fürchterlich damit angeödet haben.« Plötzlich hellte sich Emilys Miene auf. »Ich hatte nie Geheimnisse für mich. Dad hat der ganzen Welt von jeher alle Einzelheiten meines Lebens erzählt. Aber ich war auch ein echtes Papakind.«

»Er war so stolz auf dich.«

»Ich weiß«, sagte Emily und nickte bekräftigend. »Sie und seine Mitschüler können gern zur Beerdigung kommen. Mir ist natürlich klar, dass sich ein paar erst von der Arbeit freinehmen müssten, um daran teilzunehmen.«

»Ich werde dort sein«, versprach Clarice lächelnd. »Und wenn ich Colins Mitschüler erst informiert habe, dann werden bestimmt auch noch andere kommen.«

»Es hätte mich überrascht, *hätte* Dad seinen Vater erwähnt oder über seine Kindheit gesprochen«, sagte Emily. »Die war nicht schön. Dad hat immer gesagt, er hätte seine Kindheit überlebt.«

»Das tut mir leid«, sagte Clarice einigermaßen verwundert. »Das wusste ich nicht. War sein Vater gewalttätig?«

»Nein, nein … niemals!« Emily zögerte, wirkte für einen Moment gedankenverloren. »Dads Eltern, meine Großeltern – Ralph und Avril – führten wohl etwas, das Dad später als lieblose Ehe bezeichnet hat.«

Clarice nickte und wartete darauf, dass sie weitersprach.

»Als Dad fünf war, hat er seine Mum weinend angetroffen. Sie hat ihm gesagt: ›Daddy liebt mich nicht, er liebt jemand anderen.‹ Ein paar Tage später hat sie Dad zum Haus eines Schulfreundes gebracht, wo die Kinder den Nachmittag im Garten verbringen sollten. Nach dem Tee hätte sie ihn wieder abholen sollen, aber es war schon Abend, bis Ralph dann kam. Er hat Colin erzählt, seine Mum wäre fortgegangen – sie hatte sie verlassen.«

»Wie furchtbar«, sagte Clarice. »Das muss ein schrecklicher Schock gewesen sein – und etwas, das ihn sein ganzes Leben lang begleitet hat.«

»Ja, und noch schlimmer ist, dass Dad gesagt hat, er hätte Avril am Vortag im Garten mit Ralphs Geschäftspartner Major Freddie Baxter reden gesehen – alle nennen ihn nur den Major. Avril war in Tränen aufgelöst, und der Major hat ihre Hand gehalten.«

»Vielleicht hatte sie sich ihm anvertraut«, mutmaßte Clarice. »Wenn sie herausgefunden hat, dass ihr Mann eine Affäre hatte, dann hat sie vielleicht eine erwachsene Schulter gebraucht. Sich bei einem Fünfjährigen auszuweinen hätte nicht funktioniert.«

»Mm.« Emily bedachte Clarice mit einem vielsagenden Blick. »Der Major ist am selben Tag verschwunden wie Avril.«

»Ah. Ich verstehe. Dann war er nicht verheiratet?«

Emily nippte nachdenklich an ihrem Tee. »Eigentlich schon, aber seine Frau hat ihn ein paar Wochen zuvor verlassen.«

»Das verändert das Bild – dass sie beide gleichzeitig verschwunden sind, ist schon ein arger Zufall«, stellte Clarice mit neu erwachtem Interesse fest.

»Grandpa hat gesagt, sie wären zusammen abgehauen, aber Dad hat ihm nie geglaubt. Er hat gesagt, seine Mum hätte ihn mitgenommen.« Emily schenkte ihr ein schiefes Lächeln. »Dad zufolge war Avril eine liebevolle, sanfte und schüchterne Frau, die nie einfach gegangen wäre, ohne sich auch nur zu verabschieden.«

»Aber er hat nie mehr darüber erfahren?«, hakte Clarice nach. »Von Ralph, nachdem sich der Staub gelegt hatte?«

»Nein. Avril war ein Tabuthema. Dad hat gesagt, wenn er darüber gesprochen hat, dass sie gegangen ist, oder auch nur ihren Namen erwähnt hat, ist Grandpa völlig ausgeflippt. Grandpa hat gesagt, er hätte zwei Menschen am gleichen Tag verloren. Er hatte den Major als engen Freund betrachtet − als den Bruder, den er nie gehabt hat.«

»Und hat Colin den Major gemocht?«

»Sehr sogar. Er hat viel von ihm gehalten, bis zu dem Tag, an dem er mit seiner Mutter verschwunden ist.«

»Armer Ralph. Und armer Colin. Das ist so traurig.« Clarice überlegte ein paar Minuten lang. »Was ist mit Ralph? Mit wem hatte er eine Affäre?«

»Na ja … seine Freundin ist ein paar Monate, nachdem Avril gegangen war, eingezogen. Ihr Name ist Tessa Dinkler. Sie und Grandpa bekamen eine Tochter, die sie Dawn genannt haben, zwölf Jahre jünger als Dad. Sie lebt immer noch bei ihnen auf dem Landgut.«

»Also hatte Colin eine Halbschwester?«

»So hätte Dad sie nie bezeichnet; er hat den Leuten immer erzählt, er wäre ein Einzelkind. Sie sind auch nicht wie Geschwister aufgewachsen. Dad wurde aufs Internat geschickt, als er zwölf war. Dawn kam erst zur Welt, als er schon ein paar Monate dort war. Und als er die Schule hinter sich hatte, ist er zur Universität gegangen.«

Clarice konnte den Gedanken nicht unterdrücken, dass Colins Abneigung gegen seine Halbschwester auf Eifersucht beruht hatte. Er war fortgegangen, und Dawn hatte seinen Platz im Familiensitz eingenommen.

»Bei den Einheimischen muss das eine Menge Gerede provoziert haben«, bemerkte sie grüblerisch. »Ralphs Frau verschwindet, und kurz darauf zieht seine Freundin ein.«

»Ja-aaa.« Emily zog das Wort in die Länge. »Mein Urgroßvater und mein Ururgroßvater waren beide auch schon dafür bekannt, dass sie sich Geliebte hielten. Das war etwas, das Grandpa stets amüsant fand, aber auch als völlig normal ansah. Mein Dad hat gesagt, die Compton-Smythes würden sich für *echte* Männer halten. *Er* hat sie für Heuchler gehalten.«

»Tatsächlich?« Allmählich nahm Clarice eine ganz andere Seite von Colin wahr.

»Am Sonntag in der Kirche in der ersten Reihe sitzen, aber wochentags wird die Geliebte besucht.«

»Die Sichtweise deines Vaters kann ich nachvollziehen.« Taktvoll lenkte Clarice das Gespräch zurück zum eigentlichen Thema. »Also, du wartest darauf, dass dein Großvater dich über die Vorkehrungen zur Bestattung informiert?«

Emily nickte.

»Was ist mit deiner Mum? Du hast gesagt, sie lebt in Frankreich?«

»Sie ist nach der Scheidung vor sechs Jahren dort hingezogen«, sagte Emily in neutralem Tonfall. »Sie war schwanger, als sie gegangen ist. Sie hat Zwillinge, zwei Jungs, mit ihrem französischen Ehemann. Als sie ging, bin ich bei Dad geblieben.«

»Wird sie zur Beerdigung kommen?«

»Liebe Güte … keine Chance«, schnaubte Emily. »Sie hat ihr Beileid bekundet, aber auch gesagt, dass Colin für sie zur Vergangenheit gehört – sie hätte zwei Jungs, an die sie denken müsse.«

Aber, dachte Clarice, während sie Emilys empörte Miene betrachtete, *sie hat auch eine Tochter, die nun plötzlich ganz allein ist.*

»Warst du als Kind mit deinem Dad in Stone Fen Manor?«

»Zweimal im Jahr sind wir für ein Wochenende hingefahren. Ich weiß nicht so recht, ob ich das ein Ritual oder

Pflichterfüllung nennen soll. Ich war oft neugierig und wollte wissen, wie Avril – meine Großmutter – wohl so war.« Sie unterbrach sich, tief in Gedanken versunken. »Ich habe nicht allzu viel für Tessa übrig. Oder für Dawn. Ich glaube, Tessa sieht in mir eine Konkurrentin.«

Verdattert starrte Clarice sie an.

»Um Grandpas Zuneigung. Ich ziehe Aufmerksamkeit von ihnen ab. Und dann ist da noch Großtante Ernestine – Ralphs unverheiratete Schwester –, die völlig durchgedreht ist, und das schon, bevor bei ihr Demenz diagnostiziert wurde.«

»Wann hat sie die Diagnose erhalten?«

»Irgendwann im Lauf des letzten Jahres«, sagte Emily, nachdem sie einen Moment darüber nachgedacht hatte. »Ein Herzleiden hat sie auch, aber sie ist schließlich schon beinahe achtzig.«

Clarice nickte. Sie nahm an, dass Emily vermutlich daran dachte, wie jung ihr Vater bei seinem Tod gewesen war.

»Ich sollte gehen.« Sie zögerte kurz und fragte dann: »Wann kommt Jake her?«

»Gar nicht.« Emily sah betreten aus. »Ich habe zwei Tage, bevor ich nach Hause gekommen bin, mit ihm Schluss gemacht. Ich habe Ihnen nur erzählt, er käme vorbei, weil ich dachte, Sie würden sich Sorgen machen, wenn ich allein hierbleibe. Ich habe gelogen.«

»Das tut mir leid, Emily – erst die Trennung von deinem Freund, und dann stirbt dein Vater zwei Tage später«, sagte Clarice mitfühlend.

»Ja, mein Timing war richtig mies.« Emily schlug die Augen nieder.

»Kommst du allein zurecht?«

Lange herrschte Stille, und Clarice hatte den Eindruck, dass das Mädchen etwas im Stillen abwägte.

»Darf ich Sie um einen großen Gefallen bitten?«, fragte sie schließlich.

»Nur zu.«

»Grandpa hat gesagt, er wird den Totenschein für den Bestatter besorgen. Ich muss warten, bis er mir ein Datum nennt. Und ich fühle mich nicht imstande, irgendetwas wegen des Bungalows oder all der Dinge darin zu tun.«

»Es ist vermutlich noch zu früh, an all das zu denken. Du hast deinen Dad gerade erst gestern verloren – gib dir ein bisschen Zeit«, sagte Clarice sanft.

Emily nickte. »Das ist mein erstes Jahr an der Uni, und ich möchte wieder hin.« Kurz presste sie die Finger an die Lippen, als wollte sie weitere Tränen zurückdrängen. »Auf die Weise könnte ich vor der Beerdigung noch eine Weile bei meinen Freunden sein.«

»Das hört sich nach einer guten Idee an«, ermunterte Clarice sie.

»Ich werde mit meinen Tutoren sprechen müssen, ihnen sagen, was passiert ist und warum ich meine Arbeiten nicht pünktlich einreichen kann.« Sie legte eine kurze Pause ein. »Ich schätze, Sie können die Katzen nicht mitnehmen, oder? Nur für ein paar Tage, drei höchstens. Sie waren noch nie in einer Katzenpension …«

»Wenn dir das hilft, nehme ich sie natürlich mit«, sagte Clarice sofort.

»Vielen Dank, Clarice.« Abrupt hellte sich Emilys Miene auf, und ihre natürliche Schönheit kam zum Vorschein. »Ich möchte sie nicht weggeben. Sie sind meine letzte Verbindung zu Dad. Ich brauche nur ein paar Tage Zeit.«

»Es ist eine gute Idee, zu deinen Freunden zu gehen, außerdem kannst du hier sowieso nicht viel tun.«

»Da ist noch etwas.« Emily verzog das Gesicht. »Ich hoffe, es ist nicht zu viel verlangt ...«

»Worum geht es?«

»Sie halten mich bestimmt für albern ...«

»Stell mich auf die Probe.«

»Es ist wegen Avril, meiner Großmutter.« Josephine kam herein und jaulte, worauf Emily verstummte, sich hinunterbückte und die Katze auf ihren Schoß hob. »Dad hat die Geschichte, dass seine Mum mit dem Major fortgelaufen war, nie geglaubt. Er hat immer gehofft, er würde sie eines Tages finden, und vor zehn Jahren hat er sogar ein Detektivbüro beauftragt, sie zu suchen.«

»Ohne Erfolg?«

»Leider. Letzte Nacht bin ich über die Kiste gestolpert, in der Dad die Erinnerungsstücke an seine Mutter aufbewahrt hat. Darin lag auch der Bericht dieser Detektei.«

Clarice nickte.

»Wäre es vielleicht möglich, dass Sie den mal durchsehen, während ich in Nottingham bin? Dad hat mir erzählt, Sie wären der scharfsinnigste Mensch, den er kennt – und er hat gesagt, Sie wären ein ziemlicher Spürhund.«

»Na ja ... ich bin *sehr* neugierig und wissbegierig«, fing Clarice an.

»Sagen Sie mir einfach, was Sie davon halten. Mehr erwarte ich gar nicht – es ist immerhin ein halbes Jahrhundert vergangen, seit sie und der Major verschwunden sind. Aber könnten Sie es sich einmal ansehen?«

»Ja«, sagte Clarice in entschlossenem Ton. Sie war schon jetzt fasziniert von dem, was Emily ihr erzählt hatte.

»Toll!« Emily stand auf und reichte Josephine weiter an Clarice. »Ich hole erst mal die Katzenkörbe.«

Zwanzig Minuten später hockten die Katzen in ihren

Körben auf dem Küchenboden, und Clarice hatte eine ganze Tüte voll mit ihrem Futter bekommen. Emily kam mit einer kleinen Holzkiste herein.

»Bitte sehr.« Sie öffnete die Schatulle und zog zwei Fotos hervor. »Das war Dad als Kind mit Avril.«

Clarice betrachtete das Foto, das Colin im Alter von vielleicht vier oder fünf Jahren zeigte. Er stand da und hatte die Arme um den Rock einer hübschen, lächelnden Frau geschlungen, die eine Hand zum Schutz vor der Sonne erhoben hatte. Sie hatte helles, welliges Haar und trug eine weiße Spitzenbluse und ein Medaillon.

»Das Medaillon an Avrils Hals ist hier in dem Kästchen … und hier ist mein Dad mit Grandpa.« Emily reichte ihr ein zweites Schwarz-Weiß-Foto. Im Hintergrund stand eine gewaltige, verwitterte, aber immer noch majestätische Steinstatue einer Siamkatze in sitzender Position, deren Vorderpfoten schnurgerade ausgerichtet waren. Sie war so übermächtig, dass die Familie vor ihr zwergenhaft wirkte.

Clarice betrachtete das Foto eingehend. »Wer sind die anderen?«

Emily beugte sich zu ihr. »Das sind Grandpa und Avril, Dad steht vor ihnen; das ist Major Freddie und das dort Großtante Ernestine. Johnson steht wahrscheinlich hinter der Kamera. Er arbeitet für die Familie und bereitet die meisten Mahlzeiten zu.«

»Wie ist sein Vorname?«, fragte Clarice.

»Ich weiß es nicht. Ich kenne ihn nur als Johnson«, sagte Emily. »Ralphs Sehvermögen ist ziemlich schlecht, darum fährt Johnson ihn überallhin. Er macht eine Menge im Haus, und er teilt der Putzfrau, die an den Wochentagen kommt, und dem Gärtner ihre Aufgaben zu.«

»Und die zwei schwarzen Labradore?«

»Grandpa hatte immer zwei schwarze Labradore. Das ist eine Familientradition, das und Siamkatzen.«

»Das scheint ein geschäftiger Haushalt zu sein. Und die Siamstatue ist beeindruckend.«

»Sie heißt Bellatrix. Das ist Latein für Kriegerin«, sagte Emily. »Das erste Siam-Zuchtkatzenpaar kam achtzehnhundertvierundachtzig ins Vereinigte Königreich; sie hießen Pho und Mia. Dad sagte, meine Ururgroßmutter und Namenspatronin Emily wäre völlig verrückt nach Siamesen gewesen und hätte 1890 zwei Jungkatzen erworben, die von diesem ersten Paar abstammten. Und weil sie sie so sehr geliebt hatte, sagte Ururgroßvater George dem Bildhauer, die Züge der Katze müssten als die einer Siamkatze erkennbar sein.«

»Und darum hält die Familie noch heute Siamkatzen … was für eine interessante Geschichte.«

»Bellatrix schaut hinaus zu den Fens und auf den Wash.« Emily schien sich sehr dafür zu erwärmen, die Geschichte erzählen zu können. »Laut einer Familienlegende wacht sie über das Haus und beschützt seine Bewohner.«

Clarice lächelte und dachte, dass der arme Colin während seines Lebens anscheinend keinen übertriebenen Schutz genossen hatte.

Sie unterhielten sich noch weitere zehn Minuten, ehe Clarice sich zum Gehen wandte. Emily half ihr, die Katzenkörbe auf die Veranda zu bringen, obwohl Clarice ihr gesagt hatte, sie solle lieber drin bleiben, da sie immer noch ihren Pyjama trug. Der Himmel hatte sich zugezogen, und Pfützen am Boden verrieten, dass es schon eine ganze Weile regnete.

»Danke, dass Sie gekommen sind.« Emily umarmte sie. »Ich weiß das wirklich zu schätzen. Und Sie werden sich die Sachen in Dads Kiste ansehen?«

»Das werde ich«, versprach Clarice. »Und wenn du aus

Nottingham zurückkommst, musst du mal zum Mittagessen ins Cottage kommen. Dann können wir uns weiter darüber unterhalten.«

Auf der Heimfahrt war Clarice sich der Anwesenheit von Colins Katzen hinten im Wagen überaus bewusst. Sie hatte es Emily gegenüber nicht angesprochen, aber die Absicht der jungen Frau, die Katzen zu behalten, warf Probleme auf. Clarice bezweifelte, dass sie sie in ihrem Zimmer im Studentenheim halten konnte. Das war ein Thema, über das sie beim nächsten Zusammentreffen mit ihr würde reden müssen.

Sie warf einen Blick auf die braune Holzkiste auf dem Beifahrersitz. Es fiel ihr schwer, nicht ständig über die Dinge nachzugrübeln, die Emily ihr über die Familie Compton-Smythe erzählt hatte. Dabei ging ihr auf, dass sie es gar nicht erwarten konnte, nach Hause zu kommen und den Inhalt der Schatulle samt dem Bericht des Detektivs zu erkunden.

Kapitel 4

Später, bei einem Mittagessen, bestehend aus Gemüsesuppe und selbstgebackenem Brot, das sie alle zusammen in der warmen Küche zu sich nahmen, erzählte Clarice Bob und Sandra von ihrem Besuch bei Emily.

»Armes Mädchen.« Sandra zeigte sofort großes Mitgefühl für Emily und ihre missliche Lage. »Da stirbt ihr Dad so jung und unerwartet, und ihre eigene Mum hat mit ihrer neuen Familie keine Zeit für sie!«

Clarice hegte den Verdacht, dass Sandra an ihre eigenen Töchter Susan und Michelle dachte und daran, wie schrecklich es wäre, wenn sie je in solch eine Lage geraten wären. Aber Sandras Mädchen waren nun schon in den Vierzigern und hatten selbst halberwachsene Kinder.

»Und dann noch die Trennung von ihrem Freund.« Sandra seufzte.

Clarice nickte und musterte ihre Freundin. Sandra war in den Siebzigern, klein und quirlig und stets hübsch zurechtgemacht; ihr Make-up war perfekt, jedes einzelne schwarz gefärbte Haar saß an seinem Platz, und sie hatte wie üblich einen leuchtend pinken Lippenstift aufgetragen.

»Vergiss nicht, dass Emily diejenige war, die Schluss gemacht hat!«, warf Bob ein. Er war zweieinhalb Zentimeter größer und ein Jahr jünger als seine Frau, rundlich und zunehmend kahl.

»Trotzdem kann sie mir doch leidtun. Sie ist kaum mehr als ein Kind!«, konterte Sandra.

»Und wir haben Colins Katzen für ein paar Tage hier«, ging Clarice dazwischen. »Emily hat sich mir gegenüber zwar geöffnet, aber bei ihren Kommilitonen wird es ihr besser gehen.«

»Du hast eine Gabe, die Leute dazu zu bringen, dir ihr Herz auszuschütten«, erklärte Sandra und sah Bob an. Der nickte. »Und übrigens, wir sind beide verliebt in Sassy. Was für ein alter Nörgler.«

»Ich mag die Art, wie er die Vorderpfoten nach außen dreht, wie die Beine eines antiken Stuhls.« Bob demonstrierte, was er meinte, und ballte die Hände zu Fäusten, um Sassys Pfoten nachzuahmen. »Wenn ich reinkomme, stapft er grollend herum, als wollte er sich mit mir anlegen, aber wenn ich ihn hochnehme, schaltet er sofort in den Schnurrmodus.«

»Ein getarnter Löwe. Er hat eine Menge Persönlichkeit«, bemerkte Clarice.

»Ich glaube nicht, dass du jemanden findest, der ihn aufnehmen wird«, unkte Sandra. »Der bleibt an dir kleben – zu alt für ein neues Zuhause. Aber du und Rick habt gesagt, ihr könnt nicht noch mehr Katzen aufnehmen.«

»Wenn wir kein neues Zuhause für ihn finden, werden wir das noch mal überdenken müssen. Vielleicht ändert Rick ja seine Meinung.«

»Viel Glück dabei!« Sandra verdrehte die Augen.

»Also …« Bob stützte die Ellbogen auf den Tisch und beugte sich vor. »Wann wirst du dir den Inhalt dieser Kiste ansehen?« Er sah seine Frau an und zwinkerte ihr zu.

Alle drei drehten sich zu der Holzkiste um, die seit Clarices Rückkehr auf der Anrichte thronte, und starrten sie an.

»Ich werde später mal reinsehen.«

»Das auf später zu schieben, passt gar nicht zu dir«, stichelte Bob. »Normalerweise stürzt du dich sofort auf so etwas. Hast du die Sache mit den Geschäftskonten etwa immer noch nicht erledigt?«

»Nope.« Clarice schüttelte den Kopf.

»Wenn es da ein Geheimnis gibt, wird dich das garantiert in seinen Bann ziehen. Aber das ist alles vor langer Zeit geschehen, Liebes.« Sandras Stimme klang zweifelnd. »Die werden alle längst tot sein. Nach fünfzig Jahren wirst du der Sache nicht mehr auf den Grund gehen.«

»Mm«, machte Bob und nickte zustimmend. »Sandra hat recht, und wenn selbst das Detektivbüro nicht herausfinden konnte, was aus Avril geworden ist, dann vergeudest du wahrscheinlich nur deine Zeit.«

»Ich habe Emily versprochen, mir das Zeug in der Kiste anzusehen.« Clarice zuckte mit den Schultern. »Also gehe ich auch durch, was da drin ist – ich vergeude ja immerhin nur meine eigene Zeit.«

Nachdem der Tisch abgeräumt und Schüsseln und Teller abgespült waren, folgte Clarice ihren Freunden nach draußen, und sie unterhielten sich, bis die beiden sich auf den Weg machten. Danach führte sie die Hunde an der Grundstücksgrenze spazieren. Der Tag hatte sich aufgeheitert, und es regnete nicht mehr. Stattdessen drang hier und da Sonnenschein durch die Wolken. Die Hunde liefen vor ihr über das Gras der Wildblumenwiese und waren genauso erfreut wie Clarice, draußen zu sein.

Wieder zurück im Cottage suchte sie ihr Arbeitszimmer im Obergeschoss auf, um ihre Anrufe durchzugehen. Blue und Jazz quetschten sich zusammen auf das kleine Sofa an einem Ende des Raums, und die kleinere Jazz legte ihren Kopf mitten auf Blues Rücken.

Der ganze Raum war wie aus dem Ei gepellt, nachdem sie ein paar Tage zuvor gründlich aufgeräumt und saubergemacht hatte. Als sie mit den Anrufen fertig war, setzte Clarice sich an ihren Computer und arbeitete sich durch Zahlenkolonnen. Sie musste sämtliche Papiere für ihr Keramikgeschäft ordnen, ehe sie die Buchhaltungsunterlagen an Douglas Bains schickte, dessen Dienste sie schon seit vielen Jahren in Anspruch nahm. In Gedanken kehrte sie zurück zu Colin Compton-Smythe. Douglas war Mitte sechzig, und sie hatte oft gedacht, wenn er in den Ruhestand träte, würde sie Colin fragen, ob er ihre Buchführung übernehmen wolle. Dazu würde es nun nicht mehr kommen.

Ihr Blick kroch immer wieder über den grünen Ordner, auf dem in schwarzen Lettern *Brown, Davidson und Simpson* stand. Die Überschrift auf der ersten Seite lautete: *Klient Colin Compton-Smythe*, und gleich darunter las sie: *Ermittlungszweck – Vermisstenfall.*

Mit einiger Mühe riss sie sich von dem Anblick los und konzentrierte sich wieder auf ihre Buchführung. Normalerweise schickte sie die Unterlagen für die Vorjahreseinkünfte aus ihrem Keramikunternehmen im Juni ein. Dieses Jahr war ihr irgendwie die Zeit davongelaufen, und sie wusste, sie musste diese nervtötende Arbeit noch heute fertigstellen. Douglas erwartete die Buchführungsunterlagen bis zum Ende der Woche. Je schneller sie damit fertig war, desto früher konnte sie den Bericht des Detektivs lesen.

Blue fing darüber an zu schnarchen, ein tiefes, zufriedenes Grollen. Der Wind lebte auf; Clarice konnte ihn flüstern hören. Vor dem Fenster zogen Wolken vorbei, und

Laub tanzte in der Luft. Ohne weiter auf die Ablenkungen zu achten, konzentrierte sie sich voll und ganz auf ihre Buchführung.

Über zwei Stunden später hatten sich diverse A4-Bögen im Ausgabefach des Druckers angesammelt, und sie seufzte erleichtert. Sie packte Papiere, Kontoauszüge und Belege in einen großen, braunen Umschlag und adressierte ihn an Douglas. Am kommenden Tag würde sie ihn mit nach Castlewick nehmen und in seinem Büro abgeben.

Wieder unten setzte sie einen Kessel Wasser für Pfefferminztee auf und öffnete die Tür, um den Hunden die Möglichkeit zu geben, ein paar Minuten draußen herumzulaufen. Mit ihrem Tee ging sie ins Wohnzimmer und ließ sich auf das Sofa fallen. Sie wollte gerade den dunkelgrünen Ordner aufschlagen, als sie es sich anders überlegte, ihn zurück in die Kiste packte und das abgenutzte, schwarze Notizbuch hervorzog, das darunter gelegen hatte.

Kaum aufgeklappt, musste sie lächeln, als sie Colins säuberliche Handschrift erkannte und ihr die tiefblaue Füllertinte in den Sinn kam, die er so gern benutzt hatte. Mehrere Seiten Notizen waren mit »Detektivbüro« überschrieben. Den Anfang machte eine Liste, die möglicherweise bereits vor dem ersten Treffen mit dem Detektiv geschrieben worden war, als Gedächtnisstütze dafür, welche Fragen er zur Sprache bringen musste und welche Anforderungen er an die Ermittlungen stellte.

Aufenthaltsort von Avril ermitteln.

Aufenthaltsort von Major Freddie Baxter ermitteln.

Haben sie Stone Fen Manor gemeinsam verlassen?

Sollten sie nicht aufzuspüren sein, Spur so weit wie möglich verfolgen.

Janice Baxter – Freddies Ehefrau – ist vor ihrem Mann verschwunden. Ihre Spur könnte auch zum Major führen. Weitere Informationen sammeln.

Kontakt zu Avrils Freunden herstellen.

Es soll kein Kontakt zu Angehörigen meiner Familie in Stone Fen Manor erfolgen.

Weiter ging es mit einem Bericht über das erste Zusammentreffen mit Dennis Simpson, der ihm versichert hatte, dass die Detektei eine hohe Erfolgsrate vorweisen könne und er einen detaillierten Nachweis der für die Ermittlungen aufgewendeten Zeit erhalten werde.

Langsam blätterte Clarice das Notizbuch durch. Die nächste Liste schien aus Erinnerungen an Avril zu bestehen. Weiter hinten folgten Adressen. Während sie das Büchlein las, erklang von draußen Motorengeräusch. Beide Hunde rannten wild bellend zur Tür. Sie schaltete die Außenbeleuchtung ein; es war dunkel, der Tag neigte sich dem Ende zu.

»Rick«, sagte sie, als er aus dem Wagen kletterte und von den Hunden begrüßt wurde. »Du bist früh dran.«

»Kling mal nicht so überrascht, es ist nach sechs. Obwohl ich schätze, für meine Verhältnisse ist das tatsächlich früh.« Grinsend folgte er ihr ins Haus in Vorfreude auf einen gemütlichen Abend.

Später, nach dem Abendessen, zogen sie sich ins Wohnzimmer zurück und saßen einige Minuten lang in behaglichem Schweigen beisammen. Die einzigen Geräusche entstammten dem knisternden Feuer, das den Raum erwärmte. Blue und Jazz lagen Rücken an Rücken auf dem Kaminvorleger und schliefen. Fünf der sieben Familienkatzen ruhten im ganzen Raum verteilt auf Stühlen, Fensterbank und Sofalehne.

Rick hatte Clarice von seinem Tag berichtet, der ihn in dem Mordfall nicht viel weitergebracht hatte.

»Du hast mir noch gar nicht erzählt … wie ist es mit Emily gelaufen?«, fragte er.

Clarice wiederholte alles, was Emily ihr gesagt hatte.

»Bist du den Bericht durchgegangen? Und was ist noch in der Kiste?«

»Mir ist die Zeit weggelaufen. Ich musste diese verflixte Buchführung vorbereiten. Bisher konnte ich nur lesen, womit Colin den Ermittler beauftragen wollte. Morgen früh setze ich mich richtig dran.«

»Das klingt ganz nach deiner Art von bevorzugtem Rätsel«, kommentierte Rick lächelnd.

»Bob und Sandra denken, nach fünfzig Jahren sei es unlösbar.«

»Dem stimme ich zu. Aber das wird dich nicht davon abhalten, es zu versuchen.«

»Das klingt nach Daumen hoch, nicht nach der gewohnten Missbilligung.«

»Ich missbillige nie – ganz im Gegenteil. Ich bilde mir gern ein, dass ich dich immer unterstützt habe.« Nun hörte sich Rick abwehrend an.

»Du bist mir immer eine Hilfe«, sagte Clarice und schenkte ihm ihr süßestes Lächeln.

»Im Endeffekt, ja, das bin ich.« Rick schien seine Position zu überdenken. »Ich bin nur grundsätzlich vorsichtig, weil die Rätsel, auf die du dich so gern stürzt, dich schon mit einigen unangenehmen Gestalten zusammengeführt haben.« Er legte eine kurze Pause ein. »Aber ich glaube nicht, dass etwas, das schon ein halbes Jahrhundert zurückliegt, dir gefährlich werden wird; keine irren Mörder mehr, die im Schatten auf dich lauern. Avril und ihr Major sind vermutlich schon seit Jahren tot.«

»Durchaus wahrscheinlich«, stimmte Clarice zu. »Womöglich komme ich, wenn ich den Inhalt der Kiste und den Bericht durchgesehen habe, zu dem Schluss, dass es sinnlos ist, eine Sackgasse.«

»Das kannst du morgen entscheiden.« Rick stand auf, und die Hunde, die die Zeichen lesen konnten, liefen zur Tür voraus.

»Während du die Mädchen durch den Garten führst, mache ich einen letzten Kontrollgang in der Katzenscheune«, sagte Clarice.

»Ich begleite dich«, erbot sich Rick.

»Bestimmt? Es ist schon spät, und du musst morgen früh raus«, sagte Clarice sanft. »Willst du nicht ins Bett?«

»Lass uns das zusammen machen, Clarice. Außerdem habe ich Sassy noch nicht kennengelernt.«

Nach einer Runde durch den Garten mit Blue und Jazz gingen sie zur Scheune, sparten sich dort aber Sassy bis zum Schluss auf. Als Clarice dann auf die Katze zuging, kam sie sofort auf sie zu, aber noch ehe das Tier sie erreicht hatte, heulte es freudig auf und rannte direkt an ihr vorbei zu Rick.

Rick starrte auf die Katze hinab; die Katze starrte zu ihm hinauf. Dann lieferte sie ihre beste akustische Vorstellung ab, eine Mischung aus brüllen und schnurren.

»Ich musste ihn hochnehmen, um ihm diese Reaktion zu entlocken«, bekundete Clarice neidisch.

»Er hat eben Geschmack.« Rick bückte sich, um den Kater auf den Arm zu nehmen. Sofort schmiegte Sassy den Kopf an Ricks Hals und legte ihm die Pfoten beidseitig auf die Schultern.

»Ich glaube, du bist sein Auserwählter.« Clarice lächelte.

»Er hat einen beeindruckenden Altherrenbart, fast schon ein Franz-Joseph-Bart. Die Haare krümmen sich so weit, dass sie sich vorn wieder treffen.«

»Alte Katzen sind auf eine Art schön, die nicht immer auf den ersten Blick erkennbar ist.«

»Ich hoffe, du findest ein gutes Zuhause für ihn; du weißt ja selbst, dass wir nicht noch eine Katze im Haus aufnehmen können.« Sanft rieb Rick mit den Fingern über Sassys Rücken.

»Ja, ich weiß.«

Als sie wieder im Cottage waren, ging Rick zu Bett, während Clarice ins Wohnzimmer und zu der Kiste zurückkehrte. Die Woche hatte sich sonderbar entwickelt: Sassy, dann Colins Tod und das Zusammentreffen mit Emily.

Sie nahm die beiden Fotos heraus und hielt sie in den hellen Lichtschein der Tischlampe, um sie genauer zu betrachten. Ralph und der Major waren beide im besten Mannesalter, Ralph hatte einen breiten Brustkorb und ein robustes Aussehen, der Major war einen halben Kopf größer, elegant und attraktiv mit fein geschnittenen Zügen. Während sie abwechselnd die beiden Gesichter betrachtete, grübelte sie, wohin Avril und der Major an jenem schicksalhaften Tag vor fünfzig Jahren wohl gegangen sein mochten. Schließlich verweilte ihr Blick bei Colin, noch ein Kind, aber erkennbar als der Mann, den sie gekannt hatte. Sie hatten unzählige Stunden zusammen verbracht in den letzten elf Jahren. Für sie war er zuerst ein Schüler gewesen und dann ein Freund, und ihre Gespräche hatten viele Aspekte des Lebens abgedeckt. Oft hatten sie gemeinsam gelacht. In ihren Augen war er ein anständiger Kerl gewesen, nett, lustig, nachdenklich, und sie empfand tiefe Trauer angesichts seines Todes.

»All diese verborgenen inneren Narben; du hast während eines großen Teils deines Lebens so furchtbar viel Kummer mit dir herumgeschleppt«, sagte sie leise zu dem Kind auf dem Foto. »Ich werde es vielleicht nicht schaffen, der Sache auf den Grund zu gehen – aber ich verspreche, ich werde es versuchen.«

Kapitel 5

Am nächsten Morgen, nachdem Rick zur Arbeit aufgebrochen war und Sandra und Bob die Katzenfürsorge übernommen hatten, nahm Clarice für einen Moment den Ausblick aus dem Fenster ihres Arbeitszimmers in sich auf, während sie den Inhalt der Kiste auf ihren Schreibtisch packte. Ein Streifen Weiß zog sich am Horizont über den bedrohlich finsteren Himmel. Der Wind versetzte die Bäume in hektische Bewegung, und die ersten Regentropfen trommelten auf die Fensterscheibe.

Als sie die Gegenstände betrachtete, die sie vor sich ausgebreitet hatte, klingelte das Telefon.

»Clarice – hi, Emily hier.« Ihre Stimme klang munterer als beim letzten Mal.

»Wie geht es dir?«

»Viel besser, danke. Geht es Napoleon und Josephine gut?«

»Bestens«, sagte Clarice.

»Ich habe von Grandpa gehört. Dads Bestattung soll am Donnerstag nächster Woche in der Dorfkirche von Sealsby stattfinden.« Clarice fiel die Anspannung in Emilys Ton auf.

»Ich bin froh, dass das Datum nun steht.«

»Ich treffe mich in einer Viertelstunde mit einem meiner

Dozenten, aber ich muss Sie ganz frech fragen, ob es in Ordnung wäre, wenn ich die Katzen nicht morgen, sondern am Samstag abhole.«

»Kein Problem«, sagte Clarice. »Du hast ja gesagt, es könnten drei Tage werden. Wenn du am Samstag kommst, hast du dann Zeit, mit mir und Rick zu Mittag zu essen? Wahrscheinlich gibt es aber nur Suppe, Brot und Käse.«

»Toll. Ich würde mich sehr freuen, Ihren Mann kennenzulernen, und Sie können mir erzählen, was Sie von dem Bericht halten, wenn Sie es schaffen, ihn bis dahin zu lesen.«

»Also gegen halb eins. Wir unterhalten uns dann beim Mittagessen.«

»Wir sehen uns dann.«

Clarice widmete ihre Aufmerksamkeit wieder dem Inhalt der Kiste: dem Medaillon, einer Postkarte, dem grünen Ordner der Detektei und dem Notizbuch.

Das zarte goldene Medaillon stufte sie als viktorianisch ein, vielleicht hatte Avril es von einer Verwandten geerbt. Im Inneren war das Bild eines Kindes mit seiner Mutter, das sie als Colin erkannte. Nacheinander nahm sie die Fotos zur Hand und untersuchte sie sorgfältig mit einer Lupe aus ihrer Schreibtischschublade. Der Anhänger, den Avril auf dem Foto trug, war genau der, den Clarice augenblicklich vor sich hatte. Aber Emily hatte ihr das bereits bestätigt. Die Postkarte stammte aus Ilkley und war an Colin adressiert, das Datum des Poststempels unleserlich. Beschriftet war sie in krakeliger Schrift mit den Worten: *Das ist ein Irrtum. Komm nicht. Ich werde nicht da sein.*

Als sie vorübergehend zu Colins Notizbuch zurückkehrte, erkannte sie, dass es schwieriger werden würde, seine kurzen Sätze und die verstreuten einzelnen Worte zu entziffern, als sie erwartet hatte. Zwar waren die Notizen zu Anfang klar und deutlich lesbar, ihr Sinn problemlos zu erfassen, doch je weiter sie kam, desto schwerer wurde es. Was überraschend war, denn sie hatte Colin stets als akkurat eingestuft. Andererseits waren Thematik und Sachverhalte sehr persönlich, also mochte er es vorgezogen haben, sie in einer Kurzschrift festzuhalten, die nur er selbst lesen konnte. Schließlich dienten die Notizen seiner Orientierung und waren nie dazu gedacht gewesen, sie jemand anderem vorzulegen. Sie legte das Notizbuch zur Seite, um es sich später genauer anzusehen. Auf dem Bürostuhl bequem zurückgelehnt schlug sie endlich den grünen Ordner mit der Aufschrift *Brown, Davidson und Simpson* in fettgedruckten schwarzen Lettern auf.

Die erste Seite beschränkte sich auf Informationen über die Detektei, die im Jahr 2001 gegründet worden war. Es gab Ermittler und Ermittlerinnen. Alle konnten einen Hintergrund bei Polizei, Armee oder einem Sicherheitsdienst vorweisen, hatten ein sauberes Führungszeugnis und waren versichert.

Die Akte enthielt eine kurze Vita von Dennis Simpson, dem Ermittler, der für Colin tätig geworden war. Er war mit achtzehn zum Militär gegangen und mit siebenundzwanzig Police Constable geworden. Zehn Jahre später, inzwischen zum Sergeant aufgestiegen, wechselte er zu BBR Security, einem Unternehmen, das häufig für Kaufhäuser arbeitete. Dort hatte er als leitender Sicherheitsmanager angefangen und sich in den folgenden zehn Jahren in die oberste Führungsebene emporgearbeitet. Anschließend war er als Partner zu der Detektei von Francis Brown und Daniel Davidson gestoßen.

Bei den Fällen, mit denen sich die Detektei überwiegend befasste, ging es um die Suche nach Angehörigen oder

Freunden oder darum, im Auftrag von Adoptivkindern deren leibliche Eltern aufzuspüren. Außerdem sammelten sie Beweismaterial zu Familienverhältnissen und Ehebruch und ermittelten Aufenthaltsorte von Schuldnern, die sich aus dem Staub gemacht hatten. Sie behaupteten, sie würden ihre Ermittlungen exakt auf die speziellen Bedürfnisse der jeweiligen Klienten zuschneiden und bedienten sich neuester Technik, die sie mit Überwachung und Fahrzeugverfolgung per GPS kombinierten. Den Klienten wurde zugesichert, dass die Ermittler verlässlich, sachkundig und diskret waren. Ein umfassender Bericht mit sämtlichen Ergebnissen würde zusammen mit Video- und Fotobeweisen übergeben werden.

Colins Bericht fing mit detaillierten Hintergrundinformationen zu allen Personen an, die in Stone Fen Manor lebten, und zu jenen, die in relevanter Beziehung zu der Familie Compton-Smythe standen.

Ralph Compton-Smythe war in dem Haus geboren worden. Nach dem Besuch eines Privatinternats wurde er Investmentbanker in London. Beim Tod seines Vaters James erbte er das Haus und kehrte zurück, um fortan dort zu wohnen. Kurz darauf gründete er ein Unternehmen namens CS Investments. Seine Mutter Elizabeth, die unter schwerer Arthritis litt, war nach dem Tod ihres Mannes nach Italien gezogen.

Ernestine Compton-Smythe, die ebenfalls auf dem Anwesen zur Welt gekommen war, war fünf Jahre jünger als ihr Bruder. Sie hatte die örtlichen Schulen besucht und nie geheiratet oder ihr Elternhaus verlassen. Darüber hinaus gab es nur wenige weitere Informationen über sie, insbesondere keine Erwähnung eines Berufs oder eines Erbanteils. Es war − geistesabwesend drehte Clarice ihren Stift zwischen den Fingern – ganz ähnlich wie bei vielen Bauernfamilien in Lincolnshire. Der älteste Sohn erbte das Haus und das Ackerland. Schwestern erhielten das Geld, was für eine angemessene Hochzeit notwendig war. Wenn sie Glück hatten, bekamen sie außerdem Unterstützung in Form eines Guthabens, das es ihnen ermöglichen sollte, mit dem neuen Ehegatten Besitz zu erwerben. Wie es aussah, hatte Ernestine beides nicht bekommen – die Bezeichnung *alte Jungfer* prangte sozusagen in fettgedruckten Lettern gleich hinter ihrem Namen. Doch obwohl sie keinen Anteil am Haus geerbt hatte, war es weiterhin ihr Zuhause geblieben.

Freddie Baxter war nach Sandhurst gegangen und zum Major bei den Royal Fusiliers aufgestiegen. Er wurde als attraktiv und selbstsicher beschrieben, ein Mann, der das Interesse der Frauen zu wecken vermochte. Ganz offensichtlich hatte er ein behagliches Leben ohne Geldmangel geführt. Es gab keine Informationen über mögliche Kinder oder Geschwister. Nachdem er die Army verlassen hatte, war er für kurze Zeit Partner bei CS Investments gewesen. Er hatte sich von Ralph seinen Anteil am Unternehmen ausbezahlen lassen, ehe er das Herrenhaus zum letzten Mal verließ. Der Major war mit der zwei Jahre jüngeren Janice (geborene Reading) verheiratet gewesen. Sie hatten in Sealsby gelebt, der nächste Ort vom Anwesen aus gesehen, ihren Besitz dort jedoch verkauft. Janice war nach Leeds gezogen und Freddie nach Stone Fen Manor. Dieses Arrangement dauerte nur ein paar Wochen; dann verschwanden Freddie und Avril.

Dennis Simpson nannte die Namen von sieben Personen, von denen es hieß, sie seien Freunde des Majors. Vier waren verstorben, einer unauffindbar und zwei hatten sich geweigert, mit ihm zu sprechen.

Avril Compton-Smythe (geborene Blake) stammte aus Spalding, Lincolnshire, wo sie als die jüngere der zwei Töchter von Ken und Helen zur Welt gekommen war. Beide Schwestern hatten die örtliche Schule besucht. Avril hatte die Schule im Alter von sechzehn mit einem mittleren Schulabschluss in fünf Fächern beendet. Anschließend arbeitete sie als Büroangestellte beim örtlichen Saatguthändler.

Helen, die schon Witwe war, als Avril und Ralph heirateten, starb acht Monate nach der Hochzeit ihrer Tochter an einem Schlaganfall.

Sieben Monate nach seiner Rückkehr nach Stone Fen Manor hatte Ralph Compton-Smythe im dortigen Tennisclub Avril Blake kennengelernt. Es kam zu einer stürmischen Romanze, und das Paar heiratete keine sechs Monate nach ihrer ersten Begegnung. Ein Jahr später kam Colin zur Welt. Avril war einunddreißig, als sie ging. Ralph musste da fünfunddreißig gewesen sein, der Major vierzig.

Clarice dachte einige Augenblicke über diese Information nach. Es schien, als hätte sich für Ralph alles wunderbar gefügt. Sein Vater starb, und er erbte Stone Fen Manor. Wenige Monate später lernte er Avril kennen und heiratete sie. Sie fragte sich, ob er sie geliebt hatte. Oder hatte er nur beschlossen, dass er nun, da er das Haus und ein eigenes Unternehmen hatte, auch Frau, Kind und zwei Labradore wollte, um das Bild zu vervollständigen?

Tessa Dinkler wurde nur mit einer Zeile erwähnt. Der Bericht besagte, dass sie vier Monate nach Avrils Verschwinden bei Ralph eingezogen sei, sie und Ralph aber nie geheiratet hatten; ihre Tochter hörte auf den Namen Dawn.

Bernard Graham Johnson, allenthalben nur bekannt als Johnson, war in Liverpool als Sohn einer waschechten Schottin und eines afrikanischen Matrosen zur Welt gekommen. Seine Mutter, Hannah Johnson, war nach Glasgow zurückgekehrt, als ihr Sohn fünf Jahre alt war. Nur zwei Jahre später war sie gestorben, und Johnson landete im Fürsorgesystem. Er war fünf Jahre jünger als Ralph und in London im Hotelmanagement beschäftigt, ehe er zum Compton-Smythe-Haushalt gestoßen war. Binnen zwei Wochen nach seiner Rückkehr zum Herrenhaus hatte Ralph Johnson angeheuert und ihm die Verantwortung für das Personal und den Unterhalt des Anwesens übertragen. Johnson war heute achtzig Jahre alt.

Clarice erinnerte sich, dass Emily gesagt hatte, sie kenne Johnsons Vornamen nicht. Hatte sie die Akte des Detektivbüros gelesen? Vielleicht hatte sie die ja erst gefunden, als sie nach Colins Tod seine Sachen durchgesehen hatte. Dann hätte sie in ihrem Zustand, verwirrt und bestürzt, den Bericht wohl nur flüchtig betrachtet.

Dennis Simpson schilderte seine Eindrücke der Gespräche mit etlichen Leuten, die er im Zuge seiner Ermittlungen kontaktiert hatte. Die Gesprächspartner beschrieben Avril mal als still, mal als intelligent, mal als scheu. Sie hatte Ralph geliebt und schien glücklich zu sein. Aber das Bild, das sie zeichneten, war skizzenhaft; ihm fehlte die Tiefe. Diese Beschreibungen hätte jeder liefern können. Es fühlte sich an, als hätte der Ermittler bei seiner Suche nach Avril nur ihren Schatten vorgefunden, nicht die vollständige Person. Sie schien nicht viele Freunde gehabt zu haben, und die, die sie hatte, äußerten sich nur schwammig. Ein Kontakt zu Pattie Freeman, die als enge Freundin bezeichnet wurde, hatte sich nicht herstellen lassen.

Zwei Stunden später, nachdem sie die Aussagen der Freunde und Verwandten Ralphs und Avrils gelesen hatte, wurde Clarice von Sandra unterbrochen, die sie fragte, ob sie mit ihnen zu Mittag essen werde. Widerstrebend legte sie den Ordner und ihr Notizbuch weg.

»Ist das für den Buchhalter?«, fragte Sandra in der Küche und hielt den braunen Umschlag hoch, der auf dem Esstisch gelegen hatte. »Wir können ihn für Douglas abgeben, wenn wir fahren – wir wollen sowieso nach Castlewick.«

»Danke, das erspart mir die Fahrt.« Clarice strahlte Sandra an, als sie zum Tisch gingen. »Oh, es gibt frisches Brot. Du warst fleißig!«

»Und deine Lieblingssuppe«, sagte Sandra mit zufriedener Miene.

»Ja, danke!«

Die beiden Hunde, die Clarice ins Erdgeschoss gefolgt waren, machten es sich in ihrer Nähe auf dem Boden bequem.

»Konntest du durch den Bericht des Ermittlers viel erfahren?«, fragte Bob, als alle am Tisch saßen und jeder einen Teller Möhrensuppe mit Koriander vor sich hatte.

»Ja und nein. Avrils Freunde zeichnen ein interessantes Bild von Ralph. Er wird nur am Rande erwähnt; anscheinend war er ablehnend, distanziert, unsozial. Eine Art Sonderling.«

»Und Avril?«, fragte Sandra.

»Still, reserviert und schüchtern, nicht viele Freunde. Aber zu der Hochzeit gibt es zwiespältige Meinungen. Einige sagen, Avril hätte aus Liebe geheiratet und schien glücklich zu sein, andere behaupten, die Beziehung wäre frostig gewesen.«

»Das ist ziemlich verwirrend.« Sandra dachte nach. »Ich nehme an, das kommt ganz darauf an, mit wem sie gesprochen haben; die Menschen können gehässig sein, wenn sie jemanden aus völlig anderen Gründen nicht mögen.«

»Mmh, da könntest du recht haben. Ich habe den Eindruck, dass Ralph sich selbst als etwas Besseres eingestuft hat. Das ist definitiv eine gute Möglichkeit, Abneigung zu provozieren. Pattie Freeman könnte interessanter sein, aber sie konnten sie nicht erreichen. Sie hat ihre Anrufe nicht erwidert. Und es wäre schön, zu hören, was Pamela zu sagen hat – Avrils ältere Schwester – aber die hat sich geweigert, mit Dennis zu reden.«

»Hat sie einen Grund genannt?«

»Nein. Sie hat gesagt, das sei lange her und sie wolle nicht darüber sprechen. Sie hat Dennis gesagt, er solle sich verziehen!«

»Sie hat offenbar gewusst, was sie wollte«, kommentierte Sandra lachend.

»Sieht so aus«, sagte Clarice. »Es wird auch erwähnt, dass Colin von der Detektei ausdrücklich verlangt hat, unter keinen Umständen Kontakt zu den Leuten aufzunehmen, die im Herrenhaus lebten.«

»Aus dem, was du uns erzählt hast«, sagte Bob und hielt mitten in der Bewegung inne, den Löffel auf halbem Weg zum Mund, »schließe ich, dass Ralph, Colins Vater, kein Gerede über Avril und Freddie wollte.«

»Was«, fügte Sandra hinzu, »verständlich ist, wenn sie ihn für seinen Geschäftspartner hat sitzen lassen.«

»Aber hat sie?«, wandte Clarice ratlos ein. »Falls Ralph eine Beziehung zu Tessa hatte und Avril es herausfand, warum sollte sie sich dann plötzlich auf Freddie einlassen?«

»Und du denkst, sie hatte keine Affäre mit ihm, bevor sie das mit Tessa herausgefunden hat?«

»Ich habe Colins Notizen noch nicht vollständig gelesen, aber Emily zufolge hat Colin gesagt, dass Avril am Boden zerstört war, als sie von Ralphs Affäre erfuhr. Hätte sie selbst auch eine Affäre, warum sollte sie dann so verzweifelt darüber sein, dass ihr Gatte das Gleiche tut wie sie? Irgendwie passt das nicht zusammen.«

Kapitel 6

Als Bob und Sandra fort waren, widmete Clarice sich erneut dem Bericht des Ermittlers.

Der Nachmittag zog vorüber, während sie die Akte durchging und sich auf ihrem Block Einzelheiten und Fragen notierte. Am Computer suchte sie die Namen von Avrils Freunden im Wählerverzeichnis. Als der Ermittler Kontakt zu ihnen aufgenommen hatte, hatten alle noch eine Adresse in Lincolnshire gehabt, aber das war inzwischen zehn Jahre her. Nun wurde unter den im Bericht angegebenen Adressen keiner von ihnen mehr als Wähler geführt. In Anbetracht ihres Alters mochten sie nun, sofern sie überhaupt noch am Leben waren, in Pflege- oder Altenheimen leben.

Mit Pamela Snell, geborene Blake, Avrils älterer Schwester, die mittlerweile dreiundachtzig sein musste, hatte sie mehr Glück. Vielleicht lohnte sich die Mühe, noch einmal zu versuchen, Kontakt zu ihr herzustellen. Clarice setzte einen Haken hinter ihren Namen und arbeitete weiter.

»Und? Wie kommst du voran? Verrätst du es mir?«, fragte Rick später an diesem Abend, als sie beide an ihrem Schlaftrunk nippten.

»Ich habe fünf Leute gefunden, mit denen ich Verbindung aufnehmen möchte«, sagte Clarice und blätterte in ihrem

Notizblock zu der Liste der Personen, die sie als mögliche Ansprechpartner ausgeschlossen hatte, und weiter zu den Leuten, von denen sie glaubte, ein Versuch könnte sich auszuzahlen.

»Und diese Leute willst du anrufen?«

»Das würde ich gern. Aber ich muss mir erst Emilys Einverständnis holen. Ich werde versuchen, sie morgen früh zu erwischen, ehe sie zum Unterricht geht.«

»Und Colins Beerdigung ist am Donnerstag?«

»Ja, so hat Emily dann auch alle Informationen, die wir aufspüren können, ehe sie im Haus von Ralph und seiner Familie zu Gast ist.«

»Hältst du es denn wirklich für möglich, neue Informationen aufzutreiben?«, fragte Rick zweifelnd. »Nach dem, was du zuvor gesagt hast, kannst du einige der Leute, mit denen Dennis gesprochen hat, nicht einmal finden. Sind die alle tot?«

»Nicht alle, und ich werde es auch nicht genau wissen, ehe ich nicht ein paar Anrufe getätigt habe.«

»Wer ist auf deiner Liste?« Rick lehnte sich in seinem Sessel zurück. »Du hast gesagt, es sind fünf?«

»Ich möchte mit dem Ermittler sprechen, Dennis Simpson, auch wenn ich da vorsichtig sein muss. Ich will nicht, dass er denkt, ich würde ihm unterstellen, dass er seinen Job nicht ordentlich erledigt hat.«

Rick nickte.

»Avrils Schwester Pamela lebt in Lincoln. Sie ist eine von denen, die nicht mit dem Ermittler reden wollten. Von ihr könnten wir vielleicht etwas Neues erfahren.«

»Oder sie sagt dir, du sollst dich verziehen, so wie sie es bei Dennis getan hat!«

»Das Risiko gehe ich ein«, erwiderte Clarice. »Und dann

ist da noch Gerry Pillar. Er war ein Bekannter des Majors und hat noch immer dieselbe Adresse in Spalding wie vor zehn Jahren.«

»Ich dachte, Simpson hätte keine Freunde des Majors auftreiben können.«

»Richtig.« Clarice warf einen Blick auf ihre Notizen. »Befreundet waren auch vor allem ihre Frauen Janice und Ann, Gerrys Ehefrau. Ann ist vor elf Jahren gestorben, ein Jahr vor den Ermittlungen.«

»Dann dürfte er keine große Hilfe sein.«

»Vermutlich.« Clarice zog erneut ihre Notizen zurate. »Dem Bericht zufolge hat Gerry gesagt: ›Ich bin ihm nur ein paarmal begegnet. Er war recht nett, aber nicht so ganz mein Fall.‹ Und dann hat er noch gemeint: ›Er schien die Art Mann zu sein, die gern mit den Damen flirtet, und weil er ein guter Zuhörer war, haben sie ihm all ihre kleinen Geheimnisse anvertraut. Janice, die Frau des Majors, hatte sich anscheinend mit seiner Flirterei abgefunden, und als Paar schienen sie sich nahe zu stehen, darum war es ziemlich überraschend, dass er mit Avril durchgebrannt ist.‹«

»Dann hat Gerry doch schon eine Menge Informationen geliefert; was könnte er dir noch erzählen?«, fragte Rick.

»Wahrscheinlich nicht viel.«

Er nickte zustimmend. »Das waren drei – bleiben noch zwei.«

»Pattie Freeman, falls sie noch lebt. Die möchte ich zu gern sprechen.«

»Warum?«

»In Colins Notizen wird sie als ›Mums beste Freundin‹ bezeichnet. Zum Zeitpunkt der Nachforschungen hat sie auf der Wählerliste gestanden, aber sie hat nie zurückgerufen. Auf der Wählerliste steht sie jetzt nicht mehr, aber ich habe eine Telefonnummer zu der Adresse von vor zehn Jahren. Und ich hoffe, dass ich vielleicht Janice aufspüren kann, falls sie noch lebt.«

»Die Frau des Majors?«

»Ex-Frau, glaube ich.« Clarice nickte. »Janice ist nach Roundhay in Leeds gezogen, nachdem sie ihn verlassen hat, und laut Dennis Simpson war sie vor zehn Jahren immer noch dort. Es gibt ein paar Fotos von ihr, die von der anderen Straßenseite aus aufgenommen wurden. Sie sah damals allerdings schon ziemlich tattrig aus.«

Clarice schlug die Akte auf, um Rick die Fotos einer großen, vornübergebeugten Frau Mitte siebzig zu zeigen. Janice machte sich keinerlei Mühe, ihr Alter zu verbergen. Ihr Haar war weiß, und sie trug kein Make-up; ihre Kleidung wirkte vor allem bequem, aber weder modisch noch besonders vorteilhaft. Auf jedem der vier Fotos, die auf der Straße aufgenommen worden waren, benutzte sie einen stabilen Gehstock.

»Laut Bericht des Ermittlers hatte sie Arthritis. Auch sie steht unter der alten Adresse nicht mehr im Wählerverzeichnis, und es gibt auch keine Telefonnummer.«

»Vielleicht solltest du nach einer Sterbeurkunde suchen.«

»Daran habe ich schon gedacht, aber das wird nichts. Ich kenne weder ihren Geburtstag noch einen eventuellen Todestag, und ich will nicht all meine Zeit damit vergeuden, Sterbeurkunden zu suchen. Ich rede lieber mit den Lebenden.« Clarice stellte ihr leeres Glas auf einem kleinen Tisch ab.

»Sie könnte aber noch leben. Vielleicht in einem Pflegeheim.«

»Möglich. Dem Bericht nach hatte sie einen Bruder namens Peter, der nach einer Scheidung aus Australien zurück nach England gekommen ist. Vielleicht ist er ja mit seiner Schwester zusammengezogen.«

»Auch nicht im Wählerverzeichnis?«

»Nein – und dazu kommt eine zusätzliche Adresse in Colins Notizbuch. Oakwood in Leeds, West Yorkshire, was direkt um die Ecke von …«

»Roundhay ist«, beendete Rick ihren Satz.

»Und vergiss nicht, die Postkarte stammt aus Ilkley – in Yorkshire.«

»Die Verbindung nach Yorkshire ist auf Janice beschränkt?«

»Bisher schon«, sagte Clarice frustriert. »Aber ich habe noch nicht richtig angefangen zu graben.«

»Wann kommen Bob und Sandra morgen her?«

»Gar nicht. Sie sind mit ihrer Tochter Michelle zum Mittagessen verabredet. Sie kommen erst am Sonntag wieder, wenn wir nach Norwich fahren, um die Keramikarbeiten in der Galerie abzuliefern. Geh schlafen, Rick. Ich komme in einer Minute nach.«

Mit der Akte des Detektivs und Colins Notizbuch ging sie in ihr Arbeitszimmer und machte es sich auf dem kleinen Sofa bequem, das normalerweise die Hunde beanspruchten. Aus dem Schlafzimmer erklang bald leises Schnarchen, das ihr verriet, dass Rick ihren Rat beherzigt hatte. Erneut schlug sie Colins Notizbuch auf und blätterte zu der Seite, auf der es um sein erstes Zusammentreffen mit Dennis Simpson ging.

Die Worte *ausgebufft* und *weiß, was zu tun ist* deuteten darauf hin, dass Colin zunächst mit dem Ermittler zufrieden gewesen war. Später jedoch hatte er notiert: *Janice Baxter – nichts zu berichten.* Dann: *Sackgasse. Janice weiß nichts über den Verbleib ihres Ex'.* Er hatte gefragt, ob Janice und Freddie Baxter wirklich geschieden waren, denn dafür hatte er keinerlei Beweise zu sehen bekommen. Dennis Simpsons Antwort lautete, das sei für seine Ermittlungen irrelevant.

Nachdem er den Abschlussbericht von Simpson erhalten hatte, hatte Colin notiert: *Unklares Ergebnis, enttäuschende Bilanz*.

Eine Seite des Notizbuchs war Zahlen gewidmet. Zwei Ziffern, dann eine Gruppe von fünf, dann sieben und so weiter. Es war unmöglich, herauszufinden, worauf sie sich bezogen: Telefonnummern, Entfernungen oder vielleicht etwas ganz anderes? An anderer Stelle war Colin auf die Tage vor Avrils Verschwinden zurückgekommen. Da hieß es, sie habe im Garten mit dem Major gesprochen, und der habe ihre Hand gehalten. Zu dem Tag, an dem sie gegangen war, hatte er angemerkt: *Der heißeste Tag des Jahres*.

Am verblüffendsten war eine Vorher-nachher-Aufstellung. Die Vorher-Liste bezog sich, wie Clarice vermutete, auf die Zeit, in der seine Mutter immer noch im Herrenhaus gelebt hatte. Darin waren Speisen aufgeführt sowie Dinge, die sie getan haben mochte oder die sie gemeinsam getan haben mochten, beispielsweise Drachen steigen lassen, Schlittschuhlaufen, Tanzen, und dann wurden da noch Kleidungsstücke und Accessoires genannt. Die Nachher-Liste, die sich mutmaßlich auf die Zeit nach Avrils Verschwinden bezog, war kürzer, aber beide Listen umfassten die Posten Schmuck, Schuhe und Tanz. Clarice fragte sich, in welcher Gemütsverfassung Colin gewesen sein mochte, als er die Listen angefertigt hatte. Seit Avrils Verschwinden war so viel Zeit vergangen, aber er war mental anscheinend jenem Abschnitt seiner Kindheit verhaftet geblieben.

Sie widerstand der Versuchung, weiterzulesen, legte die Papiere weg und blieb noch eine Weile still sitzen, bemüht, so etwas wie Ordnung in ihre Gedanken zu bringen. Doch als sie im Geiste nur von einem Thema zum anderen stolperte, wurde ihr klar, dass sie ihr mentales Ablaufdatum überzogen hatte – es war Zeit, sich zu Rick zu gesellen und ein wenig zu schlafen.

Kapitel 7

Am folgenden Tag ging Clarice, nachdem sie zu Mittag gegessen und alle Tiere versorgt hatte, wieder in ihr Arbeitszimmer, um mit den Anrufen zu beginnen. Mit Emily hatte sie frühmorgens gesprochen, ehe sie zum Unterricht gegangen war. Sie hatte zugestimmt, dass Clarice die Leute kontaktieren sollte, die in dem Bericht aufgeführt waren, und gesagt, sie würde sich gern am Montag oder Dienstag der kommenden Woche mit ihr und Rick treffen.

Nach dem Gespräch mit Emily plagten Clarice düstere Vorahnungen. Die jüngere Frau hatte so optimistisch reagiert, so euphorisch, sie konnte sich des Gefühls nicht erwehren, dass Emily eine schlimme Enttäuschung bevorstand, sollte es Clarice nicht gelingen, ein Ergebnis, und zwar ein möglichst positives, zu erzielen. Sie fragte sich, ob Emily so darauf fokussiert war, herauszufinden, was aus ihrer Großmutter geworden war, weil es ihr half, den Kummer um ihren Vater zu verdrängen. Das wäre ein Fehler; Trauer war ein Gast, den man nicht ignorieren konnte.

Der Ermittler, Dennis Simpson, schien verblüfft über ihren Anruf. Zuvor brauchte sie mehrere Minuten, um an der Vorzimmerdame vorbeizukommen, die erpicht darauf war, die Bedeutung des Mannes herauszustreichen. Sie ver langte, in allen Einzelheiten zu erfahren, was die Anruferin wünschte, als wollte sie ihr vermitteln, dass die Detektei es nicht dulden würde, wenn sie versuchte, ihre Zeit zu vergeuden. Doch Clarice setzte ihr Anliegen unerschrocken durch. Als er dann endlich selbst am Telefon war, klang Simpson mit seinem Essex-Akzent recht gemessen. Er behauptete, er könne sich nicht an den Fall erinnern, sagte aber, er würde zurückrufen, sobald er Gelegenheit hatte, sich die Akte anzusehen. Natürlich war es plausibel, dass er sich nach zehn Jahren nicht mehr an Colin Compton-Smythe und seine Familie erinnerte, das war Clarice durchaus bewusst. Aber da lag etwas in seinem Tonfall, das sie auf den Gedanken brachte, dass er ihr gegenüber nicht ganz ehrlich gewesen war.

Als Nächstes rief sie die Nummer an, die neben dem Namen Pattie Freeman notiert war. Dass Pattie nicht mehr im Wählerverzeichnis stand, war kein gutes Zeichen. Aber ihr Anruf wurde von einer liebenswürdigen Frau entgegengenommen, die sagte, sie kenne sie.

»Ich habe dieses Haus von ihr gekauft. Ich bin Karen Jones«, erklärte sie. »Als ich hergekommen bin, um mir das Haus anzusehen, kannten Pattie und ich uns noch gar nicht, aber wir sind ins Gespräch gekommen und haben festgestellt, dass unsere Töchter gute Freundinnen sind. Sie und ich haben uns so gut verstanden, dass wir seither unser eigenes Damenkränzchen haben – sie ist so eine nette Person.«

»Was für ein schöner Zufall«, antwortete Clarice, erfreut, eine Spur gefunden zu haben, die sie zu Pattie führen könnte.

Mrs Jones plapperte weiter, sprang von einem Thema zum anderen. Clarice gewann bald das Gefühl, es wäre einfacher, die Sonne am Auf- und Untergehen zu hindern, als ihren Redefluss zu unterbrechen.

»Ich sollte allmählich Schluss machen. Mein Mann denkt

sowieso, ich würde ständig am Telefon hängen«, sagte Karen schließlich mit einem mädchenhaften Lachen. »Ich sehe seinen Wagen die Auffahrt heraufkommen. Ich habe Patties Nummer in meinem Adressbüchlein. Sie wohnt zusammen mit ihrer Tochter Olivia in Stamford.«

Nach zwei vergeblichen Versuchen unter der ergatterten Telefonnummer hinterließ Clarice eine kurze Nachricht und bat um einen Rückruf von Pattie, ehe sie sich Avrils Schwester Pamela zuwandte. Dort wurde der Hörer beim zweiten Klingeln abgenommen, als hätte die ältere Dame neben dem Telefon gesessen und gespannt auf einen Anruf gewartet. Als Clarice ihr erklärte, worum es ging, trat eine lange Stille ein.

»Kommen Sie von derselben Stelle wie diese Leute, die mich vor Jahren kontaktiert haben? Colin hat Nachforschungen wegen des Verschwindens meiner Schwester bezahlt.«

»Nein.« Clarice erklärte es ihr noch einmal. »Colin ist letzte Woche gestorben. Seine Tochter Emily, Ihre Großenkelin, hat mich gebeten, mir die Geschichte einmal anzusehen.«

»Also sind *Sie* auch Detektivin?«, fragte Pamela scharf.

»Nein.« Clarice achtete darauf, mit ruhiger Stimme zu sprechen, denn sie nahm an, dass die alte Dame verwirrt war. »Ich war eine Freundin von Colin, und Emily hat mich gebeten, mir den Bericht des Detektivs anzusehen.«

»Sie kommen ein halbes Jahrhundert zu spät, wenn Sie etwas von Avril wollen«, sagte Pamela. »Meine Schwester und ich haben uns nicht so gut verstanden; wir hatten wenig gemeinsam und nach ihrer Hochzeit auch nichts mehr miteinander zu tun.«

»Ich verstehe«, sagte Clarice.

»Ich lebe in Lincoln«, bemerkte Pamela nach einem Augenblick des Zögerns. »Wenn Sie Emily zu Besuch herbringen wollen, wäre das akzeptabel – ich habe sie nie kennengelernt.«

»Danke. Ich habe Ihre Adresse. Wann können …«

»Nicht am Wochenende. Da bin ich beschäftigt«, fiel ihr Pamela in hochmütigem Ton ins Wort. »Kommen Sie Montag früh um zehn Uhr dreißig.«

»Wir werden am Montag da sein. Danke«, sagte Clarice.

Doch da war die Leitung schon tot. Pamela hatte einfach aufgelegt. Ganz offensichtlich hatte nur ihre Neugier auf Emily sie getrieben, sich mit diesem Besuch einverstanden zu erklären.

»Eine erledigt, bleiben noch drei«, sagte Clarice zu Blue, die zur Antwort den Kopf hob und gähnte.

Das Gespräch mit Gerry Pillar fühlte sich zunächst nach einer Sackgasse an. »Ich kann Ihnen nicht mehr sagen, als ich dem Mann vom Detektivbüro damals erzählt habe«, erklärte er. »Der Major war nett, aber er zählte nicht zu meinen Freunden – ich bin ihm nur zweimal begegnet. Seine Frau Janice war eine Freundin meiner verstorbenen Frau Ann.« Eine lange Pause trat ein. »Es war eine ungünstige Situation. Er war reich und piekfein. Wir haben nicht in derselben Liga gespielt. Ich habe mich in seiner Gegenwart nie wohlgefühlt.« Er lachte. »Für ihn muss es genauso gewesen sein. Er konnte mit mir ebenso wenig anfangen wie ich mit ihm.«

»Aber Ihre Frauen waren enge Freundinnen?«, hakte Clarice nach.

»Janice ist in Spalding aufgewachsen. Sie war nicht so piekfein, darum sind sie und meine Ann auch gut miteinander ausgekommen«, berichtete Gerry. »In Anns Gegenwart hätte ich das nie gesagt, aber Janice war eine tolle Frau; sie war eine echte Schönheit, und, Junge, die hatte Stil – sie sah fantastisch aus.«

»Kennen Sie irgendwelche anderen Freunde von Janice oder dem Major, an die ich mich wenden könnte?«

»Sie meinen solche, die die Radieschen nicht längst von unten betrachten?«, polterte Gerry und lachte über seinen eigenen Witz. »Ich kenne weiter niemanden, tut mir leid, meine Liebe.«

»Hat Ann den Kontakt aufrechterhalten, nachdem Janice nach Yorkshire gezogen ist?«

»Soweit ich mich erinnere nicht.«

»Dann haben Sie auch nichts von einer Wiederverheiratung gehört – von einem neuen Mann?«

Stille. Clarice wartete.

»Nein«, sagte Gerry dann mit fester Stimme. »Tut mir leid, ich kann mich nicht an den Namen irgendeines Kerls erinnern. Ann hat darüber gelacht. Sie hat gesagt, nach dem Debakel ihrer ersten Ehe würde sich Janice nicht noch einmal auf einen Mann einlassen.«

»Warum dachte Ann, ihre erste Ehe wäre ein Debakel gewesen?«

»Das dachte sie wirklich.« Gerry lachte erneut. »Nach dem, was Janice zuerst meiner Ann erzählt hat, war ich ja davon ausgegangen, dass die zwei perfekt zusammenpassen. Aber das war, bevor sie nach Leeds gegangen ist, um sich um ihre alte Mutter zu kümmern. Sie hat ihn allein gelassen und ihm vertraut, und im Handumdrehen war er weg – verschwunden mit Avril.«

»Mir war nicht klar, dass sie ursprünglich fortgegangen ist, um sich um ihre Mutter zu kümmern«, sagte Clarice.

»Ihr Vater kam aus Leeds. Als er in Rente gegangen ist, sind er und Janices Mutter wieder da raufgezogen. Die

Mutter hatte Krebs, und Janice war vor ihrer Ehe Krankenschwester.« Gerry legte eine kurze Pause ein. »Hat ihrem Ehemann vertraut, während sie ihre kranke Mutter pflegte – das zeigt nur, dass wirklich nichts perfekt ist.«

Er notierte sich Clarices Nummer und versprach, sich zu melden, sollte ihm noch etwas einfallen.

Als sie das Telefon weggelegt hatte, blätterte Clarice in der Akte des Detektivs, um sich noch einmal das Foto von Janice anzuschauen, das sie Rick am Vorabend gezeigt hatte. Sie verspürte einen Hauch von Traurigkeit. Das Mädchen, das Gerry als Schönheit beschrieben hatte, hatte sich in diese gebeugte, weißhaarige Frau verwandelt. Eine Frau, die wie viele ältere Menschen mit den Behinderungen zu kämpfen hatte, die eine Arthritis mit sich brachte.

Zumindest hatte sie noch eine Chance, am Montag von Pamela etwas mehr zu erfahren. Die neue Information von Gerry, die besagte, dass Janice nach Leeds gegangen war, um sich um ihre Mutter zu kümmern, bevor ihr Mann verschwunden war, mochte nirgendwohin führen. Aber es war ein neues Stück in einem großen Ganzen, das sie sich wie ein ausgedehntes Puzzle vorstellte. Hatte sie erst alle Teile am richtigen Platz, bekam sie vielleicht eine bessere Vorstellung davon, was aus Avril geworden war.

Als sie später die Vorhänge im Wohnzimmer zuzog, überlegte Clarice, ob sie eine vegetarische Lasagne zum Abendessen machen oder einfach etwas aus der Gefriertruhe in die Mikrowelle stellen sollte, wenn Rick heimkäme. Kaum hatte sie sich für die Lasagne entschieden, klingelte das Telefon.

»Dennis Simpson hier. Ich hatte versprochen, zurückzurufen.«

»Toll!«, rief Clarice erfreut. »Danke, dass Sie sich melden. Haben Sie die Akte gefunden?«

»Ja, allerdings. Interessieren Sie sich für einen speziellen Sachverhalt im Zusammenhang mit den Ermittlungen?«

Clarice erklärte, dass nach Colins Tod dessen Tochter über die Akte gestolpert war und nun unbedingt weitere Nachforschungen über das Verschwinden von Avril und dem Major anstellen wolle.

»Ich kann Ihnen nicht mehr sagen, als in dem Bericht steht«, sagte Dennis und hörte sich an, als wollte er wieder auflegen.

»Wäre es nicht vielleicht möglich, dass ich eine halbe Stunde Ihrer Zeit beanspruche?«, fragte Clarice. »Nur, um mich nach den Eindrücken zu erkundigen, die Sie von den Hauptbeteiligten gewonnen haben. Es würde Emily so viel bedeuten.«

Lange herrschte Schweigen.

»Das ist so lange her, und ich habe in den letzten zehn Jahren zahllose Fälle bearbeitet. Ich bezweifle, dass ich Ihnen nach all der Zeit noch irgendetwas darüber sagen kann.«

»Wir wüssten es wirklich zu schätzen«, beharrte Clarice.

»Ich verstehe, dass Mister Compton-Smythes Tochter um ihren Vater trauert. Sein Tod ist noch so frisch, und die Entscheidungen, die man in solch einer Phase trifft, sind nicht immer vernünftig. Vielleicht wird sie, wenn sich der erste Schrecken gelegt hat, die Akte selbst noch einmal lesen und erkennen, dass bereits alle Mittel ausgeschöpft wurden.« Dennis sprach mit ihr, als hätte er es mit einem bockigen Kind zu tun.

»Ich glaube nicht, dass es dazu kommen wird. Emily muss jetzt auf ihren Instinkt hören.« Clarice blieb höflich, aber standhaft. »Würden Sie sie empfangen, Mister Simpson, wenn ich sie nächste Woche zu Ihnen bringe? Vielleicht am Montag oder Dienstag Nachmittag?«

»Lassen Sie mich nachdenken – und bitte, nennen Sie mich Dennis.«

Clarice ahnte, dass er versuchte, Zeit zu schinden.

»Dienstag kann ich nicht. Da bin ich wegen eines anderen Falls unterwegs. Es müsste schon Montag um drei sein. Wissen Sie, wo Sie uns in Lincoln finden?«

»Ja, ich habe Ihre Adresse. Vielen herzlichen Dank, Dennis.« Ein schwer erkämpfter Erfolg. Der Fall war zehn Jahre alt und für ihn finanziell uninteressant. Der Detektiv wollte seine Zeit nicht verschwenden.

»Dann sehen wir uns am Montag um drei«, sagte Clarice.

Kapitel 8

Das Mittagessen war gut gelaufen. Emily hatte zwar nach ihrem Eintreffen zunächst bedrückt und still gewirkt, aber dann hatte Rick seinen Zauber ausgeübt und sie aus ihrem Trübsinn herausgelockt. Während sie ihn beobachtete, dachte Clarice über die Leute auf der falschen Seite des Gesetzes nach, mit denen er ständig zu tun hatte. Seine Größe und Statur mochten einschüchternd sein, das extrem kurze Haar, das in den permanenten Bartschatten überging, und die rugbygeschädigte Nase trugen das Ihre zu seinem derben, eher bedrohlichen Erscheinungsbild bei. Aber er war ein guter Zuhörer und konnte einen entwaffnenden Charme spielen lassen, wenn er nur wollte.

Clarice hatte Emily die Kiste ihres Vaters zurückgegeben und eine getippte Zusammenfassung ihrer Gedanken über Colins Anmerkungen in seinem Notizbuch und den Bericht des Detektivs dazugelegt.

Als sie mit dem Mittagessen fertig waren, gingen sie mit ihrem Kaffee ins Wohnzimmer.

»Danke, dass Sie die beiden Treffen am Montag arrangiert haben«, sagte Emily.

»Ich möchte aber nicht, dass du dir zu viele Hoffnungen machst«, warnte Clarice sie. »Wir können mit Angehörigen und Freunden reden, doch das kann auch nirgendwohin führen.«

»Wir wussten bisher aber nicht, dass Janice eigentlich nach Leeds gezogen ist, um sich um ihre kranke Mutter zu kümmern«, wandte Emily überschwänglich ein. »Das ist doch schon eine neue Information.«

»Mag sein, aber das heißt nicht, dass sie uns der Lösung des Rätsels näherbringen kann«, entgegnete Clarice sanft. »Ich will nur nicht, dass du am Ende enttäuscht bist, falls wir in einer Sackgasse landen.«

»Sie hat recht«, fügte Rick hinzu. »Vergessen Sie nicht, dass Ihr Dad fünfzig Jahre lang verzweifelt versucht hat, das Rätsel zu lösen. Selbst der beauftragte Ermittler konnte der Sache nicht auf den Grund gehen, also sollten Sie sich wirklich keine allzu großen Hoffnungen machen.«

»Ich verstehe, was Sie beide meinen.« Emily blickte von einem zum anderen.

Clarice nickte und stand auf, um die Kaffeetassen nachzufüllen. »Die Bestattung ist am Donnerstag; du hast gesagt, dein Großvater hat dich gebeten, schon am Mittwoch zu kommen und zwei Nächte zu bleiben, ist das richtig?«

»Ja, wenn ich am Mittwochvormittag dort bin, kann ich helfen, das Haus für die Gäste vorzubereiten, die nach der Beerdigung zum Essen und Zechen kommen werden. Die Fahrt nach Hause dauert nur eineinhalb Stunden, aber ich kann am Donnerstag nicht mehr fahren, falls ich etwas trinke.«

»Richtig«, sagte Rick.

»Ich schätze, du wirst so oder so müde sein. Das hört sich anstrengend an. Werden viele Leute erwartet? Ich dachte immer, Colins Familie wäre nicht so groß.«

»Es geht nicht um die Familie. Da werden alle bewirtet, die an der Beerdigung teilnehmen wollen, vornehmlich Leute aus dem Ort«, erklärte Emily. »Es wird den üblichen Gottesdienst geben, und dann wird der Sarg zum Grab gebracht. Da wird ein ganzer Haufen Menschen sein, und die werden, wie Grandpa es ausgedrückt hat, erwarten, dass man sie füttert.«

»Ist das eine Tradition?«, fragte Clarice.

»Ja, das geht auf die Zeit zurück, in der sich die Familie Compton-Smythe noch für etwas Besonderes gehalten hat, zu Ururgroßvater Georges Tagen. Weihnachten haben sie Geld für die Bedürftigen der Gemeinde bereitgestellt, und sie haben großes Ansehen in der Gesellschaft genossen. Ihre Bank war immer ganz vorn in der Kirche. Und wehe, irgendjemand hat es gewagt, nicht zum Gottesdienst am Sonntagmorgen zu erscheinen.«

»Dann verfügten sie also über Macht und Einfluss?«, hakte Clarice nach.

»Ja – aber das war damals. Laut Dad haben George und sein Sohn, mein Urgroßvater James, beide noch großes Ansehen im Ort genossen. Ich glaube, Grandpa Ralph ist gar nicht klar, dass unsere Familie den Leuten im Ort inzwischen völlig egal ist, abgesehen von denen, die zur Beerdigung kommen. Seine Vorstellung davon, wie die Compton-Smythes von außen wahrgenommen werden, hat er im finsteren Mittelalter von seinem Vater und Großvater übernommen.«

»Wenn du zwei Nächte fort sein wirst, soll ich mich dann um Napoleon und Josephine kümmern? Du kannst sie früh am Mittwochmorgen hier abgeben.«

»Jaaaa …« Emily zog das Wort in die Länge.

»Natürlich nur, wenn du es willst.« Clarice ahnte ein unausgesprochenes »aber«.

»Ich hoffe, Sie halten mich jetzt nicht für unverschämt –

aber Sie sagten, Sie würden zur Beerdigung kommen. Würden Sie mich begleiten und ebenfalls zwei Nächte bleiben?« Emilys Gesicht war rosarot angelaufen.

»Ich?«

»Es wäre wunderbar, wenn Sie dort sein könnten. Dad war ein Freund von Ihnen«, sprudelte Emily hervor, als müsse sie nur schnell genug reden, um ihren Willen zu bekommen. »Und wegen des Rätsels um Avril und den Major wäre es doch umso besser, wenn Sie die Hauptakteure kennenlernen und etwas Zeit mit ihnen verbringen würden. Das hilft vielleicht, um der Sache auf den Grund zu gehen.«

»Ich bin nicht überzeugt, dass dein Großvater das gutheißen würde.« Clarice lächelte sanft, um den Schlag abzumildern.

»Er hat Ja gesagt!«

»Du hast ihn schon gefragt?«

»Ich dachte, es wäre besser, ich frage ihn, bevor ich Sie frage – für den Fall, dass er Nein sagt.«

»Ich verstehe.« Clarice spürte Ricks Blick auf sich ruhen.

»Wir müssten uns ein Zimmer teilen. Großmutter Avrils Zimmer ist jetzt ein Gästezimmer mit Einzelbetten«, plapperte Emily weiter.

»Mein Problem ist, dass ich abgesehen von unseren Familientieren, zwei Hunden und sieben Katzen, auch noch das Katzenhaus habe«, sagte Clarice mit einem Seitenblick auf Rick. »Es ist derzeit nicht gerade überfüllt, kostet mich aber trotzdem eine Menge Zeit, und Rick muss zur Arbeit nach Lincoln fahren.«

»Es tut mir leid.« Emily schien vor lauter Verlegenheit zu schrumpfen. »Das war eine dumme Idee.«

»Aber ich nehme an, du möchtest mitgehen, Clarice?«, fragte Rick.

»Ja«, sagte Clarice, »aber meine Verpflichtungen …«

»Meinst du, Bob und Sandra wären bereit, für ein paar Tage hierzubleiben?«

»Macht dir das nichts aus?«

»Natürlich nicht. Ich wette, Sandra stürzt sich auf die Gelegenheit. Sie würde sich freuen, das Sagen zu haben.«

»Aber vergiss nicht, sie haben bereits zugesagt, morgen zu kommen, wenn wir nach Norwich fahren. Und dann am Montag gleich wieder, während ich mit Emily unterwegs bin«, wandte Clarice ein.

»Sind das die Freiwilligen, von denen Sie mir erzählt haben?«, fragte Emily. »Die, die schon mit Ihrer Mutter befreundet waren, als Sie noch ein Kind waren?«

»Ja«, sagte sie wehmütig. »Sandra und Mum waren die besten Freundinnen. Sie haben gemeinsam alle möglichen Kurse besucht – Aquarellmalerei, Blumenstecken, Töpfern. Bob und Sandra sind so ein reizendes Paar. Als beide in den Ruhestand gegangen sind, hat Bob gesagt, er dachte, sie könnten womöglich an Langeweile sterben, also haben sie mir angeboten, mir bei der Tierschutzorganisation zu helfen. Für Rick und mich gehören sie zur Familie.«

»Ihre Mum war auch Keramikerin?«

»Für Mum war das ein Hobby. Damals hat man sie noch Töpfer genannt, nicht Keramiker.«

»Aber«, warf Rick ein, »Mary, Clarices Mum, hat den Namen für ihre Tochter einer Künstlerin gestohlen …«

»Clarice Cliff«, sagte Emily prompt. »Natürlich! Ich liebe die Töpferarbeiten aus dieser Zeit.«

»Die 1930er waren eine fruchtbare Zeit für das Keramikhandwerk«, sagte Clarice beim Aufstehen. »Na schön, was du heute kannst besorgen … Ich rufe Sandra an. Ich weiß, dass sie jetzt zu Hause ist.«

Sie ging hinaus, um das Telefon im Arbeitszimmer zu benutzen, und als sie fünfzehn Minuten später zurückkam, blickte Emily ihr hoffnungsvoll entgegen.

»Sandra sagt, sie wäre entzückt. Dann hätte sie Rick ganz für sich allein. Aber sie hat auch gemeint, Bob würde sich bestimmt zu einer Runde Schach dazwischendrängeln.«

»Bob und ich spielen tatsächlich gern Schach«, sagte Rick.

»Das ist toll.« Strahlend stand Emily auf. »Ich bin so froh, dass Sie mitkommen, Clarice.«

»Ich auch«, sagte Clarice. »Vergiss Montag nicht; es wäre vielleicht das Einfachste, wenn ich dich am Haus deines Vaters abhole.«

Nachdem Emily sich von Rick verabschiedet hatte, ging sie zusammen mit Clarice in die Scheune, um die beiden Katzen zu holen. Clarice sagte ihnen auf Wiedersehen, ehe sie in den Schatten der Scheune zurückkehrte und zusah, wie Emily sich umblickte und davonfuhr. Ihre Mundwinkel hingen herab, ihre Miene war angespannt und beklagenswert. Es war, als würde sie, sobald sie sich unbeobachtet fühlte, eine Maske fallen lassen.

»Sie gibt sich tapfer und versucht, ihre Verzweiflung zu verbergen«, erklärte Clarice, als sie gemeinsam in der Küche standen. Clarice spülte das Geschirr vom Mittagessen, Rick trocknete es ab.

»Ja«, stimmte er zu, »das tut sie.«

»Mir vorzuschlagen, dass ich Bob und Sandra fragen soll, ob sie herkommen, war eine gute Idee.«

»Sag nicht, der Gedanke wäre dir da nicht auch selbst durch den Kopf gegangen«, sagte er mit funkelnden Augen.

»Na ja – schon. Ich war überrascht, dass sie mich gebeten hat, sie zur Beerdigung zu begleiten, und ich wollte dir nicht das Gefühl geben, dass ich dich einfach im Stich lasse.«

»Keine Sorge. Bob und ich werden ein paar Whiskys genießen, während ich ihn beim Schach gewinnen lasse, und Sandra wird für die Tiere und uns die Glucke spielen.«

»Ihn gewinnen lassen – ha!« Clarice lachte.

»Und …«

»Und was?«

»Emily ist ein liebes Mädchen, aber sie wirkt viel jünger, als sie ist. Eine Neunzehnjährige, die mental eher an eine Zwölfjährige erinnert.« Nachdenklich kratzte Rick sich am Kopf. »Vielleicht will sie dich zu ihrer Unterstützung dabeihaben.«

»Das ist mir auch durch den Kopf gegangen.«

»Es ist schon auffällig, dass sie so viel mit den Freunden ihres Vaters herumgehangen hat. Die meisten Kinder, die älter sind als elf, wollen mit ihren eigenen Freunden zusammensein, nicht mit denen von Mum oder Dad.«

»Darüber habe ich mich auch gewundert.« Clarice nickte. »Ich dachte, das könnte daran liegen, dass ihre Mutter sie für ihre neue französische Familie verlassen hat. Sie muss dreizehn gewesen sein, als das passiert ist.«

»Hört sich an, als würde die Geschichte sich wiederholen. Colin war fünf, als seine Mutter gegangen ist.«

Wieder nickte Clarice. »Ich habe auch daran gedacht, zumal bisher alles darauf hinweist, dass der Major charmant und charismatisch war. Emily hat mir erzählt, dass Colin ihn mochte.«

»Und dem Bericht des Detektivs zufolge war er auch wohlhabend.«

»Du hast dir die gleichen Gedanken gemacht wie ich«, stellte Clarice fest.

»Ich glaube nicht, dass Emily das hören will, aber die Möglichkeit besteht zweifellos. Avril könnte sich einfach verliebt haben und mit dem Major abgehauen sein.«

Gedankenverloren widmeten sie sich für eine Weile schweigend ihren häuslichen Pflichten.

»Das Geheimnis um das Verschwinden von Avril und dem Major ist fünfzig Jahre alt«, sagte Rick schließlich. »Was kann es schon schaden, wenn man nach all der Zeit ein paar Fragen stellt?«

Clarice nickte lächelnd. In Gedanken war sie bereits weitergezogen und stellte sich die Leute vor, die sie am Montag treffen würde, sowie Colins Angehörige, denen sie später in der Woche in Stone Fen Manor begegnen würde. Sie fragte sich, wie gut Emily damit zurechtkommen würde. Dass sie nicht ewig eine tapfere Miene zur Schau tragen konnte, lag auf der Hand.

Kapitel 9

Der Sonntag zog schnell vorüber. Rick und Clarice fuhren nach Norwich, um eine neue Ladung Keramikteller und Vasen in einer der städtischen Galerien abzuliefern. Anschließend aßen sie bei ihrem bevorzugten Italiener zu Mittag, was Clarice die Gelegenheit gab, ihr eingerostetes Italienisch an Alberto, dem Eigentümer, auszuprobieren, ehe sie sich auf den Weg zurück nach Hause machten.

Am Montagmorgen fuhr sie zu Colins Haus. Sie war kaum angekommen, da kam Emily schon heraus, um sie zu begrüßen.

»Kaffee oder Tee wie beim letzten Mal?«, fragte sie, als sie ihren Gast hineinführte.

Heute hatte Clarice es mit einer anderen Emily zu tun, nicht vergleichbar mit der abgespannten, aschfahlen jungen Frau von vor fünf Tagen. Sie war schick gekleidet, trug eine eng geschnittene schwarze Hose und eine lange, graue Tunika. Ihr Make-up war perfekt, die braunen Haare fielen ihr gebürstet und glänzend über die Schultern. Nur die Trauer, die sich hinter ihrem Lächeln andeutete, verriet, wie es ihr wirklich ging, und Clarice war klar, dass sie sich für den nun vor ihr liegenden Tag maskiert hatte.

Clarice nahm den Becher Kaffee entgegen, den sie ihr in

der Küche anbot. Verfolgt von den beiden schwarzen Katzen gingen sie ins Wohnzimmer.

»Sind das viele Blumen!« Clarice musterte die mit Blumen aller Art gefüllten Vasen auf den Tischen und der Fensterbank. »Im Flur und in der Küche habe ich auch noch welche gesehen.«

»Sie stammen hauptsächlich von Freunden und Nachbarn. Dad war beliebt. Er schien die ganze Zeit irgendjemandem zu helfen: Einkaufen, Gartenarbeit oder Papiere ausfüllen. Und eine ganze Menge stammt von den Freunden aus dem Keramikkurs.«

»Dein Dad war schon einmalig.« Clarice lächelte bei der Erinnerung an Colin. »Viele Leute hatten ihn wirklich gern.«

»Ich weiß«, sagte Emily traurig. »Ich war immer stolz auf ihn.«

Eine Weile saßen sie schweigend beisammen und tranken ihren Kaffee. Clarice entging nicht, wie schwer es Emily fiel, ihre Fassade aufrechtzuhalten.

»Wir haben noch eine halbe Stunde, ehe wir losmüssen«, sagte sie und kraulte Josephines Ohren. »Ist dir irgendetwas eingefallen, was dein Dad dir über Großtante Pamela erzählt hat, und sei es noch so trivial?«

»Darüber habe ich nachgedacht, bevor Sie gekommen sind«, entgegnete Emily. »Bei den wenigen Gelegenheiten, zu denen er sie meiner Erinnerung nach erwähnt hat, hat er sie nie als Tante bezeichnet. Ich glaube, Avril hat sich einmal mit ihr getroffen, als Dad noch ein kleiner Junge war. Ich bin ziemlich sicher, dass dies etwas ist, das auch ihm jemand erzählt hat. Ich glaube nicht, dass er alt genug war, um sich daran zu erinnern.«

»Wer könnte ihm davon erzählt haben?«

»Tut mir leid, das weiß ich beim besten Willen nicht mehr.«

»Weißt du, warum Pamela und Avril sich überworfen haben?«

»Nein. Dad hat gesagt, das wäre ihm ein Rätsel.« Emily zuckte mit den Schultern. »Ich schätze, da gab es eine Menge Dinge, die er über seine Mutter hätte erfahren können, als er älter war, wenn er dortgeblieben wäre.«

»Und«, fügte Clarice hinzu, »wenn Ralph mitteilungsfreudiger wäre. Dann hätte Colin ihn einfach fragen können, aber Avril war ein Tabuthema.«

»Ja, Ralph hat jedes Mal einen Wutanfall bekommen, wenn Dad seine Mutter erwähnt hat. Tut mir leid, dass ich Ihnen nicht mehr erzählen kann.«

»Das macht nichts. Vielleicht hilft Pamela uns weiter. Aber«, warnte Clarice, »am Telefon hat sie ziemlich mürrisch gewirkt. Es könnte gut sein, dass sie nicht besonders entgegenkommend ist.«

»Dann haben wir es wenigstens versucht.« Emily war bemüht, der Sache etwas Positives abzugewinnen.

»Richtig«, stimmte Clarice zu.

»Und ich habe ihr eine Packung Pralinen gekauft.«

»Um sie weichzumachen!« Clarice grinste. »Dein Stil gefällt mir.«

Knapp eine Stunde später erreichten sie Fiskerton im Osten von Lincoln. Pamelas Zuhause befand sich in einer kleinen Wohnanlage für Senioren, bestehend aus einstöckigen Reihenbungalows. Vor den Türen vieler Häuser waren Rollstuhlrampen angebracht, und vor jedem war ein kleines, gepflegtes, rechteckiges Rasenstück angelegt. Clarice fiel eine schwache Bewegung an einer der Gardinen auf, und sie nahm an, dass Pamela sie vermutlich gerade taxierte.

Sie hatten die Tür kaum erreicht, da wurde sie schon geöffnet.

»Hallo«, sagte Emily zögerlich. »Tante Pamela, ich bin Emily.«

»Ich bin deine Großtante – aber Tante genügt.« Die weißhaarige Frau musterte Emily mit scharfen, unfreundlichen Augen vom Scheitel bis zur Sohle. Sie war klein und spindeldürr, trug ein marineblaues Wollkleid, und ihre Füße steckten in schmuddeligen, pinkfarbenen Hausschuhen im Mokassinstil. »Du musst nach deiner Mutter kommen; mit Avril hast du nicht die geringste Ähnlichkeit.«

Sie hörte sich an, als sei sie zufrieden mit ihrer Einschätzung, machte kehrt und winkte, um ihnen zu signalisieren, dass sie ihr folgen sollten. Das Innere des Hauses war raumsparend aufgeteilt. Direkt voraus sah Clarice durch eine offene Tür in eine Wohnküche. Rechts befanden sich zwei geschlossene Türen, von denen eine vermutlich zum Schlafzimmer, die andere zum Badezimmer führte. Sie folgten Pamela in einen Raum auf der linken Seite, wo die ältere Dame auf ein Zweisitzer-Sofa zeigte.

»Setzt euch«, wies sie sie an.

»Ich habe dir die mitgebracht.« Emily hielt die Pralinenschachtel hoch, die Pamela ihr abnahm und vor sich hielt, als hätte sie es mit einer nicht detonierten Bombe zu tun.

»Das hättest du nicht tun sollen.« Sie rümpfte die Nase. Ton und Gebaren verrieten deutlich, dass diese Worte nicht höflich gemeint waren. Sie stellte die Schachtel auf einer Anrichte ab, auf der haufenweise alte Zeitungen, Umschläge, Rechnungen und eine TV-Fernbedienung lagen.

Als Clarice und Emily nebeneinander auf dem Sofa saßen, setzte sich Pamela auf den einzig verbliebenen Platz, einen ihnen gegenüberstehenden Lehnsessel.

Blickfang im Raum war ein elektrischer Heizlüfter, der auf niedriger Stufe lief. Es gab keine Familienfotos, nichts Persönliches, und da hing ein stickiger, unangenehmer Geruch in der Luft, ganz so, als wäre hier seit langer Zeit nicht mehr ordentlich gelüftet worden. Das verblasste, gelbe Blumenmuster wurde von etlichen kleinen Rahmen mit Bildern von Schlössern und herrschaftlichen Anwesen durchbrochen.

Pamela beugte sich vor und starrte Emily lange Zeit an, ehe sie etwas sagte.

»Was hat dein Vater dir über mich erzählt?« Ihre vormals lebendigen Züge wirkten nun erstarrt, und ihr Ton hatte etwas Durchtriebenes.

»Nur, dass du ihn einmal kennengelernt hast, als er noch ganz klein war.«

»Klein!« Sie lachte schallend. »Daran kann er sich unmöglich erinnert haben. Das muss seine Mutter ihm erzählt haben. Er hat ja noch im Kinderwagen gelegen.«

Emily wirkte verlegen, und Clarice ahnte, wie unbehaglich ihr zumute war.

»Avril, deine Großmutter, war in Spalding und hat den Kinderwagen geschoben. Colin war ein Baby. Sie war mit Ralphs Schwester Ernestine dort.« Pamela richtete sich auf, als erinnerte sie sich an eine Schlacht, die vor langer Zeit geschlagen worden war. »Ich habe nicht mit ihnen gesprochen; ich habe nur kurz in diesen Kinderwagen geschaut. Er war ein hässlicher kleiner Wurm. Alle Babys sehen entweder wie Schimpansen aus oder wie Winston Churchill; Colin war ein Schimpanse.«

Sie verfiel in Schweigen, als würde sie über das Zusammentreffen sinnieren.

»Lebt sie noch – Ernestine?«, fragte sie nach einer Weile.

»Ja.« Emily nickte. »Sie lebt in Stone Fen Manor bei Ralph, ihrem Bruder – meinem Großvater.«

»Ist das arme Weibsstück ihm also nicht entkommen«, nuschelte Pamela, ehe sie erneut verstummte wie ein Aufziehspielzeug, das plötzlich am Ende angelangt war.

Die Atmosphäre im Raum hing wie eine Nebelwand zwischen ihnen.

»Sie sind nicht gut mit Avril ausgekommen?«, fragte Clarice. Ihre Stimme kam ihr in dem kleinen Raum plötzlich übertrieben laut vor.

Pamela drehte sich zu ihr, als wäre ihre Gegenwart ihr jetzt erst aufgefallen.

»Wer sind Sie?«

»Ich bin eine Freundin von Colin«, sagte Clarice. Dann, mit einem Blick auf Emily, fügte sie hinzu: »Und von Emily. Ich war es, die mit Ihnen telefoniert und dieses Treffen vereinbart hat.«

Für einen Moment fühlte Clarice sich an ein wütendes, in die Enge getriebenes Wiesel erinnert, als sie Pamelas lebhaft zuckendes Gesicht betrachtete, und sie fragte sich, ob die Frau womöglich gleich fauchen oder kreischen würde.

»Ich bin gar nicht gut mit Avril ausgekommen«, konstatierte Pamela scharf. »Das habe ich schon diesem Mann vor Jahren erzählt – wir sind nicht miteinander ausgekommen.«

»Dem Detektiv?«, fragte Clarice.

»So hat er sich jedenfalls genannt. Und Avril habe ich gesagt, dass das nie funktionieren wird, als sie eingewilligt hat, Ralph zu heiraten: ›Nimm, was dir nicht gehört, und es wird sich gegen dich wenden und dich in den Hintern beißen.‹«

»Was hat sie sich genommen?« Verwirrung leuchtete in Emilys Zügen auf.

»Ralph – er hat nicht ihr gehört!«

Emily und Clarice sahen Pamela an, als die aufstand und ihren kleinen Körper spannte.

»Er hat mir gehört. Ich habe ihn zuerst getroffen.«

»Im Tennisclub?«, fragte Clarice.

»Ich war Mitglied, und Ralph und ich haben in den meisten Wochen Doppel gespielt. Dann sagte unsere Mutter, Avril wolle auch beitreten und hat sie mir aufgehalst. Nun, ich habe sie mitgenommen – ich war nett und habe ihr einen Gefallen getan.«

»Sie hat Ralph durch Sie kennengelernt?«

»In der ersten Woche ihrer Mitgliedschaft hat er sie schon zu einem Rendezvous eingeladen.« Pamelas Miene verzog sich unter dem Ansturm ihrer Gefühle. »Ich hatte ihn da schon sechs Monate gekannt. Er hätte mich gefragt, hätte sie sich nicht dazwischen gedrängt.«

»Du hattest das Gefühl, dass Avril ihn dir weggenommen hat. Deswegen seid ihr nicht miteinander ausgekommen?«, keuchte Emily.

»Sie *hat* ihn mir weggenommen«, klagte Pamela. »Ich hätte diejenige sein sollen, die in diesem großen Haus lebt. Ich wäre die Dame des Hauses gewesen – und dann hätte er sich nicht anderweitig umgesehen. Wäre er nur so klug gewesen, mich zu heiraten.«

»Aber wenn Sie ihn sechs Monate lang jede Woche gesehen haben und er dann gleich bei der ersten Begegnung Avril um ein Rendezvous gebeten hat, sagt Ihnen das nichts?«, sprach Clarice verwegen aus, was so oder so auf der Hand lag.

»Es sagt mir, dass Avril ein gerissenes Biest war.« Pamelas

Stimme wurde mit jedem Wort lauter. »Dieses Mäuschengetue – alle dachten, sie wäre schüchtern und zuckersüß. Damit hat sie Ralph getäuscht und ihn dazu verleitet, sie auszuführen und zu heiraten. Aber es hat nicht lange gedauert, und er hat sich gelangweilt.«

Emily sah Clarice an. Ihre Betretenheit war unverkennbar.

»Ich denke, wir sollten gehen.« Clarice stand auf und ragte wie ein Riese über Pamela auf. Emily tat es ihr gleich und folgte ihr zur Tür.

»Ja, geht, haut ab. Ich habe euch nicht gebeten zu kommen.« Pamela drängelte sich an ihnen vorbei und riss die Haustür auf. »Ralph hatte genug von ihrem albernen Getue, und er hatte ein aufbrausendes Temperament. Ihr hättet sehen sollen, was er mit seinem Tennisschläger gemacht hat, wenn er ein Spiel verloren hat. Wahrscheinlich hat er Avril umgebracht und im Wash versenkt – und weg war sie.«

Clarice und Emily verließen das Haus und gingen zum Wagen. Pamelas Gezeter folgte ihnen wie ein übler Geruch.

»Sie haben mich nicht einmal zur Hochzeit eingeladen. Unsere Mutter war dort, aber nicht ich, ihre einzige Schwester.« Ihre Stimme hatte sich zu einem unablässigen Geheul gesteigert.

Sie stiegen ein, und Clarice startete den Motor. Im Rückspiegel sah sie, dass Pamela ins Haus zurückgekehrt war, aber einen Moment später tauchte sie wieder auf. Als der Wagen davonrollte, hörten sie von hinten so etwas wie einen kleinen Aufprall.

»Haben Sie irgendetwas angefahren?«, fragte Emily hektisch.

»Nein«, sagte Clarice und sah erneut in den Spiegel. »Das waren deine Pralinen – Pamela hat sie nach dem Wagen geworfen. Mich wundert, dass sie stark genug dafür ist. Und sie kann gut zielen.«

»Was für eine Verschwendung«, sagte Emily und fügte dann trocken hinzu: »Und sie hat uns nicht einmal einen Tee angeboten.«

»Man muss auch für kleine Dinge dankbar sein«, kommentierte Clarice. »Der wäre vermutlich mit Arsen versetzt gewesen.«

Etwas später aßen Clarice und Emily in Colins Bungalow überbackenen Käsetoast zu Mittag.

»Komisch, dass sie sich mit mir treffen wollte«, sinnierte Emily, »nur, um dann so gemein zu werden.«

»Ich nehme an, die Neugier hat sie überwältigt«, entgegnete Clarice. »Als ich angerufen habe, dachte ich, sie würde ablehnen, aber sie konnte offenbar der Versuchung nicht widerstehen, Avrils und Ralphs Enkelin kennenzulernen.«

»Sie ist mir so nahegekommen, ich dachte schon, sie würde versuchen, mir den Mund aufzureißen, um meine Zähne zu begutachten.« Emily lachte.

»Ja, dieser Gedanke ist mir auch gekommen«, stimmte Clarice zu. »Sie hat ja beinahe auf deinem Schoß gesessen.«

»Es ist traurig, dass sie so verbittert ist.«

Clarice nickte. »Fünfzig Jahre Hass, weil sie geglaubt hat, Avril hätte ihr den Freund ausgespannt, obwohl ihr eigentlich klar sein musste, dass er nie ein romantisches Interesse an ihr gehabt hat. Und in Anbetracht ihrer Einstellung ist es auch nicht verwunderlich, dass sie nicht zur Hochzeit eingeladen wurde.«

»Denken Sie, der Besuch hat sich gelohnt?«, fragte Emily verunsichert.

»Wir haben eine Menge erfahren. Zwei Dinge sind jetzt klar.«

Emily starrte sie verständnislos an.

»Denk doch mal an die letzte Woche zurück und dazu, wie du Avril aus dem Blickwinkel deines Vaters beschrieben hast.«

»Er hat gesagt«, antwortete Emily langsam, »seine Mutter wäre liebevoll, sanft und schüchtern gewesen.«

»Und jetzt denk daran, wie Pamela sie beschrieben hat.«

»Ein gerissenes Biest.« Wieder sah Emily Clarice an. »Ein Mäuschen, still und schüchtern?«

»Ja!« Clarice ballte eine Faust und legte sie auf den Esstisch. »Vergiss den ersten Teil – das war nur Pamelas Eifersucht. Nimm den zweiten auseinander, und du bekommst Avril.«

»Still und schüchtern.« Emily dachte kurz nach. »Oder liebevoll, sanft und schüchtern. So, wie Dad sie beschrieben hat.«

»Wir haben Avrils Charakter jetzt aus zwei Perspektiven kennengelernt: aus der deines Vaters und der ihrer Schwester.«

Emily nickte.

»Ralph mag Pamela als Tennispartnerin geschätzt haben. Ich wette, sie war ihm in Sachen Aggressivität auf dem Platz ebenbürtig.« Clarice umfasste ihre Kaffeetasse. »Aber er wollte keine dominante, energische Frau.«

»Er wollte jemanden, der sanft und liebevoll ist.«

Jetzt war Clarice an der Reihe zu nicken.

»Also hat er Grandma Avril gewählt.« Emily überlegte einen Moment. »Sie sagten, zwei Dinge seien klar.«

»Es geht um das, was sie über Ralph gesagt hat. Es klingt, als wäre er äußerst reizbar.« Clarice musterte Emily aufmerksam.

»Ja, genau. Wie ich es Ihnen erzählt habe. Dad hat gesagt, Ralph hätte jedes Mal, wenn er ihn nach Avril gefragt hatte, einen Wutanfall bekommen.«

»Abgesehen von dem, was dein Vater dir erzählt hat«, bohrte Clarice, »hast du selbst auch Erfahrungen mit seiner Gereiztheit gemacht, wenn du in Stone Fen Manor warst?«

»Ja«, sagte Emily, ohne zu zögern. »Ich habe ihn mehrfach wütend erlebt. Meine Mum hat mal zu Dad gesagt, wenn sein Vater sich weiter so aufführen würde, dann würden wir nicht mehr hinfahren.«

»Was hat Colin dazu gesagt?«

»Das war, als ihre Ehe, die von Dad und Mum, schon auf dem Zahnfleisch ging; sie waren sich bei nichts mehr einig. Mum hat oft den Ausdruck ›echter‹ Mann‹ gegen ihn benutzt – sie hat gesagt, genau das wäre er nicht. Er wäre ein Ausrutscher in der männlichen Linie der Compton-Smythes, meinte sie. Dad ist nicht darauf eingegangen. Er hat gesagt, wir würden seine Familie höchstens zweimal im Jahr besuchen und die Aufenthalte so kurz wie möglich halten. So haben wir es auch gemacht, aber Mum war nicht glücklich damit.« Emily unterbrach sich für einen Augenblick und starrte in ihre Kaffeetasse, ehe sie hinzufügte: »Mum konnte Ralph und Ernestine nicht leiden.« Sie wirkte unbehaglich, als stünde sie kurz davor, etwas Garstiges zu offenbaren. »Ralph bildet sich gern ein, dass, was immer er sagt, richtig ist; sein Zorn kann sich hinziehen, aber meistens flackert er nur abrupt auf und ist dann wieder weg.«

Clarice betrachtete sie schweigend und schien ihre Worte zu überdenken.

»Meinen Sie, Ralph hat Avril, als sie ihn verlassen wollte, tatsächlich ermordet und ihre Leiche im Wash versenkt?«, fragte Emily.

»Wir werden diese Möglichkeit wohl in Betracht ziehen müssen«, sagte Clarice.

Kapitel 10

Nachdem sie noch einmal den Inhalt von Dennis Simpsons Ermittlungsbericht durchgegangen waren, machten sich Clarice und Emily auf den Weg zu ihrer nächsten Verabredung an diesem Tag. Clarice hatte eine Liste der Punkte angefertigt, die sie mit dem Detektiv durchsprechen wollten.

Dank Navigationssystem fanden sie ihr Ziel mühelos. Das dreistöckige Betongebäude beherbergte mehrere Unternehmen. Brown, Davidson und Simpson teilten sich das dritte Obergeschoss. Im Inneren des Gebäudes verkündete ein Schild mit fetten roten Buchstaben, dass das Rauchen im ganzen Haus untersagt war; ein zweites Schild an der Aufzugtür verriet, dass er außer Betrieb war.

Als sie schweigend die Treppe emporstiegen, dachte Clarice zurück an ihre Jugend; nachdem sie die Schule verlassen hatte, hatte sie einen Job in einem ganz ähnlichen Bürogebäude angenommen. Sie empfand eine gewisse Schwermut bei der Erinnerung an jene grauen Räume, die ebenso gut dieses Haus beherbergen könnte und die keinerlei Sinn für Design oder Originalität hatten erkennen lassen. Es war, als hätten die Architekten und die Leute, die Blocks wie diesen nutzten, sich regelrecht darum bemüht, jeden Eindruck von Wärme oder Attraktivität zu eliminieren. Vielleicht fürchteten sie ja, dass jegliche Schönheit die Sinne übermäßig stimulieren könnte.

Das graue Ambiente des Treppenhauses setzte sich bis ins oberste Stockwerk fort. In jeder Etage gab es Fenster, durch die der Blick hinaus auf eine geschäftige Straße führte. Im dritten Stock erwartete sie eine Tür mit der Beschriftung: *Brown, Davidson und Simpson – Privatermittler.*

Clarice erkannte auf Anhieb die übertrieben affektierte Stimme der Vorzimmerdame, mit der sie gesprochen hatte, um den heutigen Termin zu vereinbaren. Sie war älter als sie angenommen hatte, Mitte dreißig statt in den Zwanzigern, zierlich mit kurzem, stacheligem honigblondem Haar. Die hohe, gekünstelt vornehme Stimme war immer noch da und diente offenbar nicht nur zum Telefonieren, sondern auch der persönlichen Begrüßung von Klienten.

Vom Empfangsbereich zweigten vier Türen ab. Die Vorzimmerdame klopfte sanft an die, die ihnen am nächsten war, führte sie in einen kleinen Büroraum und stellte sie vor.

Die doppelt verglasten Fenster, die sich über eine ganze Wand zogen, wirkten wie Barrieren gegen die Geräusche und Gerüche der Straße weiter unten; Kaffeedunst mischte sich in der Luft mit schalem Zigarettenrauch. Die drei übrigen Wände waren mit Regalen vollgestellt, die unter Akten und Büchern erstickten.

Clarice hatte angenommen, ein Detektiv mit Dennis Simpsons Armee- und Polizeihintergrund würde muskulös und fit sein, doch als sie ihn vor sich sah, wurde sie auf den ersten Blick eines Besseren belehrt. Er war groß, Ende fünfzig, die hängenden Schultern nach vorn gezogen. Ein Schmerbauch hing über den Gürtel seiner Hose. Er kam um den Schreibtisch herum, um ihnen die Hand zu schütteln, und Clarice fiel ein gelber Fleck am unteren Ende der blauen Krawatte auf, vermutlich der Überrest eines Frühstückseis. Der Zigarettengeruch im Raum entstieg seiner Kleidung und seiner Haut, nicht jedoch seinen Haaren, von denen allerdings auch nicht mehr viele übrig waren. Sein Kopf erinnerte an ein glänzendes, weißes Ei, akzentuiert von einem schmalen Streifen kurzer grauer Haare im Nacken.

»Dennis, nennen Sie mich Dennis«, wiederholte er in jovialem Ton.

Er zeigte auf zwei Stühle, ehe er hinter seinen Schreibtisch zurückkehrte.

»Ihr Verlust tut mir leid«, sagte er mit professionell düsterer Stimme zu Emily. »Clarice erzählte mir am Telefon, dass Colin verstorben ist. Er kann noch nicht allzu alt gewesen sein?«

»Fünfundfünfzig«, sagte Emily.

»Wirklich traurig. Ich erinnere mich an ihn – er war …« Dennis suchte nach passenden Worten. »Sehr nett. Wie kann ich Ihnen Ihrer Meinung nach behilflich sein?« Während er sprach, griff er zu einem grauen Aktenordner und legte ihn vor sich auf den Schreibtisch.

»Führen Sie die Akten immer noch weiter?«, fragte Clarice und sah sich im Raum um.

»Nein, nach zwei Jahren werden die Ermittlungsakten im Computer gespeichert.« Dennis tippte mit dem Finger auf den vor ihm liegenden Ordner. »Ich habe das nur ausgedruckt, um es noch einmal durchzugehen und mein Gedächtnis aufzufrischen.« Er sah Emily an. »Über was genau wollen Sie mit mir sprechen?«

Clarice, die der Ansicht war, dass seine Erklärung keinen Sinn ergab, beschloss, trotzdem mit dem Gespräch fortzufahren. Als sie dann Emily anblickte, sah sie, dass die rot anlief, als wäre ihr plötzlich unbehaglich zumute.

»Wir wollten sie nach dem Major fragen, der zur gleichen Zeit verschwunden ist wie Emilys Großmutter Avril.« Clarice lächelte aufmunternd. »Es erscheint uns als sonderbar, dass sie, nachdem sie zuvor keinerlei Interesse an dem Mann gezeigt hat, plötzlich mit ihm durchgebrannt sein soll.«

»Nicht zwingend.« Dennis hörte sich an wie jemand, der auf der Hut war. »Niemand außer Avril und dem Major hätte etwas davon merken müssen, dass ihre Beziehung sich verändert hat. Dass sie sich zu einer Affäre entwickelte. Sie hat das offensichtlich gut vor ihrem Gatten zu verbergen gewusst.«

»Allerdings, sofern sie tatsächlich eine Affäre hatten.«

»So etwas passiert doch ständig.« Dennis trommelte mit den Fingern auf dem Aktenordner. »Soweit ich weiß, muss der Major nicht nur attraktiv, sondern auch charmant und ziemlich wohlhabend gewesen sein − geerbtes Geld. Ralph Compton-Smythe war einer seiner engsten Freunde; auf ihn muss das gleich als doppelter Verrat gewirkt haben.«

»Und Sie hatten keinen Kontakt zu Ralph?«

»Nein.« Der Mann war ölig. »Die Anweisung unseres Klienten besagte, dass wir keinen Kontakt zu seinem Vater, seiner Tante oder irgendeinem anderen Mitglied des Haushaltes von Stone Fen Manor aufzunehmen hatten.«

»Was ist mit Janice?«, bohrte Clarice. »Der Frau des Majors? Hatten Sie viel Kontakt mit ihr? Sie hat Ihnen erzählt, sie habe ihren Mann nicht mehr gesehen, seit sie weggezogen ist. Haben Sie ihr geglaubt?«

»Das war, was sie aussagte.« Dennis zuckte mit den Schultern, als wollte er andeuten, dass er mehr nicht tun könne. »Ich hatte keinen Grund, ihr nicht zu glauben.«

»Wissen Sie, ob es einen neuen Mann in ihrem Leben gegeben hat?« Clarice fing einen Seitenblick von Emily auf. Sie hatte Emily von ihrer Unterhaltung mit Gerry berichtet. »Ich frage nur, weil man mir erzählt hat, Janice sei eine Schönheit gewesen. Wenn ihr Mann sie verlassen hat, dann wäre es doch seltsam, wenn sie ihr Leben nicht weitergelebt und jemand anderen kennengelernt hätte. Vielleicht hat sie sogar wieder geheiratet.«

»Von einem neuen Mann ist mir nichts bekannt.« Geistesabwesend schlug Dennis den Ordner zu und klappte ihn gleich wieder auf. »Aber ich weiß, dass ihr Bruder Peter zu ihr gezogen ist, als er nach England zurückgekehrt war.«

»Nein.« Clarice ließ ihn nicht aus den Augen. »Ich dachte an eine eher romantische Art der Beziehung.«

»Mag sein, dass sie sich mit jemandem eingelassen hat. Vielleicht hat sie sich aber − was durchaus vernünftig gewesen wäre − überlegt, dass das niemanden etwas anginge.«

»Ja, daran hatten wir auch schon gedacht.« Auf der Suche nach Bestätigung sah Clarice sich zu Emily um. »Da war eine Postkarte mit einer Absage von jemandem, mit dem Colin sich in Yorkshire hatte treffen wollen. Janice ist die einzige Verbindung nach Yorkshire.«

»Ich glaube nicht, dass sie noch zur Verfügung stünde, daher wird das wohl ein Geheimnis bleiben.« Dennis starrte sie an, ohne zu blinzeln. »Sie haben die Fotos in der Akte gesehen. Sie hat schon vor zehn Jahren einen Stock gebraucht. Sie litt unter schwerer Arthritis.«

»Ja. Jetzt müsste sie in den Achtzigern sein. Vielleicht lebt sie in einem Pflegeheim«, sagte Clarice.

»Aber warum hätte sich Colin mit ihr treffen sollen?« Dennis schlug die Akte wieder auf und blätterte beiläufig darin. »Soweit ich feststellen konnte, war die Geschichte ziemlich eindeutig. Janice ging fort. Der Major zog in das Herrenhaus der Familie, begann eine Affäre mit Avril und ging mit ihr fort. Seine Geschäftsbeziehung hatte er da bereits gelöst. Er erhielt Zahlungen, die sich zu einer vollständigen Rückerstattung seiner Investition in das Unternehmen summieren. Vierzig Jahre nach den Geschehnissen war es nicht möglich, einen der beiden aufzuspüren. Ihr Verbleib blieb unbekannt.« Entschlossen klappte er den Ordner zu und legte seine Hand darauf. »Alles in trockenen Tüchern.«

»Finden Sie es nicht sonderbar, dass der Major, wenn er doch so wohlhabend, nett und beliebt war, nicht zu finden war? Sie müssen doch gemeinsame Freunde gehabt haben.«

»Ralph Compton-Smythe muss vor fünfzig Jahren beschlossen haben, in diesem Punkt keine Erkundigungen einzuholen. Vielleicht war es zu demütigend. Als dann sein Sohn anfing, Nachforschungen anzustellen, waren die meisten Leute, die den Major gekannt hatten, bereits tot. Und die, die nicht tot waren, wollten nicht mit uns reden.«

»Ich weiß nicht, ob ich glauben soll, dass Avril und der Major eine Beziehung hatten«, sagte Clarice unverblümt. »Colin sagte, seine Mutter sei am Boden zerstört gewesen, als sie von der Affäre ihres Mannes erfahren hatte. Und dann – Überraschung – nur einen Tag später, soll sie selbst ein Techtelmechtel gehabt haben und damit auch noch weggelaufen sein, ohne ihren kleinen Sohn mitzunehmen. Das ergibt keinen Sinn!«

»Colin war nur ein Kind.« Dennis hatte die ölige Stimme abgelegt und sprach nun genauso unverblümt wie Clarice. »Ein Fünfjähriger ist kein guter Zeuge. Es war allgemein bekannt, dass der Major Schlag bei Frauen hatte; es hieß, mit seinem Charme könne er einfach alles erreichen. Als kleiner Junge hätte Colin nie verstehen können, was seine Mutter empfunden hat.«

»Und Sie haben nie herausgefunden, mit wem Ralph eine Affäre hatte?«, wechselte Clarice das Thema.

»Das war nicht unser Auftrag, aber ich hätte auf Tessa Dinkler gesetzt. Sie ist verdammt schnell eingezogen, nachdem Avril weg war.«

»Sie sagten, alles sei in trockenen Tüchern, aber Sie haben nichts herausgefunden«, bemerkte Clarice mit einem süßen Lächeln. »Colin war keinen Schritt weiter bei dem Versuch, herauszufinden, was aus seiner Mutter geworden war, aber einige tausend Pfund ärmer.«

»Es tut mir leid, wenn er enttäuscht war.« Dennis' Miene wirkte nun so abgespannt wie undurchdringlich. »Ich kann Ihnen versichern, dass wir unser Äußerstes getan haben, um Avril und den Major zu finden. Manche Fälle sind eben schwieriger als andere. Es war von Anfang an klar, dass es nicht einfach werden konnte, das Verschwinden einer Person nach vierzig Jahren aufzuklären. Und in unseren Geschäftsbedingungen steht klar und deutlich, dass wir tun, was wir können, dass es aber niemals eine hundertprozentige Erfolgsgarantie geben kann.«

Sie blieben noch weitere fünfzehn Minuten und sprachen über Avrils Freunde. Das Herrenhaus hatte keine direkten Nachbarn, und hätte es welche gegeben, so wäre deren Befragung wohl problematisch gewesen; sie hätten schließlich Ralph Compton-Smythe und anderen Bewohnern des Herrenhauses von solch einem Gespräch berichten können.

Beim Abschied war Dennis so kurz angebunden, es konnte kein Zweifel daran bestehen, dass er froh war, sie endlich von hinten zu sehen.

Auf dem Rückweg zu Colins Haus wirkte Emily unverkennbar entmutigt. »Das war eine Sackgasse.«

»Einen Versuch war es trotzdem wert.«

»Das Büro war ziemlich muffig, obwohl das Rauchen im Gebäude verboten ist. Da war ein Schild in der Nähe des Aufzugs«, bemerkte Emily.

»Ich habe es gesehen«, stimmte Clarice zu. »Ich hatte den Eindruck, der schale Tabakgeruch stammt von Dennis. Vielleicht ist er ein starker Raucher und raucht auch im Auto; in so einem beengten Raum bleibt der Rauch dann in den Kleidern hängen. Er wirkt nicht sehr vertrauenerweckend – allein diese Akten, wo doch heutzutage alles digitalisiert ist.«

»Mir ist anhand der Notizen, die Sie mir zusammen mit Dads Notizbuch gegeben haben, aufgefallen, dass Sie den Eindruck, den Dad am Anfang von Dennis Simpson hatte, mit dem ganz anderen am Ende verglichen haben.«

»Ich nehme an, dein Dad war enttäuscht.«

»Sie mögen Dennis nicht, richtig?«

»Ich traue ihm nicht.« Clarice nahm die Route in Richtung Nettleham. »Realistisch betrachtet hat er alle wesentlichen Ermittlungsrichtungen abgedeckt. Und wenn ich auch nicht mit ihm warm werde, bedeutet ein bisschen Schlamperei bei seinen persönlichen und beruflichen Gewohnheiten noch nicht, dass er ein Betrüger ist.«

Kapitel 11

Am folgenden Tag kostete Clarice es aus, allein zu sein, wohl wissend, dass sie von morgen an drei Tage ständig in Gesellschaft anderer Menschen zubringen würde.

Als sie nach dem Morgenspaziergang mit den Hunden wieder in ihrem Cottage war, ging sie hoch, suchte Toilettenartikel zusammen und in ihrem Kleiderschrank die passende Garderobe für die Reise nach Stone Fen Manor. Neben einem leichten schwarzen Hosenanzug aus Wolle für die Beerdigung packte sie zwei dicke Pullover ein. Emily hatte sie gewarnt, dass Ralph eine krankhafte Angst davor hatte, Geld fürs Heizen zu vergeuden. Wenn sich jemand über die Kälte beklagte, pflegte er der Person zu sagen, sie möge eine weitere Schicht Kleidung überziehen.

Sie aß ihr Abendessen allein und ließ eine Gemüsepastete für Rick da, die er sich nach seiner Heimkehr aufwärmen konnte. Seit sie Emilys Anruf entgegengenommen hatte, in dem sie ihr von Colins Tod erzählte, war eine Woche vergangen, aber es war so viel passiert, dass es sich anfühlte, als wäre das schon viel länger her.

Das Telefon klingelte, als sie gerade gehen wollte. Die Person am anderen Ende stellte sich als Pattie Freemans Tochter Olivia vor.

»Sie haben telefonisch eine Nachricht für meine Mum hinterlassen«, sagte sie. »Tut mir leid, dass Sie so lange auf eine Antwort warten mussten, aber wir sind gerade heute von einem Besuch beim Cousin meines Mannes zurückgekommen. Mum hat mich gebeten, Sie anzurufen und einzuladen, zum Kaffee oder zum Mittagessen vorbeizukommen. Sie würde sich sehr freuen, Avrils Enkelin kennenzulernen.«

Clarice erklärte ihr, worum es ging: Colins Tod, die Bestattung und ihre Nachforschungen darüber, wie Avril aus Stone Fen Manor verschwunden war. »Das ist ein bisschen kurzfristig, aber dürfen wir Sie dann anrufen? Sie sind nur ungefähr fünfundzwanzig Minuten von Sealsby entfernt, wo wir hinmüssen. Wir könnten zwischen neun und halb zehn bei Ihnen sein.«

Olivia stimmte bereitwillig zu. Clarice legte auf und rief Emily an, um die Abfahrtszeit für den folgenden Tag neu zu vereinbaren.

Nach der hektischen Betriebsamkeit konzentrierte sie sich wieder auf die Gegenwart und ihren Keramikkurs am Abend. Während der Woche hatte sie mit all ihren Schülern telefoniert und ihnen erklärt, was passiert war. Später, als sie über die dunklen Nebenstraßen nach Castlewick fuhr, stellte sie fest, dass sie sich dieses Mal ganz und gar nicht auf den Kurs freute.

Doch obwohl die Schüler mit ihren Arbeiten kaum weiterkamen, erwies sich der Kurs als unerwartet erbaulich. Als sie eintraf, hatte die Gruppe bereits Stühle um den großen Tisch gestellt und den Wasserkocher gefüllt, um Kaffee zu machen. Diane, eine Krankenschwester im Ruhestand, hatte Törtchen mitgebracht. Gill, früher Sekretärin, jetzt ebenfalls Rentnerin, half ihr, sie auf dem Tisch zu verteilen. Micky, der Tätowierer, klein und kahl mit einem grün-blau-schwarzen

Schlangentattoo um den Hals, das sich hinter seinem linken Ohr bis auf den kahlen Kopf zog, war dabei, einen selbstgemachten Zitronenkuchen auszupacken.

»Das ist Colins Rezept«, sagte er, als er den Kuchen anschnitt, während Denise, die in einem Drogeriemarkt in der Stadt arbeitete, die Stücke auf kleine Teller legte und weiterreichte.

»Colin hat so gern gebacken.« Denise lächelte. »Ich habe von ihm ein tolles Rezept für Walnusskuchen mit Backpflaumen.«

»Ist das der Kuchen, den er für unsere Feier zum Halbjahresende letzte Weihnachten gebacken hat?«, fragte Micky.

»Genau der«, sagte Denise und nickte bekräftigend.

»Er hat ein paar tolle Teller gemacht. Mit viel Rot«, warf Simon, ein Anwalt aus Louth, ein. »Und er hat allen immer nur zu gern seine Vorgehensweise erklärt.«

Nachdenkliche Stille breitete sich aus, während sie ihren Kuchen mampften.

»Er war schon ein toller Kerl«, sinnierte Gabriel, ein großer, schwarzer Mann mit einer tiefen, polternden Stimme. Seine Familie stammte aus Nigeria, und er arbeitete als Mechaniker in Castlewick. »Die Stücke, die er hergestellt hat, waren fantastisch – sagenhaft, was man aus Ton machen kann.«

»Mir hat gefallen, wie er sich im Lauf der Jahre verändert hat. Erinnert ihr euch an die gletscherblauen Brillengestelle?«, fragte Mandy, eine Geografielehrerin, in gerührtem Ton.

»Seine Mum hat ihn verlassen, als er noch ein kleiner Junge war«, erzählte Denise, nachdem erneut eine kurze Stille eingetreten war. »Das muss eine schwere Zeit für ihn gewesen sein.«

»Das wusste ich gar nicht. Armes Schwein.« Micky fuhr mit den blau und rot tätowierten Fingern über den Tisch und richtete sich auf seinem Stuhl auf.

Clarice sah sich in der Gruppe um; wie es schien, hatte diese Neuigkeit alle überrascht.

»Haben Sie das gewusst, Clarice?«, fragte Micky.

»Nein. Colin hat mir nichts von seiner Familie erzählt. Aber seit seinem Tod habe ich durch Emily viel über ihn erfahren.« Ihre Neugier war geweckt, und sie fragte sich, was Colin Denise wohl noch erzählt haben mochte. »Was hat er denn darüber zu sagen gehabt?«

»Das war im Grunde schon alles«, sagte Denise. »Das war gleich, nachdem ich meine Mum verloren hatte. Ich habe es Colin erzählt, und er hat mir verraten, dass seine Mum davongelaufen war, als er gerade mal fünf war … Er sagte, es sei der heißeste Tag des Jahres gewesen.«

»Komisch, dass er sich gerade daran erinnert«, bemerkte Mandy.

»Ich schätze, die Hitze setzt sich in einem kindlichen Gehirn einfach fest, wenn am selben Tag die Mutter verschwindet«, spekulierte Denise.

Zustimmendes Gemurmel antwortete ihr.

»Wie kommt Emily zurecht?«, fragte Micky. »Sie ist so ein schüchternes, liebes Mädchen.«

»Armes Kind, die läuft immer bis in die Haarwurzeln rot an«, kommentierte Gabriel lächelnd.

»Sie hält sich, so gut sie kann«, sagte Clarice. »Das war ein ziemlicher Schock – so unerwartet.«

»Und sie ist noch nicht besonders alt«, meinte Denise mit Tränen in den Augen. »Wir haben sie alle aufwachsen sehen. Colin hat sie zu allen privaten Anlässen mitgebracht, nicht wahr?«

»Clarice«, sagte Gabriel, »Sie müssen ihr sagen, dass wir, wenn wir irgendetwas tun können – egal was ...«

»Sie muss es uns nur sagen«, übernahm Diane für ihn und sah sich in der Gruppe um. »Colin hat immer so viel für alle anderen getan – ist in schweren Zeiten stets zur Rettung gekommen. Mein Alan hat sich die Augen ausgeheult, als ich es ihm erzählt habe.«

Als der Kurs zu Ende war, hatten sie beschlossen, dass Micky und Denise auf jeden Fall als Repräsentanten von Colins Mitschülern zur Beerdigung gehen würden. Die anderen würden auch versuchen, zu kommen; sie wollten sich am folgenden Tag telefonisch absprechen. Clarice informierte sie über die Kirche und die Uhrzeit, zu der die Trauerfeier stattfinden sollte.

Zu Hause hatte Rick bereits sein Abendessen verspeist und ein Streichholz an das aufgeschichtete Feuerholz gehalten. Nun saß er mit ausgestreckten Beinen da und betrachtete die Flammen. Auf seinem Schoß gähnte zufrieden Toots, die große, graue Katze.

»Alles gepackt und bereit für morgen?«

»Ja, so bereit ich nur sein kann.« Clarice erzählte ihm von dem Anruf von Pattie Freemans Tochter und dem früheren Aufbruch am kommenden Tag. »Tut mir leid, dass ich dich allein lasse«, sagte sie mit einem warmen Lächeln zu ihrem Mann. »Aber es ist nur für ein paar Tage.«

»Ich habe ja Bob und Sandra, um mich musst du dir keine Sorgen machen. Pass einfach auf dich auf, und vergiss die beiden goldenen Regeln nicht.« Plötzlich klang er ausgesprochen ernst.

»Werd’ ich nicht: Ich rufe mindestens einmal am Tag an, damit du dir keine Sorgen um mich machst, und ich lasse auf keinen Fall mein Telefon irgendwo liegen, damit es mir niemand wegnehmen kann.« Clarice dachte einen Moment nach. »Ich glaube wirklich nicht, dass du dir Sorgen machen musst.«

»Es ist nicht deinetwegen. Ich vertraue voll und ganz darauf, dass deine Instinkte dich vor Gefahr schützen werden«, sagte Rick. »Es ist das Unbekannte − Colins Verwandte −, dem ich nicht traue. Du begibst dich in eine fremde Welt.«

»Klingt nach einer Raumschiffmission.«

»Zieh das nicht ins Lächerliche. Sei vorsichtig, und gib auf dich acht.« Rick streichelte Toots. »Du hast mir noch gar nicht erzählt, wie der Kurs heute gelaufen ist.«

»Viel besser, als ich erwartet hatte«, sagte Clarice und berichtete ihm von ihrem Abend.

»Ich wüsste nicht, welche Relevanz Colins Backtalent oder die Tatsache, dass Avril am heißesten Tag des Jahres verschwunden ist, haben sollen«, sinnierte Rick. »Vielleicht findest du bei Pattie mehr heraus. Aber es ist gut, dass einige der anderen Kursteilnehmer zur Beerdigung gehen wollen − dann sieht seine Familie, dass es Leute gibt, denen er am Herzen lag.«

Clarice starrte ins Feuer und dachte daran, wie sehr sie alle Colin vermissen würden.

»Gibt es sonst noch etwas Neues?«, fragte Rick.

»Nur, dass Sandra gesagt hat, sie macht für morgen Abend Rindfleischpastete − sie weiß, dass das eines deiner Lieblingsgerichte ist.«

Clarice erhob sich vom Sofa und setzte Big Bill, den großen roten Kater, auf den Boden. Toots, der die Abläufe vor dem Zubettgehen vertraut waren, sprang von Ricks Schoß.

»Ich sagte doch, um mich musst du dir keine Gedanken machen. Sandras Fleischpasteten sind unschlagbar. Sie benutzt immer diese großen Portionsformen aus Metall und macht den Blätterteig für den Deckel selbst.«

»Hm, vielleicht genießt du meine Abwesenheit doch ein bisschen zu sehr«, neckte sie ihn.

»Schön wär's«, erwiderte er grinsend.

Kapitel 12

Der Wetterbericht hatte vor Starkregen gewarnt. Und vom Regen abgesehen legten nun auch noch langsam fahrende, von den Feldern einbiegende Traktoren den Verkehr lahm. Sie zogen schwer beladene Anhänger mit Broccoli und Weißkohl und verteilten eine Menge Schlamm auf der Straße. Bald steckte Clarice hinter einer endlosen Reihe von Treckern fest, die Schmutzwasserfontänen verspritzten, während die Fahrt nach Stone Fen Manor sich immer länger hinzog.

Wie versprochen waren Bob und Sandra um sieben Uhr morgens eingetroffen, rechtzeitig, um Rick noch anzutreffen, ehe er zur Arbeit aufbrach. Sandra hatte Clarice geholfen, die Katzen in der Scheune zu füttern und ihre Katzentoiletten zu säubern. Anschließend setzten sie sich im Haus zu einer Tasse Tee mit Bob zusammen und gingen die Listen durch, auf denen Futtermittel und Medikamente für die einzelnen Tiere vermerkt waren.

Emily war eine halbe Stunde nach Bob und Sandra erschienen. Bob brachte Napoleon und Josephine in ihren Tragekörben in die Scheune, während Clarice Emilys Koffer in ihrem Wagen verstaute.

Emily sah abgezehrt aus, die Haut blass, die Augen blutunterlaufen. Dass sie geweint hatte, war nicht zu übersehen. Clarice stellte sich vor, wie sie in der Nacht durch Colins Haus gestreift sein musste. Nun, an diesem Tag der Fahrt nach Stone Fen Manor, war die bevorstehende Beerdigung unglückselige Realität geworden. Emily schwatzte zwar, sprang aber dabei von einem Thema zum anderen, als ginge es nur darum, sich abzulenken.

»Ich bin so froh, dass Sie fahren. Ich liebe meinen Mini Cooper, aber da drin ist es ziemlich beengt«, sagte sie, als Clarice durch einen Kreisverkehr fuhr.

»Das ist kein Problem, ich fahre gern.« Clarice lächelte und dachte, dass Emilys Wagen perfekt zu ihrer zierlichen Gestalt passte. Für jemanden von Clarices Größe hätte sich die Fahrt darin allerdings wohl als nicht besonders bequem erwiesen. Für einige Minuten herrschte Stille. Als Clarice dann aus dem Augenwinkel Emilys kläglichen Gesichtsausdruck sah, suchte sie nach einem Thema, mit dem sie die junge Frau einfangen konnte. »Ich nehme an, die Vogelwelt am Haus deines Großvaters ist ziemlich beeindruckend.«

»Und wie! Dad und ich haben dort lange Spaziergänge mit dem Feldstecher unternommen. Wir waren beide begeisterte Vogelbeobachter. Ich wollte immer die Erste sein, die die verschiedenen Watvögel identifiziert – Rotschenkel, Säbelschnäbler, Sandregenpfeifer.«

»Was ist mit Wintervögeln?«

»Gänse«, sagte Emily prompt. »Kornweihen und Sumpfohreulen.«

»Du kennst dich aus in der Vogelkunde«, sagte Clarice.

»Ich habe einfach so gern Zeit mit Dad verbracht, nur wir zwei. Wir sind rausgegangen und haben über Vögel gesprochen – auch wenn ich zugeben muss, dass Schwäne mir die liebsten Tiere sind.«

Eine Weile fuhren sie in kameradschaftlichem Schweigen weiter. Clarice dachte über Colin nach, und sie nahm an, dass Emily das Gleiche tat.

»Erzähl mir von dem Herrenhaus«, forderte sie das Mädchen schließlich auf. »Du hast gesagt, es wurde achtzehnhundertneunzig erbaut, aber ich verbinde solche Häuser in Gedanken immer mit weiter zurückliegenden Zeiten, mit Lords oder Feudalherren und großen Parklandschaften rundherum.«

»Es ist von etwa acht Hektar Land umgeben, größtenteils bewaldet, aber ich stimme zu.« Emily nickte. »Dad hat gesagt, George, mein Ururgroßvater, der das Haus gebaut hat, wäre in London zu Geld gekommen. Er war wohl einer von den Menschen, auf die die Oberklasse nur herabgeblickt hat. Ein Neureicher.«

»Ein Parvenü«, ergänzte Clarice.

»Ja, das ist das Wort. Ich glaube, Georges Problem war, dass er einen scharfen Verstand hatte. Er hatte hart gearbeitet und Reichtum erworben, und er hatte das einzige Kind eines reichen Kaufmanns geheiratet.«

»Und so noch mehr Geld erworben«, schlussfolgerte Clarice.

»Aber weil sie als Angehörige der Arbeiterklasse betrachtet wurden, hätte der alte Geldadel der Stadt sie auf keinen Fall in seine Kreise aufgenommen. In London hätte er nie etwas Besonderes darstellen können, aber in einer so verschlafenen Gegend wie Lincolnshire konnte er den großen Mann geben.« Emily lachte kurz. »Der Herr des Gutshauses hätte eine Kirche bauen können oder eine Kapelle als Anbau an das Gebäude. George hat nichts von beidem getan, aber er war der örtliche Gutsherr. Er hat Land gekauft, das von Pachtbauern bestellt wurde. James, sein ältester Sohn, hat dann das Haus und den größten Teil des Geldes geerbt. Und

Ralph hat wiederum alles von James geerbt. Leider sind die Gehöfte und der größte Teil des Landes im Lauf der Jahre veräußert worden.«

»Wie ist das Haus so?«

»Ein bisschen ungewöhnlich im Stil – aber mehr sage ich nicht. Warten Sie ab, bis Sie es sehen«, sagte Emily frotzelnd.

»Auf den Fotos, die du mir gezeigt hast, konnte ich nicht viel von dem Gebäude erkennen. Eines ist eine Nahaufnahme von Colin und Avril, und auf dem Familienfoto steht Bellatrix, die steinerne Siamkatze, im Mittelpunkt. Erbaut achtzehnhundertneunzig von jemandem, dem es an Geld nicht mangelt ... Vielleicht im Empire-Stil, der auch als zweite Stufe des Neoklassizismus gilt.«

Emily lächelte. »Ich weiß nichts über Empire-Stil oder Neoklassizismus.«

»Stell dir hohe, gerade Säulen vor«, sagte Clarice und lächelte ebenfalls.«

»Nope.«

»Okay.« Clarice dachte nach. »Wenn es nicht das ist, dann vielleicht Neogotik. Eine erstaunlich große Zahl an Häusern und Kirchen in Lincolnshire fallen in diese Kategorie. Das Haus heißt Stone Fen Manor, was andeutet, dass die Mauersteine aus Bath kommen könnten, abgebaut in Somerset. Oder – was wahrscheinlicher ist, weil es näher liegt – es ist Kalkstein aus Lincolnshire.«

»Raten nützt nichts«, sagte Emily. »Ich weiß nichts über Architekturgeschichte. Ich lasse Sie einfach warten, bis Sie es selbst sehen. Lange wird es nicht mehr dauern.« Dann wechselte sie das Thema. »Sie sagten, Sie hätten nicht mit Pattie gesprochen, nur mit ihrer Tochter?«

»Olivia«, sagte Clarice. »Sie klingt ausgesprochen nett und freut sich darauf, dich kennenzulernen.«

»Hoffentlich enttäusche ich sie nicht – und hoffentlich erleben wir nicht das Gleiche wie bei Pamela!«

»Ich bin sicher, so wird es nicht kommen. Dein Vater hat die Worte ›beste Freundin‹ neben Patties Namen geschrieben.«

Sie fuhren auf der A17 Richtung Süden, vorbei an Sleaford und Boston. Das Wetter besserte sich endlich, als sie sich Stamford näherten.

Olivias Haus war eines von acht auf einem Privatgelände auf der Nordseite der Stadt, jedes ein individueller Entwurf, alle ausgestattet mit weitläufigen, eingezäunten Gärten und Carports.

»Ich liebe Stamford.« Emily seufzte. »Dad ist mit mir zum Sonntagslunch ins *George* gegangen, wenn wir etwas zu feiern hatten – seinen oder meinen Geburtstag.«

»Mir hat die Architektur hier immer schon gefallen und die helle Farbe des hiesigen Kalksteins; der wurde in Lincolnshire abgebaut, wie ich bereits erwähnt habe. Die älteren Fachwerkhausreihen stammen noch aus dem sechzehnten oder siebzehnten Jahrhundert. Filmgesellschaften lieben die Stadt, weil sie sich perfekt für Historienfilme eignet.« Clarice fuhr langsam und betrachtete die Namen der Häuser.

»Haben Sie gewusst, dass Stamford ursprünglich Stoney Ford hieß – eine vollkommen unnütze Information?«

»Nein, wusste ich nicht. Du kennst dich also ein bisschen in Geschichte aus!« Clarice lachte. »Und ich mag neue Informationsbröckchen; ich habe sie noch nie unnütz gefunden.«

Als sie in die Einfahrt von The Lodge einbogen, kam eine schlanke Frau Mitte vierzig aus dem Haus. Sie trug eine ausgewaschene Jeans und hatte das blonde Haar zu einem Pferdeschwanz gebunden, der bei jedem Schritt hin und her wippte.

»Hallo!« Ihr Blick schweifte kurz über die beiden Besucher. »Ich bin Olivia, Patties Tochter.«

Clarice stellte sich und Emily vor. »Wir haben telefoniert.«

»Schön, Sie kennenzulernen.« Olivia deutete mit einer Handbewegung auf das Haus. »Kommen Sie rein. Mum freut sich schon sehr darauf, Sie und Avrils Enkelin zu sehen.«

Drinnen wurden sie sogleich von zwei identisch aussehenden West Highland Terriern angesprungen, die anscheinend beide entschlossen waren, den jeweils anderen mit ihrem Gebell auszustechen.

»Lulu und Lupin sind offenbar einverstanden mit Ihrem Besuch!« Olivia lachte.

Sie führte die beiden in einen langen Raum mit einem hochflorigen Teppichboden in einem kräftigen Gelbton. Eine mutige Wahl, wie Clarice beim Gedanken an die Hunde fand, die mit ihren Pfoten jede Menge Schmutz aus dem Garten hereintragen mussten. Aber er war, wie ihr auffiel, makellos sauber.

»Das ist Pattie, meine Mum«, sagte Olivia, als sie sich einer lächelnden älteren Frau näherten, die mit ausgestreckter Hand dasaß.

Pattie Freeman sah aus wie eine ältere Version ihrer Tochter. Als sie sich erhob, war sie unverkennbar vom Alter gebeugt. Ihr Haar war auf eine Art frisiert, die Clarice an die Sechzigerjahre erinnerte. Das orangefarbene Kleid, zu dem sie eine adrette, gerade geschnittene Strickjacke trug, verriet, dass sie immer noch Stilgefühl hatte.

»Ich freue mich ja so, dich kennenzulernen, Emily.« Patty legte ihre faltigen, aber immer noch grazilen Hände an Emilys Gesicht und starrte sie an, als versuchte sie, sich jede kleine Einzelheit ihrer Züge einzuprägen. »Ich sehe viel von deiner Großmutter in dir; du hast ihre Augen.« Sie lächelte allerliebst. »Bitte, setz dich. Es ist so schön, Gäste zu haben. Ein Hochgenuss!«

Sie nahmen auf Polsterstühlen mit Lehnen im Gittermuster und ausladender Sitzfläche Platz. Das dicke Polster passte farblich perfekt zum Teppich. Clarice stellte sich vor, dass die Glastüren am Ende des Raums im Sommer offenstanden und Familie und Hunde ungehindert hinaus auf den manikürten Rasen spazieren konnten.

»Sie war so eine reizende Person.« Für das Thema Avril konnte sich Pattie offensichtlich mühelos erwärmen. »Ich habe sie in unserem letzten Schuljahr kennengelernt; meine Eltern waren mit der Familie von London hergezogen, wir mussten der Arbeit meines Vaters folgen – er war Vikar.«

Clarice speicherte die Information ab.

»Wir haben uns von Anfang an gut verstanden. Ich glaube, wir hatten den gleichen Sinn für Humor. Avril hatte einen extrem trockenen Humor.«

Olivia bedachte ihre Mutter mit einem vielsagenden Blick. »Das klingt tatsächlich ganz nach dir, Mutter.«

»Und auch nach jemandem, den wir kannten«, sagte Clarice zu Emily.

»Mein Dad war genauso«, sagte Emily schüchtern.

»Das muss er von seiner Mum geerbt haben«, sagte Pattie freundlich. »Viele Leute, mit denen wir als Kinder in Kontakt gekommen sind, waren arg ernst und haben viel auf sich gehalten. Avril hat mich gelehrt, Menschen zu beobachten.«

»Dad hat gesagt, Avril wäre schüchtern, sanft und liebenswürdig gewesen«, erzählte Emily.

»Die Beschreibung passt perfekt. Genauso war sie.« Pattie nickte. »Nimm ihre Schwägerin, Ernestine. Sie war eine einsame Seele, ist nie viel ausgegangen, und Avril hatte charak-

114

terlich nichts mit ihr gemein. Aber sie hat immer versucht, sie in ihre gesellschaftlichen Aktivitäten einzubinden.«

»Dad hat gemeint, Avril und Ralph – mein Grandpa – hätten eine lieblose Ehe geführt.«

»Nein – ganz und gar nicht.« Pattie klang gänzlich überzeugt. »Ich kann nicht sagen, wie es am Ende war, aber als sie zusammengekommen sind und geheiratet haben, da war das ohne Zweifel eine Liebesheirat.«

»Das wusste ich nicht.«

»Sie sind sich im Tennisclub begegnet. Pamela, Avrils Schwester, hat sie miteinander bekannt gemacht. Ralph hat sie beinahe augenblicklich um ein Rendezvous gebeten. Ich hatte für Tennis nie viel übrig, aber natürlich sind Pamela und ich uns auch über den Weg gelaufen, als wir noch in der Schule waren. Ich war ziemlich oft bei ihnen zu Hause.«

»Wir haben Pamela kennengelernt«, berichtete Emily. »Wir haben sie kürzlich besucht.«

»Ach du liebe Güte!« Ein breites Grinsen breitete sich über Patties Gesicht aus. »Das war ein Fehler. Ich wette, ihr wünschtet, ihr hättet es nicht getan!«

Emily erzählte ihr von dem Zusammentreffen und seinem Ende, an dem Pamela die Pralinen nach dem davonfahrenden Wagen geworfen hatte.

Pattie lachte schallend und schlug die Hände vors Gesicht. »Ich wünschte, ich hätte dabei Mäuschen spielen dürfen. Wusstest du, dass sie viermal verheiratet war?«

Emily schüttelte den Kopf und warf Clarice einen erstaunten Blick zu.

»Die erste Ehe hat am längsten gehalten, ungefähr fünf Jahre.« Pattie nickte, und ein Lächeln brachte ihr Gesicht zum Strahlen. »Pamela war völlig vernarrt in Ralph, ehe er die Beziehung zu deiner Großmutter aufgenommen hat. Oder sollte ich sagen, sie war vernarrt in sein Geld? Sie dachte, er wäre reich und könnte ein guter Fang sein. Und ...«, ein schelmischer Ausdruck trat in ihre Augen, »... er hat damals wirklich ziemlich gut ausgesehen.«

»Mutter!«, tadelte Olivia scherzhaft.

»Ich war auch nicht immer alt.« Pattie nickte ihrer Tochter zu, die sich erhob, um die Teetassen wieder aufzufüllen.

Clarice fühlte ein Aufflackern von Melancholie, als sie dieses natürliche Band zwischen Mutter und Tochter wahrnahm. Ihre eigene Mutter war vor beinahe zwanzig Jahren gestorben, und in Situationen wie diesen empfand sie jedes Mal einen inneren Schmerz.

»Pamela war furchtbar böse auf ihre Mutter«, fuhr Pattie fort. »Helen war Witwe – eine reizende Dame. Sie war diejenige, die darauf bestanden hatte, dass Pamela ihre Schwester zum Tennisclub mitnimmt. Pamela hat ihre Mutter nie vergessen lassen, dass Avril ihr nur durch ihre Schuld ihren Mann weggenommen hatte. Die arme Frau ist nicht lange nach Avrils Hochzeit gestorben.«

»Aber eigentlich war er nie *ihr Mann*, nicht wahr?«, fragte Clarice.

»Nein – er hatte nie irgendein Interesse an Pamela.«

Einer der Westies tapste herbei und legte sich auf Clarices Füße. Clarice blickte hinab in die schwärmerischen Augen, die zu ihr hinaufschauten, als sie sich bückte, um dem kleinen Hund den Kopf zu streicheln.

»Wie kommen Sie darauf, dass die beiden aus Liebe geheiratet haben?«, fragte Emily.

»Nun ja, zunächst einmal hat Avril es mir erzählt. Sie war nicht der Mensch, der zu Übertreibungen oder Angeberei neigt. Und dann habe ich die beiden als Paar gemeinsam erlebt.«

Emily wartete.

»Ich erinnere mich, dass ich einige Monate nach der Hochzeit zum Stone Fen Manor gegangen bin, um Avril zu besuchen. Sie waren im Garten, standen dicht beieinander und lachten. Ralph hatte eine Hand an ihrer Taille, und sie hatte den Kopf in den Nacken gelegt und sah zu ihm auf. Das war die reinste Freude – abgesehen von ...« Pattie nagte an ihrer Unterlippe und sah plötzlich betrübt aus.

»Abgesehen von was?«, hakte Clarice sanft nach.

»Ein Stück weit entfernt, in der Nähe des Hauses, ist mir ein Mann aufgefallen, der für Ralph gearbeitet hat – sie haben ihn Johnson genannt, glaube ich«, sagte Pattie leise. »Es ist so lange her. Jedenfalls hat er Ralph und Avril beobachtet, und seine Miene war so kalt – nicht, dass das etwas Besonderes gewesen wäre. Avril sagte mir, sie hätte ihn nie lächeln sehen – er war immer so griesgrämig. Dann hat er gesehen, dass ich ihn beobachtet habe, hat kehrtgemacht und ist ins Haus gegangen.«

»Haben Sie Dennis Simpson, dem Mann von der Detektei, die versucht hat, Avril aufzuspüren, von ihrer Beziehung zu Ralph erzählt? Davon, dass sie einander geliebt hatten?«

»Ich weiß nicht, von wem Sie sprechen«, sagte Pattie mit verwirrter Miene.

»Ach, ja, natürlich«, sagte Clarice, als ihr wieder einfiel, dass Dennis Simpson keinen Kontakt zu Pattie hatte herstellen können. Also erklärte sie der Frau, dass Colin vor zehn Jahren ein Detektivbüro mit Ermittlungen beauftragt hatte.

»Ich fürchte, darüber weiß ich nichts; dieser Mann hat keinen Kontakt zu mir aufgenommen.«

»War das vielleicht, als du auf Malta warst, Mum?«, unterbrach Olivia. »Zusammen mit Dad, bevor er gestorben ist? Das ist ungefähr zehn Jahre her.«

»Ja, das wäre möglich. Wir haben viel Zeit auf Malta verbracht.« Pattie sah Clarice an. »Das warme Wetter hat meinem Mann gutgetan.«

»Ihr Name stand auf der Liste des Ermittlers, zusammen mit dem Vermerk ›Kontakt nicht herstellbar‹«, sagte Clarice. »Wir haben Ihre alte Nummer aus Colins Notizbuch. Er hat ›Avrils beste Freundin‹ daneben geschrieben.«

»Wir *waren* beste Freundinnen«, sagte Pattie mit ernster Miene. »Das Notizbuch ist bestimmt interessant.«

»Das ist es.« Clarice griff in ihre Handtasche. »Würde es Ihnen etwas ausmachen, wenn wir Sie nach diesen Vorher-nachher-Listen fragen? Wir glauben, das bezieht sich auf die Zeit, in der Avril noch bei Colin war, und auf die, nachdem sie fort war.«

»Zeigen Sie mal.« Pattie beugte sich erst vor und lehnte sich dann zu ihrer Tochter: »Liebling, würdest mir meine Brille holen?«

Mit der Brille auf der Nase las sie stumm die Listen. »Meine Güte, das sind ja viele Dinge. Von Speisen – Yorkshirepudding, Apfelkuchen – über Aktivitäten weiter zu Kleidung, Frisuren und Orten.« Sie verstummte und las die zweite Liste. »Ich glaube, Sie haben recht: Das sind einerseits Dinge, die er mit seiner Mutter erlebt hat, und dann, wie es ihm ergangen ist, als sie fort war. Warum hat er diese Listen geschrieben? Was, meinen Sie, hat er damit zu erreichen gehofft?«

»Ich glaube, er hat in der Vergangenheit gewühlt, weil er hoffte, Hinweise darauf zu finden, was aus Avril geworden ist«, sagte Clarice.

»Ich weiß, dass sie ihm Pudding und Kuchen gemacht hat; das waren seine Lieblingsspeisen.« Wieder warf Pattie einen Blick auf die Listen. »›Tanzende Füße‹ – da geht es bestimmt um seine Mutter, zu tanzen hat sie geliebt – und ›Schnallenschuhe‹. Sie hat einmal ein Paar gekauft, die waren ein bisschen außergewöhnlich – sie hatten goldfarbene Schnallen.«

»Tanzende Füße stehen in beiden Listen«, bemerkte Clarice.

»Ja, genauso wie Perlen, Diamanten, Hutfedern, Siamkatzen und schwarze Labradore. Ernestine könnte vielleicht gern getanzt haben oder die zweite Mrs Compton-Smythe. Sie könnten auch Schmuck und Hüte gemocht haben, und ich nehme an, Ralph hat auch weiter schwarze Labradore gehalten. Avril hat erzählt, das wäre so eine Art Familiending, die Hunde, und er hatte auch immer ein oder zwei Siamkatzen.«

»Ralph hat Tessa nie geheiratet«, unterbrach Emily. »Er war immer nur mit meiner Großmutter verheiratet.«

»Das wusste ich nicht«, gestand Pattie. »Ich habe nie geglaubt, dass Avril mit dem Major durchgebrannt ist. Und nach dem, was Sie mir über Colin erzählt haben, ist es ihm nie gelungen, die Wahrheit aufzudecken? Obwohl er diese Detektei beauftragt hat?«

»Nein. Die Detektei hat sich als Enttäuschung erwiesen. Wissen Sie noch, wann Sie zum letzten Mal mit Avril gesprochen haben? War das lange vor ihrem Verschwinden?«

»Es war zwei Tage vorher.« Pattie faltete die Hände im Schoß und sprach mit düsterer Stimme weiter: »Wir haben lange miteinander telefoniert. Sie war aufgebracht und sagte mir, sie hätte ein Problem, war aber nicht bereit, mir zu erzählen, worum es dabei ging. Ich habe sie noch gefragt, ob es etwas mit Ralph zu tun habe, und sie hat es bestätigt. Sie hat vorgeschlagen, dass wir uns in ein paar Tagen treffen sollten. Sie meinte, es wäre einfacher, von Angesicht zu Angesicht miteinander zu reden.«

»Dad hat gesagt, seine Mutter hätte ihm erklärt, dass sein Daddy sie nicht mehr liebt«, berichtete Emily leise. »Er sagte, er hat sie mit dem Major reden gesehen, und sie hätte seine Hand gehalten.«

»Mm.« Pattie nickte. »Er hat sie vielleicht einfach nur getröstet. Der Major war charmant – und ein sehr guter Zuhörer. Wenn man mit ihm gesprochen hat, dann hat er aufmerksam gelauscht, ganz so, als wäre ihm deine Meinung wirklich wichtig. Er hat auch unglaublich gut ausgesehen mit seinem dunklen, strubbeligen Haar.«

»Es hört sich an, als wäre er sehr anziehend gewesen«, bemerkte Clarice. »Aber Sie glauben nicht, dass die beiden zusammen durchgebrannt sind.«

»Niemals! Nicht damals und heute auch nicht. Das ist alles viel zu plötzlich passiert.«

»Und Sie haben nie wieder von Avril gehört?«

»Nicht einen Ton. Ich habe einige Male angerufen, bis Ralph mir gegenüber garstig geworden ist. Er hat gesagt, wenn Avril es wagen würde, ihm noch einmal unter die Augen zu kommen, dann würde er ihr die Tür weisen. Im Grunde war niemand auf ihrer Seite. Ich habe mein Bestes getan. Ihre Eltern waren beide tot, und Avril hatte nur einen kleinen Freundeskreis – sie war doch so zurückhaltend. Viele der Leute, die sie gekannt hat, waren auch gar keine echten Freunde, sondern eher Bekannte.«

»Was halten Sie von der Familie? Wie hat Avril da reingepasst?«, wollte Clarice wissen.

»Wie gesagt, Ralph schien sie genauso zu lieben wie sie ihn«, antwortete Pattie. »Ernestine war verrückt wie ein Sack voll Frösche, aber harmlos. Und sie hat beide geliebt, Avril und Colin.«

»Sie ist furchtbar gierig«, wandte Emily ein.

»O mein Gott, ich erinnere mich – was war diese Frau gierig! Aber auch spindeldürr; sie hat nie zugenommen. Avril hat gesagt, sie müsse einen Bandwurm haben.« Die Erinnerung entlockte Pattie ein Lächeln. »Ernestine hatte einen sonderbaren Sinn für Humor und hat über die merkwürdigsten Dinge gelacht.«

»Sie hat sich nicht verändert«, sagte Emily. »Sie hört nie auf zu reden. Vor einem Jahr wurde bei ihr Demenz diagnostiziert.«

»Arme Ernestine, sie schien schon zu ihren besten Zeiten verwirrt zu sein. Demenz, das ist traurig. Avril hat erzählt, sie dachte, dass Ernestines Eltern sie als Kind vielleicht zu sehr verhätschelt hatten, weil sie einen Herzfehler hatte. Aber sie ist immer noch da und schon ziemlich alt.« Eine Weile schwieg Pattie, als würde sie über etwas nachdenken. »Johnson war der, der mir Sorgen bereitet hat.«

»Inwiefern genau?«, hakte Clarice nach.

»Sein Leben hat sich um seine Arbeit gedreht, aber er hatte auch ein Privatleben. Anscheinend war er ein Könner beim Bridge, und Avril sagte, er würde an drei oder vier Abenden pro Woche in die Stadt gehen. Ralph hat ihr gegenüber angedeutet, dass er da eine besondere Freundin hätte, aber er hat sie nie ins Haus mitgebracht.« Pattie sah ihren Besucherinnen nacheinander in die Augen. »Avril hat geglaubt, dass Johnson da irgendetwas für Ralph erledigte. Einmal hat sie sogar gesagt, wenn Ralph Johnson sagen würde, dass er jemanden umgebracht hat, dann würde der nur antworten: ›Ich hol die Schaufel.‹ Aber das war nur ein Scherz.«

»War es wirklich ein Scherz?« Emily klang bestürzt.

»Ich denke, sie wollte damit nur ausdrücken, dass, was immer Ralph Johnson zu tun auftrug, er nie in Frage stellen würde. Als wir das letzte Mal miteinander gesprochen haben, hat sie mir erzählt, dass sie ihn als bedrohlich empfunden hat.«

»Das kann ich mir nicht vorstellen«, sagte Emily. »Ich weiß, dass Johnson so griesgrämig wie kein anderer ist, aber wenn er sie bedroht hätte, warum hat sie es dann nicht Grandpa erzählt?«

Pattie hob die Hände zu einer beschwichtigenden Geste und ließ sie wieder sinken. »Ich habe später darüber nachgedacht und begriffen, was sie gemeint hat. Ich glaube, Ralph hätte Johnson auch eine Affäre anvertrauen können, weil er wusste, sein Geheimnis wäre bei ihm sicher. Ich kannte Avril gut genug, um zu begreifen, dass das demütigend für sie gewesen wäre, und dass sie sich deshalb hätte bedroht fühlen können. Um Himmels willen, sie war seine Frau, und sie hatten einen Sohn.« Sie unterbrach sich für einen Moment. »Ich hatte danach keine Gelegenheit mehr, sie zu sehen oder mit ihr zu reden. Sie hat Ralph sehr geliebt, und niemand wird mich je davon überzeugen, dass sie mit dem Major durchgebrannt ist.«

Kapitel 13

Nachdem sie sich verabschiedet und Emily Pattie versprochen hatte, sie nach Colins Beerdigung anzurufen und ihr zu erzählen, wie es gelaufen war, machten sie sich wieder auf den Weg.

»Jetzt müssen wir weiter in Richtung Osten; nur noch eine halbe Stunde«, sagte Clarice.

»Sie war wirklich nett.« Emily lächelte zufrieden. »Jetzt, da ich ihre beste Freundin kennengelernt habe, wünschte ich, ich hätte Avril auch gekannt. Ich wette, sie war genauso bezaubernd wie Pattie.«

»Ja, ich glaube, da hast du recht. Und es ist unverkennbar, dass Pattie große Stücke auf sie gehalten hat. Sie hat uns ein ziemlich umfassendes Bild deiner Großmutter geliefert – ich glaube, wir können davon ausgehen, dass das, was sie uns erzählt hat, korrekt ist.«

Zwanzig Minuten später verließen sie die Hauptstraße und folgten nacheinander diversen Nebenstraßen, bis sie nach Sealsby kamen. Als sie durch den Ort fuhren, sah Clarice sich in dem stillen Zentrum um. Da gab es einen Bäcker, einen Metzger, einen Gemüseladen, eine Postfiliale mit angeschlossenem Gemischtwarenhandel; und da war auch eine große Säule, in der sie ein Kriegerdenkmal erkannte. Auf dem Weg hinaus aus dem Ort drehte Emily den Kopf, um sich die Kirche anzusehen.

»Findet dort die Trauerfeier statt?«, fragte Clarice.

»Ja«, sagte Emily leise. »Saint Peter's. Der Friedhof ist direkt dahinter, und das Familiengrab der Compton-Smythes liegt genau in der Mitte, vor einer großen Eiche.«

Clarice sah das Mädchen an, das die Hände vors Gesicht schlug. Sie bog in eine Seitenstraße ab und hielt an.

»Alles in Ordnung?«, fragte sie, als sie den Motor abstellte.

»Nein, verdammt, nichts ist in Ordnung!« Emily suchte in ihrer Tasche nach Taschentüchern, während ihr die Tränen über die Wangen liefen.

»Es ist okay, deine Trauer zu zeigen. Niemand wird von dir erwarten, dass du fröhlich tust und deine wahren Gefühle übertünchst.« Sanft legte Clarice eine Hand auf Emilys Schulter. Die junge Frau schluchzte, und ihr ganzer Körper bebte, als sie sich das Taschentuch ins Gesicht presste.

Clarice wartete.

»Grandpa schon«, sagte Emily schließlich, nachdem sie sich geräuschvoll die Nase geputzt hatte. »Er kann es nicht leiden, wenn jemand Gefühle zeigt. Aber wenn ich erst mal anfange zu weinen, wird es schwer sein, wieder damit aufzuhören.« Sie hickste vernehmlich.

»Du darfst ruhig trauern«, sagte Clarice mit leiser, besänftigender Stimme.

»Ich bin sauer auf mich selbst«, gestand Emily.

»Warum?«

»Weil ich meine und Ihre Zeit mit diesem albernen Mist wegen Grandma Avril vergeude.« Mit geröteten Augen starrte sie Clarice an. »Sie hat sich verliebt und ist weggelaufen – Ende der Geschichte. Und wenn nicht, was macht das schon nach all der Zeit?«

Clarice nickte verständnisvoll.

»Dad ist tot, morgen beerdige ich ihn, also warum zerbreche ich mir den Kopf über uralte Geschichten – über etwas, das vor fünfzig Jahren passiert ist?«

»Vielleicht, weil es eine Ablenkung ist«, sagte Clarice.

»Darüber habe ich letzte Nacht nachgedacht. Es führt mich in Gedanken weg von der realen Welt und von Dad, der nicht mehr dazugehört«, stimmte sie zu.

»Wenn du das Gefühl hast, dass das besser für dich sein könnte, dann solltest du Avril vielleicht für eine Weile vergessen.«

»Nein!«, sagte Emily in bestimmtem Ton. »Ich muss herausfinden, was passiert ist – für Dad.«

»Es könnte sinnvoller sein, wenn du dich erst einmal auf die Bestattung konzentrierst. Du kannst nicht all deinen Schmerz vergraben, indem du Geister jagst.«

Wieder putzte Emily sich die Nase. »Ich weiß, ich rede wirres Zeug«, sagte sie. »Ich widerspreche mir selbst, und jetzt habe ich auch noch Schluckauf.«

»Sei nicht albern, du redest kein wirres Zeug«, versicherte ihr Clarice mit einem Lächeln. »Hinten liegen ein paar Flaschen Wasser. Soll ich eine holen?«

Nachdem Clarice ihr das Wasser gebracht hatte, trank Emily kleine Schlucke und hielt dann die Luft an, jeweils im Wechsel. »Ich muss mir immer noch überlegen, was aus Napoleon und Josephine werden soll.«

»Darüber habe ich auch nachgedacht«, sagte Clarice. »Ins Studentenwohnheim kannst du sie nicht mitnehmen. Möchtest du vielleicht …«

»Nein, Clarice. Ich suche kein neues Zuhause für sie, und ich will auch nicht, dass Sie das Gefühl haben, Sie müssten sie in Pflege nehmen. Ich kann mir darüber jetzt keine Gedanken machen; dafür ist einfach nicht genug Platz in meinem Kopf.«

»Dann leg es auf Eis – bis nach der Bestattung.«

»Ja.« Emily starrte zum Fenster hinaus. »Das dachte ich auch gerade.«

Nachdem sie zwanzig Minuten lang still im Auto gesessen hatten, fuhren sie weiter. Der Schluckauf war vorbei, und Emily schwieg für den Rest der Fahrt.

Der Hauptunterschied zwischen den hügeligen Wolds, in denen Clarice zu Hause war, und dem Marschland von Lincolnshire war das Fehlen jeglicher Anhöhen. Unter dem bewölkten, grau-weißen Himmel breitete sich ein endloses Panorama aus. Sie stellte sich die Gegend in anderen Jahreszeiten vor, vor allem an Sommerabenden, wenn prachtvolle Sonnenuntergänge den Himmel schmückten.

Je weiter sie sich von dem Dorf entfernten, desto schmaler wurden die Straßen, als würden die Bankette die Fahrbahn zusammenpressen. Oberhalb der Entwässerungsgräben, die sich als kleine Wasserläufe entlang des Straßenrands darstellten, säumten braune und herbstlich goldene Gräser den Asphalt, während direkt am Wasser lindgrüner Bewuchs in Hülle und Fülle wucherte. Jenseits der Gräben konnte Clarice Süßwassertümpel und Schilfgürtel erkennen. Und dann lugte die Sonne plötzlich durch die weißen Wolken und brachte Leben in die Felder um sie herum.

Wenige Minuten später wies das GPS sie an, nach links abzubiegen, gleich darauf folgte der Hinweis: »Sie haben Ihr Ziel erreicht.«

Das Tor an dem privaten Zugang führte zu einem unbefestigten Weg, gesäumt von Laubbäumen unterschiedlicher Arten, die tiefen Schatten spendeten.

Während sie einer Wegbiegung folgten, erhaschten sie

kurze Blicke auf Mauersteine und Schornsteine zwischen den Bäumen, und Clarice erkannte, dass die Zufahrt sich in kleiner werdendem Radius um das Gebäude herum zur Vorderseite des Herrenhauses wand.

Sie bremste den Wagen auf Kriechtempo ab und zeigte auf einen Mann. »Wer ist das?«

»Der Gärtner, nehme ich an.« Emily folgte ihrem Fingerzeig. Der Mann, der zwischen den Bäumen herumging, schien sich wenig für die Neuankömmlinge zu interessieren. Er ging einfach weiter, den Kopf gesenkt, die Hände tief in den Taschen vergraben, als würde er sie gar nicht wahrnehmen.

Clarice konzentrierte sich wieder auf die Bäume und blickte an den Stämmen empor. Die entlaubten Äste sahen kahl und verloren aus, und der schwache Sonnenschein, der durch sie hindurchdrang, zeichnete bewegliche Muster auf den vor ihnen liegenden Weg.

Als sie den bewaldeten Abschnitt hinter sich ließen und wieder ins Sonnenlicht zurückkehrten, konnte sie endlich die Fassade von Stone Fen Manor sehen, und die war völlig anders, als sie erwartet hatte. Vor dem Gebäude lag eine ausgedehnte Rasenfläche, und der Weg zog sich mitten hindurch zur Vorderseite des Hauses.

Aus dem Augenwinkel sah sie, wie Emily den Kopf drehte, um Clarices Gesichtsausdruck zu betrachten.

»Ja – ich verstehe.« Clarice war außerstande, den Blick von dem Haus abzuwenden. »Im achtzehnten Jahrhundert wurde der neoklassizistische Stil mit radikalem Liberalismus assoziiert. Das hätte dein Ururgroßvater nicht gewollt. Er wünschte sich Anerkennung, und das Wiederaufleben des gotischen Stils hatte viel mit Tradition, Konservativismus und dem König zu tun. Und das ist der gelbe Lincolnshire-

Kalkstein; damals hat es fünf Steinbrüche gegeben, in denen er abgebaut wurde.«

»Ja, schon ihre zweite Vermutung war richtig, es ist neogotisch.« Emily klappte den Spiegel auf der Beifahrerseite herunter und warf einen prüfenden Blick auf ihr Gesicht. Ihre Stimme klang lebhaft, als hätte sie sich gute Laune verordnet. »Ich weiß allerdings nicht, ob das mit dem Gegensatz zwischen radikalem Liberalismus und konservativen Werten in diesem Fall zutrifft. Sowohl George als auch James waren bekannt dafür, dass sie Geliebte hatten, und sie haben nicht einmal versucht, das zu verheimlichen. Ich weiß nicht recht, ob so ein Verhalten wirklich als konventionell oder traditionell gelten kann.«

»Das ist die Unart reicher Männer und zugleich die Art, wie sie von anderen reichen Männern wahrgenommen werden wollen. In gewisser Weise ist das auch eine Tradition, nehme ich an; das, was man damals, wie Colin es genannt hat, als ›echte Männer‹ betrachtete.«

»Ja. Ein Haufen Heuchler.«

Clarice lächelte verhalten, aber ihre Aufmerksamkeit galt noch immer dem Herrenhaus.

Jahrelange Vernachlässigung in Kombination mit der salzigen Luft des Wash und der dahinter liegenden See hatten sich in die gelben Steine gefressen und sie um braune und orangene Schatten bereichert. Dadurch wirkte das Gebäude, als wäre es in einer Art Winterstarre gefangen; ein beinahe magischer Ort, der in tiefem Schlummer lag.

Sie empfand einen Schauer der Erregung. Dieses Haus war entzückend.

Die Fassade lag auf einer Ebene, Fenster und Eingangstür schmückten sich mit Spitzbögen. Im Zentrum vermittelte ein zinnenbewehrter Turm mit seinen vier Fenstern ein dramatisches Gefühl der Höhe. Von weit oben grinsten die Gesichter grotesker Wasserspeier bedrohlich auf sie herab. Zu beiden Seiten des Turms zog sich das Gebäude in zwei Stockwerken auf gleicher Länge dahin. Bellatrix, die majestätische steinerne Siamkatze, ruhte stolz und dominant unter dem Turm, den Kopf hoch erhoben, die Vorderbeine ausgestreckt.

Clarice erinnerte sich, dass Emily ihr erzählt hatte, Bellatrix blicke hinaus auf die Fens und den Wash hinter ihnen. Aus dieser Position konnte sie jedoch nichts weiter als dicht stehende Bäume erkennen. Als sie sich dem Gebäude weiter näherten, sah sie, dass die Bleiglasfenster kunstvoll verziert waren, möglicherweise mit religiösen oder mythischen Bildern.

Auf einer Seite des Hauses befand sich in einiger Entfernung ein Gebäude, das einst Ställe beherbergt haben mochte. Näher am Hauptgebäude fand sich ein zweistöckiges Bauwerk mit offenen Toren, die den Blick auf darin abgestellte Autos freigaben.

Als hätte Emily ihre Gedanken gelesen, zeigte sie auf eben dieses Bauwerk. »Johnson lebt in einer Wohnung über der Garage.«

»Wie viele Schlafzimmer gibt es im Haupthaus?«, fragte Clarice, und ihr Blick wurde erneut von dem Herrenhaus angezogen.

»Elf«, sagte Emily. »Drei im Turmbereich und vier auf jeder Seite. Die vier auf dieser Seite stehen leer.« Sie zeigte auf den rechten Flügel. »Dad hat mir erzählt, dass wirklich große neogotische Landhäuser viel beeindruckender seien, mit fünfundzwanzig Schlafzimmern oder so – aber erwähnen Sie das nicht in Grandpas Gegenwart.« Mit einem Nicken deutete sie auf eine Gestalt, die sich vom Haupteingang aus näherte. »Schauen Sie, da kommt Johnson.«

Der Mann, der auf sie zukam, war groß und untersetzt, das grau-weiße Haar hatte er zurückgekämmt. Er hatte eine aufrechte Haltung und einen selbstsicheren Gang.

Als sie aus dem Wagen stiegen, tanzten in dem leichten Wind tote Blätter um ihre Füße, und das *Krakrakra* der Saatkrähen, die in den Bäumen nahe der Garage hockten, hallte über ihnen durch die Luft. Der kalte Wind fühlte sich in Clarices Gesicht beißend an, und sie war froh, dass Emily ihr geraten hatte, warme Kleidung einzupacken.

»Guten Morgen, Emily«, sagte Johnson, als er sie erreicht hatte. Dabei musterte er eingehend ihr Gesicht, aber ob er die Spuren der Tränen bemerkte, war ihm nicht anzumerken. »Ich hoffe, Sie hatten eine angenehme Reise. Ich nehme an, das ist Ihr Gast, Mrs Beech.«

In seiner Stimme lag ein schwacher Unterton, der seine schottische Herkunft preisgab. Clarice rief sich ins Gedächtnis, was sie aus dem Bericht des Detektivs über ihn erfahren hatte. Er war in Liverpool geboren, Sohn einer schottischen Mutter und eines afrikanischen Seemanns. Aufgewachsen in Glasgow. Vornamen Bernard Graham. Inzwischen achtzig Jahre alt.

»Ja, und die Fahrt war okay, danke«, antwortete Emily. »Dies ist Clarice, sie ist eine Freundin von Dad und mir.«

»Es ist mir ein Vergnügen, Sie kennenzulernen, Mrs Beech.« Er bewegte den Kopf, die Andeutung eines ergebenen Nickens. Der Mann war groß, ungefähr so groß wie Clarice selbst. Als sie vortrat, weg vom Wagen, standen sie einander auf Augenhöhe gegenüber. Der Blick seiner tiefbraunen Augen bohrte sich in ihre. Seine dunkle Gesichtshaut wirkte derb und war vernarbt, die Pockennarben vermutlich die Folge einer Infektion im Kindesalter. Er starrte sie so durchdringend an, dass sie flüchtig an die Bauern denken musste, die sie auf den Sommerfesten in Castlewick gesehen hatte, wenn sie den Gewichtratewettbewerb im Hauptzelt verfolgt hatte. Johnsons Blick war genauso intensiv wie der dieser Männer, wenn sie das Gewicht eines Ferkels einzuschätzen versuchten.

»Ich freue mich ebenfalls«, antwortete sie, aber er bot ihr nicht die Hand zur Begrüßung. Stattdessen ging er einfach an ihr vorbei zum Kofferraum ihres Wagens.

»Lassen Sie uns Ihr Gepäck hineinbringen.« Er wartete, bis sie den Kofferraumdeckel geöffnet hatte.

Bald darauf folgten sie und Emily ihm durch die Haupteingangstür, und Clarice sah zu, wie er die Koffer trug; trotz seines Alters bewegte er sich geschmeidig. Vielleicht hatte er es als unprofessionell betrachtet, ihr die Hand zu schütteln. Wie es schien, hatte er auf ihr Eintreffen gewartet. Vor allem aber war ihr aufgefallen, dass sie in den wenigen Momenten, die sie in seiner Gegenwart verbracht hatte, bereits hatte spüren können, dass er vor ihr auf der Hut war. Lag das an ihrer Freundschaft mit Colin? Was immer der Grund war, Johnson traute ihr nicht.

Kapitel 14

Clarice und Emily folgten Johnson auf die große Veranda.
Unter einem mit steinernen Rosen verzierten Bogen hindurch gelangten sie zum Haupteingang.

Hinter der schweren Eichentür erwartete sie die große
Halle. An den Wänden befanden sich Wandbehänge aus Stoff,
die sich einst durch lebendiges Rot und Blau ausgezeichnet
haben mochten, nun jedoch stellenweise fadenscheinig und
insgesamt staubig und vom Alter ausgebleicht waren. Darunter stand eine Reihe Truhen mit geraden Holzrückwänden,
nützlich, um Dinge einzulagern, oder, bei geschlossenem
Deckel, als Sitzgelegenheiten. Auf der gegenüberliegenden
Seite des Raums gab es einen in schwarzem Marmor gehaltenen offenen Kamin, dessen pyramidenförmige Spitze sich
bis hinauf zur getäfelten Decke streckte. Das Licht, das durch
rechteckige Buntglasfenster hereinfiel, brachte in langen
Streifen Risse in dem alten Steinboden zum Vorschein. Am
hinteren Ende der Halle führte die dunkle Metallbalustrade
der Treppe auf eine so eindrucksvolle Weise nach oben, dass
das Auge ihr automatisch folgte.

Clarice drehte sich einmal um die eigene Achse, sog den
dramatischen Anblick auf, den die viktorianische Nachahmung mittelalterlicher Gotik an diesem Ort hervorbrachte.

»Was sagen Sie dazu?« Emilys Stimme erinnerte sie daran, dass sie nicht allein war. Wenige Schritte entfernt wartete Johnson und behielt sie im Auge. Der Ausdruck im Gesicht der jungen Frau war vergnügt, während der Alte sie betrachtete wie die Katze eine Maus, die sie zum Abendessen zu verspeisen beabsichtigt.

»Das ist beeindruckend.« Ein ehrfurchtsvoller Ton lag in Clarices Stimme. »Ganz anders, als ich es mir vorgestellt hatte.«

»Ich kenne das Haus gut, aber ich freue mich immer wieder über die Reaktion anderer Leute, die es zum ersten Mal sehen.« Emily ging auf die Treppe zu. »Bringen wir unser Gepäck aufs Zimmer, danach führe ich Sie herum.«

»Ihr Großvater ist in seinem Büro«, sagte Johnson, der sich nicht gerührt hatte, mit leiser Stimme. Die Redewendung von der eisernen Faust im Samthandschuh stahl sich in Clarices Gedanken, als seine Worte den Raum zwischen ihm und Emily überbrückten. »Er wird erwarten, dass Sie ihn über Ihre Ankunft in Kenntnis setzen und ihm Colins Freundin vorstellen.«

»Ja – natürlich.« Emily sah verlegen aus, und ihr Gesicht bekam unverkennbar Farbe. »Daran hätte ich selbst denken sollen. Wäre es in Ordnung, wenn Sie unser Gepäck raufbringen, während ich Grandpa hallo sage?«

»Ja. Sie werden gemeinsam im Gästezimmer untergebracht.« Johnson marschierte mit ihren Koffern zur Treppe.

»Das ist eigentlich Großmutter Avrils altes Schlafzimmer, aber die Familie bezeichnet es stets bloß als das Gästezimmer«, erklärte Emily, als sie Clarice zum hinteren Ende der Halle führte.

Clarice nickte. »Du hattest mir schon erzählt, dass wir in Avrils ehemaligen Zimmer übernachten werden.«

Vor der Treppe bog Emily nach links ab und betrat einen dunkel getäfelten Korridor mit einem Fenster am Ende. Auf halbem Wege zeigte sie auf eine Tür auf der linken Seite. »Das ist Grandpas privates Wohnzimmer – da verkriecht er sich, wenn er vor der Welt und all ihren Bewohnern flüchten will.« Sie blieb stehen und klopfte an die Tür auf der anderen Seite des Gangs. »Und das hier ist sein Arbeitszimmer.«

»Herein!«, donnerte eine männliche Stimme, der sich sogleich lautstarkes Gebell anschloss.

In dem Büro wurden sie umgehend von einem jungen Labrador angesprungen, dessen schwarzes Fell glänzte wie brüniertes Silber, während sein hinteres Ende vor Entzücken hin und her wackelte. Ein älterer Hund gleicher Farbe und Rasse mit allmählich ergrauender Schnauze saß ruhig da und beobachtete die Besucher aus milchig umwölkten Augen.

»Sitz, Junge, sitz! Verdammt – setz dich!« Während der ältere Herr in der dicken, braunen Cordhose und dem grauen Pullover den jungen Hund anbrüllte, schob er sich hinter seinem Schreibtisch hervor. Er war durchschnittlich groß, kräftig, hatte einen fassartigen Körper und trug eine Brille mit dunklem Rahmen. Clarice konnte keinerlei Ähnlichkeit zwischen Colin und seinem Vater erkennen. Ralphs kurzes, weißes Haar, der borstige Schnurrbart und die dicken Brauen verliehen ihm ein wütendes, beinahe wahnsinniges Aussehen. Der Eindruck verstärkte sich sogar, als der junge Hund sich zappelnd erst an Emily und dann an Clarice herandrängte.

Der Raum roch nach nassem Hund, Kaffee und noch etwas anderem, das Clarice nicht einordnen konnte. Neben dem lederbezogenen Schreibtisch und dem Stuhl mit der abgerundeten Lehne gab es in dem Raum Bücherregale, die zwei Wände ausfüllten, dazu zusätzliche Bücherstapel vor je-

134

dem der Regale. Wie es schien, hatte Ralph zu viele Bücher und nicht genug Platz. Neben dem Fenster, von dem aus der Blick hinaus auf die Einfahrt führte, stand ein ramponierter Lehnsessel, der mit braunem Leder bezogen war. Beide Armlehnen waren verschlissen und schadhaft, und auf der Sitzfläche lagen zwei fadenscheinige graue Kissen – aber die Position des Sessels bot eine perfekte Aussicht zur Beobachtung von An- und Abreisenden.

Clarice sah eine Weile zu, während Ralph weiter versuchte, den Hund mit seinem Gebrüll dazu zu bewegen, auf sein Kommando zu hören. Dann, als er kehrtmachte und murrend davonging, klatschte sie abrupt in die Hände – und diese unerwartete Handlung brachte sowohl den Hund als auch seinen Herrn zum Schweigen. Rasch bückte sie sich und drückte das Hinterteil des Hundes zu Boden, während sie die andere Hand unter sein Kinn legte und seinen Kopf anhob. »Sitz!«, kommandierte sie in strengem Ton, und der erschrockene Labrador starrte sie aus großen Augen an, blieb aber sitzen. Sofort zog sie einen Leckerbissen aus der Tasche, um den Hund zu belohnen, der die Leckerei augenblicklich hinunterschlang und dann in der Hoffnung auf weitere Gaumenfreuden brav sitzen blieb.

»Nun gut.« Während er sprach, drehte Ralph sich scheinbar überrascht wieder zu ihnen um. »Also, Emily, das ist deine Freundin?« Er starrte Clarice an.

»Ja, Grandpa, das ist Clarice Beech. Sie war eine Freundin von Dad«, sagte Emily, als Clarice gerade von dem jungen Hund angestupst wurde, der offenbar begriffen hatte, dass keine weitere Leckerei zu erwarten war, und prompt vergessen hatte, was er tun sollte.

»Die Keramikerin?«, fragte Ralph und kam näher, um Clarice die Hand zu schütteln.

»Ja.« Clarice lächelte. »Ich gebe Abendunterricht in Keramikherstellung am Castlewick College. Colin hat meinen Dienstagskurs elf Jahre lang besucht. Er war sehr talentiert.«

»Er hat mir erzählt, dass ihm der Unterricht Freude bereitet hat.« Nachdenklich kratzte Ralph sich am Kinn. »Hätte nicht gedacht, dass das sein Ding ist. Elf Jahre – du liebe Güte.«

»Ja«, sagte Clarice.

»Dein Vater«, wandte sich Ralph nun an Emily und hob die leberfleckige Hand mit den von Arthritis angeschwollenen Fingern, um ihre Schulter zu tätscheln. »Schlimme Sache, zu jung – unselig.«

Ganz offensichtlich fiel es ihm tatsächlich schwer, Gefühle zum Ausdruck zu bringen. Emily fing Clarices Blick auf, als wüsste sie, was sie dachte. Clarice nahm an, dass Ralph seine Labradore auf ganz ähnliche Weise tätschelte wie seine Enkelin.

»Wie ich sehe, sind Sie an Hunde gewöhnt.«

»Sehr sogar. Wie heißen die zwei?«

»Der Junge, der sein Gesicht in Ihre Hand drückt, ist Ben, acht Monate alt; das alte Mädchen ist vierzehn – Floss ist ihr Name.«

»Clarice leitet eine Tierschutzorganisation«, erklärte Emily. »Sie nimmt Hunde, Katzen und andere Tiere auf – sogar Kaninchen.«

»Ja, bei uns wird alles Mögliche abgegeben – das eine oder andere Frettchen, Meerschweinchen und Hühner.«

»Lieber Himmel!« Ralph starrte sie entgeistert an. »Töpferin und Tierretterin – Sie sind eine vielbeschäftigte Frau.«

»Ich mache das gern.« Clarice schenkte ihm ein weiteres Lächeln.

»Nun gut, Sie sind uns willkommen. Ich weiß nicht, ob

Emily Ihnen gesagt hat, dass wir morgen für Speisen und Getränke lange Biertische in der großen Halle aufstellen werden?«

»Ja, das hat sie mir gesagt – ich kann helfen«, erbot sie sich.

»Das ist gut, wir werden alle Hände voll zu tun haben.« Ralph ging in Richtung Tür. »Wie wäre es, wenn Sie erst einmal auspacken? Wir sehen uns dann zum Mittagessen – um eins. Emily zeigt Ihnen den Weg.« Er ergriff Bens Halsband, als sie hinausgingen, um den Hund daran zu hindern, den Frauen zu folgen. »Danach gehen wir es dann gemeinsam an.«

Draußen auf dem Korridor gingen sie den Weg zurück, den sie gekommen waren. Ehe sie die Tür zur großen Halle erreichten, blieb Emily stehen und deutete nach links. »Da ist eine Garderobe.« Sie zog ihren Mantel aus und hängte ihn in den kleinen Raum. »Das erspart uns, die Mäntel die Treppe rauf- und runterzuschleppen, wenn wir rausgehen wollen. Und gleich nebenan ist ein Klo.«

Clarice hängte ihren Mantel ebenfalls auf, ehe sie Emily zurück in die Halle und die geschwungene Treppe hinauf folgte.

»Das muss der Clarice-Effekt sein. So höflich habe ich Grandpa noch nie erlebt – freundlich sogar!«, sagte Emily über die Schulter zu Clarice, während sie voranging.

»Vielleicht bekomme ich seine andere Seite später zu sehen.«

»Ich kann mir jedenfalls nicht vorstellen, dass er diese Charmeoffensive lange durchhält.«

Clarice blieb auf jedem Absatz kurz stehen, schaute zum Fenster hinaus und dachte zurück an ihren Besuch in Dennis Simpsons Büro. Der Ausblick von hier war erheblich interessanter als die Straßen und Gebäude von Lincoln, und die Buntglasfenster einfach herrlich. Ihr war klar, dass Emily sie beobachtete, während sie die Fenstermotive betrachtete, die Blumen, Schlangen und Drachen beinhalteten.

»Solche Fensterbilder sind oft religiöser Natur«, sagte sie.

»Ja, diese zwar nicht, aber wenn Sie sich die in der großen Halle ansehen, die haben religiöse Motive – Heiligenscheine und zum Gebet gefaltete Hände.«

»Ich werde sie mir später genauer ansehen«, sagte Clarice.

Viele der Fenster wiesen Schäden auf, vermutlich verursacht durch das Wetter und das Salz aus dem Wash. Draußen musste über jedem ein kleiner Sims angebracht sein, teils aus dekorativen Gründen, teils als praktischer Regenschutz, der das Wasser seitlich ableitete, sodass es nicht direkt über das Glas fließen konnte. Aber die konnten die Fenster nicht vollständig vor Wind und Regen schützen. Clarice fragte sich, wie Ralph finanziell zurechtkam; die Kosten für den Unterhalt so eines Hauses mussten enorm sein.

Im vierten Stock hielten sie inne, während Clarice eine Katzenskulptur betrachtete. Sie thronte elegant auf einem steinernen Sockel über dem Treppenschacht und blickte von dort aus hinunter bis ins Erdgeschoss. Sie war über einen Meter hoch, hatte einen langen Körper, der sich nach unten, wo die Pfoten eng beisammenstanden, verjüngte und zu den Schultern hin verbreiterte. Die Patina, mit der die Bronze überzogen war, mochte einmal hell gewesen sein, doch inzwischen war sie dunkelbraun.

»Ich liebe die Augen!« Clarice strich mit der Hand über den Körper. »Und die Art, wie der Künstler den Rumpf verlängert hat, verleiht ihm eine abstrakt zeitgenössische Anmutung – es ist eindeutig eine Siamkatze.«

»Urgroßvater James hat sie in den Neunzehn-Dreißigern für seine Frau Elizabeth in Auftrag gegeben, und sie hat schon einen Absturz überlebt.« Emily blickte über die Balustrade. Clarice gesellte sich zu ihr und sah Johnson unten vorbeigehen.

»Die ist so schwer, ich bin erstaunt, dass irgendjemand sie heben konnte«, bemerkte Clarice.

»Nein, sie hat einen Stoß bekommen, einen sehr harten, von einem äußerst unartigen Freund von Großvater, als der gerade zehn war.«

»Oh ja, sie ist kopflastig.« Clarice trat auf die Seite der Skulptur. »Durch ihre Höhe und das Gewicht konnte sie leicht kippen und wie der Blitz fallen. Doch Bronze ist widerstandsfähig; die Skulptur übersteht so einen Sturz, aber ich wette, sie hat ein großes Loch im Boden hinterlassen.«

»Offenbar schon. Zum Glück stand unten niemand, auf dem sie hätte landen können.«

»Ich nehme an, jetzt ist sie an ihrem Platz befestigt – Gesundheit, Sicherheit und so …«

»Sie machen Witze, und erwähnen Sie bloß nie Gesundheit und Sicherheit. Grandpa würde ausrasten.«

Clarice folgte Emily in das Schlafzimmer gleich gegenüber der Skulptur. Sofort wanderte ihr Blick zu der gewölbten Decke mit ihren gebogenen Dachbalken. Raumhohe Fenster zogen sich bis zu einem separaten, ebenfalls gewölbten Paneel, dessen Gestaltung samt der kunstvollen Farbgebung deutlich zu erkennen war. Sie starrte hinaus über die Baumwipfel.

»Jetzt verstehe ich, was du gemeint hast, als du sagtest, man könne über das Marschland bis zum Wash sehen.«

»Ja.« Emily ließ ihre Handtasche fallen und gesellte sich zu Clarice. »Von hier aus hat man eine wundervolle Aussicht. Wenn man durch den Wald um das Haus herum anreist, bekommt man gar kein Gespür dafür, wie nahe der Wash ist. Bellatrix steht übrigens direkt unter diesen Fenstern.«

»Das hier ist der vierte Stock. Er bildet zusammen mit dem darunter den über den Rest des Hauses hinausragenden Hauptteil des Turms.« Clarice blickte hinaus. »Da gibt es keine Korridore, die irgendwohin führen.«

»Nein, hier geht es nur die Treppe rauf oder runter«, stimmte Emily zu.

Clarice trat näher und beugte sich zu einem der Fenster vor.

»Ich kann Bellatrix nicht sehen. Wir sind zu weit oben. Ich nehme an, um sie zu sehen, müsste ich ein Fenster öffnen?«

»Ja, aber es ist ein bisschen kalt.« Emily berührte einen der Fenstergriffe. »Die gehen nach innen auf. Dad hat mir erzählt, wenn es warm war, hat Avril diese zwei weit aufgerissen, um den Wind durch den Turm wehen zu lassen.« Sie lächelte, als sie sich an seine Worte erinnerte. »Avril hatte dort an der Wand ein Doppelbett.«

»Du hast gesagt, dies wäre Avrils Zimmer gewesen. Hat sie es sich denn nicht mit ihrem Ehemann geteilt?«

»Nein, Grandpas Zimmer liegt direkt unter diesem. Wir sind auf dem Weg hinauf daran vorbeigekommen.« Emilys Mundwinkel sackten herab. »Ich schätze, die Räume waren nahe genug beieinander, dass Grandpa raufkommen konnte – aber vielleicht ist sie ja auch runtergegangen. Dad hat gesagt, alle beide hätten wert auf ihr eigenes Reich gelegt.«

»Tja, dies Haus ist eindeutig groß genug, um das zu ermöglichen.« Clarice blickte sich um, betrachtete das Mobiliar, überwiegend antike, viktorianische Mahagonimöbel. Da waren ein großer Schrank mit Glastüren und eine zugehörige Schubladenkommode. Avrils Doppelbett musste den beiden Einzelbetten gewichen sein. Zwischen ihnen stand ein Tisch mit einer modernen Edelstahllampe, und es gab zwei passende Nachttische. Nahe dem Fenster befand sich ein mit Intarsien verzierter viktorianischer Schreibtischstuhl mit einem bestickten Sitzpolster. Die einzigen Möbelstücke, die nicht aus Mahagoni waren, waren die beiden Betten, deren Kopfbretter aus Kiefer bestanden. Warum, so überlegte Clarice, sollte Ralph Avrils Doppelbett weggeschafft haben, das vermutlich aus zu dem Rest passendem Mahagoni gefertigt war? Gäste kamen gewöhnlich als Paare oder Einzelpersonen, also war es unnötig, zwei Einzelbetten bereitzuhalten. Hatte das etwas zu bedeuten? War Avril womöglich in diesem Bett gestorben? Clarice zügelte sich umgehend; es gab keinen Grund, solche Vermutungen anzustellen, nicht den geringsten Hinweis, der irgendetwas in dieser Art angedeutet hätte.

»Sagtest du nicht, es gäbe auf dieser Ebene zwei Räume?«, fragte sie. »Und auf der darunter?«

»Der zweite Raum ist kleiner. Das war früher Avrils Ankleidezimmer«, antwortete Emily. »Da gab es ein kleines Klappbett, in dem ich schlief, als ich noch klein war und mit Mum und Dad zu Besuch gekommen bin. Später auch, wenn ich mit Dad hier war, nachdem Mum uns verlassen hatte.«

Emily ging hinüber und öffnete die Tür, und Clarice folgte ihr und schaute in das Zimmer.

»Da ist eine Kommode«, sagte Emily und zeigte auf ein kleines, dunkles Schränkchen. »Da drin ist ein Nachttopf, falls man es nachts mal eilig hat. Das nächste Badezimmer ist nämlich zwei Stockwerke weiter unten. Zimmer mit einem eigenen Bad gibt es in diesem Haus leider nicht.«

»Hier oben hätte ich auch kein Badezimmer erwartet«, beruhigte Clarice sie.

»Haben Sie Lust auf einen Spaziergang vor dem Mittagessen? Wie es aussieht, werden wir am Nachmittag viel zu tun bekommen, um alles für morgen vorzubereiten.«

»Klingt nach einem Plan.«

»Grandpa hat ein Familienfotoalbum. Da sind auch einige von Dad drin«, erzählte Emily und ging zur Tür. »Ich frage ihn, ob er es uns heraussuchen kann, damit wir es später vor dem Zubettgehen anschauen können.«

Kapitel 15

Als sie den Treppenabsatz ein Stockwerk tiefer erreichten, zögerte Emily. »Das ist Grandpas Schlafzimmer.« Im Vorübergehen zeigte sie auf die Tür. Am nächsten Absatz hielt sie erneut inne. »Und das hier Tessas.«

»Ich nehme an, die wollte auch ihr eigenes Reich haben«, sagte Clarice. »Mich überrascht, dass sie nicht Avrils altes Zimmer beansprucht hat. Der Ausblick da oben muss doch viel besser sein.«

»Der Grund dafür ist eher praktischer Natur.« Emily öffnete eine andere Tür, die zu einem Korridor führte, und zeigte hinein. »In diesem Stockwerk gibt es ein Badezimmer, quasi direkt neben Tessas Zimmer.«

»Ah«, Clarice lächelte, »eine Vernunftentscheidung.«

Emily hielt die Tür auf und blickte den Korridor entlang. »Hinter dem Klo gibt es noch zwei andere Räume auf jeder Seite. Der erste der rechten Seite ist Ernestines Schlafzimmer, und der erste links gehört Dawn. Beide benutzen den Raum neben ihren Schlafzimmern als privates Wohnzimmer, aber Dawn teilt sich ihres mit Tessa.«

Sie überquerte den Absatz und stieß die Tür auf der anderen Seite auf. »Hier gibt es noch einmal genauso viele Räume, und auf dieser Seite ist auch unser Badezimmer. Die

Familie benutzt das andere, wenn Gäste im Haus sind. Und wo das Klo im Erdgeschoss ist, habe ich Ihnen ja schon gezeigt.«

»Eine Toilette sollte dann wohl in jedem Fall schnell genug erreichbar sein«, kommentierte Clarice grinsend. »Mir ist aufgefallen, dass sich alles über zwei Ebenen verteilt, abgesehen vom Turm.«

»Ja, genau.« Emily nickte. »Der Turm hat vier Stockwerke.«

»Okay«, sagte Clarice. »Allmählich finde ich mich zurecht. Und wer benutzt die Schlafzimmer auf dieser Seite?«

»Die Räume hier dienen als Lager. Dad nennt sie den Friedhof der toten Möbel – Grandpa wirft einfach nichts weg.«

»Das klingt ganz nach Colins Sinn für Humor«, bemerkte Clarice lachend. »Das College hat er einen Faktenassimilierungsbetrieb genannt.«

»Seine witzigen Sprüche werden mir fehlen.« Emily seufzte.

Einen Moment lang standen sie schweigend da, und Clarice stellte sich vor, wie Colin diese Stufen als Kind mit seiner Mutter hinauf- und hinuntergestiegen war.

»Damit haben wir die wichtigen Informationen abgearbeitet.« Emily ging auf die letzte Treppenflucht zu. »Lassen Sie mich Ihnen den Rest des Hauses zeigen.«

Auf dem Weg hinab in die große Halle nahm Clarice eine Bewegung aus dem Augenwinkel wahr, und sie hörte den unverkennbaren Ruf einer Siamkatze.

»Hallo, Ruffian«, sagte Emily und bückte sich, um das Tier, das aus dem Schatten hervorkam, zu streicheln.

»Du bist aber schön«, sagte Clarice.

»Er liebt Trubel.« Hinter der Katze tauchte eine Frau in

den Vierzigern auf. Sie war blass, hatte einen breiten Mund, den sie mit tiefrotem Lippenstift betonte, und eine Mähne brauner, lockiger Haare, die über die Schultern ihrer wattierten, schwarzen Jacke fielen.

»Hi, Dawn«, sagte Emily. »Das ist Clarice Beech. Sie war eine Freundin von Dad.«

Dawn ging mit ausgestreckter Hand auf Clarice zu.

»Schön, Sie kennenzulernen, Clarice. Sie sind die Leiterin des Keramikkurses?«

»Ja.« Clarice schüttelte der Frau die Hand. »Und Sie sind Emilys Tante?«

»Ja, aber das ist ein bisschen kompliziert.« Dawn streifte Emily mit einem knappen Blick. »Sie wissen vermutlich, dass Colin und ich verschiedene Mütter hatten? Colin war mein Halbbruder – ich schätze, das bedeutet, Emily ist meine Halbnichte.«

Clarice nahm eine kaum verschleierte Erbitterung hinter den Worten und dem angedeuteten schiefen Lächeln wahr.

Ruffian jaulte und presste sich an Clarices Waden. Sie bückte sich und hob ihn hoch. »Siamesen machen so wundervolle Laute.« Sie strich mit dem Finger über den Kopf der Katze, um ihr ein Schnurren zu entlocken. »Manchmal hören sie sich an wie weinende Babys.«

Dawn und Emily sahen zu, wie die Katze Clarice erst mit dem Köpfchen anstupste und dann ihr schnurrhaariges Gesicht an ihrer Wange rieb.

»Soweit ich es verstanden habe, hat dieses Haus eine enge Verbindung zu der Rasse.«

»Emily hat Ihnen von Bellatrix erzählt?«

»Ja, und von ihren Ururgroßeltern, die zwei Jungtiere von dem ersten Siamkatzen-Zuchtpaar besaßen, das es in diesem Land gegeben hat.«

»In diesem Haus hat es immer Siamkatzen gegeben.« Dawns Blick wanderte von Clarice zu Emily, und für einen Moment zuckten die roten Lippen. Dann nickte sie. »Ich sehe euch dann beim Mittagessen.«

Als Dawn davonging, fing Ruffian auf Clarice Armen an, zu zappeln, um ihr zu signalisieren, dass er abgesetzt werden wollte. Wieder auf dem Boden lief er hastig seiner Herrin hinterher.

»Er ist unverkennbar Dawns Kater«, stellte Clarice fest.

»Ja, und die Liebe ihres Lebens«, kommentierte Emily mit einem angespannten Lächeln. »Vorerst.«

Clarice sah zu, wie Dawn in ihrer engen Jeans und den hohen schwarzen Stiefeln das Haus verließ. Sie war attraktiv, wenn auch auf eine etwas herbe Art, und strahlte Selbstvertrauen aus. Ganz offensichtlich achtete sie auf sich; makellose Haut, gute Figur, sie hätte bestimmt keine Probleme, sich Verehrer anzulachen.

»Du hast gesagt, Colin mochte Dawn nicht – aber wie steht es mit dir? Wie kommt ihr zwei zurecht?«, fragte Clarice, als Emily sich bei ihr untergehakt hatte und sie durch die Halle führte.

»Gar nicht, vermutlich, weil Tessa und Dad das auch nie getan haben«, sagte Emily. »Aber um fair zu sein, sie haben beide ihren Beitrag geleistet. Ich habe Ihnen doch erzählt, dass Dad Dawn nie als seine Schwester oder Halbschwester bezeichnet hat?«

»Ja.« Clarice nickte. »Und weil die Eltern zerstritten waren, wurden du und Dawn mit hineingezogen.«

»Tessa hat oft versucht, Stunk zwischen Dad und Grandpa zu provozieren. Diese Anfeindungen haben die Familie in zwei Lager aufgespalten. Ich war natürlich auf Dads Seite.«

»Natürlich. Colin war dein Vater – und Dawn war vermutlich auf der Seite ihrer Mutter und konnte daher kaum deine beste Freundin werden.«

»Genau, und wann immer Streitereien ausgebrochen sind, sind Grandpa und Tante Ernestine zwischen den Lagern hin und her gependelt, je nachdem, wie es gerade ihrer Stimmung entsprach.«

»Wie furchtbar.« An der Tür blieb Clarice stehen. »Vielleicht werden sie jetzt netter sein, nachdem dein Dad gestorben ist.«

»Darauf würde ich mich nicht verlassen. Tessa war sauer, weil Grandpa Colin Dawn finanziell vorgezogen hat. Dad hatte immer einen Vorteil ihr gegenüber, weil er älter und männlich war.«

»Ich schätze, Dawn hätte ein Testament, das ihr nichts zugestanden hätte, anfechten können«, bemerkte Clarice.

»Eigentlich schon, aber Tessa und Grandpa haben nie geheiratet«, wandte Emily ein und zog vielsagend die Brauen hoch. »Für Tessa ist das richtig ärgerlich; sie denkt, es schwächt Dawns Aussicht auf eine Erbschaft. Colin hätte das Haus geerbt, und Tessa war sauer, weil sie nichts dagegen tun konnte. Sie hat gesagt, das sei unfair.«

»Aber jetzt, wo dein Dad tot ist, wirst du dann nicht erben?«

»Nein«, sagte Emily nachdrücklich. »Das Haus kann nicht aufgeteilt werden; es geht nur an eine Person. Dawn ist jetzt die Älteste. Das ist Grandpas Entscheidung, und ich werde sie nicht anfechten.«

»Ich verstehe«, sagte Clarice.

Als Emily die Tür aufstieß, nahm ein Korridor Clarices Aufmerksamkeit gefangen, der das exakte Gegenstück zu dem auf der anderen Seite der großen Halle darstellte.

»Hier können Sie sehen, dass das hier der zweistöckige

Teil des Gebäudes ist, der sich an den Turm anschließt.«
Emily zeigte auf die Tür auf der anderen Seite der Halle.

»Und was ist auf dieser Seite?«, fragte Clarice.

»Die Küche, das Speisezimmer, noch eine Toilette und ein Wohnzimmer. Kommen Sie, ich zeige Ihnen die Küche.«

Der Duft von Kräutern, Speiseölen und Blumen vermischte sich in der Luft. An einer Wand, an den Stielen zusammengebunden, waren Lavendelbüschel kopfüber zum Trocknen aufgehängt worden. Der Raum war lang und hell dank der Neonröhren und des Lichts, das durch die großen Fenster hereinfiel. Clarices Blick wurde sogleich von den schwarzen, grünen und mauvefarbenen Bodenfliesen angezogen.

Emily stellte ihr Mrs Fuller vor. Die stämmige Frau mit dem roten Gesicht trug Filzpantoffeln und ein Haarnetz, das ihr spärliches weißes Haar an den Kopf klebte. Nachdem sie Clarice argwöhnisch vom Scheitel bis zur Sohle gemustert hatte, widmete sie sich wieder der Vorbereitung des Mittagessens.

Clarice sah sich in dem Raum um und dachte, dass er sich über die Jahre anscheinend kaum verändert hatte. In der Mitte stand ein großer, schwerer Kieferntisch, um den herum großzügig Platz war, damit die Leute arbeiten und sich ungehindert durch den Raum bewegen konnten. Es gab keine modernen Einbauschränke. Stattdessen schmückten sich die Wände mit imposanten Möbeln: Schränke mit offenen Regalfächern, Haken für Töpfe und Pfannen, ein tiefes Spülbecken und ein viktorianischer Kochherd, der offensichtlich nicht mehr für seinen ursprünglichen Zweck genutzt wurde, sondern als zusätzliche Fläche zum Abstellen von Tellern und Schüsseln diente. Gleich daneben stand ein moderner weißer Elektroherd, der so gar nicht zum Rest der Küche passen wollte.

»Mrs Fuller ist keinen Besuch gewöhnt«, sagte Emily, als

sie die Küche wieder verlassen hatten. »Sie hat hier als Putzfrau angefangen, als Dad noch ein Junge war. Sie kommt jeden Morgen auf ihrem Fahrrad mit einem Einkaufsnetz am Lenker, in dem ihre Hausschuhe sind. Dann ist da noch ihre Schwester Mrs Banner, die im Bedarfsfall gerufen werden kann – die zwei gleichen sich wie ein Ei dem anderen. Ich nehme an, sie haben den gestrigen Tag damit verbracht, den Boden in der großen Halle zu reinigen. Das Mittagessen für die Familie bereitet gewöhnlich Johnson zu, aber wenn er zu viel zu tun hat, dann beauftragt er Mrs Fuller.«

»Wer kocht abends?«

»Normalerweise auch Johnson«, sagte Emily. »Obwohl Tessa sich für eine gute Köchin hält. Gelegentlich beschließt sie, das Abendessen selbst zuzubereiten.«

Clarice fragte sich für einen Moment, ob Tessas Kochkünste so fragwürdig waren, wie Emily es anzudeuten schien. So sehr sie Emily mochte, ihr war auch bewusst, dass sich die tief sitzende Feindseligkeit und die toxischen Beziehungen innerhalb der Familie auf ihr Urteilsvermögen auswirken mochten.

»In so einem großen Haus gibt es viel zu putzen«, lenkte sie das Gespräch in eine andere Richtung.

»Ja, allerdings. Oh, und Mister Archer kommt werktags am Vormittag her, um sich um den Garten und die Gehölze zu kümmern.«

»War das der Mann, den wir bei unserer Ankunft gesehen haben?«

»Das nehme ich an; aber er war zu weit entfernt, als dass ich ihn hätte erkennen können.«

»Nur aus Neugier, was macht Dawn beruflich?«, fragte Clarice.

»Wie viel Zeit haben Sie?«, spöttelte Emily.

»So schlimm?«

»Dawn ist dreiundvierzig. Ihr kommt etwas in den Sinn und sie ist hellauf begeistert, und dann verliert sie plötzlich das Interesse!« Emily klang verärgert. »Sie ist zur Uni gegangen, um Geschichte zu studieren. Dad sagte, sie hätte über nichts anderes mehr geredet – und dann, nach zwei Jahren, hat sie das Studium abgebrochen.«

»Unklug«, konstatierte Clarice.

»Dann hat sie beschlossen, es mit Grafikdesign zu versuchen, und ein College gefunden, das sie angenommen hat. Dieses Mal hat es kein Jahr gedauert, bis sie aufgegeben hat. Außerdem hat sie unter anderem als Bardame gearbeitet, hat eine pädagogische Hochschule besucht, und für eine kurze Weile agierte sie als aufstrebende Schauspielerin.« Emily sah nachdenklich aus. »Grandpa tut mir leid, weil er für all diese Berufswechsel aufkommen muss.«

»Und jetzt erholt sie sich gerade?« Clarice lächelte. »Zwischen dem einen und dem anderen Beruf?«

»So könnte man es ausdrücken«, sagte Emily. »Aber angeblich schreibt sie einen Roman, worüber weiß ich nicht. Da sitzt sie schon seit vier Jahren dran.«

Clarice nickte.

»Und dann ist da noch ihr Liebesleben.« Emily sah sich um, als wollte sie sich vergewissern, dass niemand sie hören konnte. »Ich bin so ein Tratschmaul.«

»Das ist schon in Ordnung«, sagte Clarice und grinste dabei genauso breit wie Emily. »Tratsch nur weiter.«

»Es hat Ähnlichkeit mit ihrem Berufsleben, damit, wie schnell sie für etwas Feuer und Flamme ist. Beziehungen sind am Anfang immer die *gaaanz* große Liebe.« Emily legte in einer dramatischen Geste die Hand an die Stirn. »Das Beste, was ihr je passieren konnte. Sie scheint Spaß am Aufreißen zu haben, verliert aber das Interesse, sobald sie den Kerl in ihren Fängen hat.«

Clarice wartete.

»Die neueste Peinlichkeit war ein Mann namens Ian Belling.« Emily verschränkte die Arme vor der Brust, als wollte sie andeuten, dass das eine lange Geschichte war. »Ians Frau Penny war angeblich eine gute Freundin Dawns. Dad hat mir erzählt, dass Dawn eine Affäre mit Ian hatte, die mehr als ein Jahr gedauert hat – bis Penny es herausfand.«

»Und dann war es vorbei?«

»Nicht ganz. Ian und Penny haben drei Kinder, und die Älteste war zu der Zeit vierzehn. Es gab eine Menge Hin und Her zwischen Dawn und Penny, ehe Ian sich endlich für Dawn entschieden hat. Er war ein erfolgreicher Geschäftsmann, als das Scheidungsverfahren begann. Laut Dad hat Penny ihm alles abgenommen, was sie kriegen konnte. Sie bekam das Haus, die Hälfte seines Vermögens, und dann …«

»Vielleicht hat sie mit ihm zusammengearbeitet, und sie hatten immerhin drei Kinder, also brauchte sie ein Haus und Geld«, fiel Clarice ihr ins Wort.

»Ich bin sicher, das war durchaus fair. Sie waren lange verheiratet«, stimmte Emily zu. »Aber gerade eine Woche nach der Scheidung hat Dawn ihn fallen lassen. Sie hat gesagt, die Beziehung würde nicht funktionieren – es sei ein Fehler gewesen.«

»Wie lange ist das her?«

»Ungefähr sechs Monate. Seitdem hat sich die Situation immer weiter verschlimmert. Anfangs hat er Dawn ständig angerufen – sie musste zweimal ihre Mobilnummer ändern. Erst ging es nur darum, wie sehr er sie liebte.«

»Ehe aus Liebe Hass wurde?«, fragte Clarice.

Emily nickte. »Er hat sich dauernd in der Nähe des Hauses im Wald herumgetrieben. Dawn hat gesagt, er wäre gewalttätig geworden. Einmal habe er sie geschlagen. Er hat ihr wohl eine Ohrfeige verpasst, aber sie konnte es nicht beweisen. Sie hat eine einstweilige Verfügung erwirkt.«

Clarice nickte, während sie Emily in einen Raum folgte, der einmal ein prächtiges Speisezimmer gewesen sein musste, nun aber deutliche Verfallserscheinungen zeigte. Das Rot der Textiltapete war stumpf und in den oberen Ecken dunkel verfärbt, der weinrote Teppich stellenweise ausgetreten, Wandleisten und Friese, die vermutlich einmal golden geschimmert hatten, zeigten sich in einem dumpfen Braun mit hellen Flecken. Wann war der Raum das letzte Mal renoviert worden? Bestimmt nicht in den vergangenen paar Jahrzehnten, soweit Clarice es sehen konnte. Als sie dann die Möbel betrachtete, stellte sie fest, dass die Medaille in der Tat zwei Seiten hatte: Während das Dekor des Raums dürftig war, waren die Möbel von guter Qualität und besaßen einigen Wert. Der lange Tisch war aus Eiche, die acht Stühle und die zwei kunstvoll gedrechselten Hochlehner aus Ulme und Eiche. Die Anrichte war großzügig dimensioniert und mit einem hohen Regalaufsatz ausgestattet, in dem blaues und weißes Porzellan untergebracht war. Am hinteren Ende des Raums befand sich auf einer Seite ein Paravent, dessen untere Hälfte wie die Seitenteile aus Eiche gefertigt war, während die oberen Abschnitte ein Muster aus Blumenstickerei aufwiesen.

Der Raum bestätigte Clarices Eindruck, dass die Probleme, mit denen dieses Haus behaftet war – die Feuchtigkeit, die mangelnde Beheizung und die schadhaften Fenster –, sich nur noch verstärken würden, wenn nicht bald etwas getan wurde.

Als sie sich zum Gehen wandten, sah sie, dass eine zierliche ältere Frau eingetreten war und sie still beobachtete.

»Hallo, Tante Ernestine.« Emily ging sofort zu ihr, nahm sie in die Arme und küsste sie auf die Wange.

Ernestine war klein und wirkte gepflegt mit ihrem kurzen, schlohweißen Haar. Ihre blauen Augen leuchteten vor Neugier, und ihre zarte, ebenmäßige Haut war bemerkenswert glatt. Sie trug eine rote Strickjacke über einem geblümten, rosafarbenen Kleid, unter dem schmale Beine und Fesseln zu sehen waren. Die schwarzen Lederpumps an ihren anmutigen Füßen waren auf Hochglanz poliert. Sie erinnerte an eine makellose Porzellanpuppe.

»Ich bin ihre Großtante«, wandte sich Ernestine mit einer wohlklingenden, feinen Stimme an Clarice. »Aber es ist ein bisschen umständlich, mich so zu nennen!«

»Ja«, stimmte Clarice lächelnd zu.

»Ich bin neunundsiebzigeinhalb«, verkündete sie stolz, »und habe noch all meine Zähne.« Sie setzte ein breites Grinsen auf, um sie ihnen zu zeigen.

»Das ist Clarice Beech«, sagte Emily zu ihr. »Sie war eine gute Freundin von Dad.«

Ernestine kam näher und stellte sich zu Clarice. »Meine Güte, sind Sie aber groß. Neben ihnen komme ich mir vor wie ein kleiner Wicht. Ich wusste, dass Sie herkommen. Mein Bruder Ralph hat es mir gesagt.«

Während sie sprach, berührte Ernestine immer wieder ihre Halskette – Diamanten mit eingestreuten Perlen. Die Steine waren groß; ob das wirklich echte Steine waren, wenn sie die Kette so lässig mitten am Tag trug?

»Ja, ich bin Ralph schon begegnet, Dawn und Ruffian auch«, sagte Clarice.

»Wir haben immer Siamkatzen. Haben Sie Bellatrix gesehen?«

»Ja. Emily hat mir die Familiengeschichte erklärt.«

»Sie geben ungewöhnliche Laute von sich; es wäre sonderbar, sie nicht zu hören, vor allem während der Nacht.«

»Sind sie dann viel lauter?«, fragte Clarice verwundert.

»Dawn ist ziemlich geschickt darin, Ruffian zur Nacht reinzuholen«, warf Emily ein.

»Er jagt liebend gern«, berichtete Ernestine. »Wir finden hier eine ganze Menge enthauptete Tiere: Mäuse, Ratten, Wühlmäuse. Und natürlich ihre Einzelteile – die Eingeweide.« Ihr Gesicht glühte vor Freude. Sie hatte ganz offensichtlich Spaß an dem Thema. »Sie sind doch nicht zimperlich, oder?« Ihr Blick ruhte auf Clarices Gesicht; es war, als genösse sie die Vorstellung, dass Ruffian ein grausames Raubtier war.

»Nein, nicht besonders.« Clarica sah Emily an, die hinter Ernestine stand und stumm in Richtung Tür deutete, um ihr zu signalisieren, dass sie gehen sollten.

Als Clarice Anstalten machte, um die alte Dame herumzugehen, verstellte Ernestine ihr den Weg.

»Colin war ein zarter kleiner Junge. Und sehr zimperlich.« Sie kicherte. »Einmal habe ich eine Fingerpuppe aus dem Kopf einer toten Maus gemacht. Ich habe kleine Finger – schauen Sie.« Sie breitete die Hände aus, die Handflächen nach oben, und hielt sie vor den Körper. »Ich habe mich an Colin herangeschlichen, um ihn zu überraschen, und mit dem Mäusekopf an meinem Finger gewackelt.« Sie bewegte den Zeigefinger ihrer Linken in der Luft, um zu verdeutlichen, was sie meinte. »Er hat geschrien und gar nicht wieder aufgehört. Und dann hat er sich auch noch in die Hose gemacht.« Ernestines Kichern steigerte sich zu einem kehligen Gelächter.

»Armer Colin! Wie alt war er da?«, fragte Clarice.

»Avril hat normalerweise nie die Nerven verloren, aber

da ist sie ziemlich garstig geworden.« Plötzlich sah Ernestine hinterhältig aus. »Ich kann mich nicht erinnern, wie alt er war. Das ist schon so lange her.«

Ihr Blick entfernte sich von Clarice, und sie sah sich so ziellos im Raum um, als wäre sie plötzlich tief in Gedanken versunken. Nach einigen Augenblicken des Zögerns nahm Clarice die Gelegenheit wahr, um Emily nach draußen zu folgen. Es war, als hätte die zunächst so lebhafte ältere Frau von einem Moment auf den anderen irgendwie den Faden verloren, als wäre ihr Geist einfach abgewandert.

Kapitel 16

»Sie hat einen makabren Sinn für Humor«, murmelte Emily, als sie zum Wohnzimmer gingen.

»Armer Colin.« Clarice verzog das Gesicht. »Er war erst fünf, als Avril gegangen ist, also muss er noch sehr jung gewesen sein, als Ernestine ihm diesen fiesen Streich gespielt hat.«

»Sie werden sich an Ernestine gewöhnen. Ich habe es schließlich auch geschafft.« Dann seufzte Emily resigniert. »Und Sie haben immer noch das Vergnügen vor sich, Tessa kennenzulernen.«

Im Wohnzimmer wanderte Clarices Blick sogleich zu dem kunstvollen Kamin mit den geometrisch gemusterten Seitenverkleidungen. Das Holz war bereits aufgeschichtet worden, aber nicht entzündet. Sie nahm an, dass auch die polierte, graue Kamineinfassung aus Kalkstein bestand. Auf dem Sims standen allerlei Kästchen unterschiedlicher Größe und Form. Als sie näher heranging, erkannte sie, dass es Schnupftabakdosen aus Holz oder Metall waren.

»Grandpa sammelt sie«, erklärte Emily, als ihr Clarices Interesse auffiel. »In seinem privaten Wohnzimmer gibt es noch mehr davon.«

Clarice nickte und sah sich um. Neben dem Kamin stand

ein alter, abgenutzter Weidenkorb mit Feuerholz. Möbel und Dekor passten zum Rest des Hauses. Der Teppich, der vermutlich einmal tiefblau gewesen war, war nun ausgebleicht und verschlissen, ebenso die Gobelins an den Wänden. Ein Sofa mit geschnitztem Holzrahmen stand gegenüber einer Liege mit dunklem Eichengestell. Beide waren in der Mitte von langem Gebrauch durchgesessen. Ein tiefer Sessel mit zwei Wurfkissen und einem rotkarierten Überwurf über einer Armlehne stand am nächsten am Kamin, und Clarice nahm an, dass das Ralphs üblicher Platz war.

»Ich muss raufgehen und mir eine weitere Schicht Klamotten überziehen.« Sie schauderte. »Es ist so kalt in diesem Haus.«

»Ich habe Sie gewarnt. Es tut mir leid, vielleicht hätte ich Sie lieber nicht drängen sollen, mich zu begleiten«, sagte Emily angespannt.

»Nein«, erwiderte Clarice. »Erstens hast du mich zu gar nichts gedrängt, zweitens bin ich froh, hier bei dir zu sein.« Ihre Gedanken behielt sie jedoch für sich: Ohne ihren Vater brauchte die junge Frau in diesem Haus eine Verbündete.

»Toll.« Nun klang Emily erleichtert.

Nach einem Abstecher ins Schlafzimmer, wo sie sich eine Extraschicht Kleidung überzog, gingen sie in das Speisezimmer. Der Tisch war für sechs Personen gedeckt, und zwei Wärmewagen standen in der Nähe bereit. Johnson war gerade dabei, Essen aus einer Schüssel auf einen Teller zu löffeln.

»Perfektes Timing«, sagte Ralph, der bereits seinen Platz auf einem Hochlehner an der Stirnseite des Tischs eingenommen hatte. Während er seine Brille mit einem weißen Taschentuch putzte, starrte er sie aus umwölkten Augen an und sah dabei Floss, dem älteren Labrador, ziemlich ähnlich.

»Wir haben pochierten Kabeljau mit Gemüse. Johnson stellt mir einen Teller zusammen. Wenn er fertig ist, könnt ihr euch bedienen. Aber vergiss nicht, Emily, der Gast zuerst. Hilf Clarice, sich aufzutun, und dann holst du dir etwas.« Nachdem er seine Anweisungen erteilt hatte, wandte Ralph sich ab, um mit Johnson zu reden.

Plötzlich stand eine Frau mit ausgestreckter Hand direkt vor Clarice.

»Ich bin Tessa. Wir wurden einander noch nicht vorgestellt.«

Es war leicht zu erkennen, dass sie Dawns Mutter war. Mit siebenundsiebzig war sie immer noch schlank, fit und attraktiv; sie hatte einen starken Knochenbau, und ihr graues, lockiges Haar federte wie das ihrer Tochter.

»Schön, Sie kennenzulernen«, sagte Clarice.

»Warten wir ab, ob Sie immer noch dieser Meinung sind, wenn Sie wieder abreisen.« Tessa unterbrach nicht für einen Moment den Augenkontakt und hielt Clarices Hand länger als nötig fest. Das schiefe angedeutete Lächeln glich dem ihrer Tochter. »Sie sollten essen, ehe es kalt wird.« Sie wandte sich zum Gehen. »Und essen Sie sich richtig satt; am Abend gibt es nur Sandwiches.«

Emily füllte Teller für Clarice und sich selbst, und sie nahmen ihre Plätze am Tisch ein. Da Ralph die Stirnseite beanspruchte, saßen Clarice, Emily und Ernestine Tessa und Dawn gegenüber.

»Hast du Clarice schon allen vorgestellt?« Ralph maß seine Enkelin mit einem scharfen Blick.

Clarice fiel auf, dass Emily die bereits vertraute Röte ins Gesicht stieg. »Ja, danke«, kam sie ihr rasch zu Hilfe. »Ich habe alle kennengelernt.«

»Hat Emily Ihnen das Haus gezeigt?«, fragte Ralph.

»Ja. Es ist großartig. Ich glaube, der Höhepunkt der Neogotik lag etwa in den Sechziger- und Siebzigerjahren des achtzehnten Jahrhunderts – aber dieses Haus wurde achtzehnhundertneunzig erbaut, richtig?«

»Ja, das ist richtig. Die Herrschaft von Königin Victoria endete neunzehnhunderteins. Das Gut ist im Stil viktorianischer Gotik erbaut worden.« Ralph hörte sich an, als doziere er auf Autopilot, vermutlich, weil er die Geschichte schon so häufig erzählt hatte. »George Compton, mein Großvater, wusste, wie man Geld macht, und als er Emily Smythe heiratete, die Tochter eines einflussreichen Kaufmanns, konnte er sein Vermögen zusätzlich vergrößern. Emily war ein Einzelkind, also gab es keinen männlichen Erben, der den Familiennamen hätte weiterführen können, darum kombinierten sie und George ihre Nachnamen bei der Eheschließung. Mit seinem Reichtum konnte George einen Architekten beauftragen, Stone Fen Manor erbauen lassen und London mit seiner Familie den Rücken kehren.« Er wedelte mit der Gabel in der Luft. »Mein Vater James war der älteste der drei Söhne, also hat er das Haus geerbt.«

Clarice nickte.

»Wir kamen hier zur Welt, alle drei. Ich bin der Älteste, dann kommt Ernestine. Wir hatten auch noch eine kleine Schwester, Elizabeth – genannt Beth. Leider starb sie kurz nach ihrem siebten Geburtstag.«

»Das tut mir leid«, sagte Clarice.

»Damals waren hohe Sterblichkeitsraten bei Kindern ganz normal.« Ralph klang völlig ungerührt. »Deutlich schockierender angesichts der heutigen medizinischen Möglichkeiten ist Colins Tod mit gerade fünfundfünfzig. Armer Junge.«

Stille kehrte ein.

»Ich freue mich darauf, mir später von Emily den Garten zeigen zu lassen und mir das Haus von außen anzusehen«, brach Clarice das Schweigen.

»Es ist nicht die beste Jahreszeit dafür«, bemerkte Tessa. »Es gibt nicht viel zu sehen – nur Bäume und noch mehr Bäume.« Sie lachte dumpf.

»Da hat der Gärtner alle Hände voll damit, die ganzen Abfälle zu beseitigen«, entgegnete Clarice mit einem liebenswürdigen Lächeln. »Wir haben ihn bei unserer Ankunft gesehen.«

»Unmöglich«, sagte Ralph. »Er ist heute nicht hier.«

»Wie hat er ausgesehen?«, fragte Dawn in scharfem Ton.

Clarice und Emily wechselten einen Blick, als sich erneut Stille über den Raum senkte.

»Ich habe nicht darauf geachtet«, sagte Emily.

»Er war Ende vierzig, Jeans, braune Jacke und helle Sportschuhe.« Clarice musterte die besorgten Mienen um sich herum.

»Ich glaube, das –«, setzte Tessa an.

»Darüber sprechen wir später«, fiel Ralph ihr mit einem gestrengen Blick ins Wort.

»Natürlich.« Tessa fixierte ihren Teller.

Ralph hatte, wie Clarice dachte, seine Gründe, Tessa zum Schweigen zu bringen. Ganz offensichtlich wollte er dieses Thema nicht in Gegenwart einer Fremden diskutieren.

»Ich freue mich darauf, mir die Fenster und die Steinmetzarbeiten anzusehen«, sagte sie, um das unbehagliche Schweigen zu beenden. »Viele gotische Bauwerke aus der Mitte des neunzehnten Jahrhunderts wurden aus roten Ziegeln erbaut.«

»Ja.« Dawn sah sie aufmerksam an. »Und andere Materialien wie Eisen und glasierte Fliesen kamen auch in Mode.«

»Wenn Sie sich für Architektur und dieses Haus interessieren«, wandte sich Ralph direkt an Clarice, »dann sollten Sie mit Dawn sprechen. Sie hat Kunstgeschichte studiert.«

Ein selbstgefälliger Zug schlich sich in Tessas Gesicht.

»Nein, sie schreibt ein Buch, Ralph. Du bist ganz verwirrt«, widersprach Ernestine in streitlustigem Ton.

Ralph legte seine Gabel auf den Tisch, beugte sich vor und starrte finsteren Blicks seine Schwester an.

»Ich glaube, ich kann mich erinnern, was meine Tochter getan hat und was nicht. Sie schreibt derzeit ein Buch, aber sie hat zwei Jahre lang Kunstgeschichte studiert. Du bist diejenige, die nicht mehr alle Tassen im Schrank hat, Ernestine, nicht ich!«

Ernestine erwiderte seinen Blick, und ihre Mimik verriet deutlich, wie verärgert sie war. »Sie ist wankelmütig, nie bleibt sie bei einer Sache – ganz anders als unser Colin. Sie schreibt schon jahrelang an diesem Buch. Warum sollte sich dann irgendjemand erinnern, dass sie auch irgendwelche Kurse an der Universität besucht hat?«

»Um Himmels willen, Ernestine!« Tessas Stimme klang wie ein leises, kontrolliertes Knurren, und Clarice sah für einen Moment einen schlanken, aber aggressiven Dobermann vor ihrem geistigen Auge. »Du kannst doch Dawn unmöglich mit Colin vergleichen. Dawn ist sensibel und künstlerisch begabt. Colin war einfach langweilig. Er hat angefangen, diese alberne Brille mit dem blauen Gestell zu tragen, weil er gedacht hat, damit würde er etwas interessanter wirken. Buchhalter zu sein entsprach exakt seiner Persönlichkeit. Er war so ein stumpfsinniger, kleiner Mann – stumpfsinnig, einfach verdammt stumpfsinnig.«

Clarice sah sich zu Emily um und erkannte, wie sie sich am ganzen Körper versteifte.

»Rede nicht so über meinen Sohn!«, donnerte Ralph und wedelte so erzürnt mit den Armen, dass er sein Glas umstieß. »Jetzt sieh dir an, wozu du mich getrieben hast.« Er starrte das Wasser an, das sich auf dem Tisch ausbreitete, und seine buschigen Brauen stießen an der Nasenwurzel zusammen und formten eine einzige wütende Linie. »Abgesehen davon, dass das nicht wahr ist, sitzt Colins Tochter – meine einzige Enkeltochter – dir gegenüber. Wie taktlos von dir, dermaßen über ihren Vater herzuziehen.«

Tessa starrte ihn erbost an. »Deine Enkel*tochter*, ja, ich weiß. Dawn hat dir keinen Enkelsohn geschenkt, aber Colin auch nicht.«

»Ich habe nie irgendetwas von Dawn erwartet.« Die Worte klangen abgehackt.

»Und was bitte soll das jetzt heißen?«, giftete Tessa.

»Colin war ein guter Junge.« Ernestine klang, als käme sie nicht mehr mit. »Er hat uns Emily geschenkt.«

»Halt einfach die Klappe«, Tessa funkelte sie wütend an, »du erbärmliches altes Weib.«

Wie ein Schatten senkte sich erneut unbehagliche Stille über die kleine Zusammenkunft.

Dann durchbrach Emilys Stimme das Schweigen in einem beherrschten Ton, den Clarice noch nie an ihr wahrgenommen hatte: »Mein Dad war nie stumpfsinnig!«

Wieder wurde es still, beinahe, als wären alle sprachlos angesichts dieser Erwiderung aus dem Mund einer Person, die gewöhnlich so fügsam und sanftmütig war. Clarice jedoch war aufgefallen, dass Emily beim Sprechen den Blick gesenkt hielt, als wollte sie vermeiden, jemanden direkt zu konfrontieren.

»Dad hat seine Mutter geliebt«, fuhr sie fort. »Und Avrils Verschwinden wurde nie wirklich aufgeklärt. Das hieß für ihn, dass er mit dem Verlust nie abschließen konnte. Das hat ihn belastet.« Sie verstummte, suchte nach den richtigen Worten, um zum Ende zu kommen. »Aber er war ein liebenswerter Mensch, lustig, klug, kreativ – der beste Dad, den man sich wünschen kann.«

Ralph und Tessa starrten einander an, ehe beide den Blick abwandten, woraufhin Tessa mit übertriebener Geste mit der Gabel über ihren Teller schrammte und sich Essen in den Mund schaufelte. Clarice fühlte Emilys Anspannung. Aus dem Augenwinkel sah sie, dass Johnson in der Nähe der Tür stand und das Geschehen verfolgte.

»Dass Avril weggegangen ist, hat den Jungen mitgenommen«, stellte Ernestine ungestüm fest. »Aber das war Bellatrix Schuld. Avril hätte Colin mitgenommen. Bellatrix hat dafür gesorgt, dass sie ohne ihn gegangen ist.«

»Halt den Rand, Ernestine!« Ralph war aufgesprungen und schrie seine Schwester an. »Avril hat ihre Wahl getroffen, als sie sich mit Major Freddie Baxter davongemacht hat – meinem sogenannten Freund.«

Angesichts dieser Worte überlegte Clarice, ob der Verlust der Freundschaft des Majors für ihn ein härterer Schlag gewesen sein mochte als das Verschwinden seiner Frau.

»Bellatrix beschützt uns immer«, sagte Ernestine. »Aus Liebe.«

Ralphs Gesicht verzerrte sich zu einer Maske puren Zorns, aber statt ihr zu antworten, verdrehte er nur frustriert die Augen.

»Emily«, wandte er sich an seine Enkelin. »Was Tessa gesagt hat, ist unverzeihlich. Ich weiß, wie sehr der Verlust seiner Mutter Colin getroffen hat, aber uns zu verlassen, war ihre Entscheidung. Vergiss nicht, dass dein Vater erst fünf war, als sie gegangen ist. Er konnte nur mühsam akzeptieren, dass ich sie nicht gegen ihren Willen hier festhalten konnte, dass es ihr freier Entschluss war, fortzugehen.«

»Dad wollte immer wissen, wo sie hingegangen ist und warum sie ihn nicht mitgenommen hat.« Emily blickte auf und sah ihn an.

»Wenn jemand nicht gefunden werden will, dann sorgt er dafür, dass er nicht gefunden werden kann«, sagte Ralph unverblümt. »Colin hätte das ganze Land durchkämmen und ein Dutzend Detekteien beauftragen können, aber nachdem meine Frau mit dem Major abgehauen ist, sind sie abgetaucht. Colin hätte das akzeptieren und sein Leben weiterleben sollen. Ich habe an dem Tag nicht nur meine Frau verloren, sondern auch den Mann, den ich als meinen besten Freund angesehen hatte.«

»Strudel?« Johnson hatte sich neben einem der Wärmewagen aufgebaut und sah Ralph fragend an.

»Du zuerst, Emily«, sagte Ralph.

»Mir ist der Appetit vergangen.«

»Warum gehst du dann nicht mit Clarice nach draußen?«, schlug er in versöhnlichem Ton vor. »Sie möchte das Haus von außen sehen. Komm zurück und hilf uns bei den Vorbereitungen, wenn du soweit bist – aber das ist keine Verpflichtung.«

Emily nickte, und Clarice stand ebenfalls auf und folgte ihr. Auf dem Weg zur Tür spürte sie die intensiven Blicke aus fünf Augenpaaren in ihrem Rücken. Emily hatte recht behalten, ihr Großvater hatte die Charmeoffensive nicht lange durchgehalten.

Kapitel 17

»Wir müssen unsere Mäntel aus der Garderobe holen; es ist kalt da draußen.« Den Rest des Wegs zur großen Halle brachten sie schweigend hinter sich.

»Bringst du bitte meinen mit?«, fragte Clarice. »Ich muss kurz telefonieren.« Demonstrativ hielt sie ihr Telefon hoch.

Emily nickte verständnisvoll.

Als sie mit den Mänteln zurückkam, fragte sie: »Haben Sie Rick erreicht?«

»Das war nicht Rick, der dürfte jetzt auf der Arbeit sein – vor heute Abend werde ich ihn nicht erreichen. Ich wollte mit Micky sprechen.«

»Dads Freund aus dem Keramikkurs? Der mit dem Schlangentattoo?«

»Ja, ich wollte nachfragen, ob er und einige der anderen immer noch vorhaben, morgen zur Beerdigung zu kommen. Du hast ja gesagt, sie seien willkommen.«

»Ja.« Emilys Züge wurden wieder lebendig. »Einer oder alle – ich wäre wirklich froh, ein paar freundliche Gesichter zu sehen.«

Als sie sich der Tür näherten, zeigte Emily auf ein paar Haken gleich daneben.

»Diese vier blauen Jacken sind wasserfest, Größe XL mit

Kapuzen«, sagte sie. »Sie passen über Mäntel oder Jacken und stehen jedem zur Verfügung. Praktisch, wenn man bei Regen auf dem Weg zum Wagen nicht nass werden will – falls Sie mal rauswollen.«

»Das klingt sinnvoll.« Clarice betrachtete die Jacken.

»Aber wie die meisten sinnvollen Pläne ist auch dieser nicht fehlerlos. Die Leute vergessen oft, die Jacken wieder aufzuhängen, wenn sie nach oben gehen oder in Großvaters Fall in sein Arbeitszimmer.«

»Selbst die besten Pläne haben Fehler«, kommentierte Clarice grinsend.

»Tessa vergisst nie, ihre wieder zurückzuhängen. Dad hat sie die Jackenwächterin genannt, weil sie immer sauer wird, wenn sie sieht, dass nur drei da sind.«

»Bei deinem Dad konnte man sich darauf verlassen, dass er die Dinge mit Humor nimmt«, sagte Clarice lachend.

Sie gingen hinaus. Der Garten fühlte sich still und ruhig an nach der vorangegangenen Konfrontation. Der düstere, bedeckte Himmel jedoch intensivierte das Gefühl der Schwermut.

»Sie ist prachtvoll.« Clarice blickte zu Bellatrix hinauf. Dies war die erste Gelegenheit für sie, die Statue genauer zu betrachten. Zuvor hatte Johnson sie zu eilig ins Haus getrieben, als dass sie eine Chance gehabt hätte, sie eingehender in Augenschein zu nehmen. Die Katze war riesig. Aus der Nähe sah sie, dass das Gestein löchrig war, aber die mandelförmigen Augen und das Profil des Kopfes wiesen die Statue eindeutig als Siamesin aus. Während sie das Kunstwerk bewunderte, empfand sie eine bemerkenswerte Ruhe; ein Eindruck, der vielleicht darauf beruhte, dass es hier draußen so friedlich war, verglichen mit der aufgeheizten, zornigen Stimmung im Speisezimmer.

»Ja, sie ist beeindruckend.« Emily trat neben sie.

»Es gibt so viele Zeugnisse der Geschichte hier.« Clarice legte eine Hand auf die gewaltige, kalte Pfote. »Da ist ja nicht nur sie hier, sondern auch das Haus selbst.«

»Ja.« Emily wirkte zögerlich. »Aber zu der Geschichte gehören auch ein paar nicht sonderlich angenehme Verwandte.«

»Davon gibt es in jeder Familie mindestens einen.« Clarice bemühte sich um einen lockeren Ton und drehte sich zur Garage um. »Da drin stehen ein paar kostspielige Autos.« Sie betrachtete die Fahrzeuge, die in einer Reihe in der Garage standen.

Emily nickte und ließ ihren Blick über die Wagen streifen. »Tessa liebt ihren Jaguar; der Saab gehört Dawn. Johnson benutzt die beiden anderen. Der Range Rover gehört ihm offiziell, und er chauffiert meinen Großvater in dem Porsche. Mit seinen schlechten Augen kann Grandpa nicht mehr selbst fahren.«

»Hat Ernestine es wegen ihrer Demenz aufgegeben?«

»Tante Ernestine hat nie fahren gelernt; sie musste immer chauffiert werden – auch von Johnson.«

»Ist mit dir alles in Ordnung?« Clarice musterte Emilys verkniffene Miene.

»Ich sollte inzwischen eigentlich an sie gewöhnt sein. Sie sind alle ziemlich selbstsüchtig, richtig furchtbar. Alles dreht sich nur um sie.« Emily sah sich zum Haus um. »Aber das ist das erste Mal, dass Tessa sich so gemein über Dad ausgelassen hat.«

»Versuch, dich zu wappnen. Du darfst nicht zulassen, dass sie dich damit trifft, denn dann hat sie gewonnen. Ich weiß, das ist leichter gesagt als getan.«

»Tessa ist fies, aber ich ärgere mich darüber, wie unsensibel Grandpa ist. Er bringt kein Verständnis dafür auf, wie schwer es für Dad war, als Avril gegangen ist.«

»Der arme Colin. Er war erst fünf. Es muss lange gedauert haben, bis er aufgehört hat, zu glauben, dass sie wieder zurückkommt.«

»Ich glaube, er war gezwungen, sich dem ziemlich schnell zu stellen.« Emily wandte den Blick von Clarice ab. »Als sie fort war, ist er jeden Tag raufgegangen und hat sich auf ihr Bett gesetzt – er hat gesagt, der Raum hätte immer noch nach seiner Mummy gerochen.«

Clarice nickte.

»Eines Tages, ungefähr eine Woche nach ihrem Verschwinden, musste er, als er wieder raufgegangen ist, mit ansehen, wie sie das Bett rausgetragen haben. Tante Ernestine hat gesagt, Avrils Bett wäre viel schöner als ihres, und darum wollte sie es haben.«

Wieder nickte Clarice. »Mir ist aufgefallen, dass die beiden Kieferbetten nicht zum Rest des Zimmers passen.«

»Dad hat erzählt, er hätte schrecklich geweint. Er hat gefragt, wo seine Mummy schlafen sollte, wenn sie wieder da wäre, nachdem sie ihr das Bett einfach weggenommen hatten.«

Clarice sah, wie sich Emilys Züge unter dem Ansturm der Gefühle verzerrten.

»Grandpa hat ihm gesagt, er solle sich diesen Gedanken aus dem Kopf schlagen, Avril käme nicht mehr zurück.« Emily schien unfähig, Clarices Blick zu begegnen. »Sie haben all ihre Sachen an diesem Tag eingepackt, haben ihren Kleiderschrank und alle anderen Schränke und Schubladen leergeräumt.«

Einige Augenblicke standen sie schweigend beisammen.

»Wie wäre es, wenn ich Ihnen einen der Waldwege

zeige?« Emily schritt aus, als brauchte sie Abstand von dem Haus.

Ehe sie die Bäume erreichten, zeigte sie auf ein halbverfallenes Gebäude, dessen gemauerte Wände ein Ziegeldach stützten. Ein Teil der Dachpfannen fehlte und gab den Blick auf rottende Dachbalken frei. »Das war der Stall«, sagte sie.

»Wird der heute noch für irgendetwas genutzt?«, erkundigte sich Clarice.

»Für Pferde jedenfalls nicht. Es ist eher so eine Art Müllhalde für Gartenwerkzeuge.« Emily ging darauf zu und versetzte der Tür einen harten Stoß. Clarice folgte ihr hinein und sah vier leere Pferdeboxen und rostige Metalltränken. Die hohen Fenster waren intakt, aber so schmutzig, dass kaum Licht hindurchdrang. Auf den Fenstersimsen kündeten Stroh und kleine Zweige von nistenden Vögeln. Licht fiel zwischen den rottenden Balken herein. Im Gegensatz dazu war das andere Ende der Ställe zum Himmel hin offen, sodass das Innere des Gebäudes teils im Hellen, teils im Dunkeln lag.

Überall fanden sich Hinweise darauf, dass hier einmal Pferde untergebracht waren. Clarice strich mit der Hand vorsichtig über ein Halfter, das an einem Haken an der Wand hing. Das dicke Leder fühlte sich unter ihren Fingern hart und rissig an; auf dem Fensterbrett lag ein einzelner Steigbügel neben einem kaputten Striegel. Und über der Wand einer der Pferdeboxen hing eine Führleine. Werkzeuge des Gärtners wie Spaten, Forken und eine Gartenhacke wurden im trockenen Bereich des Gebäudes aufbewahrt. Ein Schubkarren aus Aluminium lehnte an der Tür einer leeren Box. Gleich daneben lag eine Metallstange mit abgerundetem Ende, die früher möglicherweise auf einer Weide in den Boden gerammt worden war, um ein Pferd anzuleinen, sodass das Tier grasen konnte, ohne davonzuziehen. Von dem

Rattern eines lockeren Fensterflügels im Wind abgesehen, herrschte in dem Stall totale Stille.

»Gibt es hier Schleiereulen?« Clarice bückte sich und untersuchte den Boden.

»Haben sie Vogeldreck hinterlassen?« Emily kam näher, um ebenfalls einen Blick auf die Stelle zu werfen.

»Gewölle. Es ist schwarz, was bedeutet, dass es frisch ist.« Clarice ließ ihren Blick durch den Stall schweifen. »Das hier ist ein gutes Jagdgebiet voller Mäuse und Ratten; Eulen haben es im Winter schwer, an Futter zu kommen.«

Emily entfernte sich und schlenderte von einer Box zur anderen.

Clarice versuchte, sich den Stall in besseren Zeiten vorzustellen: das Wiehern der Pferde, das Klappern der Hufeisen auf dem Betonboden, das Geplapper umherhuschender Stallburschen, der Geruch von Heu, Stalldung und Sägespänen. Nun, da Menschen wie Pferde jener Zeit lange tot waren, war das verfallene Gebäude zu einem Monument einer anderen Zeit geworden.

Sie verließen den Stall und gingen in den Wald. Die kahlen Äste der Bäume breiteten sich über ihnen aus, die herzerwärmende Schönheit der Farben, mit denen die Frühlings- und Sommermonate den Spaziergänger erfreuten, waren Brauntönen und einem sonnenlosen grauen Himmel gewichen. Nun, da das Jahr sich dem Ende näherte, spazierten sie über einen Teppich aus feuchtem, goldbraunem Laub, während sie dem schmalen Pfad folgten, vorbei an Erlen, Eschen, Eichen, Birken, Haselnussbäumen und Ulmen.

Auf einer kleinen Lichtung zogen die hübschen, leicht verdrehten Äste einer Gruppe Quitten Clarices Blick auf sich. In Gedanken schweifte sie zurück in den Frühherbst, da die Früchte an ihren eigenen Quittenbäumen sich von hellgelb zu goldgelb verfärbt und einen zarten Vanilleduft verströmt hatten. Neben Marmelade hatte sie einige davon auch für Quittengin genutzt. Die kleingeschnittenen Früchte waren derzeit in einer großen Plastikwanne in eine Mischung aus Gin, Kräutern und Zucker eingelegt. Im Dezember konnte sie den Gin dann auf Flaschen ziehen, die sie zu Weihnachten verschenken würde.

Als sie weitergingen, wurde der Wald wieder dichter. Schatten umzingelten sie. An einer Weggabelung blieb Emily stehen.

»Dort geht es zu einem Brunnen«, sagte sie und zeigte auf die linke Abzweigung.

»Nicht in Gebrauch?«

»Jetzt nicht mehr. Früher hat man ihn benutzt, um die Tränken der Pferde zu füllen, die auf einer Weide ganz in der Nähe grasten. Über die Jahre ist ein Weidenbaum dicht an dem Brunnen gewachsen, und Dad hat gesagt, seine Wurzeln würden das ganze Wasser aufsaugen. Die Pferdeweide ist inzwischen Teil des Waldes, und in der Nähe des Brunnens gibt es einen Friedhof.«

»Einen Friedhof?«, wiederholte Clarice überrascht.

»Nicht für Menschen.« Emily lächelte. »Es ist ein Tierfriedhof. Dort sind hauptsächlich Siamkatzen und Labradore aus drei Generationen Compton-Smythes begraben. Hinter dem Friedhof ist der Boden sehr feucht und sumpfig, und dann kommt schon der Wash.«

»Die Familie ist sentimentaler, als ich mir je hätte vorstellen können«, bemerkte Clarice, bemüht, nicht allzu zynisch zu klingen.

»Ich glaube«, sagte Emily mit einem schiefen Grinsen, »Grandpa liebt seine Labradore mehr als irgendein anderes Mitglied seiner Familie.«

»Da wir gerade von Labradoren sprechen …« Clarice schaute in die Richtung, aus der sie gekommen waren. Von dort stürmte mit triumphierendem Gebell, beinahe, als hätte er sie gesucht, Ben, Ralphs jüngerer Hund, auf sie zu und versprengte unterwegs Laub in alle Richtungen.

Emily bückte sich, um ihn zu streicheln. »Du solltest aber nicht ganz allein hier draußen herumlaufen«, sagte sie zu ihm. »Normalerweise trennt er sich nicht von Floss«, erklärte sie Clarice. »Die zwei sind ein echtes Pärchen.«

»Ist Ben der Ersatz für einen älteren Hund?«, fragte Clarice.

»Ja, Grandpa hält immer zwei, eine Hündin und einen Rüden; wenn einer stirbt, holt er den nächsten. Der letzte Hund, Max, ist vor vier oder fünf Monaten gestorben, und er hat sich Ben geholt. Da war er gerade zwölf Wochen alt.«

»Ich hatte nicht den Eindruck, dass er die Hundeausbildung so richtig im Griff hat.« Clarice sah dem Hund zu, der fröhlich im Kreis um sie herumtanzte. »Schauen wir mal, ob wir ihm das Sitzen und Bleiben beibringen können.«

Eine halbe Stunde später hatte Ben die Grundlagen verstanden. Verleitet von der Aussicht auf eine Belohnung, setzte er sich auf Kommando hin, war aber zu aufgeregt, um lange sitzenzubleiben.

»Sie haben Fortschritte gemacht«, stellte Emily fest.

»Nicht besonders viele.« Clarice tätschelte den Hund. »Er braucht Beständigkeit in der Erziehung. Das Training müsste idealerweise mehrmals täglich stattfinden, damit sich die Botschaft in seinem Kopf festsetzen kann.«

»Darf ich es mal versuchen?« Emilys Gesicht war ausnahmsweise frei von Angst und Sorge.

Clarice gab ihr ein paar Leckerbissen, die sie in die Tasche stecken sollte. Ben machte ihr die Freude, sich bereitwillig auf Kommando hinzusetzen.

»Er ist ein kluger Hund«, kommentierte Clarice. »Ihn auszubilden dürfte ein Kinderspiel sein.«

Gemeinsam gingen sie durch den Wald zurück zum Haus. Ben tapste neben Clarice her.

»Ich habe Ihnen die Fassade des Hauses und die Fenster noch gar nicht gezeigt.«

»Die werde ich schon noch sehen, ehe ich abreise.« Clarice musterte die Haustür. »Bist du sicher, dass du bereit bist, wieder reinzugehen?«

»Ich möchte gern helfen. Ich will nicht, dass Tessa nörgelt, ich würde mich drücken.«

»Was ist denn zu tun?«

»Ich habe Ihnen gestern doch erzählt, dass Mrs Fuller und ihre Schwester die große Halle gesäubert haben?«

Clarice nickte.

»Dort müssen Klapptische und Stühle für ein Büfett und Getränke aufgestellt werden. Die Sachen werden in einem Hauswirtschaftsraum neben der Küche gelagert. Mrs Fuller hat Tischtuch-Bügeldienst – einige davon sind weit über ihr Verfallsdatum hinaus. Dann müssen Geschirr, Besteck und Wasserkrüge gespült werden. Erwähnen Sie meinem Groß-vater gegenüber unter keinen Umständen Tafelwasser – das ist noch eines seiner bevorzugten Hassobjekte. Er würde an die Decke gehen und unaufhörlich über Leitungswasser und das Geld schwadronieren, dass die Leute für Wasser in Fla-schen verschwenden.«

»Also ganz ähnlich wie beim Heizen des Hauses«, folgerte Clarice.

»Sie haben es erfasst«, stimmte Emily zu. »Das ist ein Trig-ger. Und wenn er erst einmal anfängt, ist es schwer, ihn wie-der zum Schweigen zu bringen.«

»Wer macht das Essen?«

»Sie haben einen Caterer beauftragt, der herkommt, während die Bestattung stattfindet. Johnson wird hierbleiben, um alles zu organisieren.«

»Nicht gerade billig. Das überrascht mich jetzt doch.«

»Stimmt. Und die Sache wird nicht einfacher dadurch, dass Grandpa sich die Rosinen herauspickt. Die Caterer lassen sich offenbar alles bezahlen, also sagt er ihnen, dass sie dies nicht liefern und jenes nicht tun sollen, damit es nicht in Rechnung gestellt wird. Das macht alles nur noch komplizierter.«

»Er versucht, die Kosten im Blick zu behalten?«

»Ja. Dad hat gesagt, Todesfälle und Hochzeiten seien die einzigen Gelegenheiten, zu denen Grandpa auf Caterer zurückgreift, und wie es scheint, jammert er anschließend wochenlang über die Kosten und –« Sie unterbrach sich, sprach aber gleich weiter: »Was Hochzeiten betrifft, hat Dad sich einen Spaß mit mir gemacht. Er sagte: ›Wenn du heiratest, dann lassen wir es richtig krachen, damit dein Grandpa Gelegenheit bekommt, einen ganzen Monat lang herumzustänkern.‹«

»Er hatte wirklich einen wunderbaren Sinn für Humor«, sagte Clarice. Dann sah sie, dass Emilys Augen sich mit Tränen füllten, und sie hakte sich für den Rest des Weges zurück zum Haus bei ihr unter.

In der großen Halle stießen sie auf Tessa und Dawn, die dabei waren, den Biertisch aufzustellen. Ralph und Johnson schleppten Stühle herbei.

»Du hast also entschieden, dich uns anzuschließen?«, zischte Tessa, als Emily an ihr vorbeiging. Leise genug, dass Ralph sie nicht hören konnte.

Emily ignorierte sie. »Lass mich dir helfen, Grandpa«, sagte sie.

Clarice durchquerte die Halle und beschloss, nach oben zu gehen und die Kamera aus ihrer Tasche zu holen. Sie wusste, dass Rick sich über Fotos von diesem Haus freuen würde. Als sie das Gästezimmer betrat, sah sie Ernestine am Fenster stehen.

»Ich habe noch all meine Zähne, wissen Sie«, sagte die alte Dame.

Kapitel 18

»Ich habe noch all meine Zähne.« Ernestine wiederholte ihre Worte und bleckte dann die Zähne, wie sie es schon einmal getan hatte, um ihr Gebiss und ihr Zahnfleisch zu präsentieren. Das war eindeutig ein fester Bestandteil ihres Repertoires, vielleicht Teil der Endlosschleife, die eine Demenzerkrankung mit sich brachte. Möglicherweise auch nur ein misslungener Versuch, witzig zu sein. Clarice erinnerte sich daran, was sie zuvor über den Mäusekopf und ihre kleinen Finger erzählt hatte.

Ernestine stand an einem der großen Fenster; es schien, als hätte sie zugesehen, wie Clarice und Emily von ihrem Spaziergang zurückgekehrt waren. Als hätte sie auf sie gewartet.

»Ich bin in diesem Haus zur Welt gekommen«, sagte Ernestine. »Ralph ist der Älteste. Ich bin fünf Jahre jünger als er, und Beth ist vier Jahre jünger als ich.«

»Sie *war* vier Jahre jünger«, korrigierte Clarice sanft. »Ihre kleine Schwester, die gestorben ist. Das muss schwer für Sie gewesen sein.«

»Sie hat mich sehr geliebt«, sagte Ernestine. »Ich war immer ihr Liebling.«

»Wie schön.«

»Sie mochte meine Puppen. Ich musste sie vor ihr verstecken.«

»Wollten Sie nicht, dass sie mit Ihren Sachen spielt?«

»Nein, sie hatte ihre eigenen Puppen. Außerdem durfte niemand Ralphs Sachen anfassen, sonst ist er wütend geworden. Es war unfair, wenn sie meine Sachen genommen hat.«

»Ich glaube, das ist immer ein Problem, wenn man jüngere Geschwister hat«, sagte Clarice.

»Mummy hat ihr meine schönen Kleider gegeben. Sie hat gesagt, das würde sie tun, weil ich schon so groß sei und sie mir nicht länger passen würden. Ich musste sie Beth überlassen. Aber ich wollte sie in meinem Schrank sehen. Sie hat sich nie richtig um sie gekümmert.«

Clarice nickte verständnisvoll.

»Sie hätte Jill heißen sollen. Ich war das Baby, bevor sie gekommen ist.«

»Mögen Sie den Namen Jill lieber als Beth?« Clarice kam diese ganze Unterhaltung reichlich sonderbar vor.

»Nein, wie kommen Sie darauf? Beth ist ein viel hübscherer Name. Oder Liz. Und sogar Lizzie.«

»Aber Sie haben gesagt, sie hätte Jill heißen sollen«, hakte Clarice nach.

»Das ist ein Kinderreim. ›Jack und Jill sind den Hügel hinauf.‹« Erwartungsvoll sah Ernestine sie an. »Jack fiel und schlug sich den Schädel auf.‹«

»Ja, ich verstehe«, antwortete Clarice, obwohl sie nicht ansatzweise wusste, worauf Ernestine hinauswollte. »Ist Beth auch gefallen und hat sich den Schädel gebrochen?«

»Seien Sie nicht albern. Sie ist von einem Pferd zu Tode getrampelt worden.« Ernestine sah an Clarice vorbei, als wollte sie sich vergewissern, dass sie allein waren. »Ich spreche immer mit ihr, aber wir können nicht mehr spielen.« Für einen Moment starrte sie in weite Ferne. »Früher haben wir Spiele gespielt; das beste war Verstecken. Ich habe immer gewonnen. Ich mag es, zu gewinnen.«

Clarice verbarg ihre Überraschung angesichts der Art, wie Beth gestorben war. Ralph hatte vage über Kindersterblichkeit gesprochen – aber vielleicht war Ernestine auch nur verwirrt.

»Vermissen Sie sie? Beth?«

Schweigend standen sie eine gefühlte Ewigkeit beisammen.

»Ja.« Ernestine verstummte gleich wieder und beäugte forschend Clarices Gesicht, ehe sie fortfuhr: »Das hat mich noch nie jemand gefragt. Ich hätte nicht gedacht, dass ich das tun würde. Ralph hat immer was zu naschen bekommen, weil er der Älteste war. Beth auch, weil sie Mummys und Daddys ganz besonderes kleines Baby war.«

»Und Sie?«, fragte Clarice.

»Manchmal. Mummy hat immer gelacht und gesagt, ich wäre ihr komisches Mädchen, und Daddy hat gesagt, ich wäre pfiffig, wenn ich getanzt oder gesungen habe.« Ernestines Miene drückte tiefe Verwirrung aus. »Beth war meine besondere kleine Schwester. Ich vermisse sie.«

»Das muss eine schlimme Zeit für Sie gewesen sein. Sie waren noch so jung, als das passiert ist.« Clarice beobachtete Ernestine aufmerksam. Die alte Frau war nicht mehr bei der Sache und starrte in den Garderobenspiegel auf der anderen Seite des Raums.

»Gefällt Ihnen meine Halskette?«, fragte sie und lächelte ihr Spiegelbild an.

»Ja, sie ist wunderschön. Sind die Diamanten echt?«

»Natürlich sind sie echt – denken Sie etwa, ich würde mir

irgendeinen wertlosen Mist umhängen? Und die Perlen sind auch echt.«

»Wow, die sind toll.« Clarice lächelte und dachte, dass ihr erster Eindruck von der alten Dame als zarter Porzellanpuppe nicht so recht zu ihrer Ausdrucksweise passte.

Ernestine trat näher an den Spiegel heran und lächelte ihr Ebenbild inniglich an.

»Sie hat Mummy gehört«, erklärte sie und blickte raffiniert und leicht kokett unter ihren Wimpern hervor.

Clarice bewunderte im Stillen Ernestines faltenlose Schönheit, ihre kecke Nase und die zarten Lippen. Ihr Lidschatten passte zum Blau ihrer Augen, und sie trug einen Hauch von Rouge und blassrosa Lippenstift.

»Tragen Sie sie immer?«, fragte Clarice.

»Ständig.« Ernestines Finger krochen zu ihrem Hals hoch und streichelten die Kette. »Nicht, dass ich ausgehen und sie vorzeigen würde. Aber das Armband trage ich nicht.«

»Nein – das sehe ich.« Für einen Moment empfand Clarice Kummer.

»Niemand tut noch die Dinge, die sie getan haben, als sie jung waren. Ralph spielt nicht mehr Tennis. Johnson ist früher an seinen freien Abenden zu einem Bridgeclub in der Stadt gegangen.«

»Ich habe gehört, Ralph hätte gern Tennis gespielt.«

»Er geht nicht mehr aus, jetzt, wo er halb blind ist. Er kann nirgends hin, es sei denn, Johnson oder Tessa fahren ihn«, erklärte Ernestine. »Vor Jahren hat er mehr oder weniger im Riverside gewohnt, dem Tennisclub in Spalding. Ich bin auch gern hingegangen, aber nicht so oft wie mein Bruder.«

»Waren Sie gut im Tennis?«

»Nein, ich habe nie gewonnen, und niemand wollte mich

als Partner beim Doppel haben. Darum bin ich nicht mehr hingegangen. Ralph und Tessa haben sich dort kennengelernt.«

»Avril«, korrigierte Clarice.

»Erst Tessa, dann Avril. Ich bin nicht die, die hier übergeschnappt ist.« Ernestine schien gleich ein paar Zentimeter gewachsen zu sein, so sehr genoss sie offenbar, dass sie mehr wusste als Clarice. »Ralph hat Tessa im Tennisclub kennengelernt. Er hat sie einmal hergebracht.« Sie unterbrach sich und führte die Finger an die Lippen. Anscheinend musste sie sich konzentrieren. »Da war auch so eine garstige Frau namens Pamela, aber *die* hat er nie mit nach Hause gebracht.«

Clarice hielt die Luft an und drängte Ernestine in Gedanken, nun bloß nicht schon wieder das Thema zu wechseln.

»Dann hat er Pamelas jüngere Schwester getroffen, das war Avril, und *sie* hat er mit nach Hause gebracht.« Plötzlich lächelte Ernestine. »Sie war ein stilles kleines Ding. Ich mochte sie sehr, sie war von allen Freundinnen, die Ralph hatte, die beste. Und er war nicht dumm. Er hat sie verdammt schnell geheiratet.«

Ein stilles kleines Ding, bis du ihrem kleinen Sohn böse Streiche gespielt hast, dachte Clarice, sprach es aber nicht aus. Stattdessen fragte sie: »Haben Sie sich gut mit Avril verstanden?«

»Sie war etwas Besonderes. Sie mochte mich. Und sie hat mich mitgenommen, wenn sie einkaufen ging. Manchmal haben wir in einem der Hotels in Spalding oder Boston zu Mittag gegessen. Avril war die Einzige, die mich je gefragt hat, ob ich mitkomme.« Ernestine rang die Hände, abrupt in einer fernen Erinnerung versunken. »Sie hat mich ihre hübschen Schuhe tragen lassen; sie war klein, genau wie ich.«

»Hatten Sie die gleiche Schuhgröße?«, hakte Clarice nach.

»Ja, und sie hat sich die Fußnägel rosarot lackiert, genau wie die Fingernägel. Das habe ich sonst bei niemandem gesehen, außer im Film.«

»Haben Sie sie nachgeahmt?«

Ernestine nickte. »Kleine Füße mit rosaroten Fußnägeln.« Sie streckte die Hände aus, als wollte sie Clarice ihre perfekt makellosen, pinkfarben lackierten Fingernägel präsentieren.

»In offenen Sandalen, die unter Rock oder Hose hervorlugten?« Clarice lächelte.

»Es sind die besonderen Menschen, die einfach weggehen und mich verlassen. Obwohl Ralph nicht gegangen ist; er ist immer noch hier.« Sie klang geistesabwesend.

Wieder dachte Clarice an den Streich, den Ernestine Colin gespielt hatte. Zweifellos hatte es noch andere Gelegenheiten gegeben, bei denen sie ähnlich garstige Dinge getan hatte – das würde jedenfalls gut zu ihrem makabren Humor passen –, aber Avril hatte ihr offenbar vergeben. Sie hatte ihre schwierige Schwägerin in ihre ganz alltäglichen Aktivitäten integriert.

»Haben Sie Avril an dem Tag gesehen, an dem sie gegangen ist?« Wieder hielt Clarice gespannt die Luft an und fragte sich, ob die alte Dame sich überhaupt erinnern konnte. »Hat sie sich verabschiedet?«

»Hat sie nicht.« Wieder hielt Ernestine ihre Hände nebeneinander ausgestreckt vor den Körper. »Sie hat Pink getragen, genau wie ich. Als sie gegangen ist, hat sie gewinkt.« Sie bewegte die Hände aus dem Handgelenk auf und nieder. »Ralph hat mir gesagt, dass sie gehen würde und ich mich nicht aufregen sollte, dass ich wieder ins Haus gehen sollte – also habe ich das getan.«

Ernestine hatte nichts davon gesagt, dass der Major anwesend gewesen wäre. War es möglich, dass Ralph von der

Beziehung zwischen seiner Frau und seinem besten Freund gewusst und Avril zu ihm gebracht hatte? Zwar kannte sie Ralph erst seit sehr kurzer Zeit, doch nach Clarices Einschätzung wäre das wirklich nicht zu erwarten gewesen. In seiner Welt, so stellte sie sich vor, war, was dem einen recht war, für den anderen keineswegs billig.

»Da habe ich sie das letzte Mal gesehen«, sagte Ernestine in bedauerndem Ton.

»Ich hoffe, du belästigst unseren Gast nicht, Ernestine?« Plötzlich stand Tessa mit einem Gesicht wie Donnergrollen in der Tür. Clarice fragte sich, wie lange sie schon dort war. Es schien, als würden in diesem Haus ständig irgendwelche Leute an Türen lauschen.

»Ich belästige niemanden. Das stimmt doch, oder?«, fragte sie Clarice.

»Nein, natürlich nicht«, beschwichtigte Clarice, ehe sie sich an Tessa wandte. »Brauchen Sie unten unsere Hilfe?«

»Dafür ist es jetzt ein bisschen spät«, schnaubte Tessa.

»Ich habe ihr nichts erzählt«. Ernestine schleuderte Tessa die Worte entgegen, ehe sie urplötzlich an ihr vorbeirauschte. Das Trippeltrappel ihrer kleinen Füße auf der Treppe füllte die eingetretene Stille.

Tessa musterte Clarice vom Scheitel bis zur Sohle.

»Sie sollten nicht auf ihr Geplapper hören.« Ihr Ton war eisig. »Sie ist total plemplem; das war sie schon, bevor die Demenz eingesetzt hat. Sie hat schon vor Jahren den Verstand verloren.«

Clarice ging zum Bett, öffnete ihren Koffer und holte eine kleine Kamera hervor, die sie in die Tasche steckte. »Mir kam sie ziemlich klar vor.« Sie zwang sich, ihrer Stimme eine Harmonie zu verleihen, die sie nicht empfand.

»Das würden Sie nicht denken, wenn Sie mitten in der

Nacht im Dunkeln herumlatschen müssten, um sie zu suchen. Manchmal kommt sie einfach abhanden.« Tessa lehnte sich an den Türrahmen. »Ralph macht sich Sorgen, sie könnte in irgendeinen Wassergraben fallen oder sich draußen im Schlick verirren.«

»Ich nehme an, das bereitet Ihnen auch Sorgen. Es wäre schrecklich, wenn sie vor lauter Verwirrung nicht mehr nach Hause zurückfände.«

»Sie ist nicht meine Schwester – und nicht mein Problem«, sagte Tessa mit grantiger Miene. »Wenn es um die Labradore geht, redet Ralph oft über Lebensqualität, aber er kommt nie auf die Idee, die auch bei seiner Schwester zu berücksichtigen.«

»Wollen Sie damit andeuten, er sollte sie einschläfern lassen?«

»Seien Sie nicht albern! Das habe ich keineswegs sagen wollen!«, erwiderte Tessa scharf. »Was ich gemeint habe, ist, dass es nicht das Ende der Welt wäre, sollte Ernestine etwas zustoßen. Es wäre eine Erlösung für sie.«

»Ralph sieht das offensichtlich anders.«

»Ja.« Tessa wedelte mit den Fingern. »Er hat eine versponnene Vorstellung von ihrer fröhlichen und bezaubernden Persönlichkeit. Ich aber denke, es wird jeden Tag schlimmer mit ihr.«

»Mir war gar nicht bewusst, dass Sie Avril kannten.« Clarice gab sich Mühe, beiläufig zu klingen, frei von verborgenen Absichten.

»Nicht, dass Sie das etwas anginge.« Tessa drückte den Rücken durch. »Der Riverside Tennisclub war der Ort, an dem sich alles getroffen hat, als ich ein Mädchen war; damals gab es keine Nachtclubs und kein Online-Dating. Da kannte jeder jeden.« Sie bedachte Clarice mit einem einschüchternden Blick. »Sie sollten sich aus Dingen heraushalten, die Sie nichts angehen.« Ganz offensichtlich hatte Clarice richtig gelegen, als sie befürchtet hatte, Tessa hätte ihr Gespräch mit Ernestine belauscht.

Sie sagte nichts, sondern schritt einfach zur Tür, um wieder hinabzugehen. Tessa streckte den Arm aus und blockierte den Durchgang.

»Ich weiß nicht, welchen Mist Colin Ihnen über seine Mutter erzählt hat.«

»Er hat mir nichts über seine Mutter erzählt.« Clarice lächelte. »Absolut nichts.«

»Ich glaube Ihnen nicht.«

»Glauben Sie, was Sie wollen.« Noch während sie sprach, kam ihr der Gedanke, dass sie Tessas Überzeugung, Colin hätte sich ihr anvertraut, zu ihrem Vorteil nutzen könnte. »Nicht, dass mich das irgendetwas anginge«, griff sie Tessas Worte auf, »aber mir scheint, Sie mochten Avril nicht. Vielleicht folgen Sie ja der gleichen Logik wie Pamela – Avrils Schwester.«

»Sie haben Pamela getroffen?« Tessa wirkte verblüfft.

Clarice ignorierte die Frage und brachte ihrerseits eine vor: »Waren Sie zur Hochzeit eingeladen? Pamela war als Schwester der Braut ziemlich gekränkt, weil sie nicht eingeladen wurde.«

»Ich war mit beiden befreundet, mit Avril und Ralph. Sie haben mich zur Hochzeit eingeladen. Pamela hatte ein Auge auf Ralph geworfen. Sie war ziemlich wütend, als er Avril gewählt hat – was für eine einfältige Frau!«

Aber du warst durchtriebener als Pamela, dachte Clarice, der bewusst war, dass Tessa vermutlich ahnte, was ihr durch den Kopf ging. Als Ralph Avril ihr vorgezogen hatte, war Tessa in der Nähe geblieben und hatte auf ihre Chance gewartet.

Hatte sie nach der Hochzeit von Ralph und Avril eine Affäre mit ihm unterhalten? Die vier Monate, die zwischen Avrils Aufbruch mit dem Major und Tessas Einzug als Ralphs dauerhafter Lebensgefährtin vergangen waren, erschienen Clarice als eine erstaunlich kurze Zeit. Und sollte es so eine Affäre gegeben haben, dann war es durchaus möglich, dass dies Avril dazu veranlasst hatte, zu gehen. Was Tessa gewaltig wurmen dürfte, war die Tatsache, dass Ralph Avril etwas gegeben hatte, was er ihr nie geben würde: Er hatte sie zu seiner Frau gemacht. Er konnte eine Heirat gar nicht in Betracht ziehen, weil er sich nie von Avril hatte scheiden lassen. Tessas boshafte Gesinnung beruhte zweifellos auf einem schwelenden Missmut. Der umso schwerer wiegen musste, weil Emily die Nachfahrin seines legitimen, erstgeborenen Kindes war.

Clarice trat auf Tessa zu, die den Arm senkte, um sie passieren zu lassen. Auf dem Weg nach unten in die große Halle gingen ihr unzählige Möglichkeiten durch den Kopf. Gerade hatte sie zum ersten Mal gehört, dass Ralph Tessa schon vor Avril gekannt hatte. Vielleicht hatte es auch eine Beziehung gegeben, ehe Avril auf der Bildfläche aufgetaucht war. Sollte Ralph Tessa für Avril fallengelassen haben, würde das ihre Feindseligkeit gegenüber Colin und Emily erklären, dem Sohn und der Enkelin ihrer Rivalin.

Kapitel 19

Wieder in der Halle sah Clarice, dass Emily in ein Gespräch mit Johnson vertieft war.

Die Lampen waren bereits eingeschaltet worden, weil das Nachmittagslicht immer schwächer wurde. Die Biertische standen in zwei Reihen da, eine auf jeder Seite der Halle. Überall im Raum verteilt gab es Stuhlgruppen, die es den Leuten gestatten sollten, sich in kleinen, intimeren Gruppen zusammenzusetzen. Die Tische waren mit beigen und weißen, frisch gebügelten Tüchern bedeckt. Haufenweise Teller diverser Größe und Farbe standen zusammen mit einer Auswahl an Besteck und mehreren Stapeln Papierservietten bereit. Auf die Fensterbänke waren Vasen gestellt worden, gefüllt mit einer bunten Blumenmischung: gelbe und weiße Chrysanthemen, blaue Stranddisteln, Astern mit weißen Blüten, die in der Mitte gelb leuchteten, Rittersporn und lange grüne Farnwedel. Da sie nirgends einen Blumengarten gesehen hatte, nahm Clarice an, dass sie vom Blumenhändler im Dorf geliefert worden waren.

Tessa war ihr aus dem Schlafzimmer nach unten gefolgt und ging nun schnurstracks zu Ralph und hakte sich bei ihm unter. Sie brachte ihr Gesicht nahe an seines heran, als sie gemeinsam herumschritten.

Clarice beschloss, Emilys Gespräch nicht zu stören, und ging stattdessen hinaus, um sich das Haus von außen anzusehen, solange es noch hell genug war.

Sie trat ein Stück zurück und überlegte, aus welchem Blickwinkel sie Bellatrix am besten im Bild festhalten konnte. Dann aber wurde ihr klar, dass das Licht am ausklingenden Nachmittag nicht mehr ausreichte, und sie beschloss, es am nächsten Morgen noch einmal zu versuchen. Während sie tief in Gedanken versunken an der Seite des Hauses entlangspazierte und Kamera und Hände in die Taschen stopfte, ertappte sie sich dabei, von einem Thema zum nächsten zu hüpfen.

Bereits zum zweiten Mal an diesem Tag hatten das Haus und seine Bewohner ihr ein Bild wirtschaftlicher Gegensätze gezeigt. Es gab wenig Hinweise darauf, dass Geld in den Unterhalt des Gebäudes – sei es von außen oder von innen – investiert wurde. Das Dekor im Inneren war alt und schäbig; Wände und Decken benötigten dringend einen neuen Anstrich, und die Teppiche mussten ersetzt werden. Draußen zeigten sich die Regenrinnen in einem jämmerlichen Zustand, und die Fenster hätte sich längst ein Fachmann ansehen müssen, um sie nach jahrelanger Vernachlässigung aufzubessern. Zugleich aber gab es etliche Anzeichen für Wohlstand. Wenn die Halskette, die Ernestine trug, wirklich echt war, musste sie ein Vermögen wert sein. Die Fahrzeuge in der Garage waren samt und sonders kostspielige Modelle; sie in perfektem Zustand zu erhalten und Johnson und die übrigen Mitarbeiter in Haus und Garten zu beschäftigen, musste eine Menge Geld verschlingen.

Emily hatte erzählt, ihr Ururgroßvater George hätte Gehöfte und Land gekauft. All das war über die Jahre von seinem Sohn James oder seinem Enkel Ralph veräußert worden. Vielleicht setzte sich Ralphs Vermögen heutzutage nur noch aus dem Haus, dem Wald und was immer seine geschäftlichen Unterfangen einbringen mochten zusammen.

»Kann ich Ihnen helfen?«

Clarice war so gedankenversunken, sie hatte gar nicht gemerkt, dass Dawn sich hinter ihr genähert hatte.

»Trotz allem, was meine Tante Ernestine sagt, hatte ich das Glück, zwei Jahre Kunstgeschichte studieren zu können. Besonders die viktorianische Ära finde ich faszinierend.« Sowohl Dawns Worte als auch ihr aufmunterndes Lächeln wirkten aufrichtig.

»Ich könnte mir vorstellen, dass man ein besonderes Bewusstsein für diese Thematik entwickelt, wenn man in so einem großartigen Haus geboren wurde«, sagte Clarice.

»Auf jeden Fall. Haben Sie beruflich mit Architektur zu tun? Sie scheinen sich recht gut in der viktorianischen Neogotik auszukennen.«

»Nein, das ist nur persönliches Interesse«, entgegnete Clarice. »Ich habe Freunde in London, die in einem reizenden Haus aus dem frühen neunzehnten Jahrhundert leben. Ich genieße es immer, sie zu besuchen. Und in Lincolnshire gibt es so viele Beispiele der Neogotik, besonders bei einigen der kleinen Kirchen. Aber ich bin kein Experte.«

»Strawberry Hill House in Twickenham war Mitte des achtzehnten Jahrhunderts das erste Haus, das im gotischen Stil erbaut wurde«, sagte Dawn. »Es hat Horace Walpole gehört, dem Autor, der das Genre der Gothic Novel begründet hat.«

»Ach ja!« Clarica lächelte. »Er hat den ersten Schauerroman überhaupt geschrieben: ›Das Schloss von Otranto‹.«

»Haben Sie ihn gelesen?«, fragte Dawn erfreut.

»Vor Jahren.«

»Bei mir ist es auch schon Jahre her. Ich erinnere mich,

dass sich das Buch veraltet angefühlt hat – wegen der Sprache.«

Clarice nickte.

»Im achtzehnten Jahrhundert hat die Aristokratie die Gotik als Rückgriff auf die Vergangenheit angesehen – auf die mittelalterliche Welt, die als reizvoll und romantisch betrachtet wurde.« Begeisterung schwang in Dawns Stimme mit. »Im neunzehnten Jahrhundert war die Neogotik auf ihrem Höhepunkt; da gab es Moralvorstellungen und christliche Elemente, die Urgroßvater George zugesagt haben müssen, als er reich geworden ist, obwohl ...«

Clarice fiel ein schelmischer Ausdruck in ihren Augen auf.

»Vielleicht sollte ich die Moralvorstellungen nicht zu sehr betonen. Sowohl George als auch James waren verheiratet und hatten Kinder und standen trotzdem in dem Ruf, hinter jedem Rock her zu sein.«

»*Echte* Männer«, kommentierte Clarice, in Gedanken bei dem, was Emily ihr erzählt hatte.

»Ja, brave Kirchgänger, Wahrer des Friedens und der Eintracht – die haben sich zweifellos gedacht, ihre Reputation als böse Buben wäre so etwas wie eine Auszeichnung.«

»Die Buntglasfenster sind hübsch, aber mir ist aufgefallen, dass viele keinerlei religiöse Bedeutung haben, die eine Moralbotschaft christlicher Prägung vermitteln könnte«, stellte Clarice fest.

»Ja, ganz recht, aber ich glaube nicht, dass die Begüterten oder die Mächtigen der Ansicht waren, dass für sie dieselben Regeln gelten wie für alle anderen.«

Clarice konnte sich des Gefühls nicht erwehren, dass sie gerade eine Lektion in Kunstgeschichte erhielt. Aber Dawns Überzeugung und die Herzlichkeit, die sie ausstrahlte, während sie über ihre Liebe zu dem Gebäude sprach, offenbarten auch eine andere Seite an ihr.

»Ich sehe mir zu gern gotische Kathedralen an.« Sie blickte zu den Fenstern hinauf. »Das Licht, das durch die Buntglasfenster fällt und das Kirchenschiff ausfüllt, vermittelt sogar nichtreligiösen Menschen ein Gefühl für die Spiritualität.«

»Meine Güte, Sie gefallen mir immer besser!« Von Dawns kühler Art war nichts mehr zu spüren. »Wie haben das Glück, dass wir eine Interpretation englischer Frühgotik ganz in der Nähe haben – die Lincoln Cathedral.«

»Ja, die ist wunderschön.« Clarice lächelte. Dawns Begeisterung war mitreißend. »York Minster und Chichester liebe ich auch sehr.«

»Sie haben die Kirchen von Lincolnshire erwähnt. Meine Favoriten sind St. Martin's in Ancaster und St. John's bei Corby Glen«, sagte Dawn.

»Wen hat ihr Urgroßvater als Architekten für das Haus verpflichtet?«

»Von dem werden Sie nichts gehört haben. Er war einer der Schüler von William Burges, aber das Gebäude war viel eher die Schöpfung eines Maurermeisters als die eines Architekten.« Dawn streckte die Hand aus und berührte die Wand. »Das ist Lincolnshire-Kalkstein.«

»Der war vor der viktorianischen Ära sehr beliebt«, entgegnete Clarice. Ihr ging auf, dass Dawn das Thema gewechselt hatte und sich anscheinend vor einer Antwort drücken wollte. Wenn sie den Architekten als so bedeutungslos einstufte, dann war seine Verbindung zu dem großen William Burges vermutlich eher zweifelhaft, falls sie überhaupt existiert hatte.

Stille senkte sich über die Frauen.

»Wollten Sie je von hier wegziehen, um anderswo zu leben?«, beendete Clarice diese schließlich.

»Das habe ich getan.« Dawn bedachte sie mit einem schiefen Lächeln. »Ich habe zwei Jahre in Sheffield gelebt, als ich Kunstgeschichte studiert habe, und später ein Jahr in London.«

»Dann sind Sie kein Stadtkind.«

»Eher nicht. Wie steht es mit Ihnen?«

»Ich habe auch in London gelebt – ich habe zwei Jahre Keramikkunst gelernt.«

»Zwei Jahre? Dann haben Sie auch keinen Abschluss, aber trotzdem als Keramikerin weitergemacht?«

»Ich musste abbrechen, als meine Mutter schwer erkrankte. Ich bin ihr einziges Kind«, erklärte Clarice. »Ich habe sie bis zu ihrem Tod gepflegt.«

»Ach, das ist traurig«, sagte Dawn.

»In gewisser Weise unterscheiden wir beide uns gar nicht so sehr. Ich lebe mit meinem Mann in dem Cottage, in dem ich geboren wurde und aufgewachsen bin. Es ist nichts Besonderes, aber ich liebe es.« Clarice Laune hob sich, als sie über ihr Zuhause sprach.

»Na, da haben wir es doch. Und …« Dawn zwinkerte ihr verschmitzt zu, »… ich schätze, wir sind ungefähr im gleichen Alter. Ich bin dreiundvierzig.«

»Gut geschätzt«, sagte Clarice lachend. »Ich auch.«

Dawn lächelte. »Sie wissen, was Sie wollen«, sagte sie und klang dabei ein wenig reumütig. »Sie haben sich beruflich etabliert und sind verheiratet.«

»Nirgends ein passender Verehrer in Sicht?« Clarice neigte den Kopf zur Seite und beobachtete Dawns Reaktion auf ihre Frage.

»Als ich jünger war, hatte ich nie Probleme, mir einen Verehrer anzulachen. Aber je älter man wird, desto schwerer wird das. Ich habe ein paar Fehler begangen. Und jetzt stecken alle anständigen Männer in einer Beziehung oder sind gleich verheiratet.«

»Ja, vieles scheint einfacher zu sein, solange man jung ist.« Clarice dachte an die sechs Monate, in denen sie und Rick getrennt waren; die Vorstellung, ein Leben ohne ihn anzufangen, hatte sie geängstigt und ihr ein Gefühl der Einsamkeit vermittelt.

»Ich nehme an, Sie haben bereits von meiner letzten katastrophalen Beziehung gehört?« Theatralisch zog Dawn die Brauen hoch.

Clarice antwortete nicht.

»Sein Name ist Ian Belling. Es gab da einen peinlichen Moment beim Essen, als Sie erwähnten, dass Sie ihn gesehen haben.«

»Wann?« Clarice kam nicht ganz mit.

»Die Beschreibung des Mannes im Wald passt haargenau auf Ian. Er stalkt mich.« Dawn verzog unter dem Einfluss ihrer Gefühle das Gesicht. »Dabei gibt es sogar ein Kontaktverbot.«

»Sie müssen das der Polizei melden.«

»Das dürfte mein Vater gleich nach dem Mittagessen erledigt haben. Ich werde nicht zulassen, dass Ian mir an die Nieren geht, während wir wegen der Beerdigung so viel um die Ohren haben.«

»Ihr Dad nimmt die Gefahr offenbar sehr ernst.«

»Ich kann nicht mein Leben in Angst verbringen. Würde ich tun, was Dad wollte, dann würde ich nie das Haus verlassen und nicht einmal im Wald oder im Garten spazieren gehen. Ian würde das gefallen. Dann könnte er sich einbilden, er hätte mich so eingeschüchtert, dass ich mich in mein Zimmer verkrieche.«

»Gestalkt zu werden muss beängstigend sein.«

»Wenn man es zulässt – ja.« Dawn nickte. »Er sagt, wenn er eine Chance dazu bekommt, sorgt er dafür, dass ich es bedauern werde, ihn zum Narren gehalten zu haben. Allzu nahe werde ich ihn also nicht an mich heranlassen.«

»*Haben* Sie ihn zum Narren gehalten?«

»Nicht mit Absicht. Ich muss zu meiner Schande gestehen, dass seine Frau eine Freundin von mir war und ich für eine Weile seine Geliebte; das böse Erwachen kam, als er seine Frau verlassen hat und wir zusammengelebt haben.« Reflexhaft schaute sie zum Wald hinüber. »Als wir offiziell ein Paar waren, hat Ian sich verändert. Er dachte, ich würde den Platz seiner Frau übernehmen und tun, was sie getan hat: seine Hemden bügeln, seine dreckigen Socken aufsammeln, zu Hause sitzen und fernsehen, während er mit seinen Kumpels in den Pub geht.«

»Und die Trennung hat er dann nicht gut aufgenommen, richtig?«, fragte Clarice. »Denken Sie, er wird bei der Beerdigung auftauchen?«

»So öffentlich würde er sich nicht entblößen, dafür ist er zu clever. Er will mich allein erwischen«, sagte Dawn mit einem verunglückten Lächeln. »Was mich amüsiert, ist, dass die Einheimischen hinter meinem Rücken tratschen. Sie sagen, die Tochter sei genau wie die Mutter, weil sie sich mit einem verheirateten Mann eingelassen hat. Sie haben nie geglaubt, dass Dad erst mit Mum zusammengekommen ist, *nachdem* Avril fort war.«

»Ist das so passiert?«

»Sie kannten sich bereits jahrelang. Mum war schon lange in ihn verliebt, aber er hatte Avril gewählt. Sagen wir also, sie war da, um die Scherben aufzusammeln, als Avril gegangen ist.«

Dawn sah sich zum Herrenhaus um.

»Das wird mir gehören, wenn mein Vater stirbt. Nun, da Colin von der Bildfläche verschwunden ist, werde ich das Haus erben.« Dawn wedelte mit der Hand in Richtung des Gebäudes. »Ich werde nichts beschönigen. Colin und ich haben uns nie verstanden. Und falls Sie das nicht schon längst wissen: Der Elefant im Raum hieß Avril.« Ihre Lippen zuckten. »Sie war die Ursache für alle Familienstreitereien. Aber Colins Tod kam unerwartet. Das ist ein schwerer Schlag für Emily.«

»Meinen Sie, Emily wird auch einen Teil des Erbes erhalten?«

Dawn starrte mit einem kalten Ausdruck in den Augen vor sich hin. Dann strich sie sich eine Haarsträhne aus dem Gesicht und setzte wieder eine freundliche Miene auf. »So funktioniert das nicht, Clarice. Es ist immer das älteste Kind. Das Haus kann nicht geteilt werden. Und wir sind keine illustre Adelsfamilie, bei der das Haus, wenn es keinen direkten männlichen Erben gibt, an den nächsten Vetter fällt.« Für einen Moment blickte sie zu Boden. »Um es brutal offen zu sagen: Colins Unglück ist mein Glück.«

»Ich bin überzeugt, Sie und Emily könnten miteinander auskommen«, sagte Clarice. »Sie werden vielleicht nie beste Freundinnen sein, aber sie könnten ganz bestimmt eine passable Beziehung zueinander aufbauen.«

»Meinen Sie?«

»Ja.« Clarice nickte bekräftigend. »Ich mag mich irren, aber ich glaube, diejenigen, die die Fronten aufgebaut haben, waren Tessa und Colin. Probleme waren unvermeidlich, nachdem Avril einfach verschwunden ist, als Colin noch so jung und verletzlich gewesen ist. Ich weiß nicht, was zwischen ihm und Ihrer Mum vorgefallen ist, aber ich schätze mal, dass beide Seiten Fehler begingen. Ich bin so ein Mensch, der einen Freund einem Feind immer vorzieht, und Emily ist reizend, ein wirklich umgänglicher Mensch.«

Dawn musterte sie einen Moment lang gedankenverloren. Dann wandte sie sich ab. »Schauen wir uns die Umgebung des Hauses an, ehe es zu dunkel ist.« Sie ging voran. »Sehen Sie sich die Fenster an, die sie bisher nur von innen kennen. Ich fürchte allerdings, sie bewirken keine so deutliche emotionale Reaktion wie die, die sie in den Kathedralen erlebt haben, dieses Gefühl der Spiritualität. Die Halle kann mit dem Innenraum einer großen Kirche einfach nicht mithalten.«

»Aber sie hat die Höhe und eine gewölbte Decke.« Clarice war stehengeblieben, als sie die Fenster erreicht hatten, und blickte bewundernd zu ihnen hinauf. »Es ist vielleicht nur eine verkleinerte Version, aber es ist wunderschön und einzigartig.«

Sie setzten ihren Weg zur Rückseite des Gebäudes fort.

»Und das«, sagte Dawn und zeigte mit dem Finger, »war früher mal ein Tennisplatz.«

Hohe, verrostete Zäune umgaben den schon lange vernachlässigten rechteckigen Platz. Die Metallpfosten, die das Netz gehalten hatten, standen immer noch an Ort und Stelle. Das große Betonviereck wies lange Risse auf, in denen Gräser und Unkraut wucherten.

»Wollte Ihr Dad den Platz nicht instand halten?«

»Nein, er hat es vorgezogen, in den Club zu gehen. Aber mein Großvater hat ihn für gesellschaftliche Anlässe genutzt, Tennis und Gin Fizz – allerdings weiß ich nicht so recht, ob diese beiden Dinge auch wirklich so gut miteinander harmonierten.«

Ins Gespräch vertieft gingen sie weiter, bis Clarice eine

Berührung am Hintern wahrnahm. Überrascht drehte sie sich um und sah einen verspielten Ben vor sich.

»Hallo, mein Süßer.« Sie bückte sich und machte großes Aufheben um den Labrador, dessen Schwanz vor lauter Verzückung hin und her peitschte.

»Sieht aus, als würden Sie heute eine Menge Freundschaften schließen«, bemerkte Dawn mit einem Lächeln.

Auf dem Weg zurück zum Haus plapperte Dawn, als hätte sie eine lange verloren geglaubte Freundin wiedergefunden, und Ben trottete brav hinter Clarice her. Dawns freundliche Annäherung wirkte vollkommen aufrichtig; nur als das Gespräch auf ihr Erbe gekommen war, hatte sich für einen flüchtigen Moment eine feindselige Haltung bemerkbar gemacht. Doch ihr gemeinsames Interesse und die Bewunderung, die sie der Schönheit von Stone Fen Manor entgegenbrachten, hatte die Kluft zwischen ihnen überbrückt.

Wieder im Haus sah Clarice Emily die Stufen vom Turm herunterkommen. Sie verabschiedete sich von Dawn und ging den neu geschaffenen Mittelgang zwischen den Tischen hinunter auf sie zu. Ben folgte ihr mit ein paar Schritten Abstand.

»Ich war gerade oben und habe nach Ihnen gesucht«, sagte Emily.

»Ist alles in Ordnung?«, fragte Clarice.

»Keine Probleme. Ich habe mich freiwillig zum Gläserspülen gemeldet. Die hat der Supermarkt in der Stadt, in dem Grandpa die alkoholischen Getränke bestellt hat, als Leihgabe geliefert. Johnson wird sie nach der Bestattung zurückbringen.

»Die kommen nicht vom Caterer?«, fragte Clarice.

»Dafür hätte Grandpa doch extra bezahlen müssen.« Emily lächelte. »Rosinenpickerei, wissen Sie noch?«

»Aber ich wage zu sagen, dass die Gläser vermutlich sauber hier eingetroffen wären, wenn der Caterer sie liefern würde«, sagte Clarice.

»Sie hätten auch vom Supermarkt sauber eintreffen sollen.«

»Dann komm«, sagte Clarice, »bringen wir das besser schnell hinter uns.«

»Ihr kleiner Freund ist ja immer noch bei Ihnen.« Emily schaute Ben an.

»Ja, er hat mich im Garten aufgestöbert. Sitz, Ben«, kommandierte Clarice, und der Hund gehorchte. Sie steckte ihm eine Leckerei zu. »Guter Junge.«

»Da ist er!« Ralph tauchte aus dem Korridor zu seinem Arbeitszimmer auf. »Er war hoffentlich kein Quälgeist?«, fragte er Clarice.

»Nein, gar nicht.« Sie war erleichtert, dass Ralphs Auftreten ihr gegenüber trotz des Zusammenstoßes mit Tessa immer noch freundlich war.

»Wir sind auf dem Weg zur Küche, um die Gläser für morgen zu spülen«, sagte Emily.

»Ich dachte, du hättest Sandwich-Dienst für das Abendessen?«

»Pst, Grandpa!«, flüsterte Emily. »Das habe ich Clarice noch nicht erzählt. Ich wollte es ihr erst verraten, wenn ich sie am Küchentisch festgekettet habe.«

Ralph gluckste, bückte sich und griff nach Bens Halsband. »Dann ab mit euch. Ich kümmere mich um den hier; sonst versucht er noch, euch zu folgen. Ich erwarte euch dann mit den Sandwiches im Wohnzimmer.«

»Nicht im Speisezimmer?«, fragte Clarice, als sie außer Hörweite waren.

»Nein. Früher hat Grandpa das Abendessen um acht Uhr

abends eingenommen, aber in den letzten vier oder fünf Jahren ist er dazu übergegangen, mittags eine richtige Mahlzeit zu sich zu nehmen und Sandwiches am frühen Abend. Es ist zwangloser im Wohnzimmer, wo jeder sich nimmt, was er möchte, und alle zusammensitzen und plaudern – so zumindest lautet die Theorie.« Emily feixte.

»Alle meckern und lästern?«

»Mm.«

»Dann hoffen wir mal, dass wir das beim Mittagessen schon hinter uns gebracht haben.« Clarice sah sich um, als sie zur Küche gingen. »Keine Mrs. Fuller?«

»Bestimmt ist sie schon nach Hause geradelt, damit sie ankommt, ehe es dunkel ist. Spülen oder abtrocknen?« Emily krempelte die Ärmel ihres Pullovers hoch.

»Deine Entscheidung«, sagte Clarice.

»Gut, dann spüle ich. Was hat Dawn Ihnen erzählt?«

Clarice ging zur Tür und schloss sie. »Fangen wir erst einmal mit Ernestine und Tessa in unserem Zimmer an.« Methodisch gab sie die Unterhaltungen ihrer jüngsten Begegnungen wieder.

»Warum wusste ich nicht, dass Tessa Grandpa schon vor Avril gekannt hat? Das hat Dad mir nie erzählt.«

»Vermutlich, weil er es auch nicht wusste«, sagte Clarice düster. »Das gehörte sicher nicht zu den Dingen, die Ralph seinem Sohn gern mitgeteilt hätte. Besonders, falls er die Beziehung zu Tessa tatsächlich fortgesetzt und Avril es herausgefunden hat.«

»Was«, griff Emily den Gedanken auf, »sie dann veranlasst hat, zu gehen.«

»Aber«, wandte Clarice mit dem Handtuch in der Hand ein, »das erklärt immer noch nicht, welcher Art die Verbindung von Avril zum Major war. Anscheinend hat sie schon

Tage bevor sie angeblich mit ihm abgehauen ist, von der Affäre erfahren. Was wir nicht bedacht haben, ist, dass sie eine dauerhafte Beziehung mit ihm gehabt haben könnte. Herauszufinden, dass Ralph während ihrer gesamten Ehe eine mit Tessa hatte, könnte ein entscheidender Faktor gewesen sein.«

»Und sie zu dem Entschluss veranlasst haben, mit dem Major fortzugehen.« Emily nickte.

In Gedanken versunken arbeiteten sie weiter.

»Mich überrascht, dass Dawn keine Einwände erhoben hat, als Sie gesagt haben, sie und ich könnten besser miteinander auskommen«, sagte Emily schließlich. »Ich dachte, ihr wäre schon die bloße Idee zuwider.«

Clarice zuckte mit den Schultern. »Dinge ändern sich. Sie hat mit ihrem Ex eine schwere Zeit durchgemacht und du mit Colins unerwartetem Tod; vielleicht ist sie die Stänkerei genauso leid wie du.«

»Ja, vielleicht.« Wieder nickte Emily. »Und es tut mir leid, dass ich Ihnen nicht erzählt habe, wie Beth gestorben ist. Das muss ziemlich erschreckend gewesen sein, als Tante Ernestine das auf diese Art gesagt hat.«

»Ich kann verstehen, warum Ralph nicht darüber sprechen mag; sie war immerhin seine kleine Schwester. Er hat nur gesagt, die Kindersterblichkeit sei vor Jahren noch viel höher gewesen, weshalb ich angenommen hatte, sie sei an einer Krankheit verstorben.«

»Und nicht von einem Pferd totgetrampelt.« Emily verzog das Gesicht. »Das ist ein schreckliches Ende.«

Sie waren mit ihrer Arbeit fertig, die Gläser gespült und abgetrocknet.

»Was war mit Johnson los?«, fragte Clarice. »Du warst anscheinend sehr ins Gespräch vertieft mit ihm.«

»Es ging um Vorkehrungen für Dads Beerdigung«, sagte Emily. »Ein Wagen wird uns alle zur Kirche bringen.«

»Ich hatte nicht damit gerechnet, dass ich ebenfalls Teil dieser Gruppe sein werde.«

»Das ist alles schon geregelt. Johnson wird hierbleiben, um die Caterer in Empfang zu nehmen und dafür zu sorgen, dass alles bereit ist, wenn wir zurückkommen; zusammen mit allen, die uns begleiten wollen. Das ganze Dorf, nehme ich an.«

Plötzlich wurde die Tür geöffnet, und Tessa schlenderte herein.

»Macht ihr die Sandwiches?« Ihr Blick wanderte zwischen Clarice und Emily hin und her.

»Ja. Ich habe Clarice gerade den Ablauf der Bestattung erklärt«, sagte Emily unverzüglich. »Johnson hat mir vorhin gesagt, was geplant ist.«

»Gut.« Tessa bedachte Clarice mit einem argwöhnischen Blick. »Darüber können wir uns *alle* beim Abendbrot unterhalten. Und vergiss nicht, für deinen Großvater Weißbrot mit Butter und etwas Anchovispaste zu machen.« Ohne eine Antwort abzuwarten, machte sie kehrt, ging hinaus und ließ die Tür einen Spaltbreit offen stehen.

»Also«, sagte Clarice und starrte zur Tür, »willst du buttern oder füllen?«

»Machen wir doch beides zusammen.« Emily grinste. Dann beugte sie sich vor und flüsterte: »Ich habe Grandpa nach dem Fotoalbum gefragt. Er bringt es mit, dann können wir es uns ansehen, während wir unsere Sandwiches essen. Da gibt es ein paar ganz großartige Bilder von Dad als kleinem Jungen zusammen mit Avril.« Sie folgte Clarices Blickrichtung zur Tür. »Auch wenn das Tessa möglicherweise nicht gefallen wird.«

Kapitel 20

Später, im Wohnzimmer, saß Clarice in Wollpulli, voluminösem Sweatshirt und Thermoweste neben Emily auf der Chaiselongue und spürte immer noch die Kälte in Füßen, Fingern und Nase. Weder sie noch Emily hatten das Thema im Haus noch einmal zur Sprache gebracht, vielleicht, weil sie beide wussten, dass daran nichts zu ändern war. Im Kamin brannte nun ein Feuer, und beim Duft des Holzrauchs, der von den Scheiten aufstieg, bekam Clarice Heimweh und dachte an Rick und ihre tierische Familie.

Ralph traf als Erster ein und reichte Emily ein dickes, ramponiertes, braunes Buch.

»Leg es auf die Anrichte, dann können wir es uns später gemeinsam anschauen. Da sind ein paar gute Fotos von meinen Eltern drin.«

»Danke, Grandpa.« Emily nahm das Fotoalbum an sich.

Ralph musterte die Teller, auf denen sich die Sandwiches stapelten. Clarice fiel auf, dass er den Blick nicht auf einen bestimmten Teller richtete, sondern ihn über das Essen schweifen ließ. Sie fragte sich, ob er gut genug sehen konnte, um sich ohne Johnsons Hilfe etwas zu nehmen.

Jedes Sandwich war in vier kleine Dreiecke geschnitten und so auf den großen Tellern angerichtet worden, dass sie einen kleinen Turm bildeten. Über die Rinde hatte es keine Diskussion gegeben, und Clarice kam zu dem Schluss, dass bei den Compton-Smythes das Problem der Verschwendung einen höheren Stellenwert genoss als Wohnzimmerköstlichkeiten. Es gab diverse Füllungen – Ei und Kresse, Schinken und Chutney, Käse und Gürkchen, Thunfisch mit Mayonnaise – und einen Extrateller von Broten mit Anchovispaste. Zwei Kannen standen neben den Tellern, eine mit Tee, eine mit Kaffee.

Die Gerüche von Eiern und Thunfisch gesellten sich zu dem des Holzrauchs.

»Ich bin überzeugt, das ist alles sehr schmackhaft«, sagte Ralph. »Habt ihr etwas für Johnson in der Küche gelassen? Er zieht es vor, sein Essen mit in seine Wohnung zu nehmen.«

»Ja, daran habe ich gedacht. Soll ich dir einen Kaffee einschenken?« Emily griff nach einer der Kannen.

»Ein Tee wäre mir lieber.«

»Lassen Sie mich Ihnen ein paar Sandwiches servieren«. Clarice ging die Liste der verfügbaren Füllungen durch.

»Ich werde hier ja enorm verwöhnt«, sagte Ralph. »Aber Sie sollten mir nicht helfen; Sie haben heute genug getan. Immerhin sind Sie Gast in diesem Hause.«

»Das macht mir nichts«, sagte Clarice lachend. »Ich bin gern beschäftigt.«

»Wenn das so ist, hätte ich gern mein Spezialbrot und ein Dreieck von jeder Sandwichsorte.« Ralph machte es sich in dem lederbezogenen Lehnstuhl bequem, der ebenso abgenutzt war, wie der in seinem Arbeitsraum. Emily hatte den Tee eingeschenkt und stellte die Tasse auf einen Beistelltisch gleich neben ihm.

Als Tessa, Dawn und Ernestine gemeinsam auftauchten, trafen sie die drei in eine angeregte Konversation vertieft an.

»Wie schön«, sagte Dawn in einem freundlichen Ton, während sie die Sandwiches betrachtete.

Tessa bedachte ihre Tochter mit einem finsteren Blick.

»Ich verhungere.« Ernestine schnappte sich umgehend einen Teller und fing gierig an, ihn mit Sandwiches vollzuhäufen.

»Wann bist du mal nicht hungrig?«, fragte Tessa scharf.

»Wir werden hier keinen Krach haben. Ich glaube, das Mittagessen war unangenehm genug. Wenn Clarice uns wieder verlässt, wird sie einen sonderbaren Eindruck von Colins Familie gewonnen haben«, sagte Ralph.

Tessas Lippen formten eine horizontale Linie, und sie nahm sich kommentarlos Sandwiches und Kaffee.

»Also, damit auch jeder weiß, wie es morgen ablaufen soll. Der Bestatter wird uns zu elf Uhr den Wagen schicken. Er reicht für sechs Personen, was perfekt passt; wir werden alle bequem Platz finden, Clarice eingeschlossen.«

»Oh, prima, wir fahren alle zusammen!«, rief Ernestine erfreut aus.

»Der Wagen reicht für sechs Personen, Ralph.« Tessa sprach in einem spitzen Ton. »Wenn Clarice jedoch selbst fahren würde, hätten wir anderen viel mehr Platz. Immerhin gehört sie nicht zur Familie.«

Ralphs heitere Stimmung löste sich umgehend in Luft auf. Mehrere Sekunden lang starrte er Tessa unter seinen dicken, knotigen Brauen hervor mit eisiger Miene an.

»Das sind sehr große Autos«, sagte er.

»Wir wollen uns doch nicht wie Sardinen zusammenquetschen.« Nun sprach Tessa so langsam, als wolle sie einem Kind etwas erklären. »Wären wir nur zu fünft, hätten wir ein bisschen mehr Platz und müssten uns nicht einquetschen lassen. In unserem Wagen sollten nur Angehörige der Familie fahren.«

»Morgen ist der Tag, an dem ich meinen Sohn zur ewigen Ruhe bette, und du erdreistest dich, mich bewusst zu demütigen, indem du meine Entscheidung, unseren Gast mit uns zur Beerdigung fahren zu lassen, in Frage stellst?«

»Clarice ist eine kluge Frau; sie wird das nicht so auffassen. Und außerdem hat das nichts damit zu tun, was andere wollen oder denken.« Tessa war nicht bereit, einzulenken.

»Richtig.« Ralph starrte sie immer noch erbost an. »Es hat nichts damit zu tun, was andere denken. Es geht um meinen Sohn, und ich bezahle die Bestattung von meinem Geld. Die Entscheidung geht dich rein gar nichts an.«

»Du verhältst dich unvernünftig, Ralph. Diese Bestattung macht dir zu schaffen – du kannst nicht klar denken.« Tessa war kreidebleich vor Zorn, als wäre plötzlich sämtliches Blut aus ihrem Körper gewichen.

»Nicht die Bestattung macht mir zu schaffen, sondern die Tatsache, dass ich meinen Sohn zu Grabe tragen muss. Und deine Einmischung ist nicht hilfreich.« Ralph war aufgestanden. Der Teller mit Sandwiches, den er sich zuvor auf den Schoß gestellt hatte, war dabei zu Boden gefallen. »Ich habe nie damit gerechnet, dass ich ihn überleben könnte.«

»Ich habe lediglich mit einem vernünftigen Argument auf etwas Offensichtliches hingewiesen!«, blaffte Tessa.

»Ich habe Clarice eingeladen, mit uns zu fahren, und damit ist das Thema beendet.«

»Wenn du es sagst, obzwar ...« Weiter kam Tessa nicht.

»Du hast dir nie etwas aus Colin gemacht; du hast ihm nie eine Chance gegeben. Weil er Avrils Sohn war – ihrer und meiner. Er war noch so jung, als du hergekommen bist. Wärest du ihm eine Mutter gewesen, hätte er dich lieben können.« Ralph stolperte voran und zertrat Sandwiches auf dem Teppich.

»Ich habe es versucht, Ralph. Du weißt, dass ich es versucht habe. Aber er hat immer nur nach Avril verlangt. *Mummy, Mummy, Mummy* – das ist alles, was je von ihm kam. *Wann kommt Mummy nach Hause?* Ich konnte nie mit der perfekten, heiligen Avril mithalten.« Tessa streckte geradezu flehentlich die Hand nach Ralph aus. »Er war fünf, als ich hierher kam, und er wollte nicht einmal meine Hand halten.«

Ralph ignorierte ihre ausgestreckte Hand, und die Stille zwischen ihnen dehnte sich und brachte eine unerträgliche Spannung hervor. Außer dem Knistern des Feuers war nichts zu hören. Dann ging er auf die Tür zu. Ehe er sie erreicht hatte, trat Johnson ein. Als Ralph dann voran stolperte und nach der Rückenlehne eines Stuhls griff, war Johnson an seiner Seite und bot ihm seinen Arm, damit er sich aufstützen konnte. Gemeinsam verließen sie das Wohnzimmer.

Zum zweiten Mal an diesem Tag fiel Clarice auf, dass Johnson sich in der Nähe der Tür herumgedrückt und das Gespräch belauscht hatte.

Tessa ließ die Hand sinken und starrte die zertretenen Sandwiches auf dem Teppich an. Sie war immer noch weiß wie die Wand, und ihre Beschämung strahlte in den ganzen Raum hinein wie die rote Glut des Kaminfeuers.

»Dieser ganze Ärger ist nur deine Schuld«, wandte sie sich nun gegen Emily. »Hättest du deinen Großvater nicht genötigt, deiner Freundin einen Platz im Wagen zur Kirche zu geben, wäre das Thema gar nicht erst aufgekommen.«

»Das war Grandpas Idee.« Unvergossene Tränen glitzerten in Emilys Augen, während ihr die Röte vom Hals hinauf ins Gesicht stieg.

»Ich kann beide Seiten verstehen.« Dawns ruhige Stimme wirkte nach dem Gezeter bemerkenswert besänftigend.

»Es geht darum, was Ralph will«, sagte Ernestine.

Zuvor hatte Clarice beobachtet, wie Ernestines Kopf sich hin und her drehte, als würde sie den Flug des Balls bei einem Tennisspiel verfolgen. Solange der Schlagabtausch zwischen Ralph und Tessa andauerte, hatte sie aufmerksam gelauscht, während sie ihre Sandwiches verspeiste.

»Colin war Ralphs Sohn. Avril hätte ihn ihm gestohlen, wenn Bellatrix sie nicht aufgehalten hätte.« Ernestines kleines Porzellanpuppengesicht war vollkommen ruhig und emotionslos.

»Sei still, du dummes Weib!« Tessa konnte ihre Wut nicht verbergen. »Ich weiß nicht, wie ich es tagein, tagaus mit dir aushalte. Du und dein endloses Gequatsche, deine Gier und deine idiotischen Kommentare. Bellatrix ist ein lebloser Gegenstand – sie ist aus verdammtem *Stein* gemacht.«

»Sie beschützt die Familie. Sie hat Avril weggeschickt und Colin für Ralph hierbehalten. Diese Frau weiß, was passiert ist, Tessa.«

»Wer? Welche Frau?«, ging Dawn dazwischen.

»Clarice, sie weiß es. Ich kann es fühlen – sie kennt die Wahrheit.«

»Clarice ist hier, Tante Ernestine.« Dawn zeigte auf sie. »Sie sitzt gleich hier.«

»Nein, nicht Beth.« Ernestine tat Clarice mit einem knappen Blick ab. »Die Frau in Avrils Schlafzimmer. Ich denke mir das nicht aus. Avril würde sie nicht in ihrem Zimmer haben wollen; sie ist raffiniert und mischt sich überall ein. Sie weiß, was Johnson für Ralph getan hat – ich habe es ihr nicht erzählt, aber sie weiß es.«

»Das ist Clarice. Sie war in dem Schlafzimmer.« Nun war Tessa diejenige, die auf Clarice zeigte. »Ich habe sie da oben gesehen. Und Ralph hat Avril nichts getan – sie ist mit diesem hinterhältigen Scharlatan weggelaufen, mit dem Major.«

»Sie will meine Halskette.« Ernestine legte eine Hand an ihre Kehle. »Sie kann sie nicht haben. Darum ist sie hergekommen, hierher, in mein Haus.«

»Tante Ernestine«, Dawns Stimme klang beschwichtigend, »was hat Johnson für meinen Dad getan? Hatte das etwas mit Avril zu tun?«

Ernestine stand auf und strich ihren Rock glatt, während ihre Augen für einige Sekunden von einem Gesicht zum anderen zuckten. »Ich weiß nicht, warum ihr mich plötzlich alle niedermacht. Wenn ich das Bellatrix erzähle, wird ihr das nicht gefallen – sie wird wütend werden.«

Sie verließ den Raum, und die anderen sahen ihr hinterher, ehe sie sich wieder einander zuwandten.

»Was hat sie nur gemeint?«, fragte Dawn und sah ihre Mutter an. »Was hat Johnson für Dad getan?«

»Sie redet Blödsinn. Das solltest du nach all diesen Jahren eigentlich selbst wissen.« Tessa brachte ihren Teller zum Tisch.

»Du und ich, wir müssen uns unterhalten, Mutter.« Dawn ging zur Tür und wartete darauf, dass Tessa ihr folgte. Das Geräusch ihrer Absätze auf dem Fliesenboden im Korridor verhallte rasch, nachdem sie gegangen waren.

»Sollen wir abräumen?«, fragte Clarice.

»Ja, lassen Sie uns den Abwasch erledigen.« Emily nahm ein paar Papierservietten, um die Sandwichreste vom Teppich zu entfernen, während Clarice die Teller einsammelte.

In der Küche angelangt, sah sich Emily zu der geschlossenen Tür um, ehe sie etwas sagte. »Ich spüle wieder ab, wenn das in Ordnung ist.«

»Ich glaube nicht, dass sie uns hier stören werden«, bemerkte Clarice und griff zu einem Geschirrtuch.

»Ich hätte Sie nicht in diese Sache hineinziehen sollen. Es

tut mir so leid, Clarice.« Emily hielt den Kopf über die Spüle gesenkt, während sie Tassen, Untertassen und Teller abspülte.

»Unsinn. Ich bin froh, dass ich bei dir bin. Du darfst dir Tessas Gerede nicht so zu Herzen nehmen. Vergiss nicht, was ich dir gesagt habe: Dawn hat sich im Garten als interessante und vernünftige Frau erwiesen. Wenn du sie von ihrer Mutter wegbekommst, ist sie ein ganz anderer Mensch.«

»Wirklich?« Zweifel klang in Emilys Stimme an.

»Denk doch mal daran, was du über Tessa und deinen Dad gesagt hast. Dass sie nicht miteinander ausgekommen sind und an die zwei Lager. Du und Dawn, ihr wart beide gezwungen, Partei für eure Eltern zu ergreifen.«

»Ich kann mir nicht vorstellen, dass ich nach der Beerdigung noch einmal herkommen werde«, sagte Emily niedergeschlagen. »Tessa und Dawn werden ab morgen keinen Platz mehr in meinem Leben haben.«

»Vermutlich nicht.« Clarice dachte kurz nach. »Können wir uns trotzdem noch das Fotoalbum ansehen, ehe wir zu Bett gehen?«

»Gute Idee. Ich möchte Ihnen die Fotos von Dad zeigen.«

»Und ich würde sie gerne sehen.« Clarice hängte das Geschirrtuch weg. »Ich gehe nur kurz raus, um einen klaren Kopf zu kriegen, und ich verspreche, ich werde Rick anrufen.«

»Ich werfe noch ein paar Scheite ins Feuer, solange niemand zuguckt.« Plötzlich wirkte Emily wieder lebhafter. »Verirren Sie sich nicht.«

»Ich werde mich nicht weit vom Haus entfernen, und ich habe eine Taschenlampe.« Clarice tätschelte Emily den Arm. »Keine Sorge – wir sehen uns dann gleich im Wohnzimmer.«

Kapitel 21

Nachdem sie die Taschenlampe aus ihrem Gepäck im Schlafzimmer geholt und sich gegen die Kälte dick eingepackt hatte, stieg Clarice die Treppe hinab, froh, dass sie keinem der Angehörigen des Haushalts begegnete.

Draußen richtete sie die Taschenlampe nach oben auf die gelben Steine des Herrenhauses, um herauszufinden, wie weit sie leuchtete. Gargoyles grinsten auf sie herab, und das Licht schuf schaurige Schattengebilde, die aussahen, als würde eine schwarze Flüssigkeit aus grotesk dahinschmelzenden Gesichtern sickern. Als sie den Lichtstrahl auf Bellatrix richtete, vermittelten die hellen und dunklen Bereiche das Gefühl von Bewegung; eine Illusion, dass die sitzende Steinkatze, die plötzlich noch gewaltiger und beeindruckender wirkte, lebendig geworden wäre. Sie trat näher und legte für einen Moment eine behandschuhte Hand auf die riesige, kalte Steinpfote, ehe sie sich vom Haus entfernte und der Route folgte, die Emily ihr früher an diesem Tag gezeigt hatte.

Sie empfand einen überwältigenden Drang, Abstand zwischen sich und das Herrenhaus zu bringen, ihren Kopf freizubekommen. Die toxischen Beziehungen der Menschen in diesem Haus waren anstrengend. Der Grund, warum Colin nie über seine Familie gesprochen hatte, lag nun auf der Hand. Clarice zweifelte nicht daran, dass Emily nach der Beerdigung dem Beispiel ihres Vaters folgen und den Kontakt zu ihrer Verwandtschaft auf ein Minimum begrenzen würde.

Es hatte nicht geregnet, war aber beißend kalt, der Boden hart und trocken. In der Stille hallte jeder Schritt nach, und das Knirschen der trockenen Blätter und Zweige unter ihren Sohlen drang viel zu laut an ihre Ohren. Jenseits der alten Stallungen hielt sie für einen Moment inne und drehte sich im Kreis, um ihre Umgebung im Lichtkegel der Taschenlampe in Augenschein zu nehmen. Da gab es nichts als Bäume und Unterholz. In Frühjahr oder Sommer würde Laub den Blick zum Himmel versperren, und am Boden abseits des Pfades würde zartes Grün sprießen. Wenn sie nun nach oben blickte, war da nichts als Schwärze; der Mond stand nicht am Himmel, und um sie herum stieg Nebel auf.

An der Stelle, an der der Weg sich gabelte, blieb sie stehen, und ihre Gedanken wanderten zu Rick. Robert Frosts Gedicht »Der unbegangene Weg«, eine Analogie auf Lebensentscheidungen, war eines der Lieblingsgedichte ihres Mannes.

Als sie dann den linken Abzweig hinunterging, lauschte sie auf Geräusche – Schleiereulen, Dachse und andere Kreaturen, die durch den Wald streiften –, aber sie hörte rein gar nichts. Die Biegungen im Pfad, erst in die eine, dann in die andere Richtung, schienen sich nun ewig hinzuziehen, und ihr kam Emilys Warnung, sie solle sich nicht verirren, in den Sinn. Sie wollte schon kehrtmachen, als sie auf eine offene Lichtung stieß.

Der ungenutzte Brunnen befand sich direkt vor ihr, ein Miniaturturm aus rotem Ziegelstein, ungefähr hüfthoch. Nicht weit entfernt stand eine große Weide, deren Zweige die Lichtung in geringer Höhe wie ein Schirm überspannten. Und etwas weiter weg zeigten sich mehrere Reihen kleiner Grabsteine im Licht der Taschenlampe: der Tierfriedhof. Clarice blieb stehen und beschloss, morgen bei Tageslicht noch einmal herzukommen und sich umzuschauen. Sie vermutete, dass die ehemalige Pferdeweide links von ihr liegen dürfte, aber der Nebel verschleierte den Blick, und plötzlich wurde ihr bewusst, wie schnell er sich immer dichter zusammenbraute.

Sie lehnte sich mit dem Rücken an einen Baum und zog ihr Handy hervor.

»Hallo, Schatz.« Ricks Stimme klang gelöst und verriet seine Freude, von ihr zu hören. »Ich habe schon angefangen, mir Sorgen zu machen. Wie läuft es?«

Clarice erzählte ihm rasch, was sich seit ihrer Ankunft am Morgen ereignet hatte.

»Klingt ganz schön scheiße!«

»So kann man es ausdrücken«, stimmte sie zu. »Ich mache mir Sorgen um Ernestine. Ich fürchte, ich habe sie auf komische Ideen gebracht – und in Gefahr.«

»Wie? Warum? Sie hat dir doch nichts von Bedeutung erzählt, oder?«

»Sie hat mir drei Dinge erzählt, die mir nicht bekannt waren. Tessa kannte Ralph, bevor der Avril begegnet ist. Als sie Avril das letzte Mal gesehen hat, hat sie das Haus zusammen mit Ralph verlassen. Und Ralph hat Johnson irgendwas erledigen lassen. Ich fange allmählich an, zu glauben, dass Tessa genauso sehr in Avrils Verschwinden verwickelt ist, wie die beiden Männer.«

»Nach dem, was du gesagt hast, ist Ernestine aufgrund ihrer Demenz keine verlässliche Quelle«, wandte Rick ein. »Wenn sie aber wirklich gesehen hat, dass Avril das Haus zum letzten Mal in Ralphs Begleitung verlassen hat, wäre es doch möglich, dass er sie zum Major gebracht hat, meinst du nicht?«

»Das ist mir durch den Kopf gegangen, aber es würde überhaupt nicht zu Ralph passen, seine Frau bei ihrem Liebhaber abzuliefern. Und warum hat er Colin belogen und ihm gesagt, seine Mutter wäre mit dem Major weggegangen?« Clarice versuchte, so etwas wie Ordnung in ihre Gedanken zu bringen. »Gut, Ernestines Geist schweift ständig ab. Aber sie kann nicht all diese Zeit so eng mit ihrem Bruder und Avril zusammengelebt haben, ohne dass sie mitbekommen hätte, was dem Moment, in dem Avril und der Major verschwunden sind, vorausgegangen ist. Die Compton-Smythes sind eine Familie, die ihre Geheimnisse gut zu verbergen weiß, aber die Demenz könnte das ins Wanken bringen und dazu führen, dass sie etwas ausplaudert, über das sie die letzten fünfzig Jahre Stillschweigen bewahrt hat.«

»Was willst du andeuten?«, fragte Rick scharf. »Dass Avril und der Major nicht gegangen sind? Dass sie ermordet wurden? Und falls dem so ist, wer, glaubst du, hat sie umgebracht?«

»Ich habe nichts Schlüssiges. Aber ich glaube, was Ernestine mir erzählt hat. Es kam mir nicht so vor, als würde sie lügen. Als ich dann aber versucht habe, die Einzelteile zusammenzufügen, ging die Gleichung irgendwie nicht auf. Es ergibt keinen Sinn.«

»Gibt es sonst noch etwas, das jemand gesagt oder getan hat?«

»Ich weiß es nicht; ich muss nachdenken. Ich werde meine Liste durchgehen, und die Eintragungen aus Colins Notizbuch. Ralph wäre mein Verdächtiger Nummer eins. Etwas, dass Avrils Freundin Pattie erzählt hat, lässt mich glauben, dass Johnson alles tun würde, was Ralph ihm sagt.«

Clarice verstummte für einen Moment. »Ich brauche mehr Zeit«, sagte sie dann. »Hier ist so viel los, dass ich einfach keine Zeit zum Nachdenken habe. Das ist eine extrem dysfunktionale Familie.«

»Sei vorsichtig«, warnte Rick. »Verärgere niemanden, ganz besonders, wenn du es für möglich hältst, dass mindestens einer von ihnen zwei Menschen ermordet hat.«

»Ich werde vorsichtig vorgehen, das verspreche ich«, sagte Clarice, um einen beschwichtigenden Tonfall bemüht.

Als das Gespräch beendet war, blieb sie noch mehrere Minuten still stehen und lauschte. Aus einiger Entfernung hörte sie einen Schrei: eine Schleiereule auf der Jagd nach ihrem Abendessen. Der Nebel wurde dichter, verwandelte sich in eine Barriere, die sie einschloss, und als sie sich umdrehte, um zurückzugehen, traf ihr Lichtstrahl auf eine weiße Wand, die er nicht zu durchdringen vermochte.

Sie schlurfte mit den Sohlen über den Boden, um sich zu vergewissern, dass sie sich auf dem unebenen Pfad befand, nicht auf einem der Wegesränder. Doch so kam sie nur langsam voran. Der Nebel umfing sie wie ein samtener Umhang und machte die Taschenlampe nutzlos. Wie, so fragte sie sich, hatte er so schnell aufziehen können? Seit sie das Haus verlassen hatte, konnten nicht viel mehr als fünfundzwanzig Minuten vergangen sein. Warum war sie nur so weit gegangen? Ihr kam in den Sinn, was Tessa über Ralphs Sorge wegen Ernestine gesagt hatte. Sie dachte an die Feuchtgebiete jenseits der Bäume und dann an die unwirtliche und unerbittliche Landschaft des Wash.

Plötzlich hörte sie ein Geräusch, kurz und unbedeutend; vielleicht ein kleines Tier in ihrer Nähe.

Sie schlurfte weiter, und das Geräusch ertönte erneut. Es klang wie Schritte zu ihrer Linken, wiederholte sich wie ein Echo. Während sie weiterging, folgte der nächste Schritt, dann noch einer, näher dieses Mal.

Clarice blieb stehen; vollkommen regungslos, den Kopf leicht geneigt lauschte sie.

Wieder hörte sie die Schleiereule kreischen. Konnte sie sich von diesem Geräusch den Weg weisen lassen? Aber woher sollte sie wissen, dass die Eule in der Nähe oder in den Stallungen jagte? Würde sie womöglich den falschen Weg einschlagen, wenn sie ihrem Ruf folgte? Sie schaltete die Lampe aus und tat drei Schritte, so leise sie nur konnte. Die Zeit schien sich endlos zu ziehen; im Geist zählte sie bis dreißig. Sie hatte gerade beschlossen, weiterzugehen, als das Geräusch wieder auftrat. Jemand stellte ihr nach. Der Mann, der bei ihrer Ankunft im Wald war, kam ihr in den Sinn, Ian Belling; dann dachte sie plötzlich an Johnson und seine mürrische Miene.

Sie tat drei weitere, lange und geräuschlose Schritte und wartete dann erneut. Sie schauderte unter dem Einfluss der nächtlichen Kälte, die ihr durch die Kleidung bis ins Mark drang. Wie wahrscheinlich war es, dass wer immer ihr folgte, aus dem Herrenhaus gekommen war? Die würden sich in diesen Wäldern auch mit verbundenen Augen zurechtfinden. Aber Ian Belling hatte ebenfalls viel Zeit hier verbracht und musste sich gut auskennen. Er könnte glauben, die Person, der er folgte, wäre Dawn. Ihr war, als würde ihr Körper von einer Hitzewelle durchflutet, die sie die Kälte vergessen ließ, während ihr Verstand flüchtig im Panikmodus tickte und ihr der Brustkorb vor Furcht eng wurde. In Gedanken verfluchte sie sich für ihre unüberlegten Entscheidungen. Warum um alles in der Welt war sie überhaupt in dieses trostlose Haus mit seiner eigentümlichen Familie gekommen? Sie dachte an Ernestines Worte, Bellatrix würde die Familie behüten, und an ihr eigenes Amüsement, als der Lichtstrahl der Taschenlampe die riesige Siamkatze lebendig hatte erscheinen lassen. Und an Dawn, die ihr erzählt hatte, was Ian ihr antun wollte, wenn er sie erst einmal allein antraf.

Nachdem sie eine gefühlte Ewigkeit an Ort und Stelle verharrt hatte, setzte sie sich allmählich wieder in Bewegung. Plötzlich wuselte etwas hinter ihr entlang. Instinktiv kauerte sie sich nieder und drehte sich dabei zugleich so, dass sie die Taschenlampe auf die Stelle richten konnte, von der das Geräusch gekommen war. Die weiße Nebelwand gab lediglich eine schemenhafte Gestalt mit einem länglichen Kopf preis, und sie hörte das Knistern von Laub und Zweigen unter flinken Füßen. Ohne einen Laut von sich zu geben, huschte die Gestalt mal in diese, mal in jene Richtung.

Clarice richtete sich auf, um weiter dem zu folgen, was sie für den Pfad hielt, und prompt raschelte es erneut hinter ihr. Die Glut der Furcht raste durch ihren Körper, erreichte ihren Bauch. Unfähig, sie im Zaum zu halten, rannte sie los, blind drauflos rasend. All ihre Instinkte drängten sie, vor ihrem Verfolger zu flüchten. Zweige schienen wie Arme nach ihr zu greifen, verfingen sich in ihrer Kleidung und ihrem Haar, und dann prallte etwas mit voller Wucht in ihren Bauch. Oberkörper und Knie setzten ihre Reise fort, und schon fand sie sich am Boden wieder. Die Taschenlampe, die ihren Fingern entglitten war, war nur mehr ein kleiner Lichtpunkt, halb vergraben unter Erde, Laub und Zweigen.

Sie rollte sich zur Seite, weg von der Stelle, an der sie ihren Angreifer vermutete, der nur darauf wartete, erneut zuzuschlagen, und blieb dann still liegen. Der Schlag hatte ihr den Atem geraubt. Ihr Bauch schmerzte, Gesicht und Rücken fühlten sich kalt und vor Angst verschwitzt an. Ihr Herz schlug so schnell, dass sie Probleme hatte, wieder zu

Atem zu kommen. Sie konnte das Licht ihrer Taschenlampe sehen und zwang sich, sich aufzurappeln und sie zu holen. Dann erschien ein weiteres Licht, begleitet vom langsamen Rhythmus schwerer Schritte. Es kam auf sie zu und verweilte schließlich ganz in ihrer Nähe.

»Mrs Beech.«

Die Stimme mit dem unverkennbaren Glasgow-Akzent war ohne Zweifel die Johnsons.

Immer noch außer Atem stemmte Clarice sich in eine sitzende Haltung und stand dann auf, geblendet von dem gelben Lichtschein.

»Ist alles in Ordnung, Mrs Beech?« Die Worte klangen abgehackt, getragen von vorgetäuschtem Mitgefühl.

»Was denken Sie wohl?«, entgegnete sie und kämpfte darum, die Mischung aus Zorn und Furcht unter Kontrolle zu halten.

»Lassen Sie mich Ihre Taschenlampe holen.« Knirschend entfernten sich seine Schritte, als er losging, um die heruntergefallene Lampe zu holen.

»Jemand hat mich angegriffen.« Clarice atmete tief und gleichmäßig. Sie spürte immer noch die Nachwirkungen des Schlages.

»Das Einzige, was Sie angegriffen hat, war der Ast dieses Baumes.« Johnson richtete den starken Lichtstrahl seiner Lampe auf einen Baum, dem ein dicker Ast auf Taillenhöhe entsprang. »Sie sind dagegen gelaufen.«

»Sind Sie mir gefolgt?«

»Warum hätte ich das tun sollen, Mrs Beech?«, hallte seine Stimme herbei. »Diesen Weg nutze ich regelmäßig für meinen Abendspaziergang.«

»Aber jemand *hat* mich verfolgt«, beharrte sie. Es fühlte sich an, als spräche sie mit einem Unsichtbaren. Johnson senkte die Lampe. Sie konnte seine Stimme hören, aber sie konnte ihn immer noch nicht sehen.

»Ich weiß nicht, warum irgendjemand Sie hätte verfolgen wollen.« Seine Stimme klang nicht feindselig; trotzdem kam es ihr vor, als schwinge etwas Bedrohliches in seinen Worten mit. »Vielleicht leiden Sie unter einem schlechten Gewissen, weil Sie Fragen nach Dingen gestellt haben, die Sie nichts angehen, und sich in anderer Leute Angelegenheiten eingemischt haben.«

»Mir war nicht bewusst, dass ich jemanden verärgert haben könnte«, log Clarice, der sehr wohl bewusst war, dass sie Animositäten geweckt hatte, zumindest bei Tessa.

Um sie herum war es still. Clarice hatte beinahe das Gefühl, sie könnte Johnson langsam und gleichmäßig atmen hören.

»Folgen Sie mir. Denn wenn Sie weiter in die eingeschlagene Richtung gehen, landen Sie im Schlick.«

Ein Lichtpunkt bewegte sich, und Johnson drückte ihr die Taschenlampe in die Hand. Sie sah zu, wie sich der diffuse Lichtstrahl seiner eigenen Lampe durch das Weiß bohrte, als er sich entfernte. Ihre Gedanken überschlugen sich und warfen eine Frage auf: Wenn sie ihm folgte, würde er sie dann zurückführen oder im Schlick im Stich lassen? Sie folgte ihm mit Abstand. Keiner von ihnen sagte ein Wort. Als unerwartet die Schleiereule über ihnen kreischte, vibrierte ihr ganzer Körper vor Schreck. Das Tier musste ganz in der Nähe sein, und plötzlich erkannte sie die Umrisse der alten Stallungen. Wenige Augenblicke später entpuppten sich die Lichter von Stone Fen Manor als das Erfreulichste, was sie an diesem ganzen Tag gesehen hatte. Ohne innezuhalten marschierte Johnson an Bellatrix vorbei und unter dem Torbogen hindurch in das Gebäude.

Während er in der großen Halle, die bis auf eine einzige Lampe unbeleuchtet war, den Gang zwischen den Tischen hinunterschritt, wartete sie und sah ihm nach. Als er den Lichtkegel passierte, erkannte sie, dass er die dunkelgrüne wattierte, wasserfeste Jacke trug, die er auch angehabt hatte, als sie eingetroffen waren. Vor der Treppe bog er nach links ab und ging durch die Tür, die zu Ralphs Arbeitszimmer führte.

Clarice erinnerte sich an die Hakenreihe mit den vier wasserfesten Jacken mit blauer Kapuze, die von der Familie bei Bedarf benutzt wurden, drehte sich um und richtete die Lampe darauf. Zwei Jacken hingen noch an den Haken. Emily hatte ihr erzählt, dass die Leute oft vergaßen, sie zurückzuhängen; vielleicht war das der Grund, warum die anderen beiden fehlten.

Sie schaltete die Taschenlampe aus und ging leise in die Richtung, die Johnson eingeschlagen hatte, wandte sich dann aber nach rechts in den parallelen Korridor auf der anderen Seite der Halle. Emily wartete vermutlich im Wohnzimmer auf sie. Als sie die Tür aufstieß, ergoss sich Licht aus dem Korridor. Im gleichen Moment überlegte sie es sich anders und ließ die Tür wieder zufallen.

Wie viel von dem, was passiert war, sollte sie Emily erzählen? Sie stand im Schatten, lehnte sich an die geschlossene Tür, und die Gedanken überschlugen sich in ihrem aufgewühlten Kopf. Sie mussten die Nacht hier verbringen. Und dann war da morgen Colins Beerdigung, die sie durchzustehen hatten und die sich zweifellos als emotionale Achterbahn erweisen würde. Was da im Wald geschehen war, würde Emily bestimmt erschrecken; womöglich käme sie sogar auf den Gedanken, dass sie ihren Großvater informieren müsste.

Ein Geräusch an der Eingangstür verriet ihr, dass noch jemand das Haus betrat. Sie blieb still im Dunkeln stehen und wagte kaum, zu atmen. Wieder hörte sie etwas, als die Person eintrat und ihre Jacke abnahm, und Clarice erkannte, dass sie eine der blauen Jacken zurück zu den anderen hängte. Im Geiste sah sie den sonderbaren, länglichen Kopf vor sich, den sie für einen Moment durch den Nebel wahrgenommen hatte. Das musste die lange Kapuze der Jacke gewesen sein. In der nächsten Sekunde durchquerte die Gestalt den Lichtschein, und sie sah, dass es Tessa war, die im Gehen ihre Handschuhe in die Taschen steckte und den Reißverschluss ihrer wattierten Jacke öffnete.

Clarice sah zu, wie sie sich nach links wandte. Die Tür war genauso lange offen, wie sie brauchte, um hindurchzugehen. Von ihrem Standort gleich gegenüber konnte sie Licht und Bewegung erkennen.

»Tessa?« Das war Ralphs fragende Stimme.

»War Johnson schneller zurück als ich?«, fragte Tessa.

Die Antwort konnte Clarice nicht hören. Die Tür war schon wieder zu.

Kapitel 22

Als Clarice das Wohnzimmer betrat, stand Emily, die es sich im Lehnsessel ihres Großvaters bequem gemacht hatte, mit erleichterter Miene auf.

»Clarice, ich dachte schon, Sie hätten sich verirrt – ist alles in Ordnung?«

Clarice, die in der Frage liegende Furcht ahnend, traf eine Entscheidung. Sie würde Emily nicht erzählen, was im Wald vorgefallen war.

Ihr Kopf war voller Fragen: Warum hatten Tessa und Johnson sie verfolgt, falls es wirklich die beiden waren? Sie hatte die Möglichkeit, dass Ian Belling der Verfolger gewesen war, noch nicht vollends ausgeschlossen. Zwar war sie inzwischen überzeugt, dass die langgezogene Form, die sie durch den Nebel gesehen hatte, zu der Kapuze des Verfolgers gehörte, aber es gab auch noch andere Jacken als die vier in der Halle. Von denen allerdings zwei gefehlt hatten, als sie zu ihrem Spaziergang aufgebrochen war. Zu schade, dass sie aus ihrer kauernden Abwehrhaltung die Größe des Kapuzenträgers nicht hatte einschätzen können.

Instinkt sagte ihr, dass es vermutlich Tessa gewesen war. Wäre es Ian Belling gewesen, dann wäre ihm sicher der Größenunterschied aufgefallen; Clarice war ein gutes Stück größer als Dawn. Und Tessa, nicht Johnson, hatte eine der blauen Jacken getragen. Aber warum war überhaupt jemand hinter ihr her gewesen? Um ihr Angst zu machen, damit sie aufhörte, Fragen zu stellen?

»Alles bestens, mir geht es gut.« Sie rieb die Hände aneinander. »Mir ist nur verdammt kalt. Es ist eisig da draußen.«

»Das wundert mich nicht. Sie zittern. Kommen Sie ans Feuer.« Emily ging zur Anrichte. »Ich weiß, wo Grandpa den Brandy aufbewahrt.«

»Macht ihm das nichts aus?« Clarice mochte nicht zugeben, wie willkommen ihr der Gedanke an einen steifen Drink in diesem Moment war.

»Pech.« Emily holte zwei Gläser von einem Beistelltisch. »Die habe ich vorhin geholt. Es sind keine Brandygläser, aber das ändert ja nichts am Geschmack.« Sie schenkte ein und reichte Clarice ein Glas. »Keine Sorge, Grandpa wird nicht auf dem Trockenen sitzen; da sind noch zwei ungeöffnete Flaschen drin. Prost.«

»Prost.« Clarice erhob ihr Glas ehe sie trank, und genoss dann das brennende Gefühl, mit dem der Alkohol durch ihre Kehle rann.

»Clarice«, sagte Emily und musterte sie eingehend. »Sie haben sich das Gesicht verkratzt.«

Clarice strich sich mit den Fingern über die Wange und fand Blut auf ihren Fingerspitzen. Sie zog ein Taschentuch aus der hinteren Hosentasche ihrer Jeans und tupfte den Kratzer ab. »Das ist nichts. Ich muss im Dunkeln irgendwo gegen gelaufen sein.« Sie achtete auf einen lockeren, unbesorgten Tonfall.

»Ist auch wirklich alles in Ordnung?«

»Auf jeden Fall!« Wieder erhob sie ihr Glas.

Der Essensgeruch im Raum war verflogen, aber trotz

des Feuers war da noch immer ein beständiger Hauch von Feuchtigkeit in der Luft. Der Feuerschein erhellte den Raum, betonte aber auch die dunklen Flecken an den Wänden.

»Ist Ihnen im Wald etwas in den Sinn gekommen?«, fragte Emily nach ein paar Minuten.

Angesichts ihrer grauen, ausgezehrten Züge war offensichtlich, dass Emily Ablenkung brauchte. Bis zur Beerdigung waren es nur noch ein paar Stunden.

»Eine Sache gibt es: die Zahlen im Notizbuch deines Dads, über die wir gerätselt haben.«

Emily beugte sich vor. »Sie glauben nicht, dass das Telefonnummern oder Geldsummen sind.«

»Ich hatte mich gefragt, ob es Entfernungsangaben sein könnten«, sagte Clarice.

»Woher und wohin?«

»Wenn dein Dad die Möglichkeit in Betracht gezogen hat, dass Avril und der Major nie gegangen sind – und dass diese Möglichkeit besteht, können wir nicht außer Acht lassen – dann könnte er die Distanzen vom Haus zu diversen Orten festgehalten haben, an denen man Leichen verstecken könnte.«

»Was für ein schrecklicher Gedanke.« Emily schauderte.

»Es ist ein schrecklicher Gedanke, und realistisch betrachtet, könnten die Zahlen natürlich auch für etwas ganz anderes stehen – das sind alles nur Vermutungen«, sagte Clarice.

»Der Griff nach dem Strohhalm?«

»Genau, und eine praktische Erwägung besagt, dass, sollte es sich wirklich um Entfernungsangaben handeln, dein Dad nicht gewusst hat, was wir wissen – dass Ernestine Avril fortgehen gesehen hat. Aber sie hat nichts davon gesagt, dass sie auch den Major gesehen hätte. Wenn es nur um einen zierlichen Leichnam ginge – um den deiner Großmutter – dann hätte er problemlos weggetragen werden können.«

»Er schien auch nichts darüber zu wissen, was Ernestine über Tessa gesagt hat – dass sie Grandpa schon kannte, bevor er Avril begegnet ist.«

»Richtig.« Clarice dachte daran, was Tessa vor ein paar Minuten gesagt hatte: *War Johnson schneller zurück als ich?* Sie hatte vollkommen beiläufig geklungen.

Als sie Emilys Gesicht betrachtete, überfiel sie eine überwältigende Schwermut, fast wie ein schwarzer Schatten, wenn sich Wolken vor die Sonne schoben. Sie fühlte sich für die junge Frau verantwortlich. »Ich denke, wir sollten das für eine Weile aus dem Kopf bekommen.«

»Einverstanden.« Emilys Tonfall deutete an, dass sie das Interesse am Thema verloren hatte. »Wollen Sie sich die Fotos ansehen oder lieber nach oben ins Bett gehen?«

»Die Fotos, bitte.« Das Album durchzublättern könnte dem Abend immerhin einen erfreulichen Abschluss bereiten, dachte Clarice.

Sie setzten sich am Feuer dicht nebeneinander, um sich die Bilder gemeinsam anzuschauen.

»Da sind viele von Ralph und Avril. Aus den Ferien, wie es aussieht?«

»Ja, sie sind gern gereist. Italien, Frankreich und Spanien«, bestätigte Emily.

»Sie sehen so glücklich und zufrieden aus«, bemerkte Clarice. »Die Fotos mit Colin und Avril sind besonders schön.«

Emily nickte mit kummervoller Miene.

»Und da sind auch viele von deinen Urgroßeltern.«

»Wie es scheint, haben James und Elizabeth sich gern fotografieren lassen.« Emily legte den Finger auf ein Gruppenfoto. »Das mag ich besonders. Grandpa hat mir erzählt, es wäre das letzte Foto mit Beth – da muss sie fünf oder sechs gewesen sein.«

Als sie genauer hinsah, erkannte Clarice ein kleines, hübsches Kind mit runtergerutschten Socken; ein Mädchen mit einem Schopf goldener Locken, in denen ein schief sitzendes Band hing.

»Grandpa hat gesagt, sie war ein richtiger Wildfang. Ist auf Bäume geklettert und so. Sie wollte Thunder reiten, den Hengst ihres Vaters, nicht nur Tuppence, ihren kleinen Apfelschimmel, aber man sagte ihr, er sei zu groß.« Emily lächelte bekümmert. »Ihre Socken hängen immer halb unten, und das Haarband sitzt stets schief.«

»Ein Mädchen ganz nach meinem Herzen.« Clarice nickte. »Ich habe diese Bänder gehasst. Und alles, was pinkfarben war.« Ihr Blick wanderte zu Ernestine, die mit makellos sitzender Schleife im Haar dastand, die Füße parallel, die Hände vor dem Körper gefaltet. »Ernestine ist das Gegenteil. Die Schwestern sehen sich enorm ähnlich. Beide sind unglaublich hübsch, aber Ernestine ist so sittsam, geradezu perfekt. Da muss sie neun oder zehn sein.«

»Sie war zehn, als Beth gestorben ist. Grandpa sagte, sie wäre am Boden zerstört gewesen, als das passierte.«

»Verständlich, aber bei der damals viel höheren Kindersterblichkeit musste es für Kinder normaler gewesen sein, über den Tod eines Geschwisterchens hinwegzukommen, selbst wenn es unter so schrecklichen Umständen sterben musste.«

»Ja, vermutlich.« Emily sah sich erneut das Foto an. »Beth war nicht gleich tot; sie ist erst am nächsten Tag an ihren Verletzungen gestorben, nachdem Thunder auf ihr herumgetrampelt hatte. Sie war absolut furchtlos und ist einfach mit einem Apfel oder einer Karotte in den Stall gegangen.«

»Armes Kind«, sagte Clarice. »Aber wenn sie öfter mit Äpfeln und Karotten in den Stall gegangen ist, dann hätte der Hengst an sie gewöhnt sein müssen. Ich frage mich, warum er bei dieser Gelegenheit so schlimm reagiert hat.«

»Grandpa hat Dad erzählt, das Pferd wäre krank gewesen – jedenfalls nicht auf dem Posten. Er hätte beide Mädchen gewarnt, sie sollten nicht in seine Nähe gehen. Das war ein schwerer Schlag für die ganze Familie. Grandpa sagte, obwohl er sich manchmal über Beth geärgert habe, hätte er doch ihr Temperament bewundert. Er meinte, sie wäre ihm am ähnlichsten gewesen.«

»Daddys Liebling?«, fragte Clarice.

»Anscheinend.«

»Einzelkind zu sein, hat gewisse Vorzüge. Man weiß immer, wer der Favorit ist.«

»Auf jeden Fall«, stimmte Emily zu und blätterte um. »Jetzt kommen die Fotos von Ralph und Avril zusammen mit ihren Müttern.«

»Sie sind wirklich ein hübsches Paar gewesen.« Clarice sah sich die junge Avril, und dann den jungen Ralph an. Die beiden wurden von zwei älteren Frauen flankiert. »Das ist Elizabeth, Ralphs Mutter, also muss die auf dieser Seite Avrils Mutter sein, richtig?«

»Ja, das ist Helen. Sie hatten sich gerade verlobt, als dieses Foto gemacht wurde. Leider sind beide Väter gestorben, ehe sie geheiratet haben.«

»Der Schmuck ist wundervoll. Damals wussten die Leute, wie man Eindruck schindet – wenn man das Geld dazu hatte. Ralphs Mutter war anscheinend ein großer Perlenfan – sie trägt sie auf allen Fotos – und Helen trägt etwas, das aussieht wie Gagat.«

»Ja«, stimmte Emily zu, »aber Helen hat auch Diamanten geliebt. Sie trägt sie nicht auf diesem Foto, aber auf den Hochzeitsbildern schon.«

»Hast du ihren Schmuck geerbt?« Clarice war es peinlich, diese Frage zu stellen.

»Ich habe eine Diamantbrosche, die Avril gehört hat. Aber Dad meinte, die Diamantkette, die sie an ihrem Hochzeitstag getragen hat, muss sie mitgenommen haben, als sie gegangen ist.«

»Verständlich«, sagte Clarice.

Emily runzelte die Stirn. »Sie sind weg.« Sie hatte eine Seite weiter geblättert und starrte zwei freie Stellen an, wo die Fotos entfernt worden waren. »Wie sonderbar, dass ausgerechnet die beiden Fotos von der Hochzeit fehlen. Avril hat in ihrem Hochzeitskleid so strahlend ausgesehen.«

»Dein Großvater muss sie entfernt haben.«

»Ich kann mir nicht vorstellen, warum.« Langsam ging sie das Album noch einmal durch, ehe sie es mit einem verwirrten Seufzer zuklappte. »Sie sind tatsächlich nicht mehr da.«

Sie unterhielten sich noch eine halbe Stunde, und das Feuer brannte herunter, bis nur glimmende Asche übrig war, ehe Clarice vorschlug, zu Bett zu gehen.

»Wir müssen immer noch ins Bad, ohne jemanden aufzuwecken, und du hast morgen einen anstrengenden Tag vor dir.«

»Es ist schon fast halb elf«, sagte Emily beim Blick auf ihre Armbanduhr. »Spülen wir nur rasch die Gläser ab, und ich stelle Grandpas Brandy wieder weg.«

Clarice sah zu, wie Emily das Fotoalbum zusammen mit dem Brandy in der Anrichte verstaute.

Später, als sie im Schlafzimmer waren, bewunderten sie amüsiert die flauschigen Pyjamas der jeweils anderen.

»Ich hätte nicht gedacht, dass Sie so einen riesigen Schlafanzug haben.« Emily krümmte sich vor Lachen zusammen, ehe sie in ihr Bett krabbelte.

»Musst du gerade sagen. Deiner sieht wirklich kuschelig aus. Biberstoff?« Clarice empfand für einen Moment eine innere Wärme, hervorgerufen von Emilys spontanem Gelächter.

»Sie dürfen nicht vergessen, dass ich hier schon früher übernachtet habe. Es mag hier eine Menge schwere Decken geben …« Emily hob die dicke Daunendecke und eine Vielzahl von Wolldecken hoch, um ihre Worte zu unterstreichen, »… trotzdem werden Gesicht und Nase kalt.«

»Der Grund, warum dieser Schlafanzug so groß ist, ist, dass er Rick gehört«, erklärte Clarice und streckte die Arme aus. »Das einzige Mal, dass er ihn trug, war, als er über Nacht im Krankenhaus bleiben musste. Wir nennen ihn den Krankenhauspyjama. Ich selbst hatte nie einen.«

»Was machen Sie da?« Verdattert sah Emily zu, wie Clarice um das Bett herumging, einen Stuhl quer durch den Raum schleifte und dicht an die Tür stellte.

»Das ist nur für den Fall, dass uns jemand besuchen möchte«, sagte sie. »Es würde eine Menge Lärm machen, wenn jemand versucht, die Tür aufzudrücken, und der Stuhl davorsteht.«

»Sie denken doch nicht, dass jemand hier hereinkommt, während wir schlafen?« Emily zog sich schützend die Decke an die Brust.

»Nein, aber es kann ja nicht schaden, ein bisschen Vorsicht walten zu lassen.«

Clarice war erleichtert, dass Emily ihre Behauptung, der Stuhl sei nur eine ganz gewöhnliche Vorsichtsmaßnahme, hingenommen hatte, als sie wenige Minuten später im Dunkeln lag. Das Problem mit Lügen – oder dem Zurückhalten der Wahrheit über das, was vorher geschehen war – war, dass sie eine Kettenreaktion auslösten. Aber schließlich konnte sie der jungen Frau schlecht erklären, dass ihre Stiefmutter sie im Wald gestalkt hatte und womöglich beabsichtigte, sie beide in ihren Betten zu ermorden.

Kapitel 23

Als sie schon dachte, die Besorgnis, die in ihrem Kopf herumsurrte wie ein Schwarm wütender Wespen, würde es ihr nie gestatten, sich zu entspannen und zu schlafen, war Clarice plötzlich weg. Irgendwann schrak sie hoch. Sie brauchte ein paar Augenblicke, um sich zu erinnern, wo sie war; der Raum lag in tiefer Schwärze, und das einzige Geräusch war Emilys leises Schnarchen. Reglos lag sie da, lauschte und fragte sich, was sie geweckt haben mochte. Nach dem Vorfall im Wald spielte ihr, wie sie schließlich schlussfolgerte, ihre Vorstellungskraft wohl einen Streich. Sie drehte sich auf die Seite, kuschelte sich in die warme Tiefe des Betts und versuchte, wieder zur Ruhe zu kommen.

Das Geräusch, mit dem die Klinke gedrückt wurde, war so leise, sie hätte es vermutlich überhört, wäre sie nicht bereits hellwach gewesen. Dann folgte ein leises *Klick-klick-klick*, als die Tür gegen den Stuhl stieß, den sie als Hindernis dort aufgestellt hatte. Hatte dieses Geräusch sie auch geweckt? Auf jeden Fall brachte es die Erkenntnis mit sich, dass ihre Fantasie ihr doch keinen Streich gespielt hatte; jemand war an der Tür und versuchte, sich Zutritt zu verschaffen.

Leise stand sie auf, schnappte sich den Pullover, den sie zuvor getragen hatte, und zog ihn über das Pyjamaoberteil. Dann griff sie zu der langen Taschenlampe neben dem Bett. Das war zwar keine besonders geeignete Waffe, aber ein schneller Schlag mit der Lampe könnte einen Angreifer vielleicht dennoch abschrecken.

Leise ging sie zur Tür und blieb dort stehen. Die Stille des Hauses war lastend, bedrückend, und sie machte sie nervös. Emilys gleichmäßiges Schnarchen hielt an; die junge Frau schlief tief und fest und ahnte nicht, dass Clarice angestrengt auf weitere Geräusche lauschte. Nachdem sie eine gefühlte Ewigkeit gewartet hatte, hob sie vorsichtig den Stuhl an und stellte ihn von der Tür weg.

Sie ging hinaus und schaltete die Taschenlampe an, ließ den Lichtstrahl herumschweifen und musterte jede Oberfläche und jede Ecke. Es war niemand auf dem Flur. Auf einen Impuls hin schloss sie die Tür hinter sich und ging leise die Treppe hinunter. Unterwegs hielt sie auf jedem Absatz inne, und mit jedem Schritt stieg ihre innere Anspannung weiter an, festigte sich die Überzeugung, dass jemand, mutmaßlich außer Sichtweite, hinter ihr herschlich. Alle paar Sekunden blieb sie stehen und richtete den Lichtstrahl hinter sich. Auf dem Treppenabsatz, der zu den Schlafzimmern von Tessa, Dawn und Ernestine führte, verweilte sie etwas länger. Alles war friedlich und still.

Als sie die Treppe hinter sich ließ und auf den Steinboden der großen Halle trat, spürte sie die Eiseskälte unter ihren Fußsohlen. Häuser wie dieses waren bei Nacht selten vollends still; manchmal hörte man das sanfte Brummen der Zentralheizung oder des Kühlschranks, das Schnauben und Schnarchen schlafender Haustiere oder ein Klappern, wenn der Wind am Dach rüttelte. Doch hier gab es nichts von all dem. Sie erinnerte sich, dass Johnson die beiden Hunde am Abend mit in seine Wohnung über der Garage nahm und war erleichtert, dass Bens Gebell ihre nächtliche Wanderung nicht würde verraten können. Das Licht auf halbem Wege zur Tür, das am frühen Abend gebrannt hatte, war ausgeschaltet, und die Halle lag gänzlich in Finsternis. Clarice starrte die Mauer aus Schwärze vor ihr an und stellte sich vor, wer sie aus dem Dunkel heraus beobachten könnte: Johnson, Tessa oder irgendein abartiger Eindringling.

Eiligen Schritts durchquerte sie die Halle. Als würde sie die Dunkelheit in ihr Wesen aufnehmen, bildete sie sich unzählige Augen ein, die sie beobachteten, deren Blicke sich in ihren Rücken brannten. Wenige Momente später war sie in dem Korridor, der zu Ralphs Arbeitszimmer führte, und hielt die Taschenlampe nach vorn gerichtet, um zu sehen, wo sie hintrat.

Ihr schlechtes Gewissen machte sich bemerkbar, als sie den Privatbereich betrat. Was immer sie hier auch Interessantes finden könnte – sollte sie ertappt werden, würde ihre eigene Tat sie demütigen. Trotzdem ging sie weiter in den Raum hinein und richtete den Lichtstrahl auf die Bücherreihen. Sie deckten ab, was sie als Ralphs Interessen und Hobbys einstufte, darunter Bergwandern in Schottland, Moorhuhnjagd und das Sammeln von Porzellanobjekten, Möbeln und Schnupftabakdosen. In der Nähe des Schreibtischs blieb sie stehen, von den eigenen Gewissensbissen bezwungen. Sie würde nicht in die Schubladen schauen. Als sie einen Moment verweilte, kam ihr der Gedanke, dass Johnson das Licht ihrer Taschenlampe über die Einfahrt hinweg von seiner Wohnung aus sehen könnte. Sogleich senkte sie sie tiefer. Dabei erhaschte sie einen Blick auf zwei anscheinend unbeschriftete Bögen Papier auf dem Schreibtisch. Neugierig ergriff sie sie und drehte sie um. Zum Vorschein kamen die beiden Hochzeitsfotos, die im Familienalbum fehlten.

Sie studierte die Bilder, suchte nach etwas Brisantem, einem Grund, sie aus dem Album zu entfernen. Auf beiden stand Avril neben einem jungen Ralph, und beider Mienen strahlten Freude aus. Auf dem ersten wurde das frisch verheiratete Paar von ihren Müttern Elizabeth und Helen flankiert. Avril trug ein wunderschönes Hochzeitskleid aus weißer Seide mit einem Brokatleibchen, und Ralph, der einen Kopf größer und ein ausgesprochen stattlicher Bräutigam war, hielt ihre Hand. Elizabeth trug wie auch auf den Fotos, die Clarice zuvor gesehen hatte, eine Perlenkette, diese war dreireihig und zusätzlich mit großen, gleichmäßig geformten Edelsteinen ausgestattet. Helen trug einen enganliegenden Halsschmuck aus einzelnen Diamanten im Rosenschliff.

In Gedanken kehrte sie zurück zu Colins Vorher-nach-her-Liste. Perlen und Diamanten tauchten in beiden auf. Die schienen im Haushalt der Compton-Smythe vergangener und heutiger Generationen dazuzugehören. Ernestines Halskette kombinierte Diamanten und Perlen. Tessa hatte vorhin eine Kette aus großen Zuchtperlen getragen. Und Emily hatte eine Diamantbrosche ihrer Großmutter geerbt. Clarice richtete die Taschenlampe auf das Foto: Weder Emilys Großmutter noch ihre Urgroßmutter trugen diese Brosche am Hochzeitstag.

Auf dem zweiten Foto stand wieder das Paar im Zentrum, umgeben von Freunden und Angehörigen. Ernestine war leicht zu erkennen, sie war schlicht eine jüngere Version der Porzellanpuppe; sie hatte sich wenig verändert und war immer noch perfekt herausgeputzt. Dann waren da noch vier junge Männer und drei junge Frauen. Etwas an einer der Frauen, die teilweise im Hintergrund verborgen war, kam Clarice bekannt vor; sie war schlank, hatte das Haar hochgesteckt und trug ein ärmelloses blaues Kleid. Das hätte

Dawn sein können. Clarice betrachtete das Foto eingehender und stellte fest, dass sie eine junge Tessa vor sich sah.

Ehe sie ging, legte sie die Fotos wieder mit der Bildseite nach unten auf den Schreibtisch. Zurück in der großen Halle blieb sie mit dem Fuß auf der untersten Treppenstufe stehen und starrte in die sie umgebende Schwärze. Dann überlegte sie es sich abrupt anders und hastete durch die Halle zu dem zweiten Korridor. Die Küche lag im Mondschein. Clarice schaltete die Taschenlampe aus und ging zum Fenster, dort blieb sie stehen und blickte hinaus.

Sie dachte nach. Es war sonderbar, dass Ralph diese beiden Aufnahmen entfernt hatte; ihm musste klar gewesen sein, dass seine Enkelin ihr die Fotos zeigen wollte. Offenbar hatte Emily Tessa auf dem zweiten Bild nicht erkannt – sie hatte sie jedenfalls nicht erwähnt. War es das, was Ralph vor Clarice hatte verbergen wollen? Nach der Konfrontation im Schlafzimmer hatte Tessa ihm bestimmt gesagt, dass Clarice wusste, dass er sie schon vor Avril gekannt hatte.

Sie zappelte mit den Zehen und stellte fest, dass ihre Füße inzwischen unerträglich kalt waren, also beschloss sie, ins Schlafzimmer zurückzukehren. Doch gerade, als sie sich umdrehte, erregte eine Bewegung im Garten ihre Aufmerksamkeit. Hastig entfernte sie sich vom Fenster, um selbst nicht gesehen zu werden, und beobachtete, wie eine Gestalt sich gemächlich zwischen den Bäumen bewegte. Aus der Ferne konnte sie nicht erkennen, ob es ein Mann oder eine Frau war, also wartete sie regungslos darauf, dass die Gestalt aus dem Gehölz trat. Sie wartete vergeblich. Wer immer dort war, schien einfach in der Deckung der Bäume mit der Dunkelheit verschmolzen zu sein.

Ihr fiel ein, dass man das Gebäude im Wald ungesehen umrunden konnte, und sie überlegte, ob die Person vielleicht an einer anderen Stelle herauskommen und zum Haus gehen würde. Aber warum sollte überhaupt jemand mitten in der Nacht dort draußen sein? Die Küchenuhr verriet, dass es zehn nach zwei war; nicht einmal Johnson dürfte um diese Zeit noch auf sein. Sollte sie Alarm schlagen und Ralph aus dem Bett holen? Und wenn sie das tat, wie sollte sie dann ihre Anwesenheit im Erdgeschoss um zwei Uhr morgens erklären?

Sie tat einen Schritt zurück, als sie plötzlich die Gegenwart einer anderen Person ganz in der Nähe spürte; und sie erstarrte, als warme Finger sie berührten und sich auf ihre Schulter legten. Ihre Brust zog sich vor Entsetzen zusammen, Panik überwältigte sie, und sie wirbelte herum und hob die Taschenlampe, um sie als Waffe zu verwenden.

»Pst.« Dawn stand vor ihr und legte einen Finger an die Lippen, um sie vom Schreien abzuhalten. »Ich bin's nur. Haben Sie ihn gesehen?« Ihre Stimme klang ängstlich.

»Ich habe eine Bewegung zwischen den Bäumen gesehen.« Clarice drehte sich wieder um und blickte zum Fenster hinaus.

»Das ist Ian Belling. Er ist schon seit mindestens zwanzig Minuten dort. Ich habe ihn von meinem Schlafzimmerfenster aus entdeckt. Sind Sie deswegen runtergekommen?«

»Ich hatte mich gefragt, wer da ist«, wich Clarice aus, nicht bereit, den wahren Grund für ihre Gegenwart zu offenbaren. »Kann er ins Haus eindringen?«

»Bisher hat er das noch nicht fertiggebracht.« Dawn folgte Clarices Blick. »Aber er kennt sich hier gut aus. Als wir offiziell ein Paar waren, hat er hier bei mir gewohnt. Aber als er nach der Trennung angefangen hat, mich zu stalken, hat Johnson die Schlösser ausgetauscht, um es ihm schwerer zu machen, hier einzudringen.«

Sie flüsterten beide. Clarice betrachtete Dawns dicken Frotteemorgenmantel und die passenden, flauschigen Hausschuhe und stellte neidisch fest, dass ihre Füße angenehm warm sein dürften.

Plötzlich packte Dawn, die immer noch aus dem Fenster sah, Clarices Arm und bohrte ihr dabei die Fingernägel durch den Ärmel des dicken Pullovers so kraftvoll in die Haut, dass sie zusammenzuckte. Dawns Gesichtsausdruck hatte sich verändert, ihre Züge waren vor Panik verzerrt, während sie weiter über Clarices Schulter nach draußen starrte. Die drehte sich um und sah ein Gesicht vor der Glasscheibe; dunkle Augen, die starren Blicks zu ihnen hereinschauten. Ein unscheinbar aussehender Mann in den Vierzigern drehte seinen Kopf am Glas mal hier-, mal dorthin und versuchte, etwas im Inneren zu erkennen. Clarice legte den Arm um Dawn, um sie still und leise weiter in den Schatten zu schieben. Sie fühlte das angstvolle Zittern, das durch den Körper der Frau rann, und begriff, dass sie trotz all ihrer vorangegangenen Beteuerungen, sie würde sich von Belling nicht verunsichern lassen, furchtbare Angst vor ihm hatte.

»So weit hinten kann er uns nicht sehen«, flüsterte sie. »Nicht bewegen!«

Dawn nickte.

Still standen sie da und sahen zu, wie Belling langsam von einem Fenster zum anderen ging. Als er schließlich außer Sicht verschwand, verweilten sie immer noch mehrere Minuten an Ort und Stelle, ehe sich Clarice von Dawn entfernte.

»Wollen Sie wieder zurück in Ihr Zimmer?«, fragte sie. »Ich kann Sie nach oben begleiten.«

»Noch nicht. Ich werde jetzt sowieso nicht schlafen können. Kommen Sie doch mit ins Wohnzimmer. Die Vorhänge dürften zugezogen sein, und sie sind blickdicht. Er kann nicht hineinsehen.«

Im Wohnzimmer schaltete Dawn eine kleine Tischlampe an, kniete sich vor den Kamin und stocherte mit einem großen Schürhaken in den Überresten des Feuers herum, bis in der Asche ein wenig Rot aufglomm. Schaudernd vor Kälte brach sie ein paar Zweige aus dem Holzkorb in kleine Stücke. Clarice nahm an, dass das Wiederanzünden des Feuers vor allem der Ablenkung von dem diente, was gerade passiert war.

Im Vorübergehen nahm Dawn die Decke, die auf der Armlehne des Sessels ihres Vaters gelegen hatte, und reichte sie Clarice. »Wickeln Sie sich die um Beine und Füße«, sagte sie. »Ich bin die Kälte in diesem Haus gewohnt.«

»Wir sollten Johnson oder Ihren Vater informieren«, schlug Clarice vor, als Dawn Holzscheite auf die aufflammenden Zweige legte. »Sie werden sicher die Polizei kontaktieren.«

»Zwei alte Männer aufwecken? Ich glaube nicht, dass das eine gute Idee ist.« Abwehrend zuckte Dawn mit den Schultern. »Wir haben morgen alle einen langen Tag vor uns mit der Beerdigung und dem ganzen Drumherum.«

Clarice nickte.

»Ich finde, Dad hat genug Stress durch Colins Tod, auch ohne dass ich noch dazu beitrage.« Dawn war mit dem Feuer fertig und ging zur Anrichte. »Ich weiß, wo er seinen Brandyvorrat versteckt«, fügte sie hinzu, holte die Flasche heraus und griff dann zu zwei Gläsern.

Innerlich musste Clarice lächeln. Wo Ralph seinen Brandy versteckte, war offensichtlich kein besonders wohlgehütetes Geheimnis.

Dawn schenkte großzügig ein und reichte Clarice ein Glas.

»Was macht ihr zwei hier unten?« Plötzlich stand Emily in der Tür, und der Lichtschein ihrer Taschenlampe hüpfte über die Zimmerdecke. Ärger und Überraschung lagen in ihrer Stimme. Wie Clarice hatte auch sie einen dicken Pullover über ihren Pyjama gezogen. »Ich bin aufgewacht, und Sie waren weg, da habe ich mir Sorgen gemacht.«

Hat sie sich Sorgen darüber gemacht, dass sie sich mit dem Feind verbrüdern könnte?, überlegte Clarice. »Es macht Ihnen doch nichts aus, wenn ich ihr erzähle, was passiert ist?«, wandte sie sich an Dawn.

»Wir haben beide Ian Belling gesehen«, sagte Dawn daraufhin.

»Ich konnte nicht schlafen«, log Clarice. »Und als ich aus dem Fenster geguckt habe, da habe ich jemanden im Wald gesehen, also bin ich runtergegangen, um zum Küchenfenster hinauszusehen.«

»Dawn, du *musst* Grandpa wecken und ihn dazu bringen, die Polizei zu rufen«, drängte Emily. Noch während sie sprach, gab Dawn ihr ein Glas Brandy und kehrte zur Anrichte zurück, um sich ein neues Glas einzuschenken. Clarice und Emily sahen ihr schweigend zu.

Sie setzten sich einander gegenüber, Emily und Clarice auf der Chaiselongue, Dawn in den Sessel ihres Vaters. Nach einer Weile fing Dawn endlich zu reden an.

»So ungern ich es zugebe, aber das ist mein übliches nächtliches Ritual.« Ihre Stimme klang flach, emotionslos, und sie hielt den Blick zu Boden gerichtet. »Nach der Trennung von Ian, als ich ihn das erste Mal draußen herumlaufen gesehen habe, da habe ich es Dad und Johnson gesagt, und sie haben die Polizei gerufen. Aber …«

»Bis die da war, war er weg.« Clarice hatte sich denken können, wie diese Geschichte endete.

»Richtig.« Dawn nippte an ihrem Brandy. »Für einen Streifenwagen mit seinen grellen Leuchten ist es nicht einfach, durch den Wald zu kriechen und jemanden zu überraschen. Ian war auf der Hut, als er sie kommen sah. Die Polizei hat sogar zwei Officers abgestellt, die sich im Haus versteckt haben. So ist es mehrmals gelaufen. Ich weiß nicht, woher er es wusste, aber wenn sie hier waren, ist er nie aufgetaucht.«

»Und Sie haben eine einstweilige Verfügung erwirkt?«, fragte Clarice.

»Ja, und eine Weile schien das zu helfen. Er schleicht auch nicht jede Nacht ums Haus. Da gibt es kein festes Muster.«

»Aber er tut es oft genug, damit Sie nachts keine Ruhe finden und den Garten kontrollieren müssen«, konstatierte Clarice.

Dawn nickte, den Blick immer noch zu Boden gerichtet.

»Das ist furchtbar.« Emily war schockiert. »Bösartiger Mistkerl ... er sollte damit nicht durchkommen.«

»Es war meine eigene Schuld. Ich hatte eine Affäre mit dem Mann meiner besten Freundin. Das ist so verabscheuungswürdig; ich muss verrückt gewesen sein.« Ein trauriges Lächeln erschien auf Dawns Lippen. »Ich habe ihre Ehe zerstört, und dann, nach ein paar Monaten, habe ich ihn abserviert.«

»Das ist, als würde man einer Frau, die vergewaltigt wurde, die Schuld daran in die Schuhe schieben – weil sie einen kurzen Rock oder eine tief ausgeschnittene Bluse getragen hat«, sagte Emily scharf. »Ja, was du deiner Freundin angetan hast, war scheiße, aber an der Affäre waren zwei Personen beteiligt. Er war derjenige, der seine Frau betrogen hat. Und die Beziehung zwischen dir und Ian hat nicht funktioniert; der Typ muss sich zusammenreißen und weiterziehen.«

»Genau mein Gedanke.« Dawn hob ihr Glas, und Emily folgte ihrem Beispiel.

»Warum lasst ihr die Hunde nicht im Haus?«, fragte Emily. »Ben würde einen tollen Wachhund abgeben; der würde dich alarmieren, wenn jemand einbrechen will.«

»Das haben wir auch versucht, aber wir können sie nicht voneinander trennen, und Floss ist vollkommen taub, während Ben alles und nichts verbellt.« Dawn lächelte sanft. »Sie sind daran gewöhnt, die Nacht in ihrem Körbchen in Johnsons Wohnung zu verbringen. Morgens macht er den ersten Spaziergang mit ihnen und füttert sie.«

»Floss ist eine alte Dame«, stimmte Clarice zu. »Für sie wäre eine Veränderung ihres Alltags nach fünfzehn Jahren sehr verwirrend.«

»Aber irgendetwas musst du doch tun können«, rief Emily erbittert.

Dawn beugte sich vor und tätschelte ihr Knie. »Schon gut. Ich habe mehr Geduld als er. Irgendwann geht ihm die Puste aus, und ...«

Sie warteten.

»Dad ist, wie du weißt, ein notorischer Geizhals«, sagte Dawn und sah dabei Emily an. »Mum hat ihn immerzu genervt, dass wir Sicherheitskameras installieren sollten, aber weil das Haus so groß ist, haben die Kosten ihm die Tränen in die Augen getrieben.«

»Und dann?«, fragte Emily.

»Nach monatelanger Recherche hat Johnson eine Firma gefunden, die so etwas macht und einen Preis fordert, den Dad akzeptabel findet. Sie kommen nächste Woche und installieren die Kameras.«

»Großartig«, sagte Emily.

»Womit verdient er seinen Lebensunterhalt?«, fragte Clarice. »Ian Belling, meine ich.«

»Er hatte mal ein Immobilienbüro, aber das ist pleitegegangen.«

»Das überrascht mich nicht, wenn er seine Energie dafür verschwendet, die halbe Nacht hier herumzulaufen«, bemerkte Clarice. »Und ich nehme an, er gibt Ihnen die Schuld. Ich bezweifle, dass er zugeben wird, dass seine Aktionen die Pleite verursacht haben.«

»Sie haben's erfasst.« Eine Weile starrte Dawn nachdenklich in ihr Glas. »Wir sollten alle wieder ins Bett gehen; ich weiß nicht, wie spät es ist, aber wir müssen in ein paar Stunden zu Colins Beerdigung.«

»Nur eines noch«, sinnierte Clarice. »Ich weiß, nächste Woche werden die Kameras installiert, aber haben Ihr Dad oder Johnson Belling nie gesehen?«

»Ian ist clever. Vergessen Sie nicht, er hat ein paar Monate lang hier mit mir gewohnt. Er weiß, dass meine Mutter feste Gewohnheiten hat wie Spaziergänge zu bestimmten Zeiten und dass Dad halbblind ist.« Dawn dachte kurz nach. »Johnson hat gesagt, er hätte ihn ein paarmal aus der Ferne gesehen. Das hat er auch gegenüber der Polizei ausgesagt, aber wegen der großen Entfernung können sie ihn als Zeugen nicht brauchen. Es hieße immer noch mein Wort gegen Ians.«

»Aber ich habe ihn aus der Nähe gesehen. Ich würde ihn wiedererkennen, ganz ohne Zweifel«, sagte Clarice.

Dawn wurde sofort wieder munter. »Würden Sie für mich eine Aussage bei der Polizei machen?«

»Ja, natürlich.«

»Vielen Dank.« Dawns Hände flogen an ihr Gesicht, das

plötzlich voller Hoffnung war. »Ich kann Ihnen gar nicht sagen, wie viel mir das bedeuten würde. Die Polizei wird den Verstoß gegen die einstweilige Verfügung nicht auf die leichte Schulter nehmen.«

»Ja!« Emily boxte triumphierend in die Luft.

»Ich bin so froh, dass du Clarice mitgebracht hast, Emily«, sagte Dawn.

»Ich auch.« Emily zwinkerte Clarice zu.

Dawn lächelte aufmunternd und sagte mit warmer Stimme: »Erzähl mir von deinem Dad in der Zeit, als du aufgewachsen bist, von dem großen Bruder, den ich nie gekannt habe.«

Das Bett war vorerst vergessen. Emily kauerte sich vor den Kamin und erzählte ihnen Geschichten aus ihrer Kindheit, berichtete von Orten, die sie besucht und lustigen Dingen, die sie mit ihrem Dad getan hatte. Obwohl er im Laufe der Jahre Selbstvertrauen gewonnen hatte, blieb er ein zurückhaltender Mensch. Clarice erfuhr von einem Colin, den sie bisher nicht gekannt hatte, dem Colin, der Emily das Schwimmen oder das Radfahren beibrachte. Der ihr, als sie mit fünfzehn bei einer Freundin zu einer Party eingeladen, aber zu schüchtern zum Tanzen gewesen war, seine Altherrentanzkünste vorführte.

»Es war so furchtbar peinlich, aber auch wahnsinnig witzig.« Emily lachte.

»Genau das Richtige, um ihn zu necken.« Ein schelmisches Funkeln trat in Dawns Augen.

»Und wie – ich habe ihn das nie vergessen lassen.« Sie sah wehmütig aus, als wäre ein Teil von ihr zu jenem Tag zurückgekehrt und würde ihrem Vater beim Tanzen zusehen.

Clarices Gedanken schlugen einen irrationalen Bogen zu ihrer Vorgehensweise, wenn sie eine neue Katze in einen Mehrkatzenhaushalt einführte. Den Neuankömmling pflegte sie ein paar Tage in einem separaten Raum unterzubringen. Sie streichelte Schnurrhaare und Gesicht aller Katzen, damit sich die Gerüche, die ihre Drüsen absonderten, miteinander vermischten; aus demselben Grund wechselte sie täglich die Decken. Als sie nun diese beiden Frauen betrachtete, vorgebeugt und in ein lebhaftes Gespräch vertieft, staunte Clarice, wie schnell die zwei plötzlich einen Draht zueinander gefunden hatten. Die Wunden aus jahrelanger Animosität schienen erste Anzeichen für eine Heilung zu zeigen. Ralph wäre entzückt, Tessa jedoch eher nicht, vermutete sie.

»Können wir bis nach der Beerdigung warten, ehe wir Dad von Ian erzählen?«, fragte Dawn. »Das würde es nur ein paar Stunden hinauszögern. Aber alle stehen unter Stress, besonders Mum. Ich würde lieber nichts davon erzählen, bis der Leichenschmaus vorbei ist und alle Gäste gegangen sind.«

»Kein Problem«, stimmte Clarice zu.

»Soll ich die spülen?« Emily musterte die Gläser.

»Nein, wir machen besser kein Licht in der Küche«, warnte Dawn. »Sollte Ian noch da draußen sein, würde das nur seine Aufmerksamkeit wecken. Lass sie einfach auf der Anrichte. Wer von uns morgen als Erste unten ist, kann sie dann abspülen.«

Geleitet vom Licht ihrer Taschenlampen gingen die drei gemeinsam zurück zur Treppe. Als sie Dawns Etage erreicht hatten, winkte sie ihnen kurz zu und verschwand in dem Korridor zu ihrem Schlafzimmer.

Wieder in ihrem gemeinsamen Zimmer, stellte Clarice den Stuhl erneut an die Tür, ehe sie ins Bett kroch.

»Ich glaube nicht, dass Sie sich jetzt noch die Mühe mit

dem Stuhl machen müssen.« Emily gähnte. »Wir haben ihn vorhin ja auch nicht gebraucht; niemand hat versucht, hereinzukommen.«

Eine halbe Stunde später, zu einer fötalen Haltung zusammengerollt, lauschte Clarice erneut auf Emilys regelmäßiges Schnarchen. Das Bild von dem Gesicht am Küchenfenster hatte sich in ihrem Kopf festgesetzt. So ein gewöhnliches Gesicht, gemessen an der bösen Absicht, und es war mehr als wahrscheinlich, dass er auch die Person war, die sie zuvor im Wald verfolgt hatte.

Die letzte Erinnerung, ehe sie einschlief, betraf Tessas verächtliche Miene, als sie am Mittagstisch über Colin gesprochen und dabei Emily direkt angestarrt hatte. *Er war so ein stumpfsinniger kleiner Mann – stumpfsinnig, einfach verdammt stumpfsinnig.* Die Worte liefen in Endlosschleife in ihrem Kopf, begleitet von der Erinnerung an das *Klick-klick-klick* des Stuhls, als die Schlafzimmertür leise dagegen prallte.

Kapitel 24

Licht kroch durch die Vorhänge, als Clarice mit dem Gedanken an das, was am Abend zuvor im Wald geschehen war, erwachte. Sie schloss die Augen und ging in Gedanken jede Kleinigkeit durch, inklusive ihrer Dummheit, sich im Dunkeln so weit vom Haus entfernt zu haben. Das Bild von dem Kapuzenkopf des Verfolgers über dem verschwommenen Körper vereinte sich mit dem Gesicht am Küchenfenster. War Belling der Verfolger im Wald gewesen? Die Diskussion mit Dawn in den frühen Morgenstunden hatte sie überzeugt, dass er zumindest ein guter Kandidat war.

Leise stand sie auf. Die knarrenden Bodendielen fühlten sich kalt an unter ihren nackten Füßen. Für einen Moment stellte sie sich vor, wie Avril vor über fünfzig Jahren das Gleiche getan hatte, und der Gedanke brachte sie unausweichlich zurück zu Colin und seiner Bestattung. Sie lugte am Rand der Vorhänge zum Fenster hinaus und sah einen hellen, blauen Himmel. Sonnenlicht sickerte herab, und am Horizont hing ein langer Streifen grauer Wolken. Alles in allem ein Anblick, der es unmöglich machte, die Wahrscheinlichkeit abzuschätzen, dass es regnen würde.

Johnson ging auf das Haus zu. Er war gut eingepackt, trug einen dunklen Schal über dem Jackenkragen, und seine

Hände steckten in schwarzen Handschuhen. Seine Haltung war aufrecht wie eh und je, die Züge seines pockennarbigen Gesichts starr; sie konnte sich nicht vorstellen, dass er je eine bucklige Haltung einnehmen könnte, nicht einmal, wenn er allein war. Flüchtig fragte sie sich, ob er je lächelte.

Emily hatte sich im nächsten Bett so tief unter ihrer Decke verkrochen, dass nur noch ein paar zerzauste Haare zu sehen waren; ein Anblick, der Clarice an ein kleines, braunes Kaninchen erinnerte, das halb in seinem Bau verschwunden war.

Es war kurz nach sieben, als sie ihr Necessaire nahm und ins Bad ging, und als sie zwanzig Minuten später zurückkehrte, war auch Emily aufgestanden.

»Sie sind mir zuvorgekommen.« Mit verdrießlicher Miene schob sich die junge Frau an Clarice vorbei, um ihrerseits das Bad aufzusuchen.

Während Clarice fertig angezogen darauf wartete, dass Emily zurückkam und sie beide zum Frühstück hinuntergehen konnten, beschloss sie, Rick eine Nachricht zu schreiben. Aber ihr Telefon, das eigentlich in ihrer Hosentasche hätte sein sollen, war verschwunden. Für einen Moment stieg Panik in ihr auf. Ihr fiel ein, dass sie es zum letzten Mal im Wald benutzt hatte, um Rick anzurufen. Vermutlich war es ihr aus der Tasche geglitten, als sie gefallen war und die Taschenlampe verloren hatte.

»Alles in Ordnung?«, fragte sie, als Emily zurückkam.

»Nicht wirklich. Mir graust schon die ganze Zeit vor diesem Tag.«

Auf dem Weg nach unten einigten sie sich darauf, nach dem Frühstück einen Spaziergang zu machen und dabei auch gleich nach dem verlorenen Handy Ausschau zu halten. »Ich rufe Ihre Nummer mit meinem Telefon an, dann können wir dem Geräusch folgen«, schlug Emily vor.

Am Fuß der Treppe trafen sie auf Johnson.

»Guten Morgen, Emily und Mrs Beech«, sagte er in höflich-formellem Ton. »Ich hoffe, Sie haben gut geschlafen.«

»Ja, danke« Clarice Antwort war ein Echo von Emilys.

»Mrs Fuller bereitet das Frühstück vor.« Mit einem Nicken deutete er in Richtung Küche. »Sie und ihre Schwester werden heute hierbleiben und aushelfen.«

Während sie Emily folgte, dachte Clarice über Johnsons Selbstbeherrschung nach; es gab wohl wenig, was diesen Mann zu erschüttern vermochte.

»Wollen wir jetzt spazieren gehen?«, fragte Emily, nachdem sie Eier und Toast verspeist hatten.

»Auf jeden Fall«, sagte Clarice. »Es wird uns guttun, ein bisschen rauszukommen.«

»Wo sollen wir nach dem Telefon suchen?«

»Ich habe Rick angerufen, als ich in der Nähe des Brunnens war, also muss es auf dem Weg von dort zurück zum Haus sein. Ich könnte aber vom Weg abgekommen sein – es war ein bisschen neblig.«

»Da sind Sie ziemlich weit gegangen. Ich hatte angenommen, Sie würden höchstens bis zur Scheune gehen.«

»Das war ein Fehler«, sagte Clarice verlegen. »Gehen wir zum Brunnen und von dort aus zurück. Wir haben noch eine Weile Zeit, ehe wir zur Beerdigung aufbrechen müssen.«

Clarice fiel auf, dass Emily sich bei der Erwähnung der Beerdigung abgewandt hatte.

»Das wird ein schwerer Tag für dich«, sagte sie im Gehen.

»Allerdings. Seinen Vater beerdigt man nur einmal im Leben.« Sie klang verbittert. »Ich hatte nie damit gerechnet, dass er mich so verlassen könnte – so plötzlich.«

Während sie denselben Weg gingen wie Clarice am

Abend zuvor, stellte sie fest, wie anders sich der Wald im Morgenlicht anfühlte, verglichen mit der Furcht, die sie in Nebel und Finsternis empfunden hatte.

Erst als sie die alten Ställe hinter sich gelassen hatten, meldete Emily sich wieder zu Wort.

»Tut mir leid, dass ich so mürrisch bin, Clarice.«

»Mach dir keine Gedanken.« Clarice ging langsamer. »Heute werden gemischte Gefühle wohl an der Tagesordnung sein.«

»Trotzdem sollte ich Ihnen gegenüber nicht so griesgrämig sein. Sie haben mich an diesen toxischen Ort begleitet, und Sie waren meinem Dad so eine gute Freundin.« Emily wischte sich das Gesicht mit dem Handrücken ab.

»Ich bin auch deinetwegen hier, nicht nur wegen Colin. Du bist auch eine Freundin für mich.« Sanft legte Clarice die Hand auf Emilys Arm.

»Ja, so empfinde ich es auch.« Danach sagte Emily nichts mehr, bis sie die Lichtung mit dem Brunnen betraten.

Bei Tageslicht konnte Clarice die Risse im Mauerwerk und den Efeubewuchs auf einer Seite sehen. Das Ausmaß des Verfalls zeigte deutlich, dass der Brunnen schon seit vielen Jahren nicht mehr in Gebrauch war. Und die Weide war beeindruckender als sie am Vorabend erkannt hatte. Bei dieser Größe mussten ihre Wurzeln dem nahen Brunnen sämtliches Wasser entziehen.

»Kommen Sie hier rüber.« Emily ging zum hinteren Ende des Tierfriedhofs und zeigte auf zwei kleine Grabsteine.

»Dana, achtzehn-neunzig bis neunzehnhundertdrei, und Preeda, achtzehn-neunzig bis neunzehnhundertfünf«, las Clarice auf den verwitterten Gedenksteinen.

»Ich habe Ihnen doch erzählt, dass der britische Konsul in Bangkok das erste Siamkatzenpaar achtzehn-vierundachtzig als Geschenk für seine Schwester nach England gebracht hat; Dana und Preeda waren direkte Nachfahren dieses Paars.«

»Und sie haben passende thailändische Namen erhalten.« Clarice nickte. »Heute ist das eine sehr beliebte Rasse.«

»Sie sind schnell in Mode gekommen, so schnell, dass schon neunzehnhundertsechs ein Siam-Halter-Club gegründet wurde.«

»Wie lange das alles her ist …«, sagte Clarice und blickte zu dem robusten Holzverschlag am Ende der Gräberreihe. »Wofür wird der Schuppen genutzt? Letzte Nacht ist er mir bei all dem Nebel gar nicht aufgefallen.«

»Da bewahrt der Gärtner seine Spaten auf und das übrige Zeug, das er nicht aus den alten Ställen herschleppen will«, antwortete Emily.

Clarice nickte und schlenderte an den Grabsteinen entlang. Die Compton-Smythes hatten einige Namen mehrfach benutzt. Sie sah zwei Sams und vier Bens.

»Hier liegen die Labradore. Sowohl mein Großvater als auch mein Urgroßvater haben sie immer paarweise gehalten – den aktuellen Ben haben Sie ja kennengelernt.« Emily grinste, und ihr ganzes Gesicht hellte sich auf.

»Haben Sie auch alle kleine Särge bekommen – so wie Menschen?«, fragte Clarice.

»Liebe Güte, nein. Ich habe keine Ahnung, wie die Urgroßeltern das gemacht haben, aber Grandpa wickelt das tote Tier in eine alte Decke, immer die Lieblingsdecke aus dem Korb des Hundes oder der Katze. Der Gedanke dahinter ist, dass sie zur Natur zurückkehren – dass sie im Lauf der Zeit selbst Teil der Erde sein werden.«

»Und was ist mit dem Risiko, dass sie von Füchsen oder anderen Tieren ausgegraben werden?«

»Der Gärtner gräbt immer ein tiefes Loch. Und wenn es wieder gefüllt wird, legt Grandpa eine Schicht zerbrochener Ziegel auf das Grab und darüber noch mehr Erde – der Fuchs, der da noch drankommt, müsste schon ein vierbeiniger Houdini sein.«

»Ich glaube, Houdini hat seine Fähigkeiten zum Ausbrechen benutzt, nicht zum Einbrechen, aber ich verstehe, was du sagen willst.« Clarice lachte. »Dein Grandpa hat jedem Aspekt dieser Begräbnisse eine Menge Aufmerksamkeit gewidmet.« Sie beendeten den Gang um die Grabsteine. »Ich schätze, wir sollten allmählich zurückgehen; es könnte eine Weile dauern, das Telefon zu finden.«

»Es ist noch früh.« Emily sah auf ihre Uhr, als hoffte sie, die Rückkehr noch ein bisschen aufschieben zu können.

Clarice sah sie an und musste wieder an einen zierlichen, spindeldürren Whippet denken. Einen, der vor lauter Furcht am liebsten weglaufen und sich verstecken würde.

Emily zog die Schultern hoch. »Aber Sie haben recht.« Sie holte ihr Telefon hervor. »Ich gehe ein Stück hinter Ihnen. Sagen Sie mir, wann ich anrufen soll.«

Bei Tageslicht fiel es Clarice schwer, ihren Weg vom Vorabend nachzuvollziehen. Sie blickte von einer Seite zur anderen und wusste nicht recht, an welcher Stelle sie vom Pfad abgekommen sein mochte. Der Weg durch den Wald, abseits des Pfads, war getüpfelt mit Büschen und Partien mit dichter Vegetation, was es schwer machen musste, sich dort zurechtzufinden. Umso mehr war sie überzeugt, dass nur jemand, der diese Wälder gut kannte, sie verfolgt haben konnte. Über ihnen bewegten sich die kahlen Äste im Wind. Mit langen Schritten ging sie mal nach rechts und mal nach links. Aber es half nichts; sie konnte einfach nicht erkennen, welchen Weg sie in der Nacht genommen hatte, und reine Vermutungen würden sie sicher nicht zu der Stelle führen, an der sie gestürzt war.

»Versuch mal, meine Nummer anzurufen, Emily.«

Emily tat, wie geheißen, aber ohne Erfolg. Nach langem Umherirren hörte Clarice beim achten Versuch endlich einen Klingelton und fand das Telefon im Unterholz. Als sie sich bückte, um es aufzuheben, fiel ihr Blick auf einen kräftigen Ast auf Taillenhöhe, den Ast, gegen den sie gerannt war. In Gedanken kehrte sie erneut zu der Gestalt zurück, die sie vage gesehen hatte, die Person, die sie verfolgt und so in Furcht versetzt hatte.

»Sie hätten in den Wash geraten können.« Emily deutete mit dem Finger. »Der liegt in dieser Richtung.«

Clarice sah das Telefon an. Rick hatte ihr eine Textnachricht geschickt, um ihr Guten Morgen zu sagen, ehe er zur Arbeit gefahren war, und dann war da noch eine Nachricht von Micky, der sie bat, Ralph in seinem Namen einen Vorschlag zu unterbreiten. Sie steckte das Telefon in die Tasche und versuchte, nicht daran zu denken, was hätte passieren können, hätte sie sich in den Schlick verirrt.

Sie hatten gerade die Ställe erreicht, als ein entzückter Ben auf sie zuraste, als hätte er sie seit Wochen nicht gesehen.

Clarice begrüßte ihn. »Üben wir noch ein bisschen das Sitzen?« Sie erteilte den Befehl, und der Hund gehorchte umgehend. »Was für ein guter Junge.« Sie gab ihm einen Leckerbissen.

»Hallo!« Ralph kam in ihr Blickfeld und näherte sich ihnen von den Stallungen aus. »Du musst reingehen und dich fertigmachen, Emily«, sagte er sanft. »Ich weiß, dieser Tag wird schwer für dich, aber lass es dir nicht anmerken, und halt die Ohren steif, ja?« Er tätschelte ihre Schulter.

Emily und Clarice machten sich auf den Weg zum Haus.

»Mrs Beech – Clarice, ich würde Sie gern sprechen«, sagte Ralph und begleitete sie. »Lassen Sie uns in mein Arbeitszimmer gehen.«

Stirnrunzelnd drehte Emily sich zu ihm um. »Ich komme mit.«

»Nein, Emily, nur Clarice. Ihr seht euch ja gleich wieder.«

Emilys Blick wirkte sonderbar ahnungsvoll, als sie allein weiterging.

Ralph ließ ihr etwas Vorsprung, ehe er sich selbst wieder Richtung Haus aufmachte, und Clarice folgte ihm über den schmalen Pfad.

Als sie die große Halle betraten, fiel ihr auf, dass Tessa in der Nähe des Eingangs stand. Bei einem beiläufigen Seitenblick zählte sie vier blaue Jacken neben der Tür; die Jackenwächterin war in Aktion getreten. Für einen kurzen Moment begegneten sich ihre Blicke; die Augen der älteren Frau waren vollkommen ausdruckslos und vermittelten weder Wärme noch Feindseligkeit.

Während sie Ralph schweigend folgte, bereitete sich Clarice innerlich auf das vor, was da kommen mochte. So hatte sie sich nicht mehr gefühlt, seit sie zwölf gewesen war und ins Büro der Schulleiterin zitiert wurde, weil sie Erdbeeren aus den Pachtgärten hinter der Schule geklaut hatte. Es war eine Mischung aus Angeberei, dem Versuch, so zu tun, als würde sie das gar nicht kümmern, und der Schmach, auf frischer Tat bei etwas erwischt worden zu sein, von dem sie gewusst hatte, dass sie es nicht hätte tun dürfen, gewesen. Hatte Tessa Ralph erzählt, dass sie Unruhe stiftete, indem sie heikle Fragen stellte, was Ralph keine andere Wahl ließe, als sie aufzufordern, umgehend abzureisen? Emily wäre am Boden zerstört; Clarice war fest entschlossen, sich zur Wehr zu setzen.

Hinter ihnen trottete unaufgefordert Ben einher und folgte ihnen in das Arbeitszimmer seines Herrn, in dem Floss auf einer Decke im Sonnenschein schlummerte, der durch das Fenster hereindrang. Sofort ging er zu der alten Hündin und sprang um sie herum in der Hoffnung, dass sie mit ihm spielen würde. Der Sonnenschein, der das Büro wärmte und die Staubschicht auf Ralphs Schreibtisch erst richtig zur Geltung brachte, verlieh dem Raum eine friedvolle Atmosphäre.

»Setzen, setzen.« Er sprach mit Ben, doch der Hund achtete nicht auf ihn. »Nehmen Sie Platz, Clarice.« Er deutete auf den Stuhl ihm gegenüber.

Einige Minuten herrschte Stille, während Ralph offenbar grübelte. Das Schweigen wurde immer unangenehmer, und Clarice war kurz davor, ihn zu fragen, warum er sie sprechen wollte, als er doch noch den Mund aufmachte.

»Es gibt da ein paar Dinge«, sagte er. »Sie haben für eine Menge Aufregung gesorgt, aber das wissen Sie vermutlich.«

»Inwiefern?« Clarice beschloss, die Unschuldige zu spielen.

»Clarice, Sie sind viel zu intelligent für so ein Spielchen.« Ralph lehnte sich in seinem Sessel zurück und musterte sie unter zusammengezogenen Brauen über den Rand seiner Brille hinweg.

»Es tut mir leid, wenn ich irgendjemanden verärgert haben sollte«, sagte Clarice.

»Meine Familie liegt mir in den Ohren, dass ich Sie auffordern soll, sofort abzureisen. Offenbar gelten Sie als zerstörerischer Einfluss …« Ralph hob eine Hand, als Clarice den Mund aufklappte. »Aber ich habe nicht die Absicht, das zu tun.«

Einige Augenblicke saßen sie nur da und studierten einander schweigend.

»Ich glaube, Sie sind Emily eine große Hilfe«, sagte er schließlich und neigte den Kopf zur Seite. »Damit sind es zwei Stimmen gegen Sie und drei dafür, dass Sie bleiben, meine eingeschlossen. Sie braucht Unterstützung, um die Beerdigung durchzustehen. Sie musste schon genug durchmachen.«

»Danke«, sagte Clarice. Als Haushaltsvorstand zeigte Ralph sich erstaunlich demokratisch. Offenbar waren Tessa und Johnson die beiden, die wollten, dass sie ging. Es war interessant, dass Ralph Johnson zur Familie zählte, statt einen Angestellten in ihm zu sehen.

»Morgen um diese Zeit wird die Beerdigung hinter uns liegen, Sie und Emily werden wieder fort sein und der Haushalt kann seinen üblichen Alltag wieder aufnehmen.« Ralph sah sie scheinbar in sich versunken an. »Sie war immer schon so ein scheues, kleines Ding.« Geistesabwesend kratzte er sich am Kopf, so, als wäre er in Gedanken weit, weit weg.

»Sie sagten, es ginge um ein paar Dinge?«

»Ja, ich wollte Sie um etwas bitten ... Das ist ein bisschen unangenehm«, sagte er und wirkte dabei ungewohnt zögerlich.

»Okay.« Clarice lächelte ihn so aufmunternd an, wie sie nur konnte.

»Ich würde es begrüßen, wenn Sie das für sich behielten.« Wie er so dasaß und vor Unbehagen die Zähne kaum auseinanderbekam, erinnerte Ralph sie an einen gealterten Schuljungen. Was mochte ihm nur so peinlich sein?

»Es geht um den Hund«, sagte er schließlich.

»Den Hund – Ben?« Clarice zeigte auf ihn.

Als er seinen Namen hörte, sprang er herbei und stellte sich neben sie.

»Sitz«, kommandierte sie, und der Hund setzte sich.

»Genau darum geht es, verstehen Sie das nicht?«

Clarice blickte zwischen Ben und Ralph hin und her.

»Das ist mein verflixter Hund, aber für mich tut er das nicht. Ich hatte immer Hunde, mein ganzes Leben lang.« Nachdem er erst einmal angefangen hatte, schien Ralph nicht mehr aufhören zu wollen. »Ich habe sie allesamt trainiert und hatte nie ein Problem damit. Bis dieser eine Hund gekommen ist und keinen verdammten Befehl von mir befolgen will. Dann tauchen Sie auf, und ein paar Stunden später frisst er Ihnen aus der Hand – buchstäblich. Er tut genau das, was Sie von ihm wollen.«

Clarice reckte eine Hand hoch, um Ralph, der inzwischen dunkelrot angelaufen war, zu unterbrechen.

»Wie lange ist es her, seit Sie ihren letzten Welpen ausgebildet haben?«, fragte sie freundlich.

»Das war Floss.« Mit einem Nicken deutete er auf die alte Hündin. »Ein liebes altes Mädchen.«

»Das ist ziemlich lange her. Vielleicht sind Sie nur ein bisschen eingerostet.« Sie lächelte. »Nichts für ungut.«

»Schon in Ordnung.« Ralph hörte ihr aufmerksam zu.

»Sie überfordern ihn. Sie sagen ›Setz dich‹, das sind zwei Worte, nicht ein einfacher Befehl. Er ist ein sehr kluger Hund. Wie oft geben Sie ihm eine Belohnung, wenn er einem Befehl wie ›Sitz‹, ›Bleib‹ oder ›Platz‹ gehorcht?«

»Früher habe ich das.« Ralph kratzte sich am Kinn. »Bei Floss habe ich das getan, als sie ein Welpe war. Und ich gebe ihm nach dem Abendessen einen Hundekuchen.«

Clarice erhob sich. »Ich zeige Ihnen meinen Geheimvorrat.« Ben, der zur anderen Seite des Büros getrottet war, kam sofort wieder zu ihr.

»Sitz!«, befahl sie. Ben setzte sich, und sie nahm die Hand aus der Tasche und hielt sie dem Hund vor die Schnauze.

Ohne sie aus den Augen zu lassen, schlang Ben seine Belohnung hinunter.

»Bleib.« Sie hielt die Hand vor den Körper, die Handfläche nach vorn gewandt, als sie den Befehl erteilte. Dann ging sie zur Tür, drehte sich um und wartete einen Moment. »Komm.« Ben stürmte voran, und Clarice belohnte ihn. »Guter Junge.« Sie kraulte ihn hinter den Ohren.

Ralph stand ebenfalls auf. »Was geben Sie ihm da?«

Clarica nahm eine Handvoll kleiner Leckerbissen aus der Tasche, und Bens Schwanz sauste prompt hin und her. Sie gab sie Ralph.

»Schinkengeschmack. Er bekommt jedes Mal, wenn er gehorcht, eins davon. ›Sitz‹ und ›Bleib‹ hat er ziemlich schnell begriffen, aber ich bin nicht lange genug hier gewesen, um ihm mehr beizubringen.«

»Sitz«, befahl Ralph. Der Hund setzte sich, und sein Herr gab ihm eine Belohnung. »Tja, das ist eigentlich ziemlich naheliegend«, polterte er. »Hätte ich selbst draufkommen müssen, wenn ich nur an die Belohnung gedacht hätte.« Für einige Augenblicke verfiel er in Schweigen.

»Nein, gar nicht.« Clarice lächelte ihn an. »Wenn man etwas vierzehn Jahre nicht getan hat, dann vergisst man leicht etwas.«

»Warum halten Sie die Hand hoch, wenn Sie ›Bleib‹ sagen?«

»Weil ich so seine Aufmerksamkeit errege. Wenn er ein Stück weit entfernt wäre und ich ihm sagen würde, dass er bleiben soll, dann hört er mich vielleicht nicht, aber das visuelle Kommando wird er verstehen.«

»Jetzt geht mir ein Licht auf.« Ralph lächelte kurz, doch das Lächeln wich rasch einer traurigen Miene. »Gut, nun müssen wir nur noch die Bestattung durchstehen.«

»Ja.«

»Bitte erzählen Sie niemandem von unserem kleinen Gespräch.« Er tippte sich mit dem Finger seitlich an die Nase. »Ich möchte nicht, dass alle denken, ich wäre nur ein alter Trottel.«

»Daran würde ich im Traum nicht denken.«

»Wenn ich je etwas für Sie tun kann …«

Clarice setzte sich wieder. »Da gibt es tatsächlich etwas. Es geht nicht um mich, sondern um Emily, aber ich weiß nicht, ob Sie damit einverstanden sein werden.«

»Sprechen Sie weiter«, forderte Ralph sie auf.

»Ich weiß, dass Sie die Trauerrede in der Kirche halten werden.« Sie bedachte ihn mit einem hoffnungsvollen Lächeln. »Wäre es möglich, dass einer von Colins Freunden auch ein paar Worte sagt?«

»Das geht nicht«, sagte Ralph. »Der Ablauf der Trauerfeier ist festgelegt und ausgedruckt worden. Das kann ich nicht mehr ändern. Es ist zu spät.«

»Aber«, sagte Clarice in entschiedener Weise, »Sie sagten, Sie wollen Emily helfen, die Bestattung ihres Vaters durchzustehen. Wenn ein Freund Colins, jemand, der ihn gut gekannt hat, ein paar freundliche Worte über ihn sagen würde, wäre das dann nicht auch eine Hilfe?«

»Sie meinen, jemand, der ihn nicht wie Tessa als stumpfsinnig bezeichnet.« Ralphs Miene verfinsterte sich. »Schauderhaft.«

»Ja, das meine ich, aber das ist nicht alles. Wer hier kannte Colin wirklich?« Clarice legte eine kurze Pause ein, damit er ihre Worte verdauen konnte. »Er ist mit zwölf ins Internat gegangen, dann zur Universität, und er ist nie wieder nach Hause zurückgekehrt.«

»Das ist wahr.«

»Emily kennt alle seine Freunde. Sie haben sie aufwachsen sehen, und sie haben sie gern.«

Ralph dachte nach. »Tessa hätte das nicht sagen dürfen«, bekundete er dann. »Das war boshaft.«

Clarice wurde klar, dass er ablehnen würde. Zumindest würde Ralph sie nicht rauswerfen, und sie konnte Micky sagen, dass sie es versucht hatte.

»Es tut mir leid, aber ich muss Nein sagen«, erklärte er schließlich.

Sie akzeptierte seine Entscheidung mit einem Nicken.

»Das würde gegen sämtliche Gepflogenheiten verstoßen, und ich würde mir Sorgen machen, weil ich nicht weiß, was ich von jemandem zu erwarten habe, den ich noch nie getroffen habe. Womöglich sagt derjenige etwas Grässliches.« Er sah sie über seine Brille hinweg an. »Aber Sie können ein paar Worte sagen, wenn Sie wollen.«

»Ich?«

»Ich habe Sie mit Emily erlebt und bin überzeugt, dass Sie ihr Bestes im Sinne haben. Es wäre immer noch ein Bruch der Gepflogenheiten, aber dennoch, entweder Sie oder keiner.«

»Wenn Sie das wünschen, dann, ja, ich würde mich geehrt fühlen«, sagte Clarice und war überrascht, als sie mit einem seltenen Lächeln belohnt wurde.

Kapitel 25

Clarice verließ Ralphs Büro und ging in die große Halle, wo Mrs Banner sich gerade zum Gehen aufmachte. Es gab kleine äußerliche Unterschiede zwischen ihr und Mrs Fuller, aber beide waren stämmig und sahen einander sehr ähnlich. Clarice blickte sich um. Alles wirkte friedlich und ruhig. Ralph war hinauf in sein Schlafzimmer gegangen, und alle anderen waren dabei, sich umzuziehen und auf die Ankunft des Wagens vorzubereiten.

Als sie hinter einer Tischreihe entlangging, hob sie den Deckel einer der hölzernen Kisten mit den geraden Rückwänden, die sowohl zur Aufbewahrung als auch zum Sitzen nützlich waren. Sie fand, was sie zu finden erwartete, und verzog unwillkürlich das Gesicht. Die Truhen standen, wie die über ihnen hängenden Wandteppiche, schon dort, seit das Anwesen erbaut worden war. Lange Furchen und tiefe Kratzspuren zeugten von deutlich über hundert Jahren, in denen Katzen ihre Krallen am Holz geschärft hatten. Das war eines der Risiken, die Katzenliebhaber auf sich nehmen mussten; ihre heißgeliebten Haustiere hatten ein paar unangenehme Angewohnheiten.

Nahe der Treppe wurde die Tür zu Küche und Speisezimmer geöffnet, und Mrs Fuller spähte in die Halle.

»Ist alles in Ordnung, Mrs Fuller?«, fragte Clarice.

»Ich suche nach Johnson oder meiner Schwester. Ich brauche jemanden, der mir zur Hand geht und mit mir einen Tisch umstellt.« Ihr Ton klang drängend, und sie starrte an Clarice vorbei. »Johnson hat gesagt, er hätte draußen zu tun.«

»Kann ich Ihnen helfen?«, erkundigte sich Clarice. »Ich habe Ihre Schwester gerade hinausgehen sehen, und ich weiß nicht, wo Johnson ist. Alle anderen sind oben und ziehen sich für die Beerdigung um.«

Mrs Fuller wich in den Korridor zurück. »Dann kommen Sie.« Offenbar hatte sie für die Feinheiten guten Benehmens, die solche Kleinigkeiten wie »Bitte« und »Danke« beinhalteten, nicht viel übrig.

Clarice folgte ihr zu einem langen, schmalen Kieferntisch. Er war zu groß, um ihn allein zu bewegen, aber leicht zu handhaben, wenn man zu zweit war.

»Okay«, sagte sie. »Ich nehme dieses Ende.«

Mrs Fuller schob die großen, von der Arbeit gezeichneten Hände unter die Tischkante. »Er will ihn in der Nähe der Tür haben, um ein Foto von Colin draufzustellen.«

»Das ist eine schöne Idee.« Aus Mrs Fullers Gesichtsausdruck schloss sie, dass *sie* das vermutlich für einen albernen Einfall hielt. »Kannten Sie Colin?«, fragte sie.

»Natürlich hab ich ihn gekannt.« Mrs Fuller stellte ihr Ende des Tisches ab, und Clarice folgte ihrem Beispiel. »Ich habe schon als Mädchen angefangen, hier zu arbeiten.« Sie musterte Clarice, taxierte sie von Kopf bis Fuß. »Ich mochte ihn. Ein stiller Junge, ganz wie seine Mutter.«

Clarice lächelte ihr aufmunternd zu.

»Den Major mochte ich auch.« Mrs Fullers Augen funkelten.

»Major Freddie Baxter?«

Sie nickte eifrig und sah sich dann um, um sich zu vergewissern, dass niemand sie belauschte. »So ein attraktiver Mann. Hätte ein Filmstar sein können. Ich hätte ihn zu gern einmal in Uniform gesehen.«

»Wow!«, Clarice konnte ihre Überraschung nicht verbergen. Mrs Fuller war ganz offensichtlich in ihn verliebt gewesen. »Er scheint wirklich etwas Besonderes zu sein.«

»Wenn Sie Klatschgeschichten hören wollen, dann sollten Sie mit Albert Wilson reden. Der wird heute auch hier sein – kleiner Mann, trägt immer eine karierte Jacke, fuchsrotes Haar.« Sie kicherte. Von ihrer distanzierten Zurückhaltung war nichts mehr zu spüren. »Er ist achtundsiebzig und kann die Vorstellung nicht ertragen, dass sein Haar weiß geworden ist. Alle paar Monate hilft seine Schwester ihm dabei, es zu färben.«

»Ich werde nach ihm Ausschau halten. Danke«, sagte Clarice.

»Zu schofelig, um einen Friseur zu bezahlen.« Plötzlich klappte Mrs Fuller ihre Oberlippe zu so etwas wie einem Lächeln zurück und legte dabei eine perfekte Zahnprothese frei. »Alberts Schwester war eine Freundin von Colins Mum.« Sie nickte vielsagend. »Sie sind zusammen zur Schule gegangen.«

»Danke«, sagte Clarice aufrichtig, ehe sie ihr Ende des Tisches wieder anhob und sie ihn gemeinsam zur Tür und an den gewünschten Platz unter der geschwungenen Treppe manövrierten. Es fühlte sich an, als würde Mrs Fuller mehr drücken als Clarice zog.

»Verflixt, er hat sich verkantet«, sagte Mrs Fuller und versetzte dem Tisch einen mordsmäßigen Stoß. Die unerwartete Bewegung schubste Clarice rückwärts von dem Tisch fort, sodass sie mittig unter der Treppe auf dem Hinterteil landete.

In dem Moment, in dem sie zurückgeworfen wurde, nahm Clarice so etwas wie ein Rauschen und eine Bewegung in unmittelbarer Nähe wahr. Dann starrte sie fassungslos die Bronzekatze aus dem vierten Stock an, die auf dem Tisch landete und ihn in zwei Teile zerbrach. Holzsplitter flogen durch die Luft. Dem Geräusch splitternden Holzes und dem ohrenbetäubenden Krach, mit dem die Skulptur auf dem Boden aufkam, folgte ein Augenblick totaler Stille. Dann fing Mrs Fuller an zu schreien.

Benommen am Boden sitzend blickte Clarice nach oben, konnte aber keinerlei Bewegung erkennen. Mrs Fuller, der inzwischen die Tränen gekommen waren, hielt sich keuchend die Augen zu. Für einen Moment war Clarice verwirrt, dann wurde ihr übel. Mühsam stemmte sie sich vom Boden hoch. Die Katzenskulptur schien keinen Schaden genommen zu haben. Tischbeine lagen in schiefem Winkel ein Stück voneinander entfernt, und Fliesenbruchstücke hatten sich in einem weiten Umkreis verteilt.

»Christine – Christine!« Plötzlich war Mrs Banner da und hielt ihre Schwester fest. »Ruhig, ganz ruhig – dir ist nichts passiert.« Sie schüttelte sie einmal kräftig.

»Ich könnte tot sein!« Mrs Fuller zeigte auf die Trümmer.

»Du nicht, Christine, du warst noch gar nicht draußen.« Mrs Banner zeigte auf Clarice. »Sie. Sie hätte das Ding getroffen – sie könnte tot sein.«

Die Schwestern standen schockiert beieinander und starrten Clarice an, und dann waren da plötzlich Stimmen und Bewegung, als die ganze Familie, aufgeschreckt von dem Krach, die Stufen heruntergerannt kam. Emily lief voran, dicht gefolgt von Dawn.

»Was ist passiert?«, fragte Emily, doch noch während sie sprach, sah sie die Bronzekatze mitten in dem Durcheinander aus zerbrochenem Holz und Fliesen, und sie schlug die Hand vor den Mund, die Augen groß und rund vor Schreck.

»Sie haben den Tisch getragen, sie und Christine.« Mrs Banner zeigte auf Clarice. »Der Tisch hat sich verklemmt, und als sie daran gezerrt haben, ist sie auf den Hintern gefallen und weggerutscht, und dann ist das Ding runtergekommen – hat den Tisch genau in der Mitte durchschlagen.« Nun zeigte Mrs Banner auf die Skulptur.

»Mein Gott!« Ralph, der Letzte, der die Treppe herunterkam, schob sich an Tessa, Dawn, Ernestine und Johnson vorbei, der Sekunden vor ihm eingetroffen war. »Das ist das letzte Mal vor über siebzig Jahren passiert.«

»Damals war es Duncan.« Ernestine sah ihren Bruder an. »Der Junge, mit dem du zur Schule gegangen bist.«

Clarice staunte, dass die alte Dame sich nach siebzig Jahren immer noch so klar und deutlich an die Ereignisse erinnern konnte, aber vermutlich nicht an das, was sie am selben Tag zum Frühstück gegessen hatte. Sie sah elegant aus in einem marineblauen Kostüm und Pumps; um den Hals trug sie die Kette mit den Perlen und Diamanten. Die anderen hatten sich bis auf Johnson ebenfalls bereits für die Bestattung umgezogen.

»Wie zum Teufel konnte das passieren?« Ralph sah sich um. »Das Ding kann doch nicht von allein vornübergekippt und runtergefallen sein.«

»Ist alles in Ordnung, Clarice?«, fragte Emily.

Clarice stand noch immer unter Schock und antwortete nicht.

»Ich habe mir nur von ihr mit dem Tisch helfen lassen,

weil ich dachte, Sie wären draußen«, blaffte Mrs Fuller Johnson in anklagendem Ton an.

»Ich war oben im Lager und habe nach zusätzlichen Gläsern gesucht.« Johnson maß sie mit einem finsteren Blick.

»Der Boden ist schlimm beschädigt«, stellte Tessa fest.

»Das ist furchtbar – das hätte Clarice umbringen können.« Dawn, die Ruffian auf dem Arm hatte, drehte sich zu ihrem Vater um, der dabei war, sich den Schutt genauer anzusehen. »Ich war mit Emily im Gästezimmer, aber ich habe niemanden draußen gehört.«

»Die Tür war zu. Wir hätten es gar nicht hören können, wenn jemand dort gewesen ist«, fügte Emily hinzu.

Tessa blickte stirnrunzelnd von Dawn zu Emily.

»Ich muss mich umziehen«, sagte Clarice immer noch benebelt.

»Wollen Sie denn trotzdem noch an der Bestattung teilnehmen?« Tessa klang freundlich. »Alle würden es verstehen, wenn Sie sich entschließen würden, hierzubleiben.«

»Ich komme zurecht.« Clarice machte sich auf den Weg zur Treppe. Hinter sich konnte sie Ralphs wütende Stimme wieder und wieder fragen hören, wer die Skulptur hinuntergeworfen habe.

Am obersten Treppenabsatz hielt Emily Clarice auf, indem sie ihr die Hand auf die Schulter legte, um sie noch einmal zu fragen: »Ist alles in Ordnung?«

»Ich bin ein bisschen geschockt, um ehrlich zu sein.« Clarice ging zu dem Steinsockel, auf dem die Bronzekatze gesessen hatte, und blickte über das Geländer. Unten hatte sich die Versammlung zwar nicht aufgelöst, aber sie sprachen nun ruhiger miteinander und hatten aufgehört zu streiten. »Wer immer das getan hat, wird mich nicht davon abhalten, an der Bestattung teilzunehmen«, sagte sie.

»Wie Grandpa gesagt hat: Die Katze konnte nicht einfach herunterfallen, es sei denn, jemand hat ihr einen gewaltigen Stoß versetzt.«

»Das Ding ist kopflastig. Wenn ein zehnjähriger Schuljunge das schafft, dann kann es jeder.« Nachdenklich ging Clarice ins Schlafzimmer und fing an, sich umzuziehen. »Ich glaube, dein Großvater hat am lautesten geschrien – ob es dafür einen bestimmten Grund gab?«

»Sie meinen, falls er derjenige war, der sie runtergestoßen hat? Dass er eine große Show abziehen und sich entrüstet geben wollte, um sicherzustellen, dass niemand ihn verdächtigt?«, fragte Emily.

»Ja, so was in der Art.« Clarice sah ihr Spiegelbild in dem Garderobenspiegel an und strich sich geistesabwesend mit der Hand übers Haar. »Was Ernestine mir erzählt hat, geht mir nicht mehr aus dem Kopf. Als sie Avril das letzte Mal gesehen hat, da war sie mit Ralph zusammen – sie hat nichts davon gesagt, dass Avril mit dem Major gegangen wäre oder sich mit ihm hätte treffen wollen. Wo hat dein Großvater sie hingebracht?«

»Wie Sie gestern gesagt haben, Ernestine hat das vielleicht einfach nur durcheinandergebracht.«

»Ja, ich weiß.« Clarice hielt inne und sah sich über die Schulter zu Emily um. »Aber ich mache mir Sorgen um sie.«

»Weil sie Avril zum letzten Mal zusammen mit Grandpa gesehen hat – oder weil sie gesagt hat, Johnson hätte etwas für Grandpa getan?«, hakte Emily nach.

»Beides. Ich mache mir Sorgen, dass wir, indem wir all das ans Licht gezerrt haben, Ernestine in Gefahr gebracht haben.«

»Beschuldigen Sie meinen Vater?« Plötzlich stand Dawn, immer noch mit Ruffian auf den Armen, neben Clarice. »Ich bin nur gekommen, um mich zu vergewissern, dass es Ihnen gut geht.«

»Alles in Ordnung.«

»Aber das wäre es nicht, wenn Mrs Fuller dem Tisch keinen Stoß versetzt hätte ...«

Clarice starrte sie an, sagte aber nichts.

»Sie können doch nicht ernsthaft glauben, dass mein Vater die Bronzeskulptur umgeworfen hat?«

»Nicht zwangsläufig«, sagte Clarice. »Ich weiß nicht, wer es getan hat. Ich gehe nur die Leute durch, die es getan haben könnten – und versuche zu verstehen, was passiert ist.«

»Das alles geht zurück auf Avril.« Dawn sah sich zu Emily um. »Irgendwie steht das mit ihr in Verbindung.«

»Ja, und Dad fand es verblüffend, dass Avril plötzlich beschlossen haben soll, mit dem Major durchzubrennen«, stieß Emily hastig hervor. »Aber vielleicht hat sie das ja nicht. Möglicherweise ist keiner von beiden je wirklich fortgegangen.«

Dawns steinerne Miene gab nichts preis; sie trat näher und sah Emily in die Augen. »Ich kann mir wirklich nicht vorstellen, dass mein Dad – dein Grandpa – irgendetwas getan hätte, um Avril zu schaden. Du etwa?«

Nach kurzem Zögern wandte Emily den Blick ab. »Ich finde es schwer zu glauben, aber ich habe auch das Gefühl, dass ich nur den Teil der Geschichte zu hören bekomme, den Grandpa mich wissen lassen will. Ich kenne nicht die ganze Wahrheit.«

Dawn runzelte die Stirn. »Ich muss Ruffian in mein Wohnzimmer sperren«, sagte sie. »Er ist es nicht gewohnt, viele Leute um sich zu haben, und nach der Beerdigung wird das Haus voll sein.« Sie machte kehrt. »Die anderen warten unten auf euch; der Leichenwagen und der Wagen für die Familie sind schon vorgefahren.«

Clarice nickte. »Lass uns runtergehen. Wir sollten die anderen nicht warten lassen.«

Emily sah zu, wie Dawn die Stufen hinab verschwand. »Ich kann das nicht.« Sie hielt sich am Türrahmen fest. »Jemand hat gerade versucht, Sie umzubringen, Dawn ist stinkig – und ich soll meinen Dad begraben ... es ist mein Vater.«

»Du schaffst das.« Sanft führte Clarice sie aus dem Zimmer hinaus. »Vergiss alles andere; konzentrier dich nur darauf, ihn zur Ruhe zu betten. Heute sollte es ausschließlich um ihn gehen.«

Sie überquerten den Treppenabsatz, und Clarice vermied es, den Sockel anzusehen, auf dem die Bronzekatze hätte stehen sollen. Als sie die Treppe hinunterstiegen, warf Emily einen Blick in den Korridor, an dem Dawns Schlafzimmer lag.

»Dawn ist ins Gästezimmer gekommen, als ich mich gerade umgezogen habe. Sie hat etwas ganz Ähnliches gesagt wie Sie – warum kämpfen wir in einer Schlacht, die wir nicht begonnen haben. Das war eine Sache zwischen ihrer Mutter und meinem Vater.«

»Und?« Clarice wartete.

»Ich war ehrlich und habe ihr gesagt, was ich Ihnen gesagt habe. Ich habe ihr zugestimmt und ihr gesagt, dass ich das verdammte Haus nicht will – sie kann es gern behalten.«

Clarice blieb stehen und musterte sie.

»Sie hat gesagt, wenn es so weit wäre, dann würden wir das untereinander regeln. Und dass wir die Vergangenheit hinter uns lassen sollten. Wir sollten Dads Beerdigung zum Anlass nehmen, einen Schlussstrich zu ziehen und zu versuchen, miteinander auszukommen und in Zukunft mehr füreinander da zu sein.«

»Das klingt toll.«

»Aber nach dem, was sie gerade gehört hat, könnte sie es sich anders überlegen. Ich habe sie wütend gemacht.« Emily hielt inne und starrte durch die offene Tür den Leichenwagen an.

»Vergiss das alles erst einmal«, riet ihr Clarice. »Wenn Dawn es ernst meint − und ich hoffe, das tut sie −, dann ist es besser für dich, sie als Freundin zu haben, nicht als Feindin. Aber jetzt konzentrier dich ganz darauf, dich von deinem Dad zu verabschieden.«

»Mach ich«, sagte Emily. »Worüber wollte Grandpa mit Ihnen reden? Ich hatte Angst, er würde Sie auffordern, zu gehen.«

Clarice dachte an ihr Versprechen gegenüber Ralph, sie würde ihr Gespräch über Bens Ausbildung vertraulich behandeln. »Es ging hauptsächlich um die Trauerrede. Ich habe ihn gefragt, ob einer von Colins Freunden, Micky vielleicht, ein paar Worte über deinen Dad sagen dürfte.«

»Und?«

»Für ihn war das ein ›Bruch der Gepflogenheiten‹. Der Gedanke, jemand, den er noch nie getroffen hatte, würde öffentlich über Colin reden, hat ihm gar nicht gefallen.«

»Ja, das verstehe ich«, sagte Emily sichtlich enttäuscht.

»Aber er hat gesagt, es wäre in Ordnung, wenn ich etwas sagen würde.« Clarice musterte Emily aufmerksam, um ihre Reaktion zu beurteilen.

»Werden Sie das tun?« Aufgeregt ergriff Emily ihre Hand. »Für Dad?«

»Ich habe Ja gesagt«, sagte Clarice.

»Ich freue mich so, dass Sie diejenige sein werden.« Emily nahm sie in die Arme, und sie setzten ihren Weg nach draußen fort.

Kapitel 26

Der Leichenwagen stand vor dem Eingang des Herrenhauses; dahinter parkte eine schwarze Stretchlimousine. Im Laderaum des Leichenwagens, sichtbar durch die Milchglasscheiben auf der Seite, stand der Sarg mit seinen Messinggriffen, teilweise unter Blumenkränzen versteckt. Vier Mitarbeiter des Bestattungsinstituts, angemessen in Schwarz gekleidet, warteten mit ernsten Mienen auf die Familie.

Dawn hatte sich der kleinen Versammlung inzwischen angeschlossen und folgte artig ihren Eltern und ihrer Tante, deren Schritte auf dem frostigen Boden knirschten. Sie sah zu, wie die anderen einstiegen, ließ dann Emily den Vortritt, ehe sie sich selbst hineinsetzte. Clarice bildete den Abschluss.

»Du solltest da drüben neben deinem Großvater sitzen.« Tante Ernestine, die zwischen Emily und Clarice saß, zeigte auf den Platz neben ihm.

»Mach dir darüber keine Gedanken.« Emily tätschelte ihrer Tante das Knie. »Ich bin einfach froh, dass ich hier bei euch bin.«

Gerade, als Clarice staunte, wie klar Ernestine heute zu sein schien, ruinierte sie die Vorstellung gründlich.

»Ich habe noch all meine Zähne.« In der inzwischen

schon vertrauten Art verzog sie die Lippen zu einem breiten falschen Lächeln.

»Hast du«, sagte Emily. Ein weiteres Mal tätschelte sie Ernestines Knie und sah zum Fenster hinaus, als der Wagen sich in Bewegung setzte.

»Um Himmels willen«, zischte Tessa.

Ralph bedachte erst Ernestine und dann Tessa mit einem finsteren Blick, sagte aber nichts.

Der Bestatter, angetan mit Gehstock und Zylinder, schritt mit dem erforderlichen Pomp vor dem Leichenwagen her. Als sie den Wald erreichten, hielt das Fahrzeug an, damit er auf der Beifahrerseite einsteigen, sich seinem Mitarbeiter anschließen und die kleine Prozession zur Dorfkirche von Sealsby anführen konnte.

Emily sah geistesabwesend zum Fenster hinaus, in Gedanken zweifellos bei ihrem Vater.

Ernestine wirkte wie ein Kind auf einem Ausflug, das auf sein versprochenes Bonbon wartete. Strahlend drehte sie den Kopf von einer Seite zur anderen und betrachtete die Felder.

»Das ist mein bestes Kostüm.« Sie sprach zwar in gut vernehmbarer Lautstärke, schien aber nicht daran interessiert, ob jemand zuhörte, und auch keine Antwort zu erwarten. »Ich werde nicht fett, darum passt es mir immer noch. Ich habe eine gute Figur – die hatte ich immer.« Sie nahm ein Toffee aus ihrer Tasche und steckte es in den Mund. »Guckt, Schafe.« Sie zeigte hinaus. »Ich trage meine Kleider nicht auf, ganz anders als Ralph und Beth; die gehen so grob mit ihren Sachen um.«

Clarice fiel auf, dass Tessa die Augen verdrehte, die Lippen fest zusammengepresst, ehe sie versuchte, innerlich abzuschalten, um sich Ernestines unaufhörlichem, eintönigem Geplapper zu entziehen. Der nun graue, sonnenlose Himmel hing tief über ebenen Feldern, die sich ewig zu ziehen schienen. Ihre Gedanken kehrten automatisch zurück zu den Ereignissen des vergangenen Abends und dieses Morgens. Sie versuchte, sich zu konzentrieren und die Gespräche, die sie mit den einzelnen Personen seit ihrer Ankunft geführt hatte, noch einmal durchzugehen. Hinweise darauf zu finden, was sie zum Ziel für mörderische Absichten gemacht hatte. Ernestine quasselte weiterhin fröhlich vor sich hin. Im Gegensatz dazu presste Emily die Finger an die Lippen und schien in Verzweiflung zu versinken.

»Colin mochte die Kirche nicht. Und er kannte gar keine Kirchenlieder. Ich kenne ganz viele«, schwatzte Ernestine. »Colin sollte zu Hause beerdigt werden. Bellatrix hätte das so gewollt, und er hätte dann nicht so einen hässlichen braunen Kasten gebraucht, sondern nur eine alte Decke. Die Kiste wird ihm nicht gefallen. Er hatte immer Angst im Dunkeln; hat sich eingenässt, als ich ihn im Schrank eingesperrt habe.«

Als Clarice Ralphs Gewittermiene sah, hatte sie das Gefühl, es kostete ihn jede Unze seiner Selbstbeherrschung, nicht auf seine Schwester loszugehen.

Ernestine kaute und kicherte. »Danach wollte er nicht mehr Verstecken mit mir spielen. Suki war meine Lieblingskatze. Sie liegt auf dem Friedhof im Wald; sie war vierzehn, als sie gestorben ist.« Sie steckte sich das nächste Toffee in den Mund. »Ralph hat sie in eine Decke gewickelt, die war blau. Er hat sie um sie herum gefaltet, sodass gar nichts mehr rausgeguckt hat. Das Loch war ganz tief – damit die Füchse sie nicht ausgraben. Ich hatte keine Katze mehr, seit sie gestorben ist.« Nun klang sie traurig.

»Ernestine.« Ralph beugte sich vor und sah ihr direkt in die Augen. »*Halt den Rand!* Ich will während des restlichen Weges keinen Piep mehr von dir hören!«

Ernestine erstarrte regelrecht; die wütende Drohung in der Stimme ihres Bruders war unverkennbar. Der Rest der Fünf-Meilen-Fahrt verging in Stille.

Als der Wagen ins Dorf fuhr, hielt Clarice Ausschau nach der Kirche, deren ungefähre Position sie von ihrer vorangegangenen Ortsdurchfahrt im Gedächtnis behalten hatte. Zahllose Autos und ein kleiner Reisebus standen vor dem Gotteshaus, und eine kleine Menschenmenge versammelte sich an den schmiedeeisernen Toren. Der Leichenwagen wurde langsamer und bog in die Zufahrt ein; die Limousine folgte.

»Das sind ja viele Autos«, sagte Ernestine und drückte sich die Nase am Fenster platt. Ralphs Anweisung hatte sie schon wieder vergessen. Während sie sprach, war ihr Kiefer ununterbrochen in Bewegung. »Da ist ein Bus. Was macht der hier? Passiert hier heute noch was anderes? Fahren die Leute in die Ferien?«

Clarice betrachtete Emilys Gesicht, als die den Bus musterte und dann in die andere Richtung blickte, wo sie die versammelte Menge vor dem Kirchentor entdeckte.

»Schau, Clarice, da ist Micky. Simon, Denise und Gill … sie sind alle gekommen.« Emily stand vor Aufregung halb von ihrem Sitz auf. »Und da sind Len und Milly, Dads Nachbarn.«

»Dieser kahle Mann hat eine große Schlange auf dem Kopf.« Ernestines Mund blieb offen stehen, und ihre Stimme war von Ehrfurcht erfüllt.

»Wo zum Teufel kommt diese ganze Bagage her?«, fragte Tessa mit finsterem Blick.

»Das sind die Freunde meines Dads«, sagte Emily.

»Und sie sind uns alle sehr willkommen.« Ralphs schockierte Miene hatte einem Ausdruck milder Verwunderung

Platz gemacht, als er sich nun um ein Lächeln für Emily bemühte.

Clarice nahm für einen Moment Emilys Hand. »Die Keramiktruppe und die Nachbarn deines Dads kennen sich von den Sommerfesten, die er über die Jahre in seinem Garten veranstaltet hat.«

»Sind die alle mit dem Bus gekommen?«, fragte Emily.

»Ja, aber Henry konnte nur einen Dreißigsitzer beschaffen. Micky hat mir eine Textnachricht geschickt. Er sagte, es hätten noch mehr Leute kommen wollen, doch Henry hatte in der kurzen Zeit keinen größeren Bus organisieren können.«

»Mickys Mann?«

»Henry hat die Organisation übernommen und herumtelefoniert«, sagte Clarice.

Tessa holte tief Luft, und es klang wie das Zischeln einer Schlange.

Auf der anderen Seite der Kirchentür hatte sich eine zweite, größere Gruppe versammelt. Leute aus dem Dorf, vermutete Clarice.

Als der Wagen hielt, stieg der Fahrer aus und schritt um das Fahrzeug herum, um die Tür zu öffnen, doch er hatte sie noch gar nicht erreicht, da hatte Emily sie schon aufgerissen, um sogleich munter wie ein Windhund aus der Box hinauszuspringen. Ohne sich um Gepflogenheiten zu scheren, rannte sie quer über die Einfahrt auf die Truppe zu. Clarice hörte ein Geräusch, das klang wie Wind, der durch Gras streicht, als diverse Stimmen immer wieder *Emily, Emily, Emily* sagten. Und als sie dort eintraf, nahmen Micky und Gill sie mit ausgebreiteten Armen in Empfang, und die anderen drängelten sich um sie herum, fingen sie in ihrer Mitte ein.

Kaum war sie ausgestiegen, folgte Clarice der jungen Frau.

»Ich glaube, sie freut sich, uns zu sehen.« Mickys Stimme klang tränenerstickt, als er sich von der Gruppe löste, um Clarice zu begrüßen.

»Das tut sie.« Clarice lächelte. »Ich habe mit Ralph über deinen Vorschlag gesprochen.«

»Was hat er gesagt?«

»Er hat gesagt, das verstieße gegen die Gepflogenheiten und er würde selbst die Trauerrede halten.«

»Also keine Chance?«

»Ich habe ein bisschen gedrängelt, aber ihm hat der Gedanke nicht gefallen, dass er die betreffende Person gar nicht kennt. Und er hat gesagt, ich könne es tun – es hieß das oder gar nichts.«

»Bitte sag mir, du hast Ja gesagt, Clarice?«

»Er hat mit dem Vikar telefoniert, ehe ich gegangen bin. Der war einverstanden, dass Colins Freundin Clarice ein paar Worte über ihn sagen würde.« Sie schaute sich um und sah, dass Emily auf sie zukam. »Emily weiß es auch schon.«

»Das ist toll.« Micky grinste. »Ich habe dir heute früh einen Text geschickt und ein paar Dinge vorgeschlagen, die Colins Freunde gern gehört hätten; sie wollten, dass seine Familie erfährt, wie gern wir alle ihn hatten. Vielleicht kannst du das ja an meiner Stelle übernehmen.«

»Ich habe die Nachricht gesehen. Ich kann nicht versprechen, dass ich alles abdecken werde, aber ich werde mich bemühen, so viel wie möglich aufzunehmen.« Clarice drehte sich zu Emily um. »Du solltest dich deiner Familie anschließen.«

»Ja. Nach dem Gottesdienst kommen alle zu uns nach Hause. Ich bin so froh«, sagte Emily, als Clarice sie zurück zu ihrem Großvater eskortierte.

Stumm sahen sie zu, wie der Sarg in die Kirche getragen wurde.

Ralph ergriff Emilys Arm. »Wir gehen gemeinsam rein«, sagte er in zugewandtem Ton.

»Danke, Grandpa.«

»Das ist nur Ihre Schuld«, zischte Tessa Clarice zu, als Emily und Ralph außer Hörweite waren. Ohne eine Antwort abzuwarten, machte sie gleich darauf kehrt und folgte den beiden. Dabei scheuchte sie Ernestine vor sich her wie ein Schäferhund ein verirrtes Schaf.

Clarice sah sich zu den Keramikern um. Sie gehörte zu dieser Gruppe, denn schließlich war sie keine Familienangehörige. Sie hatte sich schon halb umgewandt, um zu ihnen zu gehen, als jemand ihren Ellbogen berührte.

»Kommen Sie, Clarice.« Dawn stand neben ihr. »Ich glaube nicht, dass meine Nichte mir je vergeben würde, wenn ich Sie davonlaufen lasse. Heute sind Sie eine von uns – heute gehören Sie zur Familie.«

Clarice sah sie an und zweifelte nicht an ihrer Aufrichtigkeit; derweil teilten sich auch Tessas Gefühle unverkennbar mit, als sie sich umblickte und sah, dass Dawn sich auf dem Weg in die Kirche bei Clarice untergehakt hatte.

In der Kirche hatten die Sargträger ihre Last inzwischen am vorgesehenen Platz abgestellt. Die Familie ging zur vorderen Bank, und einer nach dem anderen nahm Platz. Dawn folgte ihnen, und Clarice setzte sich ganz ans Ende neben den Gang.

Die Musik bestand aus der Aufnahme eines Orgelvortrags. Clarice vermutete, dass es Bach war. Beim Hinsetzen hob sie die kleine Broschüre auf, in der der Ablauf des Gottesdienstes niedergelegt war. Auf dem Deckblatt prangte ein Foto eines lächelnden Colin, der die Brille mit dem charakteristischen gletscherblauen Rahmen trug. Clarice ging die Kirchenlieder durch: »Jerusalem«, »Dear Lord and Father of Mankind« und »Guide Me, O Thou Great Redeemer«. Alles vollends unpassend, wenn man bedachte, dass Colin ein überzeugter Atheist gewesen war. Unwillkürlich schauderte sie, wohl wissend, dass Ralph den Gottesdienst nicht basierend auf dem geplant hatte, woran Colin glaubte, sondern auf dem, was er für akzeptabel hielt. Der Alte lebte sein Leben nach Regeln, die sich ausschließlich um die Frage drehten, wie er von der Gesellschaft wahrgenommen würde.

Noch immer strömten Menschen herein, und man konnte Husten, Flüstern und das Rascheln von Füßen hören, während sich die Trauergäste einen Platz suchten. Clarice betrachtete ihre Sitzreihe. Ralph saß stocksteif da und starrte stur geradeaus, Tessa ebenso. Emily tupfte sich die Augen ab. Dawn las den Gottesdienstablauf, und Ernestine fummelte in ihrer kleinen Pappschachtel herum, um sich noch ein Toffee zu angeln.

Ralphs Zugeständnis, dass sie während der Trauerfeier ein paar Worte sagen dürfe, hatte sie überrascht. Sie wusste, dass er sie als intelligent, wortgewandt und präsentabel einstufte, als jemanden, der eine respektable Vorstellung liefern konnte. Micky mit seinem kahlen, tätowierten Kopf hätte da nicht mithalten können.

Sie konzentrierte sich wieder auf das Hier und Jetzt, betrachtete den Altar, über dem ein gläsernes Abbild von Jesus am Kreuz hing; und am Boden, auf Böcken, stand der Sarg mit Colins Überresten. Es war kalt in der Kirche, und es roch nach Feuchtigkeit und Fußbodenreiniger mit künstlichem Zitronenduft.

Der Vikar, ein schlanker, gepflegter Mann mit einem kurzen Ziegenbart, der seiner Herde als Terry bekannt war, trat vor, um ein paar leise Worte mit Ralph zu wechseln. Seine Körpersprache war servil; offensichtlich herrschten die Compton-Smythes in gewisser Weise nach wie vor über die Gemeinde. Als das Gespräch beendet war, ging Terry an der Bank entlang und blieb vor Clarice stehen.

»Sie sind Clarice Beech?«

»Ja.« Clarice nickte.

»Soweit ich informiert bin, wollen Sie ein paar Worte über Colin sagen. Waren Sie eine Freundin?«

Wieder nickte sie.

»Ich werde sie nach dem dritten Gesang einschieben, ›Guide Me, O Thou Great Redeemer‹.« Er zeigte auf die Stelle in der Broschüre. Clarice kam nicht umhin zu bemerken, dass seine Nägel bis aufs Bett abgekaut waren.

»Das wäre schön«, antwortete sie, wenngleich sie seine Wortwahl ein wenig sonderbar fand.

Mit lautem Knall schlug die Kirchentür zu. Clarice sah sich um und stellte fest, dass sämtliche Bänke besetzt waren und sogar dahinter noch Menschen standen.

Was würde Colin wohl sagen, wenn er die Menge sehen könnte, die sich hier um seinetwillen eingefunden hatte? »Ich wusste immer, wie man sich einen guten Abgang verschafft.« Clarice lächelte, als sie an seine Stimme dachte, und sah dann zu, wie Terry die drei Stufen zum Pult hinaufstieg.

Kapitel 27

Terry sprach über Colin James Compton-Smythe, geliebter Sohn, Stiefsohn, Vater und Neffe. Mit Mitte dreißig hatte der Vikar eine sonderbar hohe Stimme und eine Neigung, beim Reden die Seite des Pults mit den Fingerspitzen zu betasten; wahrscheinlich noch so eine nervöse Angewohnheit wie das Nägelkauen. Clarice sah Ralph an; die Augenbrauen konzentriert zusammengezogen, lauschte er aufmerksam. Emily hatte erzählt, ihr Vater sei nie zur Kirche gegangen, wenn sie sein altes Zuhause besucht hatten. Nun erst fiel Clarice auf, dass Terry Colin vermutlich nie begegnet war; er musste alle biographischen Informationen anhand der Angaben zusammengestellt haben, die Ralph ihm hatte zukommen lassen. Sie fragte sich, ob er auch Avril erwähnt hatte.

Als »Jerusalem«, das erste Kirchenlied, gesungen wurde, legte Ernestine, die die Worte offensichtlich auswendig kannte, den Kopf in den Nacken und fing schrill, aber mit freudiger Hingabe an zu singen. Dawns Miene war düster und ernst, Tessas angespannt. Emily hielt den Kopf gesenkt. Ihre Lippen bewegten sich nicht.

Nach dem Gesang trat Ralph allein an das Pult und stellte sich vor der versammelten Gemeinde auf. Er ließ sich Zeit, und Clarice konnte sehen, dass er einen Punkt irgendwo über den Köpfen der Trauergäste anvisierte. Sie nahm an, dass er lediglich einen Schemen sehen konnte, und sie fragte sich, ob er zuvor geübt hatte, diese drei Stufen hinaufzusteigen. Johnson war nicht hier, um ihn zu unterstützen. Hatte Tessa ihre Hilfe angeboten? Vielleicht hatte Ralph jegliche Hilfe zurückgewiesen, weil er in der Öffentlichkeit nicht wie ein tatteriger alter Mann wirken wollte.

Er sprach über die Familiengeschichte, über seinen Vater James, seinen Großvater George, ihre Stellung in der Gemeinde über mehr als hundert Jahre und seine Freude, dass sein Sohn auf Stone Fen Manor zur Welt gekommen war und den Familiennamen weitertragen würde. Dann widmete er sich Colins Schul- und Studienzeit, nach der er als Buchhalter gearbeitet hatte. Abschließend sagte er, Colin sei ein wunderbarer Sohn und ein hingebungsvoller Vater für Emily gewesen.

Nach dem dritten Lied stellte Terry Clarice Beech als Freundin von Colin vor, und sie erhob sich. Zwar war sie es gewohnt, vor ihren Schülergruppen zu sprechen, aber das hier war etwas ganz anderes. Allein die Vorstellung, vor Colins Familie und Freunden zu stehen und persönliche Dinge über einen Mann zu sagen, den sie gekannt hatte, reichte, dass sie feuchte Hände bekam. Sie stieg die Stufen hinauf, spürte eine Woge von Panik und stellte sich vor, wie die Blicke der versammelten Menschen sich in ihren Rücken bohrten. Plötzlich hatte sie Angst, ihre Stimme könnte unter dem Einfluss ihrer Gefühle ins Schwanken geraten.

Sie atmete tief durch und zwang sich, loszulegen.

»Ich lehre Keramikarbeit oder Töpferei, wie man es früher genannt hat, und so habe ich auch Colin kennengelernt. Er hatte sich zu einem neuen Abendkurs angemeldet und zu mir gesagt, er wolle es mal ein Semester lang versuchen. Aber

Keramikarbeiten sagten ihm zu. Er hatte Freude daran, und dem ersten Kurs folgten weitere, elf Jahre lang, und in dieser Zeit schuf er eine fantastische Auswahl verschiedener Stücke, darunter Teller, Tassen und Vasen.

Colin erzählte mir, er habe seinen Job als Buchhalter als bereichernd und zufriedenstellend empfunden, aber die Keramikarbeit hatte zu seinem eigenen Erstaunen seine künstlerische Seite hervorgelockt. Er genoss den kreativen Prozess der Gestaltung von der Planung über die Verarbeitung des Tons bis zum Einbrennen der Glasur. Besonders liebte er die Natur, darum sind in vielen seiner Designs Blumen enthalten.

Während der elf Jahre, die ich Colin kannte, wurde er mir zu einem lieben Freund, und ich hatte die große Freude, seine Tochter heranwachsen zu sehen. Als ich Emily zum ersten Mal begegnet bin, da war sie ein schüchternes Schulmädchen; heute ist sie eine reizende junge Frau in ihrem ersten Studienjahr.

Colin fiel es leicht, Freundschaften zu schließen. Seine Mitschüler, die größtenteils zusammen mit ihm angefangen hatten, wurden ein Teil seines persönlichen Kreises, auch außerhalb des Kurses. Vor ein paar Jahren hatten wir eine Diskussion, und einer der Schüler bemerkte, wir seien ein bunt gemischter Haufen Leute mit sehr unterschiedlicher Vorgeschichte. Colin, sagte er, sei das Zentrum der Gruppe, derjenige, der sie alle zusammenführte; er sei ihr schlagendes Herz. Sein Sinn für Humor konnte auch noch die übelste Stimmung heben.«

Sie verstummte für einen Moment und sah zum anderen Ende der Kirche, wo die Keramikgruppe saß.

»Colins Freunde haben mich gebeten, ein paar Dinge darüber zu sagen, was er für sie bedeutet hat, davon zu berichten, wie er ihr Leben verändert hat.

Micky hat Colin anvertraut, dass er gern studiert hätte. Colin war absolut überzeugt, dass er das schaffen konnte. Das gab Micky das Selbstvertrauen, um sich bei der Open University einzuschreiben. Er hat acht Jahre gebraucht, um seinen Abschluss zu machen. In dieser Zeit ist er bei einem der Sommerkurse der Universität Henry begegnet. Letztes Jahr haben Micky und Henry geheiratet, und Colin war Trauzeuge.

Gabriel war Mechaniker in einer Werkstatt in der Stadt. Als die Werkstatt geschlossen werden sollte, fürchtete Gabriel, arbeitslos zu werden. Colin hat sich mit Simon, einem Mitschüler und Rechtsanwalt, zusammengetan, um Gabriel dabei zu helfen, einen Geschäftsplan auszuarbeiten. Sie errechneten die Betriebsaufwendungen, ermittelten die Kosten für die Hypothek und den Kauf der Werkstatt. Das ist fünf Jahre her. Das Geschäft ist heute so erfolgreich, dass Gabriel inzwischen zwei Mitarbeiter beschäftigt.

Es gibt noch andere Geschichten: Wie er seinen Nachbarn geholfen hat, seine Backkünste – sein Zitronenkuchen war köstlich –, seine legendären Gartenpartys im Sommer. Die Liste ist endlos.

Ein paar seiner Freunde haben die Aufgabe übernommen, Colin, wie sie ihn kannten, in weniger als fünf Worten zu beschreiben.«

Für einen Moment unterbrach sich Clarice und ließ ihren Blick durch die Kirche schweifen.

»Hier sind sie. Diane sagte, er sei ›liebenswürdig und teilnahmsvoll‹. Gabriel beschrieb Colin als ›besten aller Freunde‹. Mandy nannte ihn einen ›wunderbaren Mann‹. Simon sagte, mit Colin sei man stets in ›bester Gesellschaft‹. Gill sprach von seinem ›wundervollen Sinn für Humor‹. Und Micky sagte, Colin sei ein ›Traummann, einmalig und unersetzlich‹.

Persönlich kann ich sagen, dass ich Colin als einen besonders anständigen und gütigen Mann erlebt habe. Mit seinem trockenen Humor, seiner Aufmerksamkeit und seinem herrlichen Sinn für Absurdes konnte er ganze Kurse in seinen Bann schlagen. Er behandelte alle, mit denen er in Kontakt kam, mit Achtung und Respekt. Und er war stets bereit, andere Menschen zu unterstützen, wenn sie Hilfe brauchten. Es erfüllt mich mit Stolz zu sagen, dass Colin mein Freund war. Ich hatte ihn unendlich gern. Er war einer jener seltenen Menschen, die das Leben aller bereichern, die mit ihm in Kontakt kommen, mein eigenes eingeschlossen. Er wird mir fehlen.«

Leiser Applaus klang im hinteren Bereich der Kirche auf wie Regentropfen, die gegen ein Fenster prasseln. Clarice nickte Terry zu, und als sie zu ihrem Platz zurückkehrte, sah sie, dass Tessa sich umgedreht hatte und mit finsterer Miene nach dem Ursprung der Geräusche Ausschau hielt. Emily, der die Tränen über die Wangen liefen, griff nach Clarices Hand und drückte sie. Tessa drehte sich wieder nach vorn, den Blick gesenkt, als hätte sie plötzlich etwas Interessantes im Gesangbuch entdeckt. Ralph saß stocksteif da. Was sie gesagt hatte, überlegte Clarice, war für einen Mann, der stets darum bemüht war, keine Gefühle zu zeigen, womöglich schwer zu verdauen.

Später versammelte sich die Gemeinde rund um die Grabstätte, während der Sarg abgelassen wurde, und Terry beendete den Trauergottesdienst. Danach unterhielten sich Ralph, Emily und Tessa in der Nähe der Kirchentür mit den Trauergästen. Der Himmel war unheilverkündend dunkel, aber noch regnete es nicht.

Dawn hielt Clarice auf, als sie sich gerade zu Micky und Colins anderen Freunden gesellen wollte.

»Mir hat gefallen, was Sie über Colin gesagt haben; er konnte sich glücklich schätzen, Freunde wie Sie zu haben – loyal und liebenswürdig.« Trotz der warmen Worte wirkte Dawn aufgebracht. »Wir müssen uns unterhalten – nicht jetzt, später, im Haus. Ich bekomme den Gedanken nicht mehr aus dem Kopf, dass mein Vater etwas mit Avrils Tod zu tun haben könnte.«

»Hat er vielleicht gar nicht, Dawn«, flüsterte Clarice eindringlich. »Wir gehen nur die Möglichkeiten durch. Aber irgendjemand ist nervös geworden, denn diese Bronzestatue ist nicht von selbst runtergefallen.«

»Wir reden später.« Dawn drückte kurz ihren Arm und entfernte sich, als die Keramikleute sich um Clarice drängelten.

»Danke, Clarice, du hast Colin alle Ehre gemacht. Ich hätte es selbst nicht besser hingekriegt.« Micky umarmte sie.

»Wir kommen mit zum Haus – Emily hat uns eingeladen«, sagte Diane. »Wir werden aber nicht lange bleiben können, vielleicht eine Stunde oder so. Das macht ihr doch nichts, oder?«

»Ich weiß, wie froh sie ist, dass ihr gekommen seid, und ich bin sicher, sie versteht, dass ihr noch einen langen Heimweg vor euch habt«, versicherte Clarice. »Und deine Enkel kommen nach der Schule zu dir, richtig?«

»Bei mir bekommen sie ihren Tee.« Diane nickte. »Und dann bleiben sie, bis meine Tochter sie nach der Arbeit abholt.«

»Ich bin nur froh, dass wir kommen konnten.« Simon, schlank und adrett in seinem besten Anzug, sah die anderen an, die zustimmend nickten. »Danke, dass du das alles organisiert hast, Henry.«

»War mir ein Vergnügen.«

»Hallo, Herzchen, Clarice, richtig?« Ein Mann in den Siebzigern mit schlecht gefärbtem orangerotem Haar und einem karierten Jackett kam auf Clarice zu. Die Art, wie er sie ansprach, verriet seine Lincolnshirer Wurzeln, und sie musste lächeln, als sie an Mrs Fullers treffende Beschreibung seines Haars dachte. »Ich bin Albert Wilson.« Er hob eine Hand, als wollte er sich an eine imaginäre Hutkrempe fassen. »Ich kannte Colin als Jungen – ein schüchternes Kerlchen, aber lieb. Was sie über ihn gesagt haben, war wirklich reizend.«

»Danke«, sagte Clarice. »Haben Sie die ganze Familie gekannt – auch seine Mutter?«

»Ja, sie habe ich schon als Kind gekannt; Avril war ungefähr so alt wie meine große Schwester Jane. Sie waren zusammen in der Grundschule und in der Mittelschule. Dann kam Avril in die Oberstufe – und Jane nicht.«

»Sie hat die Aufnahmeprüfung abgelegt?«

»Aber ja. Ihre Eltern hätten sich sogar eine Privatschulausbildung für sie leisten können; sie waren gut bei Kasse. Aber der Vater war ein Geizhals. Für Mädchen wollte er nicht zahlen. Die würden eh heiraten, meinte er, also brauchten sie auch keine besonders gute Ausbildung. Er hatte keinen Sohn, nur zwei Töchter, Avril und Pamela.«

»War Avril auch so schüchtern wie Colin?«, fragte Clarice.

»Sie war still.« Albert sah sich um, während er erzählte. »Aber sie war nicht auf den Kopf gefallen. Weil sie so still war, gab es Kinder, die dachten, mit ihr könnten sie's machen. Aber Jane hat mir erzählt, Avril hätte sich nicht herumschubsen lassen.«

»Das ist interessant. Haben Sie den Major auch gekannt?«, fragte Clarice.

»Da könnte ich Ihnen das eine oder andere erzählen ...«

»Sagten Sie Avril?« Plötzlich stand Ernestine neben Albert und unterbrach ihr Gespräch.

»Ja«, sagte Albert.

»Sie war meine beste Freundin«, verkündete Ernestine, und dann fiel ihr ein: »Sie war meine Schwägerin. Sie hat mich zum Einkaufen mitgenommen, und manchmal sind wir zusammen zum Mittagessen gegangen.«

»Sind Sie mal mit ihr im Urlaub gewesen?«, fragte Albert mit einem zugewandten Lächeln. »Avril ist gern in den Urlaub geflogen – an sonnige Orte in Italien oder Griechenland.«

»Was?« Ernestine sah ratlos aus. »Das ist albern!«

Verdattert starrte Albert sie an.

»Avril konnte nicht fliegen.« Ernestine bewegte die Arme auf und ab, imitierte einen flatternden Vogel.

»Ah.« Albert sah Clarice an. »Ja, ganz recht.«

Clarice fragte sich, wie sie Ernestine zum Schweigen bringen konnte.

»Wussten Sie, dass ich noch all meine Zähne habe?« Ernestine präsentierte ihm ihr falsches Lächeln. »Ich bin beinahe achtzig.«

»Alle einsteigen!« Dawn kam, um Ernestine einzusammeln.

»Wir sehen uns dann im Haus.« Albert hob erneut die Hand, um sich an den nicht vorhandenen Hut zu tippten, und verschwand in der Menge.

Auf dem Weg zur Limousine hielt Clarice noch einmal inne und betrachtete Dawn, die ihren Eltern zu dem Wagen folgte. Sie war ganz offensichtlich erschüttert, nachdem sie das Ende des Gesprächs zwischen Emily und ihr mitgehört hatte. Dann wandte sie den Blick vom Wagen ab und musterte das Zeitungsgeschäft gegenüber der Kirche. Direkt daneben befand sich der Gedenkstein, der ihr am Vortag aufgefallen war. Das Monument glich vermutlich vielen anderen in Lincolnshire und trug die Namen der Soldaten, die in den zwei Weltkriegen ihr Leben gelassen hatten.

»Kommen Sie, Clarice«, rief Emily.

Clarice setzte sich in Bewegung und blieb gleich wieder stehen und sah sich um. Der Mann, den sie bei ihrer Ankunft im Wald gesehen hatte und der ein paar Stunden später durch das Fenster in Stone Fen Manor gestarrt hatte, stand im Halbschatten des Gedenksteins. Sein Blick fixierte den Wagen, in dem Dawn saß, die nicht ahnte, dass er hier draußen war.

Die Fahrt zurück nach Stone Fen Manor verlief ruhig, von Ernestines zeitweiligem Geschnatter abgesehen, und Clarice kehrte in Gedanken zurück zu dem, was sie gesehen hatte.

Tessa hatte offenbar beschlossen, sich von den anderen abzusondern. Sie stierte während der ganzen Fahrt zum Fenster hinaus.

»Ralph, du hast mich nicht gebeten, etwas zu sagen«, beklagte sich Ernestine. »Ich hätte etwas Nettes über Colin erzählen können.«

»Nein, es haben genug Leute geredet«, sagte Ralph unverblümt und tat es dann Tessa gleich und starrte aus dem Fenster.

Dawn fing Clarices Blick auf und zog die Brauen hoch.

»Mach dir doch darüber keine Gedanken, Tante Ernestine.« Besänftigend tätschelte Emily ihr das Knie.

»Jetzt musst du nur noch den Leichenschmaus überstehen«, sagte Clarice leise.

Emily nickte.

»Ralph hätte mich fragen sollen«, sagte Ernestine schmollend. »Ich wollte allen sagen, was für ein reizender Junge Colin war. Ich bin seine Tante, und man hat mir keine Gelegenheit gegeben, etwas zu sagen.«

»Das reicht, Ernestine!«, blaffte Ralph.

»Bitte, mach dir darüber keine Sorgen«, versuchte Emily, ihre Tante abzulenken. »Sobald wir zu Hause sind, gibt es jede Menge zu essen.«

»Gott sei Dank.« Ernestines Miene hellte sich auf. »Ich verhungere, und ich habe keine Toffees mehr.«

Kapitel 28

Die Caterer hatten ihre Arbeit getan. Keine halbe Stunde nach der Rückkehr der Familie ergossen sich auch schon die Gäste über die große Halle und füllten schwatzend ihre Teller.

Clarice folgte Ralph in sein Büro, wo er seinen Mantel ablegte.

»Ich würde Sie gern kurz sprechen«, sagte sie.

»Ich glaube, wir haben genug von dem gehört, was Sie zu sagen haben.« Sichtlich verärgert betrat Tessa den Raum.

»Dieser Mann, Ian Belling.« Clarice blickte von Tessa zu Ralph.

»Was ist mit ihm.« Plötzlich wirkte Tessa weniger verärgert als besorgt.

Clarice erzählte ihnen, was sie gesehen hatte, und für einen Moment sahen die beiden sich nur wortlos an.

»Ich rufe die Polizei«, sagte Ralph schließlich, und Tessa nickte. »Danke, Clarice«, fügte er hinzu, als sie sich zum Gehen wandte. »Ich glaube zwar nicht, dass er hier auftauchen wird, doch man kann nie sicher sein. Aber sagen Sie es Dawn nicht, ich will sie nicht ängstigen.«

Clarice nickte und ließ die zwei allein. Sie hatte ihr Wort Dawn gegenüber gehalten; sie hatte Ralph nicht von der nächtlichen Sichtung Bellings erzählt. Es war schon eine Ironie, dass Ralph sie nun ebenfalls gebeten hatte, über den Mann zu schweigen. Später, nach dem Leichenschmaus, wäre jedoch sicher genug Zeit, damit Vater und Tochter sich in Ruhe unterhalten konnten. Clarice ging hinauf ins Gästezimmer, in dem Emily gerade ihr Make-up auffrischte. Nachdem sie ihr erzählt hatte, was passiert war, kamen sie wieder hinunter, wo sie Ralph und Tessa im Gespräch mit Gästen antrafen, während Ernestine sich an Sandwiches verlustierte.

Sie gesellten sich zu Colins Freunden, und Emily füllte Teller und Gläser, um sicherzustellen, dass sie aßen und tranken, ehe sie sich auf den Heimweg machten. Clarice sah zu, wie sie sich allmählich entspannte, während sie unter Freunden war und von einer vertrauten Person zur nächsten ging, um sich eine Umarmung abzuholen. Die Last der familiären Streitigkeiten der letzten zwei Tage schien von ihr abgefallen zu sein.

Clarice sah, wie Ernestine sich Micky näherte. Bald darauf bückte sich Micky, damit die alte Dame das Schlangentattoo auf seinem Kopf streicheln konnte. Anschließend verzog sie die Lippen zu dem bekannten falschen Lächeln, und schon wusste Clarice, was sie ihm gerade erzählte. Ralph arbeitete sich durch den Raum, gefolgt von Tessa, die ein Weinglas in der Hand hielt. Ganz der perfekte Gastgeber sprach er mit jedem Einzelnen, schüttelte Hände und bedankte sich dafür, dass sie gekommen waren.

Nach etwas mehr als einer Stunde machte sich die Gruppe mit dem Bus auf den Heimweg. Clarice und Emily, die mit hinausgegangen waren, um sich zu verabschieden, standen neben Bellatrix und sahen ihnen hinterher.

»Möchten Sie jetzt auch etwas essen?«, fragte Emily.

»Bald«, antwortete Clarice. »Was ist mit dir?«

»Mir ist ein bisschen unwohl, und ich habe keinen Hunger.« Emilys Blick glitt über Bellatrix. »Ich brauche mal zehn Minuten für mich allein, um wieder einen klaren Kopf zu bekommen. Ich werde zu den alten Ställen und wieder zurück spazieren. Später werde ich mit anderen Leuten reden müssen, Leuten aus dem Dorf, die ich nicht einmal kenne. Aber Grandpa erwartet das bestimmt von mir.«

»Du musst gar nichts tun, was du nicht tun willst«, widersprach Clarice in entschiedenem Ton.

Sie sah Emily kurz hinterher, ehe sie wieder hineinging. Ernestine stand am Büfett, häufte Sandwiches und Wurstbrötchen auf ihren Teller und ließ sich ein Glas Sherry vom Personal des Caterers geben.

Clarice schlenderte zur Treppe und stellte unterwegs fest, dass die Katzenskulptur aufrecht auf der viereckigen Holzplatte stand, mit der der Schaden im Boden abgedeckt worden war. Sie fragte sich, wer Johnson wohl geholfen hatte, sie dort aufzustellen.

»Jetzt aber, meine Liebe.«

Sie drehte sich um und sah Albert Wilson mit einem Glas in der Hand vor sich.

»Hallo, Albert, haben Sie schon gegessen?«

»Ich hatte schon etwas. Jetzt warte ich, bis die Schlange kleiner ist, ehe ich mir einen Nachschlag hole.« Er zeigte auf das Gedränge am Büfett. »Es ist genug da; das wird schon nicht ausgehen. Und ich habe mir einen Wein geholt – Bier gibt es nicht.«

»Ernestine ist beschäftigt«, bemerkte Clarice und sah zu, wie sich die alte Dame, die inzwischen Platz genommen hatte, darauf konzentrierte, ihren Berg an Essen abzutragen.

»Das ist gut. Dann können wir uns in Ruhe unterhalten.« Albert beugte sich zu ihr. »Sie hatten den Major erwähnt.«

»Ja.« Clarices Miene offenbarte ihr Interesse.

»Die Damen haben ihn geliebt«, sagte Albert. »Ich hab's nicht verstanden; er musste nur mit den Fingern schnippen, schon zwitscherten sie um ihn herum wie ein ganzer Hühnerhaufen.«

»Tatsächlich?«

»Er war früher in der Army, ein Schwätzer, das war er. Er hatte dies getan und das erlebt und jenes auch noch.« Albert prustete. »Er war ein Auswärtiger, ein Fremder, also dachte er, er könnte sagen, was er will, und würde schon damit durchkommen. Ich kannte Janice, seine Frau, schon bevor er ihr zum ersten Mal begegnet ist.«

Clarice nickte und erkannte eine weitere Eigenart aus Lincolnshire wieder – Leute aus anderen Teilen des Vereinigten Königreiches als Auswärtige oder Fremde zu bezeichnen. »Hat Janice Ihnen etwas anderes erzählt?«

»Sagen wir, sie war ein Snob. Ein flottes Mädchen, das die hiesigen Jungs allesamt für Tölpel gehalten hat. Als dann Freddie mit seinem Geld, dem hochgestochenen Gerede und all diesen Flausen aufgetaucht ist, da dachte sie, sie hätte einen ganz großen Fisch an der Angel.« Albert nippte an seinem Wein und rümpfte die Nase. »Ich weiß nicht, warum die Leute so scharf auf dieses Zeug sind.«

»Soweit ich gehört habe, war sie eine Schönheit«, warf Clarice ein, gespannt auf Alberts Reaktion.

»Sie war schon ganz nett«, sagte er in säuerlichem Ton. »Aber das wusste sie auch; mit so einem wie mir wäre die nie ausgegangen.«

»Und der Major hatte Geld?« Clarice zog die Brauen hoch.

»Jede Menge, aber er hat es nicht verschleudert. Er wurde Partner bei Compton-Smythes Geschäft; er und Ralph waren alte Freunde.« Albert nahm einen weiteren Schluck und wälzte den Wein im Mund herum, ehe er schluckte. Dann sagte er im Verschwörerton: »Aber Janice, die ist natürlich aufgestiegen in der Gesellschaft und hat sich allerlei Allüren zugelegt. Sie ist in den Tennis- und den Golfklub eingetreten; sie hatten ein Haus im Ort, hübscher Garten. Aber es hat nicht gehalten.«

»Hatte sie ihn nicht verlassen?«, fragte Clarice.

»Ihn verlassen? Reden Sie keinen Unsinn. Sie dachte, ihm würde die Sonne aus dem Hintern scheinen. Sie ist nach Norden gegangen, um nach ihrer Mutter zu sehen, die an Krebs erkrankt war. Freddie sollte später nachkommen. Er wartete darauf, dass er sein Geld aus dem Geschäft zurückbekam. Es hieß, seine Investition in Ralphs Unternehmen würde sich nicht ausreichend rentieren.«

Unwillkürlich fragte sich Clarice, wie verlässlich Alberts Informationen sein mochten. Wenn der Major selbst vermögend gewesen wäre, warum hätte er dann so dringend sein Geld von Ralph zurückhaben wollen? Das ergab keinen Sinn.

Es wurde laut im Raum, als sich mehr und mehr Stimmen zum Gespräch erhoben.

»Ich glaube, ihr Bruder ist irgendwann in Yorkshire zu ihr gezogen«, sagte Clarice.

»Sie wissen nicht viel, meine Liebe«, kommentierte Albert herablassend. »Peter ist nach Australien gegangen. Er hat geheiratet und hatte fünf Kinder. Vielleicht ist er nach dem Tod der Mutter für eine Weile zurückgekommen. Von Janice hat ja niemand mehr etwas gehört, nachdem sie da raufgezogen ist, um sich um sie zu kümmern.«

»Ich verstehe, dann lag ich wohl falsch«, sagte Clarice. »Ich dachte, der Major wäre mit Avril weggegangen, und mir kam auch zu Ohren, dass Janice sich einen Freund angelacht haben könnte.«

»Nein, Avril ist einfach abgehauen, als Ralph wieder mit Tessa angebändelt hat. Und Janice wäre über Glasscherben gekrochen, wenn der Major es von ihr verlangt hätte; sie war nie an einem anderen interessiert. Es ging das Gerücht um, dass Avril und Freddie zusammen weggegangen waren, und er hatte so einen Schlag bei den Damen, dass die Sache Glauben fand.« Albert wedelte mit seinem Glas in der Luft. »Eine Menge der Damen hier hätten sich ihm an den Hals geworfen, hätten sie die Chance dazu bekommen. Ich fand immer, dass Avril dafür zu besonnen war.« Er sah zur Seite, als sich eine ältere Frau zu ihm gesellte, die ihm in Hinblick auf Größe und Haarfarbe ähnelte. »Das ist meine Schwester Jane.«

Clarice fragte sich, ob die Geschwister sich eine Packung Haarfärbemittel geteilt hatten. Welchen Ton sie auch benutzt hatten, ihr feines, weißes Haar nahm dadurch eine orange-rote Farbe an.

»Das ist die Dame, die Colin gekannt hat?«, fragte Jane, legte ihr halbgegessenes Sandwich zurück auf den Teller in ihrer anderen Hand und musterte Clarice eingehend vom Scheitel bis zur Sohle.

»Das ist sie, mein Herz.« Alberts Blick wanderte zurück zum Büfett. »Ich stoße später wieder dazu; an dem Tisch da ist gerade Platz.« Und schon war er verschwunden.

»Ihre Worte bei der Trauerfeier haben mir gefallen.« Als Jane den Kopf zur Seite neigte, erinnerte sie Clarice an eine weise, alte Eule. »Es war schön, zu hören, dass Colin sich ein gutes Leben aufbauen konnte und so viele Freunde hatte.«

»Kannten Sie Colin?«

»Nein, eigentlich nicht. Ich habe Avril und ihn ein paarmal im Ort gesehen. Sie hat sich immer Zeit für einen kleinen Schwatz genommen, wenn sie mich getroffen hat.« Jane setzte eine selbstgefällige Miene auf. »Sie war kein Snob, hat nie ihre Wurzeln und ihre alten Freunde vergessen.«

»Albert sagte, Sie haben mit ihr zusammen die Schule besucht.« Clarice lächelte.

»Grundschule und Mittelstufe«, bestätigte Jane. »Avril hat die Aufnahmeprüfung bestanden und ist zur Oberstufe gewechselt. Ich habe mit der Mittelschule abgeschlossen.«

»Soweit ich weiß, war die Familie begütert?«

»Die sind im Geld geschwommen. Avrils Mutter hatte einen Nerzmantel, und ihr Dad saß im Rat. Eine Weile war er sogar Bürgermeister.« Jane griff wieder zu ihrem Sandwich und nahm einen Bissen. »Sie hätten Avril und Pamela problemlos auf eine Privatschule schicken können ...« Sie sprach und kaute simultan. »Aber sie waren nur Mädchen, also wollten sie kein Geld verschwenden.«

»Weil sie so oder so keine berufliche Laufbahn einschlagen würden?« Clarice nickte. »Ja, das hat Albert mir erzählt.«

»Richtig. Damals dachte man, Mädchen würden sowieso heiraten und der Ehemann würde das Geld verdienen. Aber ...«, vielsagend rieb Jane Zeigefinger und Daumen aneinander, »... diese Mädchen hätten eine Menge Geld geerbt. Der Vater hat Immobilien gekauft und aufgemotzt, und dann hat er sie vermietet oder mit Gewinn weiterverkauft.«

»Das wusste ich nicht«, sagte Clarice und speicherte die Information ab.

»Die Mutter, Helen, war Witwe, als Avril Ralph geheiratet hat. Sie ist nicht lange nach der Hochzeit gestorben. Avril muss ein ordentliches Sümmchen mit in die Ehe gebracht haben.« Jane schürzte die Lippen, um ihre Worte zu unterstreichen. »Pamela hat ihren Anteil an miese Ehemänner vergeudet – und davon hatte sie mehrere.«

Clarice lächelte kommentarlos. Wenn Ralph Zugriff auf das Geld von Avrils Familie gehabt hatte, dann hatte sein Unternehmen das Vermögen möglicherweise verschlungen. Hatte er Avril am Ende womöglich doch nicht aus Liebe geheiratet, sondern in dem Wissen, dass seine Braut eine ansehnliche Summe mit in die Ehe bringen würde?

Als Jane weitergezogen war und es in der Halle immer lauter und gedrängter zuging, fühlte sich die unter Klaustrophobie leidende Clarice zunehmend unwohl. Erfolglos schaute sie sich nach Dawn um, sah aber Ralph, dieses Mal ohne Tessa, der sich mit zwei älteren Herren unterhielt.

Der Leichenschmaus war voll im Gang. Als Clarice den Gang zur Toilette betrat, stellte sie fest, dass noch andere Leute die gleiche Idee gehabt hatten; vor der Tür hatte sich eine Schlange gebildet. Sie kehrte um und ging durch die Halle zu dem anderen Korridor, fand die Tür jedoch verschlossen vor. Ralph musste verständlicherweise beschlossen haben, den Korridor zu seinem Arbeitszimmer und dem privaten Wohnzimmer gegen Eindringlinge zu sichern. Clarice stieg die Treppe zum nächsten Stock hinauf und suchte das Bad neben den ungenutzten Schlafzimmern auf. Als sie wenige Minuten später wieder herauskam, hielt sie inne, überwältigt von der eigenen Neugier, und machte sich mit einem schuldbewussten Blick über die Schulter auf den Weg zum ersten der vier Räume.

Es hatte sie nicht gestört, dass sie sich ein Zimmer mit Emily teilen sollte, aber als sie hier angekommen waren, hatte sie es schon als seltsam empfunden, dass dieses Haus zwar noch weitere vier ungenutzte Räume hatte, aber nur ein Gästezimmer zur Verfügung gestellt wurde.

Sie betrat den Raum und stellte fest, dass sich die Dunkelheit des Korridors darin fortsetzte. Die Vorhänge waren weitgehend zugezogen, und zwei große Schränke am Fenster blockierten das Tageslicht zusätzlich. Als sie den Lichtschalter betätigte, zeigte sich der Raum in einem beklagenswert vernachlässigten Zustand, der deutlich schlimmer war als der der anderen Räume, die sie im Haus schon betreten hatte. Die Tapete mit ihrem verblassten Muster aus Blumen in verschiedenen Rosatönen vor einem fahlgrünen Hintergrund klebte vermutlich an den Wänden, seit die erste Generation Compton-Smythes hier gelebt hatte. Weiter oben, nahe der Zimmerdecke, hatte sie sich bereits von der Wand gelöst und hing einfach herunter, und in den Ecken vermischten sich graue Stellen mit beigem und braunem Moder. Spinnweben hingen über den Schränken und krochen weiter hinauf zur Decke. Und die Außenwände fühlten sich feucht an, als Clarice eine Hand darauf legte.

Nach all dem Lärm und der Betriebsamkeit in der großen Halle kam ihr der Raum unnatürlich still vor. Clarice schauderte; es war bitterkalt, und als sie aus dem Fenster schaute, atmete sie die muffige, modrige Luft eines vernachlässigten Raumes ein. Sie strich mit dem Finger über das Fensterbrett und hinterließ eine deutliche Linie in Staub und Schmutz. Wenn alle vier Räume so aussahen, war klar, warum sie für Übernachtungsgäste nicht zur Verfügung standen. Kurz dachte sie über den Grundriss des Gebäudes nach, und ihr kam in den Sinn, dass sie zwar in den Räumen direkt unter diesem einen gewissen Verfall wahrgenommen hatte, aber längst nicht in solch einem Ausmaß. Zumindest profitierten die Räumlichkeiten im Erdgeschoss von irgendeiner Art der Beheizung. Hier hingegen war etwas, das aussah wie ein altes Kissen, in den Kamin gestopft worden, um den Abzug abzudichten. Vielleicht ging es darum, zu verhindern, dass Vögel, die dumm genug waren, auf dem Schornstein zu nisten, in den Raum eindrangen. Sie rief sich die andere Seite des Turms ins Gedächtnis. Ralphs Büro war im Erdgeschoss und darüber lagen die Schlafzimmer der Familie. Auf der Seite war ihr kein Verfall aufgefallen. Vielleicht gab es in diesem Flügel des Hauses Probleme mit Setzungsrissen oder Ähnlichem.

Sie ging um einen Stapel Stühle herum. Die waren alle beschädigt; warum hatte Ralph sie nicht entsorgt? Dann erinnerte sie sich, dass Emily ihr erzählt hatte, wie Colin diese Räume bezeichnete: *der Friedhof der toten Möbel.* Dem Stil nach mochten sie mehr als ein Jahrhundert alt sein. Viele schienen einmal zu einem ganzen Ensemble gehört zu haben; bei etlichen waren Armlehnen oder Beine gebrochen, und sie sah tiefe Kratzer, vermutlich von Katzenkrallen. Die enorme Anzahl an Stühlen deutete darauf hin, dass George oder James, der erste oder zweite Compton-Smythe, große Gesellschaften abgehalten hatte. Clarice stellte sich Musik, Tanz und Gelächter in der großen Halle vor oder einen langen Speisentisch mit funkelndem Tafelsilber und feinem Porzellan und zahllosen Gästen, die drumherum auf diesen Stühlen saßen.

In den beiden nächsten Zimmern gab es Doppelbetten und vergessene Sofas und Sessel. Die Betten waren halb begraben unter einem Durcheinander ausrangierter Dinge. Das Stadium des Verfalls glich dem im ersten Raum, und die einst gepflegten Möbel waren aufs Geratewohl aufgehäuft worden wie Müll. Sie sah Tennisschläger und ein aufgerolltes Netz, einen Puppenwagen voller kaputter Puppen, eine Eisenbahn und diverse andere Spielzeuge.

Clarice ergriff wahllos ein kleines blaues Kästchen und erschrak, als der Boden sich löste und Glasmurmeln herausfielen. Entsetzt sah sie zu, wie die Murmeln mit lautem Radau auf den Holzboden prallten. Und der Lärm hielt an, während sie über die kahlen Bodenbretter in alle Richtungen davonrollten. Mit einem mulmigen Gefühl im Bauch erstarrte sie vor lauter Schreck an Ort und Stelle. Als sie auch nach einer gefühlten Ewigkeit keine sich nähernden Schritte gehört hatte, krabbelte sie über den Boden, um die Murmeln wieder einzusammeln und in den Puppenwagen zu legen.

Der vierte Raum rief ein schmerzliches Gefühl in ihr wach. Zwar hatte sie Ralphs und Ernestines kleine Schwester nicht gekannt, dennoch bewegte sie die Geschichte ihres verfrühten Todes. In dem gesammelten Trödel stand ein kleiner Schreibtisch, in dessen Holz in einem wackeligen Stil, der eindeutig auf eine Kinderhand verwies, ein Name eingeritzt worden war: *Beth*. Clarice lächelte; bestimmt hatte Beth, der unartige Wildfang, selbst den Tisch verunstaltet. Sie konnte sich jedenfalls nicht vorstellen, dass Ernestine so etwas tun würde.

Während sie mit der Hand über die Oberfläche strich, hörte sie, wie die Tür des gegenüberliegenden Zimmers leise geschlossen wurde. Sie atmete schneller; Panik flutete ihren Körper, als sie sich zum Gehen wandte. Aber es war zu spät; die Tür wurde aufgestoßen.

»Gefunden, gefunden!« Ernestine stand mit einem vor Entzücken leuchtenden Gesicht direkt vor ihr. »Ich bin die Beste beim Versteckenspielen.« Sie hüpfte auf der Stelle auf und nieder und klatschte wie ein überdrehtes Kleinkind, das zu viele Süßigkeiten gegessen hatte, in die Hände. »Niemand schlägt mich.«

»Ja«, sagte Clarice und lächelte, »das sehe ich.«

»Aber Sie haben es nicht richtig gemacht.« Plötzlich war Ernestine wieder ernst. »Sie hätten mir Bescheid sagen sollen, ehe Sie sich versteckt haben, dann hätte ich bis hundert gezählt, ehe ich nach Ihnen suche.«

»Es ist schon lange her, seit ich zum letzten Mal Verstecken gespielt habe«, erklärte Clarice in reumütigem Ton. »Woher haben Sie gewusst, dass ich mich versteckt habe?«

»Ich habe Sie raufgehen sehen – und Sie waren in keinem der anderen Zimmer, in die ich geguckt habe.«

»Ausschlussverfahren! Das war clever.« Sie lächelte.

»Ich habe jetzt niemanden mehr, mit dem ich spielen kann.« Ernestine setzte eine hinterhältige Miene auf. »Aber Sie können meine neue Freundin sein; wir können miteinander spielen.«

»Ich bin hergekommen, weil ich zur Toilette wollte; vor der unten steht eine ganze Schlange. Aber jetzt müssen wir wieder runtergehen.«

»Das war der Schreibtisch meiner kleinen Schwester.« Ernestine wirkte fahrig, als sie hinging und die Klappe öffnete. »Sie war sehr unartig und hat ihren Namen draufgekratzt, und da hat sie ganz viel Ärger gekriegt.«

»Mit Ihren Eltern?«

Ernestine nickte. »Sie war immer Daddys Liebling. Der Tisch war ganz neu; er hat ihr am Morgen noch gesagt, sie soll gut auf ihn achten. Und dann, am Nachmittag, hat er das da gesehen!«

»Wenn er ganz neu war, dann war er sicher verärgert«, murmelte Clarice.

»Ich war froh, dass sie an der Reihe war und nicht schon wieder ich«, sagte Ernestine selbstgefällig.

»Warum? Hatten Sie oft Ärger?«, fragte Clarice.

»Normalerweise ging es ums Essen.« Ernestine war ans Fenster getreten. »Wenn die Köchin Kuchen oder Kekse gemacht hat und ich mir einfach, ohne zu fragen, was genommen habe, dann hat Mummy gesagt: ›Ernestine, lass noch was für die anderen übrig – du bist ein sehr habgieriges kleines Mädchen.‹«

»Aber so sind doch alle Kinder«, wandte Clarice ein.

»Sehen Sie, da ist Tessa.« Ernestine zeigte nach draußen, wo sich Tessa gerade in Richtung der Stallungen vom Haus entfernte. Clarice fragte sich, ob sie es leid war, die Gastgeberin zu spielen.

»Geht sie oft spazieren?«

»Dauernd.« Ernestine nickte. »Ralph muss immer mit Johnson gehen, weil er nicht mehr richtig sehen kann. Dawn geht manchmal in den Wald.«

»Abends?«, hakte Clarice vorsichtig nach.

»Die anderen gehen abends. Ich mache das nicht so oft.« Plötzlich wurde sie ernst. »Ralph wird böse, wenn ich zu spät im Dunkeln draußen bin. Er denkt, ich würde in irgendeinem sumpfigen Loch enden.«

Clarice wartete lächelnd.

»Ralph, Dawn, Johnson und Tessa – die sind alle raus, um mich zu suchen und zurückzuholen. Dabei habe ich mich gar nicht richtig verirrt. Das ist sehr lästig.«

»Aber es ist gut, dass sie auf Sie achtgeben.«

»Ja, wahrscheinlich.« Sie wurde nachdenklich. »Dawn geht nicht mehr so oft raus, seit dieser Mann dauernd herkommt.«

»Ian Belling?«

»Ich kann mich nicht an seinen Namen erinnern. Dawn war mal seine Freundin, aber jetzt nicht mehr. Dawn sagt, er hasst sie.«

»Das ist nicht gut.« Clarice gab sich zurückhaltend.

»Ralph hat gesagt, wir müssen ihm sofort Bescheid geben, wenn jemand ihn sieht, damit er die Polizei rufen kann.« Ernestine zuckte mit den Schultern. »Aber bis die hier sind, ist der weg.«

»Das muss schwer für Dawn sein.«

»Tessa denkt, dass Dawn das Haus erben wird, jetzt, wo Colin tot ist.«

»Das nehme ich auch an. Sie ist die Zweitälteste«, sagte Clarice.

»Aber sie ist ein Mädchen. Das Haus geht immer an den ältesten Jungen; so hat Ralph es auch bekommen.«

»Ich nehme an, es kann jetzt nur noch an Dawn oder Emily fallen. Dawn ist nun die Älteste, und außerdem ist Emily auch ein Mädchen.«

»Tessa hat Ralph gesagt, es wäre Dawns Geburtsrecht, aber Ralph sieht das nicht so.«

»Wie sieht er es Ihrer Meinung nach?«, fragte Clarice.

»Er hat gesagt: ›Das ist keine beschlossene Sache.‹« Ein ausgekochtes Lächeln zeigte sich auf Ernestines Lippen, als sie Wissen weitergab, das sie zweifellos erlauscht hatte.

»Denken Sie, das Haus könnte Emily zuerkannt werden, nicht Dawn?«

»Woher soll ich das wissen?« Wieder zuckte sie mit den Schultern. »Spielen wir Verstecken? Nur noch ein Spiel? Beim letzten Mal haben Sie sich versteckt. Jetzt bin ich dran«, bettelte sie, und der hinterlistige Ausdruck war in ihr Gesicht zurückgekehrt.

»Nein, wir müssen wieder runtergehen«, sagte Clarice sanft. »Wenn Sie mich später daran erinnern, wenn die Gäste fort sind, dann spiele ich mit Ihnen. Versprochen.«

»Das werden Sie bestimmt vergessen.«

»Nein.« Sie ging hinaus. »Werde ich nicht, und da unten gibt es immer noch eine Menge zu essen.«

»Das hatte ich vergessen.« Ernestine ging prompt schneller. »Ich verhungere.«

Auf dem Weg nach unten dachte Clarice nach. Dawn hatte über ihr Erbe gesprochen, als stünde alles bereits fest.

Nach Colins Tod glaubte sie, sie wäre die Nächste in der Erbfolge. Emily hatte dem zugestimmt. Die Entscheidung lag bei Ralph, aber aus dem, was Clarice gerade zu hören bekommen hatte, schloss sie, dass er noch keinen endgültigen Beschluss gefasst hatte. Seit ihrer Ankunft war ihr, ausgehend von dem Gedanken, dass Dawn erben würde, Tessas aggressives Auftreten gegenüber Emily sonderbar erschienen. Aber die Antwort, die Ralph Tessa anscheinend erteilt hatte, änderte alles. Tessas Haltung war leichter zu verstehen, wenn man davon ausging, dass sie in Emily eine Bedrohung für Dawns Aussichten auf das Erbe sah.

Clarices Gedanken kehrten zurück zu dem fürchterlichen Zustand, in dem sich die vier Zimmer befanden. Wie alle anderen Teile des Gebäudes würde es eine beträchtliche Menge Geld kosten, das in Ordnung zu bringen. Der Besitz dieses Anwesens mochte sich durchaus als zweischneidiges Schwert erweisen.

Am Fuß der Treppe sah sie an sich hinunter und wischte hastig den Staub von ihren Kleidern, den sie aufgesammelt hatte, als sie auf dem Boden des Schlafzimmers herumgekrochen war, um die Murmeln zu suchen. Derweil drängelte sich Ernestine am Büfetttisch vor, bis sie am Anfang der Schlange angelangt war. Clarice hoffte, die alte Dame würde ihr Versprechen, mit ihr Verstecken zu spielen, vergessen haben, bis die Gäste fort waren.

Kapitel 29

Clarice machte sich auf den Weg zur Küche, wo sie eine chaotische Szenerie erwartete. Auf jeder Oberfläche stapelten sich Teller, Tassen und Gläser. Es war warm im Raum, und die Fenster waren beschlagen. Mrs Fuller und Mrs Banner standen Seite an Seite am Spülbecken, eine das Spiegelbild der anderen, und spülten und trockneten Geschirr.

»Alles in Ordnung, meine Liebe?« Mrs Fuller gaffte sie an wie ein eigentümliches Museumsstück.

»Bestens«, sagte Clarice. »Ich dachte, die Caterer würden sich um das Geschirr kümmern.«

»Wir haben beschlossen, schon mal anzufangen«, sagte Mrs Fuller. »Meine Tochter Kirsty hat uns heute hergebracht. Dann ist sie zur Kirche gegangen, und jetzt ist sie da draußen und isst etwas.«

»Dann müssen Sie nicht im Dunkeln nach Hause radeln?«, fragte Clarice.

»Kein, Kirsty fährt uns.«

»Ich wette, Sie sind heilfroh«, sagte Mrs Banner und bewegte ihren Kopf auf eine Weise, die all ihre Kinne in Schwingung versetzte, »dass unsere gute Christine dem Tisch genau in dem Moment, in dem sie es getan hat, diesen Schubs versetzt hat. Das hat ihnen den Hintern gerettet.«

»Ich hatte extremes Glück«, stimmte Clarice zu.

Sie blieb noch weitere zehn Minuten. Es war offensichtlich, dass die beiden Schwestern länger über den Vorfall reden wollten, aber da es nichts Neues gab, war nicht mehr viel hinzuzufügen. Clarice bezweifelte nicht, dass die Geschichte in den nächsten Wochen, sobald sie Eingang in den Dorfklatsch fand, dramatisch aufgeblasen werden würde. Als sie endlich nach draußen entkommen war, holte sie ihr Telefon hervor. Sie hatte eine Nachricht von Rick erhalten: *Ruf an, damit ich weiß, dass alles in Ordnung ist.*

Sie entfernte sich vom Haus und beschloss, Emilys Beispiel zu folgen und etwas frische Luft zu schnappen. Auf dem Weg zum Wald musste sie an ihren letzten Ausflug dorthin denken; aber dieses Mal, bei Licht, konnte ja nichts passieren, so sagte sie sich. Da Emily ihr unterwegs nicht begegnete, nahm sie an, dass sie bereits wieder hineingegangen war.

Der Wind hatte aufgefrischt und peitschte graue Wolken den Himmel entlang; sie konnte die Bewegung der Äste über sich hören, als sie die alten Ställe hinter sich ließ, um in den Wald vorzudringen. Sie musterte die Bäume. Bei Tageslicht offenbarten sie ihre Geheimnisse: All ihres Laubs beraubte Wipfel, verlassene Vogelnester, unförmige Stämme und krumme Äste traten nun deutlich zutage.

Während sie noch über die Bäume nachdachte, erregten erhobene Stimmen ihre Aufmerksamkeit. Jemand brüllte.

Sie drehte sich einmal im Kreis und versuchte herauszufinden, woher sie kamen. Dann hörte sie wieder eine hohe Stimme aus der Nähe der Stallungen.

»Geh nicht einfach weg, wenn ich mit dir rede!«

Das war Tessa. Als Clarice auf dem Weg, den sie gekommen war, zurückeilte, sah sie, wie die Tür geschlossen wurde.

Von da an war Tessas Stimme nicht mehr zu hören. Als sie das Gebäude erreicht hatte, stieß sie die schwere Tür auf. Licht fiel durch ein Loch im Dach herein, und der Geruch von Feuchtigkeit und Verfall überfiel sie regelrecht.

»Du kannst Dawn all diesen Unsinn in den Kopf setzen – dass dir schnurzegal ist, wenn sie das Haus erbt – aber ich durchschaue dich, Fräulein!«, knurrte Tessa. In einer Ecke des Stalls hatte sich eine erschrocken aussehende Emily in eine der Pferdeboxen verkrochen.

Tessa griff zu der Metallstange, die Clarice schon früher aufgefallen war, und schwang sie theatralisch durch die Luft.

»Und dieses einfältige Getue, das du Ralph gegenüber an den Tag legst – *ja, Grandpa, nein, Grandpa, aber gern, Grandpa, ganz wie du willst, Grandpa* –, kannst du auch sein lassen. Bei mir zieht das nicht.«

Emily schüttelte den Kopf, als wollte sie widersprechen. Ihre Lippen bewegten sich, doch es war kein Wort zu hören.

»Du bist hier an einem ganz besonderen Ort. Das war Thunders Box – das Pferd, das deine Großtante Beth totgetrampelt hat. Wie fühlt es sich an, an der Stelle zu stehen, an der ein kleines Mädchen gestorben ist?« Plötzlich fing Tessa gackernd zu lachen an, vielleicht über das groteske Bild, das sie mit ihren Worten geschaffen hatte, vielleicht auch angesichts Emilys gepeinigter Miene.

Rasch und leise durchquerte Clarice den Stall und schlüpfte hinter Tessa vorbei, um sich anschließend zwischen sie und Emily zu schieben.

»Wenn das nicht Miss neugieriges Miststück ist«, höhnte Tessa, als sie Clarice sah. »All dieses Gewäsch, das Sie in der Kirche über Colin abgelassen haben – was für ein Haufen Scheiße.« Dann sah sie wieder Emily an. »Und du – Daddys erbärmliches, kleines Prinzesschen. Sogar deine Mummy hat dich zurückgelassen, als sie weitergezogen ist.« Sie beobachtete Emily, wollte sehen, welche Wirkung ihre Worte erzielten.

»Das ist nicht wahr«, ging Clarice dazwischen. »Es ist eine traurige Tatsache, dass nicht alle Ehen halten. Emily hat sich entschlossen, bei ihrem Dad zu bleiben.«

»Und Sie können aufhören, sich bei Ralph einzuschmeicheln. Er hat Sie vor der Beerdigung in sein Büro gerufen, um Ihnen zu sagen, dass Sie sich verpissen sollen, aber irgendwie haben Sie sich rausgewunden.«

»Er hat mich nicht aufgefordert zu gehen, also gab es auch nichts zum Herauswinden«, konterte Clarice herausfordernd.

»Scheißdreck – und ich wette, die Story über Ian Belling, den Sie angeblich nach der Beerdigung gesehen haben, haben Sie sich auch nur ausgedacht, um sich bei Ralph lieb Kind zu machen.« Tessa war offenbar entschlossen, vom Leder zu ziehen, bis sie all ihren Zorn abgeladen hatte.

»Wir gehen jetzt wieder ins Haus.« Clarice bewegte sich zur Seite und hielt dabei Emilys Arm fest.

»Sie können gehen, wenn ich es sage.«

»Was wollen Sie von Emily?« Clarice bemühte sich um einen sachlichen Tonfall. »Sie und Colin haben sich nie verstanden, was bedauerlich ist. Aber Colin ist tot – warum versuchen Sie nicht, das endlich hinter sich zu lassen?«

»Wenn Ralph Sie nicht in sein Büro zitiert hat, um Ihnen zu sagen, dass Sie verschwinden sollen, dann würde ich gern wissen, *worüber* Sie mit ihm gesprochen haben. Sie waren ja lange genug bei ihm. Sie sind noch schlimmer als *die da*.« Tessa zeigte mit der Metallstange auf Emily. »Sie haben nichts als Ärger gemacht und die Saat des Misstrauens in dieser Familie ausgebracht, seit Sie hier aufgetaucht sind.«

»Das war nie meine Absicht«, sagte Clarice, und während sie sprach, zog sie Emily in Richtung Tür.

Tessa bewegte sich derweil seitlich voran, und so ging es immer vor und zurück, als würden sie einen surrealen Tanz aufführen. Dann drehte sich Tessa für einen Moment um und starrte zur Tür, als die überraschend geöffnet und wieder geschlossen wurde. Clarice ergriff die Gelegenheit beim Schopf und zerrte Emily an ihr vorbei. Zwei Schritte weiter ragte ein Schatten vor den beiden auf. Wer immer hereingekommen war, befand sich nun direkt vor ihnen und verstellte den Weg.

Einen endlosen Moment lang herrschte Schweigen. Clarice spürte Tessa hinter sich, fühlte, wie sie sie mit gespitzten Ohren beobachtete.

»Sie haben offenbar die Gewohnheit, sich zur falschen Zeit am falschen Ort einzufinden, Mrs Beech.« Johnsons Glasgow-Stimme klang gewohnt mürrisch, als er näherkam und ins Licht trat.

Clarice sah sich zu Tessa um, ehe sie Johnson anblickte. Ihre Brust verspannte sich. Ihr war, als würde sie die vergangene Nacht im Wald erneut durchleben. Aber heute versuchte sie, Emily zu schützen.

Johnson kam langsam näher, trat dann zur Seite und ging an Clarice und Emily vorbei, um sich zwischen ihnen und Tessa aufzubauen.

»Ihr Großvater wird sich fragen, wo Sie sind, Emily«, sagte er, ohne sich umzudrehen.

»Bleib, wo du bist!«, brüllte Tessa.

»Genug von diesem Unsinn.« Mit einem großen Schritt war Johnson bei ihr und riss ihr die Metallstange aus der Hand. »Ab mit Ihnen, Emily.« Er warf die Stange in die Ecke, wo sie von der Wand abprallte, ehe sie klappernd auf dem Boden landete.

Als sie sich von den Stallungen entfernten, konnten sie Tessa fluchen und schimpfen hören.

»Sie ist so wütend. Sie sagte, es sei meine Schuld, dass sie und Dawn einen schlimmen Krach hatten«, flüsterte Emily.

»Das hat mit dir nichts zu tun«, entgegnete Clarice mit fester Stimme.

»Dad hat sie als Kind mal wütend erlebt; es hat ihm Angst gemacht.« Emily sah sich um, während sie hastig weitergingen. »Grandpa hat Dad gesagt, dass Tessa alles in sich reinfrisst, bis sie ihre Gefühle nicht mehr kontrollieren kann und einfach explodiert.«

Schweigend gingen sie weiter, und Clarice dachte über das nach, was gerade geschehen war. Sollte Johnson sich vergangene Nacht mit Tessa zusammengetan haben, um sie zu verfolgen, warum hatte er sie dann jetzt gehen lassen? Er schien Emily zu beschützen. Sie musste sein Verhältnis zu Tessa neu abwägen; wenn die zwei vergangene Nacht nicht zusammengearbeitet hatten, wer könnte es dann gewesen sein? Ihre Gedanken kehrten zurück zu dem Mann, den sie bei ihrer Ankunft nahe dem Wald und früher an diesem Tag bei der Beerdigung gesehen hatte: Ian Belling.

Emily führte sie zur Rückseite des Hauses, und sie gingen durch die Küchentür hinein und den langen Gang hinunter, der am Fuß der Treppe endete, wo beide die Bronzestatue beäugten. Der Lärm aus der großen Halle wirkte wie eine Wand aus Geräuschen, die es ihnen unmöglich machte, sich zu unterhalten.

Plötzlich erhob sich das Klirren von Metall über den Radau, wieder und wieder, bis in der Halle vollkommene Stille eintrat.

Clarice und Emily gingen an der Skulptur vorbei zur Vorderseite der Treppe, wo sie Ernestine auf der fünften

Stufe entdeckten. Sie hatte sich hoch genug positioniert, um gesehen zu werden. In den Händen hielt sie die Metalldeckel zweier Kasserollen, die sie wie ein Paar Orchesterbecken aneinandergeschlagen hatte.

»Hallo, allerseits. Ich bin Ernestine Compton-Smythe, Colins Tante.« Ihre Stimme klang hoch und aufgeregt. »Colin ist tot, darum möchte ich ein paar Worte über meinen entzückenden Neffen sagen.«

Clarice und Emily wechselten einen kurzen Blick.

»O mein Gott!« Regelrecht verzweifelt schlug die junge Frau beide Hände vors Gesicht.

»Höllenfeuer«, murmelte Clarice.

»Harrumph.« Ernestine räusperte sich vernehmlich und legte dann die Kasserollendeckel auf die Stufe neben sich.

Als Clarice sie nun betrachtete, überdachte sie ihren ersten Eindruck von ihr als makelloser Porzellanpuppe. Um sie herum herrschte Stille.

»In der Kirche habe ich nichts gesagt, also bin ich jetzt an der Reihe. Colin, mein Neffe, ist tot. Ich war seine Lieblingstante. Er war ein reizender Junge, er war etwas Besonderes – wie seine Mutter Beth. Daddys Pferd hat sie umgebracht. Es war schrecklich, weil da so viel Blut war. Und es war überall auf meinem Kleid, dem, das Mummy Beth gegeben hatte, weil es für mich zu klein geworden war … Colin ist nicht von einem Pferd getreten worden, aber er ist jetzt in einem braunen Kasten unter der Erde, gleich neben Beth. Jetzt sind sie wieder zusammen. Die Dunkelheit wird er nicht mögen. Als kleiner Junge hätte er sich in die Hose gemacht, und manchmal …«

»Ernestine! Was zum Teufel ist hier los?« Gefolgt von Dawn war Ralph aus der Tür zu dem Gang gekommen, der zu seinem Büro führte, und seine Stimme dröhnte durch die Halle.

»Ich erzähle allen von Colin.« Ernestine lächelte mit der ganzen Unschuld eines Kindes.

»Hör verdammt noch mal auf, dich zum Narren zu machen. Und wo zum Henker steckt Tessa?« Ralph ging auf seine Schwester zu.

»Ich bin noch nicht fertig, Ralph.« Schmollend schob Ernestine die Unterlippe vor.

»Komm, Tante Ernestine.« Dawn überholte ihren Vater und war zuerst bei ihr. »Gehen wir rauf, dann kannst du dich ein bisschen hinlegen.«

»Ich will mich nicht hinlegen. Ich will über Colin reden. Dunkelheit hat er nicht gemocht.«

»Das war, als er noch ein kleiner Junge war, Tante Ernestine, vor sehr langer Zeit.« Dawn legte ihrer Tante einen Arm um die Schultern.

»Aber ich bin noch nicht fertig.«

»Ich habe ein paar Brausebonbons in meinem Zimmer«, flüsterte Dawn ihr gut hörbar zu.

»Wirklich?« Ernestines Miene hellte sich auf. »Das sind meine Lieblingsbonbons. Sind die für mich?«

»Ja. Lass uns gehen und schauen, wo sie sind.«

Ralph sah zu, wie die beiden die Treppe hinauf verschwanden, ehe er sich umdrehte und an seine Gäste wandte.

»Das tut mir sehr leid.« Er stand genau da, wo Ernestine gestanden hatte, und ließ seinen Blick über die komplette Versammlung gleiten. »Meine Schwester ist dement. Eine der vielen Freuden des Alters.«

Schwaches Gelächter klang auf. Als Ralph die Treppe wieder herunterkam, setzte das allgemeine Geplauder erneut ein.

»Emily.« Neben seiner Enkelin blieb er stehen. »Vier Uhr ist gerade vorbei. Sag den Caterern, sie können anfangen, die

Tische abzuräumen. Das hilft diesen Kletten vielleicht auf die Sprünge. Drei Stunden sind mehr als ausreichend für ein Mittagessen.« Damit machte er kehrt und folgte seiner Tochter und seiner Schwester die Treppe hinauf.

Emily ging nacheinander zu den Mitarbeitern der Caterer und sprach leise mit ihnen; die nickten und fingen an, Teller abzuräumen. In einer kleinen Gruppe von Leuten, die sich mit alkoholischen Getränken um einen Tisch versammelt hatten, wurden enttäuschte Blicke gewechselt.

Clarice fiel auf, dass Albert Wilson anscheinend bereits gegangen war. Sie holte ihr Telefon hervor und schrieb eine Nachricht für Rick. *Hier ist alles okay. Die Einzelheiten erzähle ich dir in ein oder zwei Stunden.* Nachdem sie die Nachricht abgeschickt hatte, half sie Emily, die Tische abzuräumen. Dabei erzählte sie der jungen Frau von ihrer vorangegangenen Begegnung mit Ernestine.

»Nein, das kann nicht stimmen.« Emily konnte ihre Verwunderung nicht verbergen, als sie hörte, was da über die Vererbung des Hauses zur Sprache gekommen war. »Es geht automatisch an den ältesten männlichen Nachfahren, und wenn es keinen gibt, geht es an den ältesten weiblichen.«

Dennoch schien Emily, als sie fortfuhren, Teller und Gläser zu stapeln, tief in Gedanken versunken zu sein. Dachte sie, ihr Großvater könnte womöglich in Erwägung ziehen, die Regeln zu ändern, weil er sie Dawn vorzog? Oder fürchtete sie, ihre gerade neu aufkeimende Beziehung zu Dawn würde gleich wieder scheitern, sollte Dawn herausfinden, dass da ein Fragezeichen über ihrem Erbe schwebte? Wichtiger noch, wollte Emily wirklich mit der Verantwortung, die das Eigentum an Stone Fen Manor mit sich brachte, belastet werden?

Kapitel 30

Während die Caterer weiter abräumten, sah Clarice Mrs Fuller und ihre Schwester aus der Küche kommen. Wenige Minuten, nachdem sie gegangen waren, betrat Tessa die große Halle, durchquerte sie mit finsterem Blick und stieg, den Kopf gesenkt, die Hände vor dem Körper gefaltet, die Treppe empor. Jeder ihrer Schritte drückte Trübsal aus. Johnson hatte sich aufrecht wie ein Ladestock an der Vordertür aufgebaut, die Arme vor der Brust verschränkt, und beaufsichtigte, wie die Caterer ihre Tabletts und all die anderen Gerätschaften in ihre Lieferwagen luden.

Eine Stunde zog dahin, bis Clarice und Emily nach oben in ihr Zimmer gingen, jede mit einem Becher Tee und einem Teller Sandwiches in den Händen. Nachdem sie ihre Schuhe ausgezogen, die Sandwiches gegessen und den Tee getrunken hatten, wickelten sie sich auf den Betten in die Federdecken.

»Das war ein langer Tag«, sagte Emily gähnend.

»Willst du hierbleiben und ein bisschen schlafen?«, fragte Clarice.

»Nur eine halbe Stunde.« Emily drehte sich auf die Seite und sah sie an. »Glauben Sie, Johnson wird Grandpa von Tessa im Stall erzählen?«

»Das weiß ich wirklich nicht«, sagte Clarice. »Ich kann

mich des Gefühls nicht erwehren, dass Johnson extrem pflichtbewusst ist; er tut immer das, was das Beste für seinen Arbeitgeber ist.«

»Grandpa – nicht Tessa, richtig?«

»Dein Großvater ist sein Arbeitgeber. Ich bezweifle, dass er bleiben wird, sollte Ralph vor Tessa sterben.« Clarice sah Emily in die Augen. »Dawn sagte, sie wollte reden, sobald die Beerdigung vorbei wäre. Bisher hatten wir dazu noch keine Gelegenheit. Ich frage mich, was sie Ralph über unser Gespräch erzählt hat – und was genau sie mitangehört hat.«

»Oder was sie Tante Ernestine gefragt haben könnte. Sie hat gehört, wie wir darüber sprachen, dass Ernestine Avril mit Grandpa hat fortgehen sehen. Da wurde sie das letzte Mal lebend gesehen«, bemerkte Emily.

»Angesichts der Ansprache, die deine Tante vorhin gehalten hat, hat sie Avril und ihre Schwester Beth durcheinandergebracht. Das muss ein verwirrender Tag für sie gewesen sein mit all den Leuten, wo sie doch sonst kaum jemanden zu Gesicht bekommt.«

»Wahrscheinlich hat sie einfach den Überblick verloren.« Emily klang, als wäre sie nicht bei der Sache. »Es muss schwer sein, mit ihr zu leben, wenn sie einen schlechten Tag hat.«

»Tessa hat ungefähr das Gleiche gesagt. Um fair zu sein: Man müsste schon ein Heiliger sein, um immer die Ruhe zu wahren, wenn jemand Unsinn erzählt und sich dabei auch noch ständig wiederholt.«

Emily antwortete nicht. Clarice musterte sie forschend.

»Es fühlt sich komisch an, dass jetzt alles vorbei ist – die Bestattung, meine ich«, sinnierte Emily. »Seit Dad gestorben ist, habe ich mich gefühlt, als wäre das alles nur ein böser Traum. Aber jetzt fühlt es sich real an.«

»Ja«, stimmte Clarice zu, »Colins Tod kam so plötzlich

und unerwartet, da ist es nicht überraschend, wenn das eine Weile dauert.«

»Ich kann immer noch nicht fassen, dass ich ihn nie wiedersehen werde«, sagte Emily. »Das klingt einfältig.«

»Nein, es ist völlig normal, so zu empfinden.«

»Und der ganze andere Familienkram war nicht gerade hilfreich«, sagte Emily. »Ich dachte, herauszufinden, was mit Avril geschehen ist, wäre eine Ablenkung, und ...«

Clarice wartete.

»Dadurch hatte ich ein Ziel – ich dachte, ich könnte das Rätsel für Dad lösen ...«

Sie verfielen in Schweigen. Clarice lag auf dem Rücken und starrte nachdenklich zur Zimmerdecke empor. Emily hatte so viele widersprüchliche Gefühle zu bewältigen. Und Tessas aggressives Auftreten hatte ihr sicher nicht geholfen, mit all dem zurechtzukommen. Dann kehrte sie in Gedanken zurück zu Ernestine. Womöglich war die alte Dame Zeugin geworden, wie Avril gegangen war und ihr mit pinkfarben lackierten Fingernägeln zugewunken hatte – aber nicht an dem Tag, an dem Colins Mutter Stone Fen Manor zum letzten Mal verlassen hatte. Avril und Ralph mussten häufig unter Ernestines Augen fortgegangen sein. Hatte sie da auch etwas durcheinandergebracht und falsche Schlüsse gezogen?

Es war halb sieben, als Emily beschloss, wieder hinunterzugehen.

»Ich werde kurz Rick anrufen.« Clarice zog ihr Telefon hervor. »Ich komme gleich nach.«

»Ich muss sowieso noch ins Bad. Ich warte dann unten auf Sie.«

Als sie die Taste drückte, um Rick anzurufen, ging Clarice auf, dass Emily sich ihrer Familie vermutlich nicht allein stellen wollte.

»Clarice, ist alles in Ordnung?«, fragte Rick in besorgtem Ton.

»Ja, mir geht es gut. Ich war vorhin verhindert, und dann dachte ich, du arbeitest, also habe ich bis nach sechs gewartet.«

»Ich verlasse gerade mit Übernachtungstasche das Haus. Ich muss rauf nach Newcastle.«

»Warum?«

»Das gehört zu dem Nachtclubmordfall. Der Hauptverdächtige ist abgehauen, und in Newcastle haben sie ihn wieder geschnappt. Dann ist da auch noch ein zweiter Mann, der Zeuge der Messerstecherei gewesen sein könnte. Ich werde beide befragen. Bis das alles erledigt ist, wird es spät werden, darum übernachte ich dort.«

»Schön, dass ihr in dem Fall vorankommt«, sagte Clarice.

»Unwichtig; erzähl mir lieber, wie es bei dir gelaufen ist. Ich habe mir den ganzen Tag Sorgen gemacht.«

»Na ja …« Clarice zögerte. Sie hatte hin und her überlegt, ob sie ihm alles erzählen sollte, wohl wissend, dass es ihn beunruhigen würde, oder ob sie einen Teil der Informationen für sich behalten sollte, bis sie wieder zu Hause war. In dem Wissen, dass er es hasste, im Dunkeln gehalten zu werden – er zog Ehrlichkeit stets vor –, beschloss sie, ihm alle Fakten vorzusetzen. Aber nun, da sie erfahren hatte, dass er eine lange Autofahrt vor sich hatte und sich dabei die ganze Zeit Sorgen machen würde, entschied sie sich doch dagegen.

»Beerdigungen sind immer deprimierend«, fing sie an. Sie erzählte ihm von dem Gottesdienst und Ernestines Gequassel auf dem Weg zur Kirche, ehe sie wiederholte, was Albert Wilson und seine Schwester Jane ihr erzählt hatten. Rick hörte schweigend zu, bis sie fertig war.

»Also abgesehen davon, dass Ernestine dich wahnsinnig macht, läuft alles glatt?«

»So könnte man sagen.«

»Gut.« Er unterbrach sich für einen Moment. »Ich habe heute einen alten Freund angerufen, Graham Digby.«

»Er war zusammen mit dir Sergeant in Lincoln, und ihr habt für die Mannschaft der Polizei Rugby gespielt«, erinnerte sich Clarice.

»Genau der«, bestätigte Rick. »Er ist nach Spalding gezogen, nachdem er zum DI befördert wurde. Ich habe ihm erzählt, was du da machst – nur für den Fall.«

»Den Fall, dass es hier unschön wird.« Clarice hatte ein schlechtes Gewissen, weil sie ihm nicht die Wahrheit gesagt hatte; es war bereits unschön geworden.

»Ruf an und hinterlass eine Nachricht, wenn es nötig ist«, sagte Rick hastig. »Während der Befragungen muss ich mein Telefon ausschalten.«

»Mach ich. Ich wünsche dir eine gute Fahrt.« Sein Ton hatte ihr verraten, dass er vorwärtskommen wollte.

Als sie die Treppe hinunterging, saß Emily auf der untersten Stufe.

Der Geruch von Speisen und Alkohol hing immer noch in der Luft, aber es hielt sich niemand mehr in der großen Halle auf, und die Klappstühle standen in langen Reihen beidseits des ausladenden Kamins an der Wand. Wie am vorangegangenen Abend lag der Raum auch jetzt im Halbdunkel, erleuchtet nur von einer Lampe auf halbem Weg zur anderen Seite. Clarice folgte Emily in das Familienwohnzimmer, in dessen Kamin ein Feuer brannte. Als sie eintraten, stürzte Ben sofort herbei. Floss folgte ihm in einem langsameren Tempo.

»Hallo! Euch haben wir ja seit heute Morgen nicht mehr

zu Gesicht bekommen.« Clarice kraulte beiden Hunden das Fell im Genick.

»Sie waren in Johnsons Wohnung«, sagte Ralph, der in seinem Sessel am Feuer saß. »Zu viele Leute bringen sie nur durcheinander. Und Johnson ist mit ihnen rausgegangen.« Er hielt ein Glas mit einer Flüssigkeit in der Hand, die nach Whisky aussah.

»Haben sich die anderen alle zurückgezogen, Grandpa?«, fragte Emily.

»Johnson ist irgendwo im Haus.« Ralph hob sein Glas. »Das hat er mir gerade erst gebracht. Dawn war vor einer Weile noch hier und hat Ruffian gesucht. Tessa und Ernestine habe ich schon eine ganze Weile nicht mehr gesehen.«

»Möchtest du etwas essen? Ich könnte dir etwas machen.«

»Nein, danke. Es sind noch haufenweise Sandwiches und andere Kleinigkeiten übrig. Das steht alles in der Küche, falls ihr Hunger habt.« Er nippte an seinem Drink. »Ich schlage vor, ihr bedient euch zuerst, ehe Ernestine das Essen findet und sich durchfrisst.«

»Sollen wir uns etwas holen?« Emily drehte sich zu Clarice um.

»Ich bin nicht sonderlich hungrig nach dem, was wir vorhin oben gegessen haben.«

»Ich auch nicht«, stimmte Emily zu. »Vielleicht später.«

»Warum setzt ihr euch dann nicht?« Ralph musterte sie. »Ich muss mit euch beiden reden.«

Sie gingen zum Sofa und setzten sich ihm gegenüber.

»Geht es Tante Ernestine gut?«, fragte Emily. »Ich war besorgt, weil sie so durcheinander war und von eurer Schwester Beth erzählt hat.«

Falten gruben sich in Ralphs Stirn. »Normalerweise erinnert sie sich gut an Dinge, die weiter in der Vergangenheit liegen, während etwas, das am gleichen Tag passiert ist, ihr häufig entfällt. Außerdem: Das, was ich über die Hunde gesagt habe, gilt auch für sie – zu viele Leute. Das hat sie verwirrt.«

»Das dachte ich auch.« Emily nickte.

»Was vorhin mit Tessa vorgefallen ist, tut mir leid.« Ralph blickte zu Boden. »Als ihr in der Scheune wart – das muss dich geängstigt haben.«

»Hat Johnson es dir erzählt?«, fragte Emily.

»Nein, Tessa.«

Clarice nahm an, dass Johnson ihr die Gelegenheit hatte geben wollen, es Ralph selbst zu berichten, er aber etwas gesagt hätte, täte sie es nicht. Die Beziehung zwischen diesen drei Personen war kompliziert.

»Hat sie gesagt, warum sie so wütend war?«

»Das musste sie mir nicht sagen; man muss kein Genie sein, um darauf zu kommen. Sie ist mit Colin nicht zurechtgekommen. Sie war eifersüchtig auf ihn. Und auf dich, Emily.« Ralph nahm einen weiteren Schluck von seinem Drink. »Das waren ein paar anstrengende Tage für sie; außerdem hatte sie vorher einen Streit mit Dawn.«

»Worüber?«, fragte Emily.

»Ich nehme an, sie hat das Gefühl, dass du und Dawn ein bisschen zu gut miteinander auskommt.«

»Das kann doch nichts Schlechtes sein«, warf Clarice ein.

»Aus Tessas Perspektive schon. Sie sagte, sie hätte Dawn angeschrien; noch so ein Ausraster. Sie wird sich später entschuldigen und sich wieder mit ihr vertragen.« Ralph starrte in sein Glas und sah genau so alt aus, wie er war. »Sie unterdrückt ihre Gefühle, bis sie irgendwann einfach explodiert.«

»Das ist furchtbar. Und die arme Dawn muss es ausbaden«, bemerkte Emily mit zitternder Stimme.

»Jetzt reg du dich nicht auch auf.« Ralph sah seine Enkelin prüfend an.

»Wo ist Tessa? Ist sie immer noch oben?«

»Sie hat sich hingelegt. Als die Caterer fort waren, hat Johnson ihr eine Kanne Tee und etwas zu essen gebracht. Vor einer Weile ist sie rausgegangen, um frische Luft zu schnappen.«

»Oh. Okay.« Emily klang wieder etwas ruhiger.

»Ich glaube, Sie haben die Dinge nicht besser gemacht, Clarice.« Ralph musterte sie wachsam. »Sie haben Ernestine nach Avril gefragt und sie dazu ermutigt, von ihr zu erzählen. Es kann nichts Gutes dabei herauskommen, die uralten Familiengeschichten wieder auszugraben.«

»Das liegt an mir, Grandpa, nicht an Clarice«, sagte Emily. »Ich habe nach Dads Tod Unterlagen über seine fortgesetzte Suche nach Avril gefunden und sie Clarice gezeigt und sie gebeten, mir zu helfen.«

»Nun gut, ich wiederhole, was ich sagte: Es kann nichts Gutes dabei herauskommen, etwas wieder auszugraben, das für uns alle so schmerzhaft war – die Tatsache, dass Avril uns verlassen hat.«

»Mit dem Major?«

»Mein liebes Kind, was habe ich dir gerade gesagt?« Ralphs Brauen hatten sich in einem Ausdruck der Fassungslosigkeit zusammengezogen. »Ich möchte die Vergangenheit nicht hervorzerren, und ich habe ganz bestimmt nicht vor, über Major Freddie Baxter zu reden.« Aufgewühlt ließ er das Glas zwischen seinen Händen hin und her wandern. »Als Dawn und ich Ernestine vorhin nach oben gebracht haben, nachdem sie sich so zum Narren gemacht hatte, da hat Dawn mir mehr oder weniger vorgeworfen, ich hätte Avril ermordet. Sie hat mich unverblümt danach gefragt.«

Emily starrte ihren Großvater an, und ihre Wangen färbten sich leuchtend rosa.

»Kaffee und Tee.« Johnson trat ein und schob einen kleinen Servierwagen mit zwei Keramikkannen, Milch, Zucker, Tassen und einem Teller mit Keksen herein. Er schien eine Gabe dafür zu haben, stets in Momenten der Anspannung aufzutauchen.

»Alles in Ordnung?«, fragte Ralph.

Ehe er antworten konnte, trat Tessa ein. Statt des dunklen Beerdigungskostüms trug sie nun eine blaue Hose und einen dicken, cremefarbenen Pullover; ihr Make-up hatte sie auch in Ordnung gebracht. Kaum im Raum hielt sie kurz inne und sah sich um. Ralph bedachte sie mit einem bedeutsamen Blick und nickte knapp.

»Ich möchte mich entschuldigen.« Tessas Stimme klang weich; wie Ralph kurz zuvor hielt nun sie den Blick gesenkt. »Ich habe mich absolut unmöglich aufgeführt.« Sie drehte sich zu Ralph um, und der nickte erneut, worauf Clarice schlussfolgerte, dass er sie angewiesen hatte, Abbitte zu leisten. »Das waren ein paar sehr anstrengende Tage, aber nun ist es vorbei.« Sie fuhr sich mit den Fingern durchs Haar, klang zögerlich und unbeholfen. »Ich sollte keinen Alkohol trinken. Ich hatte ein paar Gläser Wein.« Sie wandte sich wieder Emily zu. »Es tut mir sehr leid, euch allen gegenüber.« Sie wedelte mit dem Arm, um Clarice und Johnson in ihre Worte einzuschließen.

»Nun ist es vorbei«, wiederholte Ralph ihre Worte und sah dabei erleichtert aus. »Wir sollten weiterziehen und all das hinter uns lassen.« Seine Betonung machte aus dem Satz eine Frage, und in seinen Augen spiegelte sich Hoffnung, als er seinen Blick auf Emily richtete.

»Ja, Grandpa. Ich möchte das auch alles vergessen.«

»Gut, danke, Emily«, sagte Tessa hastig, als hätte sie es eilig, das Thema zu begraben. »Hat jemand von euch Dawn gesehen? Ich kann sie nicht finden.«

»Ich habe den Mädchen gerade erzählt, dass sie hier war und nach Ruffian gesucht hat«, sagte Ralph.

»Ja, sie hat ihn vor der Beerdigung in ihrem Zimmer eingesperrt, aber als sie später raufgegangen ist, war er weg. Jemand hat ihn rausgelassen. Dawn war wütend und besorgt. Warum sollte jemand in unseren persönlichen Bereich eindringen und ihre Katze stehlen?«

»Mir fällt durchaus jemand ein, der so etwas tun könnte – dieser verdammte Ian Belling!«, schnaubte Ralph erzürnt.

»Der wäre doch bei all den Leuten hier gar nicht ins Haus gekommen«, wandte Tessa ein. »Jeder weiß, dass es eine einstweilige Verfügung gegen ihn gibt – und er hätte durch die große Halle gehen müssen, um zur Treppe zu gelangen. Das wäre nur möglich, wenn er jemanden gehabt hätte, der das für ihn tut.«

»Setz dich fünf Minuten zu uns.« Ralph wedelte aufgeregt mit der Hand in Richtung eines Stuhls. »Trink erst einen Kaffee, danach kann Johnson dir suchen helfen. Es ist ja nicht so, dass Ruffian sich weit von Dawn entfernen würde. Er muss versehentlich hinausgelangt sein. All diese Leute im Haus zu haben, hat eine Menge Unruhe gestiftet.«

»Wir begleiten dich«, erbot sich Emily und sah Clarice an. »Ich bin sicher, wir finden sie bald.«

»Ja, natürlich«, stimmte Clarice zu, insgeheim ging es ihr dabei jedoch gar nicht gut. Angesichts des Gedankens, im Dunkeln in den Wald hinauszugehen, fühlte sie sich nach den Ereignissen des vergangenen Abends regelrecht beklommen.

Kapitel 31

Als Dawn kurze Zeit später immer noch nicht zurück war, warf sich die kleine Gruppe in Mäntel, Halstücher und Handschuhe. Johnson, eingewickelt in seine gepolsterte Jacke und einen Schal, wartete in der großen Halle auf sie. Er gab Emily und Clarice leistungsstarke Taschenlampen, die über einen besonders hellen und breiten Lichtkegel verfügten, genau wie die, die er selbst am Vorabend benutzt hatte.

»Wo ist Ernestine?«, fragte Tessa.

»Ich habe sie vorhin noch gesehen«, sagte Johnson. »Sie ist von Zimmer zu Zimmer gegangen und hat Ruffian gesucht. Möglicherweise ist sie jetzt draußen.«

»Gott steh uns bei!« Tessa reagierte sogleich gereizt. »Dass wir Dawn suchen müssen, ist schon schlimm genug, ohne dass wir uns auch wegen der verflixten Ernestine Sorgen machen müssen.«

»Ich hatte sie gebeten, zu Ralph zu gehen und ihm Gesellschaft zu leisten.« Mit einem Nicken deutete Johnson in Richtung Wohnzimmer. »Ich hatte gehofft, sie würde meine Worte beherzigen.«

»Ich werde zum Haupttor gehen und dann über den Rundweg zur Rückseite des Hauses«, informierte Tessa sie und demonstrierte so, dass sie ihre Überheblichkeit zumindest teilweise zurückgewonnen hatte.

»Wir begeben uns in den Wald zu der Stelle, an der der Pfad sich gabelt«, sagte Johnson zu Clarice und Emily. »Dort teilen wir uns auf. Sie beide bleiben zusammen; Sie kennen den Wald nicht so gut wie wir.« Das war keine Bitte, es war ein Befehl.

Ehe sie sich auf den Weg machten, hielt Tessa an der Tür inne, um sich eine der wasserfesten blauen Jacken zu nehmen, und Clarice fiel beim Anblick der Haken auf, dass nur noch zwei da waren. Vielleicht hatten Dawn und Ernestine die anderen beiden genommen.

Johnson machte kehrt und ging mit langen, gemessenen Schritten hinaus. Als sie draußen den Rasen überquerten, entfernte sich Tessa von der Gruppe und lief zur Einfahrt, die sich hinaus zur Straße schlängelte. Clarice dachte über Johnsons Anweisung nach, sie und Emily sollten zusammenbleiben. Wollte er damit andeuten, dass sie in Emilys Gesellschaft nicht so leicht zum Ziel würde oder dass Emily allein womöglich Schwierigkeiten mit Tessa bekommen könnte?

Wie am Vorabend war es auch jetzt bitterkalt, und die Dunkelheit umfing sie. Aber gestern war sie später am Abend hinausgegangen; heute hatte sich noch kein Nebel gebildet.

Während sie den inzwischen schon vertrauten Weg an den Stallungen vorbei einschlugen, verlor sich Clarice in Gedanken. Die Compton-Smythes waren eine sonderbar dysfunktionale Familie. Einerseits schienen sie sich oftmals gegenseitig überhaupt nicht ausstehen zu können, andererseits standen sie einander zur Seite. Tessa hatte sich Johnson gegenüber im Stall absolut abscheulich verhalten, und dennoch hatte er ihr Tee und Sandwiches in Ralphs privates Wohnzimmer gebracht. Die Beziehung zwischen Ralph und

Johnson war nicht minder interessant. Zwei ältere Herren, von denen der eine seit über fünfzig Jahren der Arbeitgeber des anderen war. Die Zeit hatte ein Band zwischen beiden geschmiedet, das Worte überflüssig erscheinen ließ; es hatte beinahe den Anschein, als könnten sie die Gedanken des jeweils anderen lesen. Erstaunlicherweise war in der Beziehung zwischen Arbeitgeber und Arbeitnehmer keine Spur von Servilität zu erkennen. Sie mochte Johnson zwar nicht, aber es lag auf der Hand, dass ihm sein Stellenwert äußerst bewusst war und er vor niemandem buckeln würde.

Sich ein Bild von Tessa zu machen, kam einer Herausforderung gleich. Dass Ralph ihnen so ruhig erzählt hatte, sie habe ihre Tochter verbal attackiert, verriet etwas über die Beziehung zwischen ihm und ihr. Dawn war auch seine Tochter. Doch er schien akzeptiert zu haben, dass bei seiner Partnerin dann und wann eine Sicherung durchbrannte. Unwillkürlich fragte sich Clarice, wie oft Tessa sich in der Vergangenheit Ralph gegenüber verbal aggressiv gezeigt haben mochte; demonstriert hatte sie dergleichen ja bereits. Und als Tessa sich entschuldigte, da hatte sie das unverkennbar unter Zwang getan; ihre Abbitte hatte sich nicht aufrichtig angefühlt, was sie bedeutungslos machte.

Schweigend gingen die drei zu der Weggabelung.

»Wir treffen uns hier wieder, wenn Sie ihre Runde gemacht haben«, sagte Johnson, und damit wandte er sich ab, verschwand einfach in der Schwärze in Richtung Brunnen und Tierfriedhof. Das Licht seiner Taschenlampe tanzte scheinbar eigenständig durch die Luft wie eine erratische Fee.

Clarice und Emily nahmen den anderen Weg und schwangen ihre Lampen hin und her. Dann und wann blieben sie stehen und lauschten, während sie langsam dem Pfad folgten, bis er sie nahe dem Herrenhaus wieder aus dem Wald hinausführte.

»Sollen wir zurückgehen?«, fragte Emily.

»Wir haben gesagt, wir treffen uns mit Johnson an der Gabelung.« Clarice betrachtete den Pfad, der in das Dunkel zwischen den Bäumen führte. »Ich hoffe, er hatte mehr Glück als wir.«

»Dawn könnte längst wieder im Haus sein.«

»Wir gehen rein, sobald wir Johnson getroffen haben«, sagte Clarice.

Sie gingen zurück in Richtung Haus, um dann erneut den Weg einzuschlagen, den sie zuvor genommen hatten. Als sie die Stallungen passierten, schraken sie beim Schrei der Schleiereule zusammen.

Emily kicherte nervös. »Nachts ist es hier wirklich unheimlich.«

»Lass uns mal reinschauen.« Clarice ging zum Stall und stieß die Tür auf. Der Geruch von Feuchtigkeit und Moder schien in der Trostlosigkeit des Abends noch stärker zu sein, und das Gefühl der Verlassenheit und des Verfalls, das sich einstellte, als der Lichtstrahl der Taschenlampen über Spinnennetze und Staub strich, gab Emily recht. Ihr fiel auf, dass die junge Frau ihr nicht folgte, sondern draußen wartete, vielleicht gehemmt von den Gedanken an das, was sie hier zuvor hatte erleben müssen. Als sie ihre Lampe auf die Box richtete, in der Tessa Emily in die Enge getrieben hatte, sah sie, dass die Metallstange nicht mehr an der Stelle lag, an die Johnson sie geworfen hatte. Hatte er sie womöglich irgendwo versteckt, wo Tessa sie nicht finden konnte?

Sie gingen weiter, kehrten zurück in den Wald und bewegten sich schnell voran. Sie hatten schon den halben Weg zur Gabelung hinter sich, als aus der Finsternis ein Licht auf sie zu tanzte. Das Geräusch von Füßen, die auf dem kalten, trockenen Boden knirschten, näherte sich, und als sie ihren Lichtstrahl über die Gestalt gleiten ließen, erkannten sie sie.

»Tante Ernestine«, sagte Emily, als sie sie beinahe erreicht hatten. »Wir dachten, du wärest im Haus.«

Ernestine blieb stehen und blickte von einer zur anderen. Sie trug eine der blauen, wasserdichten Jacken, aber sie hatte den Reißverschluss nicht geschlossen, und so hing sie nur lose über ihren Schultern. Sie trug noch immer das dunkle Kostüm, das sie für die Beerdigung angezogen hatte. Sie senkten ihre Taschenlampen, um die Frau nicht zu blenden, und Clarice musste an die Gargoyles denken, die sie am Vorabend gesehen hatte. Das Licht ihrer Lampe fiel von unten auf ihr Gesicht, und ihre leicht herabhängenden Mundwinkel und die ausdruckslos erscheinenden Augen ließen sie noch bedrohlicher wirken.

»Ist alles in Ordnung, Ernestine?«, fragte sie.

»Lass mich das für dich schließen.« Emily trat vor, zog die Jacke fester um den Körper ihrer Tante und schloss den Reißverschluss. »Es ist eiskalt hier draußen.« Sie zog ihr die Kapuze über den Kopf. »Du hättest dir einen Schal oder eine Mütze anziehen sollen.«

Ernestine stand regungslos da und beobachtete sie. Clarice fiel auf, dass sie ihre Handschuhe hatte fallen lassen, und sie bückte sich, um sie aufzuheben.

»Und die solltest du auch überziehen, nicht nur mit dir herumtragen«, sagte Emily sanft.

Ernestine blickte immer noch von einem Gesicht zum anderen. »Dingdong bell«, sang sie leise und heiser, als würde dieses Kinderlied ein Geheimnis bergen.

Verwirrt sah Emily Clarice an.

»Dingdong bell«, wiederholte Ernestine, und dann rauschte sie an ihnen vorbei zurück zum Haus.

»Was soll das bedeuten?«, fragte Emily verdattert.

»Dingdong bell«, griff Clarice die Worte auf. »Pussy's in the well – Mietzi ist im Brunnen?«

Beide machten kehrt und sahen den Pfad in die Richtung hinunter, aus der Ernestine gekommen war.

»Ruffian muss in den Brunnen gefallen sein«, sagte Clarice.

Sie liefen an der Gabelung vorbei und eilten den Pfad hinunter, den Johnson genommen hatte. Inzwischen zog Nebel auf, und Clarice hoffte sehr, dass sie bald wieder im Haus wären – und dass Dawn auch bereits dort war.

Kurz bevor sie die Lichtung erreichten, sahen sie Johnsons Silhouette auf sich zukommen. Er trug etwas auf den Armen und hielt zugleich die Taschenlampe so, dass sie geblendet wurden.

»Wir müssen zum Haus zurück.« Er bewegte sich auf sie zu in dem Bemühen, sie zurückzuscheuchen. Seine Stimme klang hart und abgehackt.

»Warum? Was ist passiert?«, fragte Clarice, als das hoch klingende Heulen einer Siamkatze ihr verriet, dass Ruffian sich in Johnsons Arme krallte.

»Sie's dod.« Johnsons Glasgower Akzent war stärker denn je, und er vernuschelte seine Worte.

»Tot?«, wiederholte Clarice. »Wer? Dawn? Sind Sie sicher?«

»Hab ich doch gesagt, oder nich?« Sein Blick wanderte von Clarice zu Emily. »Das meiste von ihrem Hirn ist draußen. Jetzt geht wieder ins Haus. Ich will nicht, dass Emily das sieht, und ich muss Tessa finden, ehe sie hier auftaucht.«

»Warte hier, Emily«, instruierte Clarice die junge Frau und huschte an Johnson vorbei.

»Können Sie sich denn nicht mit meinem Wort zufriedengeben?«, brüllte er ihr verärgert hinterher.

»Nein!« Clarice hastete weiter und stieß im Laufen die Worte hervor: »Falls es auch nur die geringste Chance gibt, dass sie noch lebt, und ich nicht nachgesehen habe, werde ich mir das nie verzeihen.«

Ihr Herz raste, als sie auf die Lichtung rannte. Ian Bellings Gesicht erhob sich vor ihrem geistigen Auge. Sie sah ihn vor sich, wie er seine Nase an das Küchenfenster presste und hineinstarrte.

Der Lichtschein erwischte zuerst Dawns in Stiefeln steckende Füße. Dann, als sie ihn weiter empor führte, eine der blauen Jacken aus der Halle. Sie konnte unmöglich noch am Leben sein. Sie lag bäuchlings am Boden, alle viere von sich gestreckt, das Gesicht nach unten. Ihr Kopf berührte den Sockel des Brunnens. Die Rückseite ihres Schädels war eine Pampe aus Blut und Knochen, und das Blut hatte sich wie ein Heiligenschein um ihren Kopf verteilt und über die Mauersteine des Brunnens ergossen. Die Metallstange aus der Scheune lag neben ihrem Leichnam. Clarice ging in die Knie und tastete nach einem Puls. Vergeblich. Dawns Handgelenk war noch warm. Aber sie war tot.

Clarice kehrte zu den anderen zurück. »Komm«, sagte sie und ergriff Emilys Arm.

»Zufrieden?«, blaffte Johnson.

»Ja. Sie haben recht, wir müssen Tessa finden, ehe sie herkommt.«

Clarice richtete ihre Taschenlampe auf Johnson und folgte ihm. Emily schwieg und ließ sich einfach mitziehen. Vor ihnen schrie Ruffian immer noch. *Heult er aus Trauer um seine tote Herrin?*, überlegte Clarice.

Johnson murrte vor sich hin, fluchte bei jedem Schritt.

Clarice wühlte in ihren Taschen, bis sie ihr Telefon gefunden hatte.

»Ich rufe die Polizei«, informierte sie Johnsons Kehrseite.

»Tun Sie das«, antwortete er über die Schulter, ohne stehenzubleiben. »Ich habe mein Telefon im Haus gelassen.«

»Polizei? Ich möchte einen Mord melden.« Clarice rappelte Informationen herunter, während sie die alten Stallungen passierten.

Johnson schien aus dem Tritt zu geraten, als das Haus in Sicht kam, fing sich aber und führte sie hinein. Er durchquerte die dunkle große Halle, betrat den Gang und marschierte geradewegs zum Wohnzimmer, gefolgt von Clarice und Emily.

Ralph saß noch immer auf seinem Lehnsessel. Tessa war, aufgeschreckt von Ruffians Geheul, gerade dabei, sich zu erheben.

Die Hunde sprangen herbei. »Hierher!«, brüllte Ralph so scharf, dass sie umgehend gehorchten und sich neben ihm aufbauten.

»Ihr habt ihn gefunden. Ruffian, du bist wirklich ein unartiger Bursche. Du hast uns ganz schön erschreckt.« Tessa kam auf sie zu und streckte die Arme aus, und Johnson legte Ruffian hinein.

»Ich muss Sie sprechen.« Johnsons Stimme brach unter der Last seiner Gefühle, als er Ralph anblickte, dessen Körper sich unwillkürlich versteifte. »Es geht um Dawn«, fügte er hinzu.

»Warum ist die Katze so nass?« Tessa, die gerade auf dem Weg zurück zu ihrem Platz war, hielt inne, nahm eine Hand von Ruffians Pelz und streckte sie vor sich. Sie war blutverschmiert. Tessa musterte die Katze eingehend. »Er hatte einen Unfall. Er blutet.«

»Nein«, widersprach Johnson, »es ist nicht die Katze. Er

wollte sie nicht alleinlassen. Er hat neben ihr gesessen und geheult.«

»Dawn?« Ralphs Blick wanderte von Tessas blutiger Hand zu Johnson.

»Dawn? Nein – sei nicht albern, Ralph«, tadelte Tessa ihn zweifelnd.

»Ist sie schwer verletzt?« Ralph stellte sein Glas auf dem Beistelltisch ab und stand auf.

Ralph blickte von ihm zu Tessa und brachte keinen Ton mehr heraus.

»Nein … nein!«, brüllte der Alte, während Tessa regelrecht zusammenzufallen schien und als Häufchen Elend auf dem Boden landete, ohne Ruffian loszulassen.

»Clarice hat auf dem Rückweg die Polizei angerufen«, sagte Johnson zu Ralph und folgte ihm zur Tür. »Ich muss das Licht einschalten und auf sie warten.«

Ralph nickte wie benebelt und kniete sich dann neben Tessa auf den Boden. In einer seltenen Demonstration von Vertrautheit legte er den Arm um sie. Ihr Körper erbebte, als sie laut schluchzend ihr Gesicht an seine Schulter drückte.

Emily stand ganz in Clarices Nähe. Tränen rannen lautlos über ihre Wangen, und sie hatte die Arme um den Körper geschlungen, als wollte sie sich vor einem unsichtbaren Angreifer schützen. Clarice hatte für einen Moment das Gefühl, die Zeit wäre stehengeblieben.

Dann plötzlich richtete sich Tessa mit gequältem Blick auf. Tränen und Make-up zogen Streifen über ihr Gesicht, und ihre Hände waren immer noch rot von Dawns Blut. Ralph hielt sie weiter fest.

»Da draußen gibt es Ratten, Füchse und Dachse.« Sie versuchte, sich aus den Armen ihres Gatten zu befreien. »Ich kann Dawn da nicht ganz allein liegen lassen.«

»Die Polizei wird bald hier sein«, sagte Clarice.

»Die Polizei ist unterwegs«, griff Ralph ihre Worte auf. »Du kannst jetzt nicht rausgehen; wenn er immer noch da draußen ist, greift er dich womöglich auch an.«

»Dieser Mann – Belling«, murmelte Tessa.

Ralph nickte, kämpfte sich auf die Beine und führte Tessa stumm zur Chaiselongue. Dort saßen sie dann Seite an Seite, und sie umklammerte krampfhaft seine Hände.

Auf der Suche nach einer Beschäftigung ging Clarice zum Kamin und stocherte mit einem Schürhaken in der Asche herum, ehe sie weitere Scheite nachlegte. Emily wischte sich das Gesicht mit dem Ärmel ab und setzte sich ihrem Großvater und Tessa gegenüber.

Als sie sich umblickte, kam Clarice die kleine Zusammenkunft in diesem Raum vor nicht einmal vierundzwanzig Stunden in den Sinn. Sie dachte an Dawns optimistischen Tonfall, als sie eingewilligt hatte, als Zeugin bei der Polizei auszusagen. Und dann fluteten Bilder des Leichnams am Boden nahe dem Brunnen ihren Geist, und Clarice versank in einem Gefühl blanker Trostlosigkeit.

Kapitel 32

Endlich ging die Tür auf. Johnson kam herein, gefolgt von zwei uniformierten Constables. Hinter ihnen betrat in Anzug und Krawatte ein kräftig gebauter Mann mit kurzem braunem Haar und einer abgeflachten Nase den Raum: DI Graham Digby, Ricks Kollege und ehemaliger Rugbykamerad. Er nannte seinen und die Namen der Officers, PC Danny Morris und PC Leanne Rickman.

Ralph folgte seinem Beispiel und stellte sich und die übrigen Personen im Raum vor.

Grahams Blick begegnete dem von Clarice, und er bedachte sie mit einem kaum merklichen Nicken, ehe er sich an Ralph wandte.

»Dawn war Ihre Tochter?«

Tessa starrte ihn an, und ihre Augen verrieten das ganze Ausmaß ihrer Trauer.

»Ja«, sagte Ralph. »Dawn war unsere Tochter.«

»Ihr Verlust tut mir sehr leid.« Graham unterbrach sich kurz, ehe er fortfuhr: »Wenn unsere Leute bei ihr sind, werden sie ein Zelt über ihr aufbauen.« Seine Stimme klang sanft, und er sah Tessa an. »Und ein Officer wird bei ihr bleiben, bis sie fortgebracht werden kann – man wird sie nicht allein lassen.«

»Ich führe Sie zum Brunnen.« Johnson hatte sich nicht vom Fleck gerührt, seit sie hereingekommen waren. Er stand hinter Ralphs Lehnsessel, die Finger so kraftvoll in die Rückenlehne gekrallt, dass sie völlig blutleer schienen.

»Sie sind Mister Johnson?«

»Alle nennen mich einfach nur Johnson. Ich arbeite für Mister Compton-Smythe.«

»Ich verstehe.« Graham studierte ihn. »Wir sollten rausgehen und mit dem Team sprechen.«

Ralph sagte nichts, aber seine Augen glänzten plötzlich vor unvergossenen Tränen. Nun waren seine beiden Kinder tot. Clarice schaute von ihm zu Tessa und fragte sich, wie lange ihre Beziehung wohl überdauern würde – aber vielleicht waren sie einander als Paar auch inniger verbunden, als sie annahm.

Als Johnson den Raum verlassen hatte, blieb er stehen und sprach auf dem Flur mit jemandem. »Sie sollten hineingehen.«

Langsam trat Ernestine ein und sah sich um wie eine listige, neugierige Katze. Sie hatte sich umgezogen und trug nun einen Rock und einen passenden, pinkfarbenen Pulli. Ihre Finger spielten mit der Kette, die wie üblich ihren Hals schmückte.

Digby, der Johnson gerade hatten folgen wollen, blieb stehen.

»Ich bin Ernestine«, sagte sie und ging auf ihn zu. »Ich habe noch all meine eigenen Zähne.« Sie bedachte ihn mit ihrem übertrieben breiten Lächeln.

»Nicht jetzt, Ernestine, bitte«, flehte Ralph sie an.

»Sie sind aber ein großer Mann.« Ernestine achtete gar nicht auf ihren Bruder und musterte stattdessen den Detective Inspector. Ihr Blick wanderte von seinen Füßen hinauf zum Kopf. »Sie sind so groß wie Beth.« Sie zeigte auf Clarice.

»Clarice«, korrigierte Emily.

»So nennt sie sich jetzt, aber ihr echter Name ist Beth.« Ernestine trat einen Schritt näher an Graham Digby heran und starrte ihn weiter unverwandt an. »Ich habe heute einen Mann mit einer Schlange auf dem Kopf getroffen. Ich habe die Schlange gestreichelt, und sie war warm.«

»Bitte, Ernestine, das können wir jetzt wirklich nicht brauchen«, sagte Ralph mit schwacher Stimme und fuhr sich mit der Hand über das Gesicht.

»Ich bin beinahe achtzig, und ich bin schlank. Mummy sagt, ich habe eine reizende Figur.« Sie tätschelte ihren Bauch.

Tessa fing an zu stöhnen, erst leise, dann immer lauter. Sie drehte sich auf der Chaiselongue um und drückte ihr Gesicht ins Polster, als wollte sie verhindern, dass noch ein Laut entfleuchte.

Ralph stand auf. »Ich werde unseren Arzt anrufen.« Er ging zu Emily und sah sich unschlüssig zu Tessa um. »Ich will sie nicht allein lassen. Kannst du ein Auge auf sie haben?«, fragte er.

Emily wirkte verunsichert. Clarice nahm an, dass sie sich fragte, ob Tessa zulassen würde, dass sie ein Auge auf sie hatte.

»PC Leanne kann hier bei ihrer Partnerin bleiben, Mister Compton-Smythe.« Graham deutete mit einem Nicken auf die Polizistin.

»Mir wäre lieber, es wäre jemand bei ihr, den sie kennt«, entgegnete Ralph missmutig. »Ich bin fast blind. Normalerweise übernimmt Johnson Telefonate für mich, aber Sie brauchen ihn draußen.«

»Wo finde ich die Nummer Ihres Arztes?«, fragte Clarice.

»Ich telefoniere für Sie, dann können Sie hier bei Tessa bleiben.«

»Er steht nicht im Telefonbuch. Mein Adressbuch liegt in der oberen linken Schublade des Schreibtisches in meinem Büro – schlagen Sie Arnold Maid nach«, sagte Ralph hastig. »Bitte erklären Sie ihm die Lage – ich weiß, er wird kommen.« Dann ging er zu Tessa und kniete sich neben sie. Sein gealterter Körper erinnerte an einen zerknitterten, abgelegten Sack, als er sich über sie beugte und leise flüsternd mit ihr sprach, während er ihr sanft übers Haar strich.

Clarice ging hinaus und in Ralphs Arbeitszimmer. Nachdem die Frau des Doktors ihm das Telefon gebracht hatte, hörte Dr. Maid aufmerksam zu, während sie ihm die Situation und Ralphs Besorgnis wegen Tessa schilderte.

»Und wie kommt Ernestine mit all dem zurecht?«, fragte er.

»Nicht so gut«, sagte Clarice.

»Das wundert mich überhaupt nicht. Sagen Sie Ralph, ich bin unterwegs. Ich dürfte in fünfundzwanzig Minuten vor Ort sein.«

Als sie wieder in der großen Halle war, traf sie dort auf Graham und Johnson, die ins Gespräch vertieft waren.

»Ich brauche Ihre Hilfe. Sie müssen mich und die Officers zum Brunnen führen. Finden Sie sich da draußen bei diesem Nebel zurecht?«

»Ja.« Johnson nickte. »Das ist kein Problem.« Seine Miene war mürrisch, die Aussicht, zu der blutigen Szenerie zurückzukehren, schien ihm nicht zu behagen. »Sagen Sie mir, wenn Sie losgehen wollen.«

»Können wir auch mit dem Van mit unserer Ausrüstung dorthin fahren?«

»Ein Fahrzeug bekommen Sie nicht durch den Wald; der

Pfad ist zu schmal. Sie könnten außen herum fahren und von hinten über den Tierfriedhof weiter zum Brunnen, aber nicht bei Nacht. Da gibt es etliche Stellen mit feuchtem, sumpfigem Untergrund.«

»Okay, warten Sie an der Tür. Ich stoße in einer Minute zu Ihnen.«

Als Johnson gefolgt von PC Morris davonging, kam Graham auf Clarice zu.

»Rick hat mich gestern angerufen.«

»Das hat er mir erzählt«, sagte Clarice. »Ich habe vorhin mit ihm gesprochen, da wollte er gerade nach Newcastle fahren.«

»Der Nachtclubfall, an dem er arbeitet?«

Clarice nickte.

»Er weiß nichts von dieser Geschichte?«

»Nein. Ich habe den Notruf gewählt, gleich nachdem wir Dawns Leichnam gefunden haben.« Clarice sah sich zu Johnson um, der soeben die Tür am Ende der Halle erreicht hatte. »Es gibt eine Menge, von dem Rick nichts weiß, und ich konnte ihm vorhin nicht davon erzählen, weil er mit seiner eigenen Arbeit genug zu tun hat. Er hatte eine stundenlange Fahrt vor sich, und ich wollte nicht, dass er sich am Steuer die ganze Zeit Sorgen um mich macht.«

»Sie können mir erzählen, was passiert ist, sobald ich zurück bin.«

Er hatte sein Polizistengesicht aufgesetzt und sich eher professionell höflich gegeben als freundschaftlich. Clarice sah ihm hinterher und wusste, dass er mit Johnson darüber sprechen würde, wie sie ein Zelt und Scheinwerfer zum Tatort schaffen konnten. Er brauchte ein Team, um den Bereich abzusperren und den Tatort für die Forensiker zu sichern.

»Haben Sie den Doktor erreicht?«, fragte Ralph, kaum dass sie ins Wohnzimmer zurückgekehrt war.

»Er wird innerhalb von fünfundzwanzig Minuten hier sein«, antwortete Clarice.

»Danke«, murmelte er.

Tessa hatte sich nicht gerührt, war aber nun still. Ralph hatte sich wieder neben sie auf die Chaiselongue gesetzt. Leanne, die Polizistin, stand schweigend neben Ralphs üblichem Sessel.

»Emily hat ihre Tante in die Küche mitgenommen, um Tee zu machen«, sagte Ralph zu Clarice.

»Ich gehe zu ihr und vergewissere mich, dass sie zurechtkommt.« Sie machte kehrt und wollte wieder zur Tür gehen.

»Clarice«, sagte Ralph drängend, »würden Sie sich etwas einfallen lassen, um Ernestine zu beschäftigen, bis Doktor Maid eintrifft? Bitte, lassen Sie sie nicht wieder hierher zurück.«

In der Küche war Emily gerade dabei, Tassen und Untertassen auf ein Tablett zu stellen. Als Clarice eintrat, drehte sie sich um. Der Raum war hell erleuchtet, und die in zwei Reihen angebrachten Neonlampen wirkten plötzlich kalt und grell nach dem gedämpften Licht im Wohnzimmer.

»Ist der Doktor da?«, fragte Emily leise.

»Noch nicht«, murmelte Clarice.

»Wer?« Ernestine wurde prompt munter. »Bekommen wir Gäste? Jemand, der mich besuchen will?«

»Nein, ich fürchte nicht«, sagte Clarice in beiläufigem Ton. »Könnten Sie Emily helfen, noch mehr Tee zu machen? Ich nehme die Tassen hier, aber das wird wohl nicht reichen.«

»Ich weiß nicht«, wand sich Ernestine. »Wenn wir Gäste haben, dann muss ich sie unterhalten. Daddy hat es gern, wenn ich das tue. Er sagt: ›Ernestine, du bist immer *bezaubernd.*‹«

»Wie unterhalten Sie sie?«, fragte Clarice und klinkte sich in dieses Thema ein, um sie abzulenken.

»Ralph spielt Klavier, und ich tanze.« Bei der Erinnerung fing Ernestine an zu strahlen. Sie trat vom Tisch weg, bückte sich und hob den Saum ihres rosaroten Rocks an. »Da, da, da, de-dum, de-dum, de-dum.« Schon wirbelte sie durch die Küche, die zierlichen Füße in ihren glänzenden Lacklederschuhen klapperten über die schwarzen, grünen und mauvefarbenen Fliesen. Den Kopf in den Nacken gelegt, starrte sie die Decke an und wirbelte immer weiter durch den Raum.

Während sie tanzte, informierte Clarice Emily über Ralphs Anweisung, Ernestine zu beschäftigen und ihr nicht zu gestatten, zu Tessa zurückzukehren, und sie fügte hinzu, dass der Doktor auf dem Weg sei.

Endlich blieb Ernestine wieder stehen.

»Bravo!« Emily klatschte in die Hände, aber Clarice entging nicht, wie sich dabei für einen Moment ihre Züge verzerrten. Eine Frau lag mit eingeschlagenem Schädel tot im Wald, und sie taten, als wären sie bester Laune, um eine ältere Dame mit Demenz zu beschäftigen. Es fühlte sich surreal an.

»Ich bin eine wunderschöne Tänzerin«, verkündete Ernestine glückselig und freute sich, im Mittelpunkt der Aufmerksamkeit zu stehen.

»Ja, das sind Sie.« Clarice lächelte. »Ich wusste gar nicht, dass Ralph Klavier spielt oder dass Sie so schön tanzen können.«

»Ralph war nicht so gut; Mummy hat gesagt, er würde nicht genug üben. Und Beth war manchmal richtig lästig. Wenn ich getanzt habe, dann ist sie mir immer hinterhergelaufen und hat versucht, mich nachzumachen.«

»Kleine Schwestern tun so etwas«, sagte Emily. »Sie hat bestimmt zu dir aufgeblickt – zu ihrer großen Schwester.«

»Ja, das hat sie. Gibt es hier etwas zu essen?«

»Haufenweise Sandwiches.« Clarice trat an den alten Herd und holte zwei der großen Teller, die dort abgestellt worden waren. »Auf geht's.« Sie stellte die Teller auf den Tisch und zog die Servietten weg, mit denen sie abgedeckt waren.

»Lecker.« Das Essen zog sogleich Ernestines volle Aufmerksamkeit auf sich. »Ich verhungere – ich hatte gar nicht gesehen, dass die da waren.« Sie klappte etliche Sandwiches an der Seite ein Stück weit auf, bis sie endlich welche fand, die ihr zusagten. Sie nahm sie von den Tellern und legte sie in einer Reihe vor sich auf den Holztisch. »Schinken und Käse, meine Lieblingssandwiches.«

»Soll ich den Tee rüberbringen?«, flüsterte Clarice Emily zu. Die nickte. »Ich bin gleich wieder da.« Sie ergriff das Tablett.

Als sie ins Wohnzimmer kam, folgte Tessa gerade einem weißhaarigen Mann aus dem Raum. Ralph ging hinterher. Er sah mitgenommen und unpässlich aus.

Als er Clarice erblickte, hielt er inne.

»Das ist Doktor Maid. Wir bringen Tessa in ihr Zimmer. Er wird ihr ein Beruhigungsmittel geben, damit sie die Nacht besser übersteht.« Er sah sich in Richtung Küche um. »Was macht meine Schwester? Bestimmt geht sie Ihnen gehörig auf die Nerven.«

»Sie isst Sandwiches«, sagte Clarice.

»Ich werde den Doktor bitten, als Nächstes nach ihr zu sehen. Sie wird die ganze Nacht im Orbit kreisen, wenn er ihr nicht etwas gibt, das sie wieder runterholt.«

Clarice sah ihm hinterher, als er davonschlurfte. Er hielt

sich gebeugter als zuvor, und ihr fiel ein, wie Tessa aus den alten Stallungen zurückgekommen war und jeder ihrer Schritte von Leid beschwert zu sein schien. Sie konnte nicht anders, sie verspürte eine tiefe Traurigkeit angesichts der Trostlosigkeit im Herzen dieser sonderbaren, komplizierten Familie. Sie ging ins Wohnzimmer und stellte das Tablett auf einem Beistelltisch ab. Es war niemand mehr da.

Kapitel 33

In der Küche hatte Emily sich inzwischen einen Stuhl herangezogen und sich zu Ernestine gesetzt.

»Ich bin fertig mit meinen Sandwiches«, verkündete Ernestine, als Clarice eintrat, ganz wie ein Kind seiner Mutter erzählt, es habe brav alles aufgegessen. »Jetzt möchte ich wieder ins Wohnzimmer zum Feuer.«

»Okay.« Clarice hielt die Tür auf.

»Wo sind die alle?« Ihre Mundwinkel sanken herab.

»Tessa hat sich hingelegt«, sagte Clarice.

»Und was ist mit dem großen Mann? Ich habe mich gern mit ihm unterhalten.«

»Der wird in ein oder zwei Minuten wieder hier sein«, sagte Clarice zu ihr.

Ein Holzscheit war auf den vorderen Rand des Kamins gefallen, und der Geruch von Rauch hatte sich im Raum ausgebreitet. Clarice stupste ihn mit einem Schürhaken zurück und legte noch einen weiteren auf. Emily setzte sich auf die Chaiselongue und klopfte auf den Platz neben sich. »Lass uns hier auf ihn warten«, schlug sie Ernestine vor.

Ernestine maß sie mit einem bohrenden Blick, während sie über den Vorschlag nachdachte.

»Soll ich ein Lied für euch singen, solange wir warten?«, fragte sie.

»Warum nicht?«, entgegnete Clarice.

Das Lied erwies sich als eine ganze Reihe von Kirchenliedern, und Ernestine konnte sie alle auswendig. Sie stand auf, als wollte sie ein großes Publikum unterhalten, faltete die Hände vor der Brust und starrte in die Ferne. Sie begann mit »Amazing Grace«, ging über zu »All Things Bright and Beautiful« und beendete gerade »Morning Has Broken«, als Ralph und der Doktor zurückkamen.

Die beiden Männer applaudierten. »Gut gemacht, Ernestine«, sagte Ralph.

»Ich habe alle unterhalten«, erklärte Ernestine feierlich.

»Setz dich, meine Liebe.« Ralphs Stimme klang sanft. »Ich muss dir etwas sagen – etwas Ernstes.«

»Oje, das gefällt mir nicht.« Ernestine setzte sich wieder auf die Chaiselongue und sah ziemlich besorgt aus. »Das hast du auch gesagt, bevor du mir erzählt hast, dass Colin gestorben ist.« Forschend blickte sie ihren Bruder an.

»Ja … ja, das habe ich.«

»Ist es, weil ich Tessa vorhin wütend gemacht habe? Ich bin in Schwierigkeiten – ich werde mich entschuldigen.«

»Nein.« Ralph sah verloren aus. »Ich glaube, als du vorhin hier warst, hast du gar nicht begriffen, was passiert ist und warum Tessa und ich so erschüttert waren.«

»Ist Arnold hier, weil Tessa krank ist, so wie damals, als Daddy gestorben ist? Er war krank, und der Doktor ist gekommen.«

»Nein, es geht um Dawn.« Ralph schien sich große Mühe zu geben, seine Neuigkeit zu überbringen, ehe seine Schwester sich dem nächsten Thema zuwenden konnte. »Dawn ist tot. Sie ist heute gestorben.«

»Dawn!« Ernestine starrte ihn mit leicht geöffnetem Mund an.

Ralph brachte keinen Ton mehr heraus.

»Das ist eine traurige Zeit«, sagte Arnold Maid. »Nicht nur für Ralph und Tessa, sondern auch für Sie.«

»Das war Colin, der gestorben ist, Ralph.« Ernestine neigte den Kopf zur Seite und sprach auffallend klar und deutlich. »Ich weiß, du denkst, ich wäre durcheinander, aber ich war heute in der Kirche. Ich bin in einem schönen großen Wagen gefahren, und ich habe seinen Sarg gesehen.«

»Danach, meine Liebe ...« Als Ralph näher kam, stand Emily auf und trat zur Seite, damit er sich neben Ernestine setzen konnte. »Dawn wurde nach Collins Beerdigung getötet, als sie nach Ruffian gesucht hat.«

»Hat Bellatrix sie geholt, weil sie versucht hat, wegzulaufen? Oder war das dieser Mann?« Nervös blickte Ernestine sich um.

»Welcher Mann?«

»Der, mit dem sie früher ausgegangen ist«, sagte Ernestine. »Ich mochte ihn nicht so. Ich hab ihn im Wald gesehen.«

»Heute?«, fragte Clarice.

»Als ich nach Ruffian gesucht habe.«

Ralph wechselte einen Blick mit Emily und Clarice. »Bist du sicher, dass du Ian Belling heute gesehen hast? Im Wald?«

»Ian ... wer ist das?«

»Der Mann, mit dem Dawn früher ausgegangen ist«, antwortete Ralph bemüht geduldig. »Du hast gesagt, du hättest ihn im Wald gesehen, als du Ruffian gesucht hast.«

»Ich glaube, das war heute. Sei nicht böse mit mir, Ralph.« Ernestines Unterlippe zitterte, als stünde sie kurz davor, in Tränen auszubrechen.

»Tut mir leid, meine Liebe. Ich bin nur so traurig wegen

Dawn.« Ralph tätschelte das Knie seiner Schwester. »Wir gehen jetzt rauf in dein Zimmer, und Arnold gibt dir etwas, das dir helfen wird zu schlafen.«

»Ich will aber noch nicht schlafen gehen.« Ernestine verzog das Gesicht wie ein unartiges Kind. »Dawn ist tot. Sie wird ewig schlafen, und Colin schläft jetzt in seiner braunen Kiste mit den glänzenden Griffen. Er wird nicht mehr aufwachen.« Sie sah sich in der Runde um. »Soll ich singen?« Plötzlich strahlte sie wieder. »Ich kenne ein Lied, das heißt ›Little Boxes‹.«

»Nein, Ernestine, jetzt wird nicht mehr gesungen«, sagte Ralph streng.

»Was ist mit Ruffian?«

»Wir haben Ruffian gefunden, meine Liebe. Du musst dir keine Sorgen mehr um ihn machen.«

»Das weiß ich.« Unverblümt fuhr sie fort: »Dawn ist tot, also kann ich Ruffian jetzt haben. Er wird jetzt meine Katze sein. Es ist so lange her, dass ich eine eigene Katze hatte – außer Bellatrix.«

»Darüber müssen wir nicht gerade jetzt reden.« Mit angespannter Miene sah Ralph hilfesuchend Arnold an.

»Schaut nur, da ist der große Mann. Er kommt zurück, um mich zu besuchen!« Aufgeregt glotzte Ernestine an Clarice vorbei.

Graham betrat den Raum, gefolgt von PC Rickman.

»Noch einmal: Hallo«, sagte er zu Ernestine.

»Ich habe noch all meine eigenen Zähne.« Ernestine grinste ihn an, um ihre Worte zu untermauern.

»Das ist gut.« Graham lächelte ihr zu.

»Ich werde nur rasch Ernestine etwas geben, damit sie besser schlafen kann«, sagte Arnold. »Sie hat ein Herzleiden, und wir wollen sie nicht überanstrengen.«

»Ich will aber nicht schlafen. Das habe ich Ihnen doch schon gesagt.« Ernestine ballte die Fäuste. »Ich will hier bei Ralph bleiben.«

»Nein, ich fürchte, das ist nicht möglich«, sagte Graham. »Wir müssen allein mit Ihrem Bruder sprechen.«

»Das ist nicht fair!« Ernestine fing an zu weinen.

»Bringen wir sie rauf.« Ralph nickte Arnold zu, der Ernestines Arm ergriff, um sie zur Tür hinauszugeleiten. »Ich bin in ein paar Minuten zurück«, sagte er zu Graham.

Als die Männer Ernestine durch den Korridor zur Treppe führten, konnte Clarice hören, wie sie sich lauthals beklagte.

»Bist du okay?«, fragte sie Emily, als endlich Ruhe eingekehrt war.

»Tante Ernestine war anstrengend«, sagte Emily. »Heute ist zu viel passiert. Das hat sie verwirrt.«

»Johnson sagte mir, sie sei dement«, warf Graham ein.

»Sie sagte gerade, sie hätte Ian Belling heute im Wald gesehen, als sie nach Ruffian gesucht hat.« Auf der Suche nach Bestätigung sah Emily Clarice an. »Aber vielleicht verwechselt sie das auch mit einem anderen Tag.«

»Selbst wenn sie das tut, ist sie nicht die einzige Person, die bestätigen kann, dass Ian Belling sich häufig im Wald herumgetrieben hat«, sagte Graham. »Bekommt sie regelmäßig Schlafmittel?«

»Nein, normalerweise nicht. Nur, wenn sie besonders verwirrt ist. Sie mussten sie schon mal suchen, weil sie im Dunkeln in den Wald gegangen ist«, berichtete Emily. »Grandpa und der Doktor sind immer dabei, wenn sie Tabletten nehmen soll, sonst würde sie so tun, als hätte sie sie geschluckt, und dann doch wieder aufstehen und herumwandern.«

Graham setzte sich, um auf Ralph zu warten.

»Ist Johnson immer noch draußen?«, fragte Clarice.

»Ja, er hilft dem Team, damit sie sich nicht verlaufen, während sie alles zum Brunnen bringen. Wir haben das ganze Zeug außerhalb des Zielgebiets zurückgelassen, weil wir nicht auf dem Tatort herumtrampeln wollten. Aber wir haben Dawn gesehen«, fügte er finster hinzu. »Ich muss mit Ralph reden. Leanne, mein Constable, wird auch dabei sein. Ich möchte hören, was er zu sagen hat, solange die Erinnerung noch frisch ist. Das Gleiche gilt für Sie beide.«

»Kann ich bei Grandpa bleiben, während Sie mit ihm sprechen?«, fragte Emily. »Er gibt sich tapfer, aber er ist in einer schlimmen Verfassung.«

»Ja«, stimmte Graham zu. »Solange er damit einverstanden ist, dass Sie dabei sind. Kann ich Ihnen ein paar Fragen stellen, während wir auf ihn warten?«

»Ja, natürlich.«

»Soll ich Sie allein lassen?«, fragte Clarice. »Ich kann in der Küche eine Tasse Tee trinken.« Ihr Blick wanderte zu dem Tablett, das sie eine Weile früher hergebracht hatte. »Der hier dürfte inzwischen kalt und bitter sein.«

»Ja, wenn es Ihnen nichts ausmacht. Ich komme zu Ihnen, nachdem ich mit Emily und Mister Compton-Smythe gesprochen habe.«

Clarice ergriff das Tablett und nahm es mit in die Küche. Dort angekommen holte sie ihr Telefon hervor und rief Rick an. Der Anruf landete direkt in der Mailbox. Vermutlich, so überlegte sie, war er bereits im Bett und hatte das Telefon ans Ladegerät gehängt. Sie hinterließ ihm eine Nachricht, in der sie von Dawns Ermordung berichtete, und machte sich einen Tee.

Eine halbe Stunde später wurde die Küchentür geöffnet.

»Ralph ist gerade erst zurückgekommen.« Graham sah sie an. »Anscheinend hat seine Schwester Schwierigkeiten gemacht. Der Doktor ist inzwischen gegangen, aber sie mussten sie bestechen, damit sie die Tabletten schluckt.«

»Mit Toffee?«, fragte Clarice.

»Es wartet auf ihrem Nachttisch auf sie, sobald sie wieder wach wird.«

Graham musterte den leeren Becher.

»Wenn wir mit Ralph und Emily durch sind, hätte ich vielleicht auch gern eine Tasse«, bemerkte er. »Ich schätze, von Ihnen werde ich eine Menge mehr erfahren als von jedem anderen hier.«

»Ich mache Ihnen einen, wenn Sie wiederkommen«, erbot sich Clarice. »Haben Sie irgendetwas von Ian Belling gehört?«

»Den haben wir schon aufgegriffen.« Graham maß sie mit einem langen Blick. »Das ist offenbar Allgemeinwissen; er war in einem Pub in Sealsby, fünf Meilen entfernt von hier.«

»Also haben Sie seine Kleidung auf mögliche Blutspuren und DNA untersucht?«, drängelte Clarice.

»Wir stehen noch ganz am Anfang.« Graham gab sich unverbindlich, ehe er ging.

Clarice empfand diese seltsame Verwirrung, die sie überkam, wenn sie jemanden auf freundschaftlicher Ebene gut kannte, die Polizeiarbeit aber erforderte, dass man auf Abstand blieb und Grenzen setzte, die man nicht überqueren konnte. Mit Graham und Jenny, seiner Frau, waren sie befreundet gewesen, als sie in Lincoln gelebt hatten. Aber aufgrund der langen Arbeitszeiten, die Rick und Graham in verschiedenen Teilen des Countys in Atem hielten, hatten sie sich im Lauf der Jahre immer seltener gesehen. Wäre Rick jetzt hier, so hätte er ihr im Vertrauen erzählt, welche Fortschritte sie machten. Von Graham konnte sie dergleichen nicht erwarten. Sie würde ihre Neugier zügeln müssen.

Sie lehnte sich auf ihrem Stuhl zurück. Es würde wohl eine ganze Weile dauern, bis Rick zurückrief oder Graham herkam, um sie zu befragen.

Kapitel 34

»Ich bin bereit für den Tee«, sagte Graham zu Clarice, als er endlich wieder in die Küche zurückkehrte.

»Wie ist es gelaufen?«, erkundigte sie sich.

Er bedachte sie mit einem vorsichtigen Lächeln. »Sie wissen, dass ich diese Informationen nicht mit Ihnen teilen kann, Clarice. Ich kenne Sie zwar gut genug, um davon auszugehen, dass Sie mit Dawns Tod nichts zu tun haben, aber Sie sind trotzdem eine potenzielle Verdächtige.«

»Können Sie ihre Leiche jetzt wegbringen?« Clarice sah sich über die Schulter um, als sie den Kessel mit Wasser füllte. »Damit werden Sie mir doch nicht zu viel verraten.«

»Der Pathologe und die Tatortermittler sind vor Ort«, sagte Graham unwirsch. »Sie werden die Leiche nicht wegschaffen können, ehe es draußen hell genug ist, um mit einem Fahrzeug hintenrum zum Tatort zu fahren. Das wird noch ein paar Stunden dauern.«

Clarice nickte und ließ einen Teebeutel in einen Becher fallen.

»Emily möchte Sie kurz sprechen. Gehen Sie zu ihr, schauen Sie, was sie will, und dann kommen Sie direkt zurück zu mir«, wies Graham sie an. »Ich denke, ich schaffe es, mir selbst einen Tee zu machen.«

Als Clarice im Wohnzimmer auftauchte, waren Ralph und Emily gerade im Begriff zu gehen.

»Wir wollen uns in Grandpas privates Wohnzimmer zurückziehen – das ist gegenüber seinem Arbeitszimmer.«

»Ja, ich erinnere mich, dass du es mir gezeigt hast.«

»Ich nehme an, Sie werden als Nächstes befragt?«, erkundigte sich Ralph.

»Ja«, sagte Clarice. »Er wartet auf mich.«

»Ich wollte Ihnen nur sagen, dass ich bei Grandpa bleibe«, informierte Emily Clarice. »Sie müssen sich um mich keine Sorgen machen. Sagen Sie dem Polizisten, wenn er nicht in der Küche bleiben will, kann er diesen Raum für die Befragung benutzen – hier ist es wärmer.«

Der Holzkorb neben dem Kamin war aufgefüllt worden, vermutlich von Johnson. Clarice stellte fest, dass Ralph anscheinend von seiner üblichen geizigen Haltung abgewichen war.

Als sie in die Küche zurückkehrte, sagte sie Graham, was Ralph vorgeschlagen hatte, und er schnappte sich prompt seinen Tee und ging bereitwillig zurück ins Wohnzimmer.

»Verdammt kalt in diesem Haus«, bemerkte er und warf einige weitere Scheite ins Feuer, ehe er es sich in Ralphs Lehnsessel bequem machte.

Clarice setzte sich ihm gegenüber auf die Chaiselongue.

»Ich nehme an, Sie haben Rick eine Nachricht hinterlassen?«, fragte Graham.

Sie nickte. »Mein Anruf ist direkt auf der Mailbox gelandet.«

»Leanne wird in einer Minute zu uns stoßen. Ehe wir zu Dawn kommen: Rick hat mir gestern erzählt, dass Emily mehr über ihre Großmutter Avril herausfinden wollte – sie ist verschwunden, soweit ich es verstanden habe.«

Clarice nickte. »Ja. Vor fünfzig Jahren.«

»Können Sie die Geschichte von Anfang an noch einmal durchgehen und mir dann alles erzählen, was passiert ist, seit Sie hier angekommen sind?«

»Kein Problem.« Clarice fing damit an, wie sie Colin in ihrem Keramikkurs kennengelernt und wie Emily ihr die Kiste gegeben hatte, sodass sie sie durchsehen konnte.

Während sie sprach, erklang ein leises Pochen an der Tür, und Leanne schaute zu ihnen herein.

»Kommen Sie, setzen Sie sich zu uns«, forderte Graham sie auf.

Kaum hatte sie Platz genommen, fuhr Clarice fort. Graham schwieg, bis sie ihn auf den neuesten Stand gebracht hatte.

»Das ist eine traurige und komplizierte Geschichte.« Nachdenklich rieb er sich das Kinn, und für einige Minuten herrschte Stille im Raum. »Meine Sorge gilt dem Mord an Dawn Compton-Smythe; ich darf mich nicht durch einen Mord ablenken lassen, der *vielleicht* vor fünfzig Jahren geschehen ist. Es sei denn, er hat etwas mit Dawns Ermordung zu tun.« Einige Augenblicke lang sah er Clarice mit undurchschaubarer Miene an. »Nach dem, was Sie mir über die heruntergefallene Katzenskulptur erzählt haben und darüber, dass Sie im Wald verfolgt wurden, könnten Sie in Gefahr sein.«

»Richtig.« Plötzlich nervös, erfüllt von der Erinnerung an Dawns blutigen, zerschlagenen Kopf, stand Clarice auf und ging ruhelos auf und ab.

»Wo wollen Sie die Zeit bis Tagesanbruch verbringen?« Graham warf einen Blick auf seine Armbanduhr. »Jetzt ist es nach zwei. Falls Sie sich in Ihr Zimmer zurückziehen möchten, könnte Leanne sich zu Ihnen setzen.«

Clarice hatte bereits darüber nachgedacht, was sie tun sollte, ehe ihr diese Frage gestellt wurde. Nun, da Emily unten bei ihrem Großvater war, wäre sie ganz allein. In dem Zimmer oben im Turm, abseits des restlichen Hauses und isoliert. Was dem Mörder eine neue Gelegenheit liefern würde. Aber sie wollte auch keine Polizistin um sich haben; sie brauchte Ruhe, um sich mit den Ereignissen der letzten achtundvierzig Stunden zu befassen.

»Hier geht es völlig verrückt zu, seit ich hier angekommen bin«, sagte sie schließlich. »Ich hatte absolut keine Zeit, um nachzudenken und meine Gedanken zu sortieren. Ich werde mir einfach ein paar Sachen aus meinem Zimmer holen und es mir dann hier unten gemütlich machen. Es wird mir guttun, ein bisschen Zeit für mich allein zu haben.«

»Und Sie sind sicher, dass Sie ganz allein bleiben wollen?«

»Ja, vollkommen.«

Als Graham und Leanne gegangen waren, stieg Clarice die Treppe hinauf und holte sich die Aufzeichnungen aus ihrer Tasche, die sie zu Colins Notizbuch angefertigt hatte. Wieder im Wohnzimmer, trat sie an die Anrichte. Das Fotoalbum war noch da, wo Emily es gelassen hatte. Sie legte es neben Ralphs Armsessel auf den Tisch, holte sich ein Glas aus der Küche, um sich einen Brandy zu gönnen, und warf noch ein Holzscheit ins Feuer.

Sie nahm auf dem Lehnsessel Platz, wickelte sich die rotkarierte Decke um die Beine und schlug das Album auf.

Avril starrte ihr aus den Fotografien entgegen, und Colin stand daneben und schaute seine Mutter anbetungsvoll an. Wieder ging sie die Familienfotos durch, einige mit Ralph, andere mit Ernestine. Es gab ein paar Bilder, die Ralph und Avril Arm in Arm an fremden Orten zeigten; eines schien auf dem Petersplatz in Rom aufgenommen worden zu sein, auf einem anderen war im Hintergrund der Eiffelturm zu sehen. Clarice ging durch den Kopf, dass Albert Wilson ihr nach der Beerdigung erzählt hatte, Avril wäre gerne in die Ferne gereist.

Als sie die heimischen Bilder durchging, fiel ihr auf, dass Johnson auf keinem von ihnen auftauchte, und sie nahm an, dass er derjenige gewesen sein könnte, der die Kamera gehalten und die visuellen Zeugnisse aufgenommen hatte. Was nicht so weit davon entfernt war, hinter Türen zu lauschen und Informationen zu sammeln.

Von dem Moment ihrer Ankunft an hatte sie gespürt, dass Johnson ihr misstraute. Sie, Clarice, war der Feind; aber warum? Sie legte das Album weg, lehnte sich in dem Sessel zurück und zog die Knie an, um sich fester in die Wolldecke zu wickeln, und schloss die Augen.

Hatte ihm jemand gesagt, dass sie und Emily in Avrils Vergangenheit herumwühlten? Aber wenn dem so war, wer hatte es ihm dann erzählt? Die einzigen Leute, die von ihrer Suche wussten, waren Dennis Simpson, Avrils Schwester Pamela und Pattie Freeman. Andererseits schien es nun, nachdem sie Johnsons Attitüde während der letzten achtundvierzig Stunden hatte kennenlernen dürfen, auch durchaus möglich, dass das, was sie für Feindseligkeit gehalten hatte, einfach nur seinem misstrauischen Wesen geschuldet war. Er war ihr in den Wald gefolgt, hatte sie aber auch sicher zurück ins Haus gebracht.

Ihre Notizen erinnerten sie an die Beobachtungen, die Colin über jeden Einzelnen festgehalten hatte. Einmal, an Weihnachten, als er noch ein kleines Kind gewesen war, hatte er seinen Vater und seine Mutter Wange an Wange tanzen sehen, eine zärtliche Erinnerung. Sein Eindruck, dass sein Vater ein scheußlich launischer Mensch war, fand sich in dem wieder, was Emily und Pamela erzählt hatten. Aber Clarice hatte Ralph nicht als so extrem empfunden, wie diese Informationen sie zunächst hatten glauben lassen. Er schien sich sofort aufzuregen, wenn Avril auch nur erwähnt wurde, aber er hatte sich einsichtig gezeigt und ihr gestattet, in der Kirche über Colin zu sprechen. Und er hatte ihren Rat für den Umgang mit seinem Hund erbeten.

Im Geiste listete sie auf, was die Leute über Avril gesagt hatten, wo ihre Erinnerungen übereinstimmten und wann sie voneinander abwichen. Pattie hatte berichtet, Avril habe Schuhe und Tanzen geliebt, und in Bezug auf Schmuck schienen sich so ziemlich alle einig zu sein. Colin hatte Schuhe und Kleidung in seinen Listen aufgeführt, aber warum? Wollte er eine Art Gegenüberstellung anfertigen? Welches Ziel hatte er verfolgt?

Colin hatte Tessa nicht gemocht, was kaum überraschen konnte. Tessa war abwehrend, verbittert und zornig. Sie hatte keine Zeit verloren, um den Platz einer anderen Frau einzunehmen – möglicherweise war sie davon ausgegangen, dass Ralph die Scheidung einreichen und sie heiraten würde. Es schien durchaus möglich, dass Ralphs und Avrils Ehe am Ende war, weil sie ihn bei einer Affäre ertappt hatte. Emily glaubte immer noch, Tessa wäre seine Geliebte gewesen. Dawn hatte jedoch klar und deutlich gesagt, das sei nicht der Fall; außerdem war es sowieso irrelevant. Der kritische Punkt war nicht, wer mit wem eine Affäre gehabt hatte, sondern was mit Avril geschehen war. Der Gedanke, dass ihre Überreste im Brunnen liegen könnten und dass Ralph derjenige war, der sie dort deponiert hatte, hatte sich in Clarices Kopf festgesetzt. Aber warum? Was war geschehen oder gesagt worden, dass sie plötzlich so überzeugt davon war?

Ernestine in eine Schublade einzusortieren war schwierig;

durch ihre Demenz war sie schwer einzuordnen. Sie sehnte sich nach Aufmerksamkeit, und die holte sie sich, indem sie unerhörte Dinge tat oder sagte. Aber durch ihren makabren Sinn für Humor hatte sie mehr offenbart als durch die demenzbedingte Verwirrung. Die Erkenntnis, dass Ralph Tessa schon gekannt hatte, bevor er Avril begegnet war, könnte signifikant sein. Clarice erinnerte sich auch an Ernestines Geplapper über den Tod ihrer Lieblingskatze, als sie im Auto auf dem Weg zur Kirche gewesen waren. Wieder musste sie an eine perfekte Porzellanpuppe denken. Ernestine, wie sie in der Küche tanzte, wie sie ihren Rock raffte und im Kreis herumwirbelte und ihre kleinen Füße über den Boden trippelten.

Sie ließ nicht nach, ging jedes einzelne Gespräch noch einmal durch, siebte den Sand, um das verborgene Juwel zu finden. Da waren auch die Konfrontationen zwischen Tessa und Dawn und zwischen Ralph, Dawn und Tessa. Die hatte sie zwar nicht selbst miterlebt, aber man hatte ihr davon berichtet. Über deren Hintergrund konnte sie nur spekulieren.

Über den Major hatte sie Widersprüchliches zu hören bekommen. Clarice glaubte nicht alles, was Albert ihr erzählt hatte. Seine Abneigung gegenüber dem Mann mochte durchaus auf Missgunst beruhen. Er war scharf auf Janice gewesen, aber die hatte seine Gefühle nicht erwidert.

Sie stand auf und fing an, auf und ab zu gehen, während sie im Geiste die Puzzlesteine umherschob. Dann, als sie vor dem Kamin stehen blieb und in die ersterbende Glut blickte, dämmerte ihr plötzlich die Erkenntnis.

Sie hörte Geräusche vor der Tür und lief hin, um nachzusehen. Zwei junge Officers, ein Constable und ein Sergeant, gingen den Korridor hinunter.

»Alles in Ordnung?«, fragte der Sergeant. »Der Boss sagte,

wir sollen hier draußen aufpassen.« Er ließ seinen Blick an der Küche vorbei den Gang hinunterschweifen.

»Mir geht es gut, danke.« Clarice kehrte ins Wohnzimmer zurück. Sie war angespannt, und ihr taten Kopf und Rücken weh. Am Fenster schob sie den schweren Vorhang beiseite, um hinauszuschauen. Dort blieb sie eine Weile und beobachtete die herumhüpfenden Lichtkegel der Taschenlampen. Dann rang sie sich endlich zu einem Entschluss durch, warf mehr Holzscheite ins Feuer, legte sich mit einem Kissen unter dem Kopf auf die Chaiselongue und zog die Wolldecken über sich. Es war beinahe vier Uhr morgens. Ihr letzter Gedanke war, dass sie nur noch ein paar Stunden wach bleiben musste.

Sie schrak wieder hoch, als bereits Licht in den Raum fiel. Neben ihr auf dem Boden klingelte ihr Telefon.

»Clarice.« Ricks Stimme klang angespannt. »Ich hab deine Nachricht gerade erhalten. Geht es dir gut?«

»Ja, alles in Ordnung.« Sie sprach hastig und informierte ihn eilends über alles, was vorgefallen war.

»Teufel auch, warum hast du mir nicht gestern schon von deinem Verfolger und der Bronzestatue erzählt?«

»Weil du gerade dabei warst, nach Newcastle aufzubrechen. Ich wollte nicht, dass du dir die ganze Zeit Sorgen um mich machst.«

»Und du glaubst wirklich, ich wäre gefahren, hätte ich gewusst, was bei dir los ist?«

»Du musstest – das ist dein Job.«

»Ich hätte jemanden anderen gebeten, an meiner Stelle hinzugehen.«

»Hat gestern alles geklappt?«

»Ja, ein Mann wird wegen Totschlags angeklagt, der andere wegen Beihilfe. Wie auch immer«, wechselte Rick sogleich wieder das Thema, »das ist unwichtig. Hast du Graham von deiner Theorie erzählt – von dem, was du mir gerade erklärt hast?«

»Nein. Die habe ich erst ausgearbeitet, als er schon weg war. Und ich weiß, dass es ihm nicht gefallen würde, wenn ich meine Nase in Polizeiangelegenheiten stecke.«

»Das kann ich ihm nicht verdenken; er ist ein Profi und hat eine Aufgabe zu erledigen«, sagte Rick ein wenig schroff. »Du musst ihm trotzdem erzählen, was du mir gerade auseinandergesetzt hast, und zwar bei der ersten Gelegenheit. Aber danach hältst du dich zurück. Misch dich nicht ein!«

»Ja«, stimmte Clarice zu. »Ich habe verstanden.«

»Ich bin im Begriff, aufzubrechen. Aber vor halb zehn werde ich nicht bei dir sein können.«

Als er aufgelegt hatte, sammelte Clarice ihre Papiere ein und ging hinauf zum Schlafzimmer.

An diesem Morgen fühlte sich das Haus sogar noch kälter an als sonst, falls das überhaupt möglich war. Vielleicht hatte bei dem ständigen Kommen und Gehen der Polizisten die Eingangstür längere Zeit offengestanden. Auf dem Weg nach oben musterte sie die Tür, die zu Tessas Zimmer führte, und den Korridor, an dem Ernestines Schlafzimmer lag. Sie nahm an, dass beide noch schliefen.

Im Gästezimmer fand sie Emily in eine Federdecke eingewickelt vor. Sie lehnte sich an die Kissen, zupfte geistesabwesend an einer Ecke der Decke herum und starrte dabei ihr Telefon an.

Kapitel 35

»Wann bist du zu Bett gegangen?«, fragte Clarice.

»Ich bin vor ungefähr zwei Stunden hergekommen, um zu sehen, ob ich schlafen kann.« Emily setzte sich auf und schwang die Beine aus dem Bett. »Grandpa wollte reden; und danach saßen wir einfach nur schweigend beisammen. Der Gedanke, ihn allein zu lassen, hat mir nicht behagt.« Sie sah so ausgelaugt aus. Als habe sie nichts mehr zuzusetzen.

Clarice setzte sich auf das Bett, um ihr zuzuhören.

»Die Polizei war ständig in Bewegung. Ich konnte ihre Taschenlampen durchs Fenster sehen und ihre Stimmen hören.«

»Was ist mit Johnson?«

»Er ist ein paarmal vorbeigekommen und hat Grandpa gefragt, ob er okay wäre, ehe er wieder rausgegangen ist, um der Polizei zu helfen.«

»Ist dein Großvater inzwischen auch zu Bett gegangen?«

»Ja.« Emily nickte. »Wir sind zusammen die Treppe rauf. Er sagte, er würde sich nur für ein paar Stunden hinlegen. Tessa und Ernestine werden bestimmt bald aufstehen.«

»Gestern war ein schrecklich trauriger Tag für deinen Großvater.« Clarice verzog das Gesicht.

Emily war blass und wirkte apathisch, während ihr zerfahrener Blick zwischen Clarice und dem dunklen Display ihres Telefons hin und her wanderte.

»Ernestine war anstrengend, aber Grandpa hat gesagt, wenn sie ihre Medizin bekommt, dann ist sie am nächsten Tag normalerweise ruhiger.« Sie starrte Clarice an. »Grandpa war aufgebracht, weil Dawn ihn beschuldigt hat, er hätte Avril getötet.«

»Das ist ungefähr das, was er uns erzählt hat, ehe wir losgezogen sind, um sie zu suchen.«

»Clarice.« Emily bedachte sie mit einem flehentlichen Blick. »Ich habe Dawn nicht sonderlich gut gekannt, und es tut mir auch leid, dass sie tot ist, aber ich glaube nicht, dass ich es verkraften könnte, wenn Grandpa derjenige war, der Avril umgebracht hat.«

»Ich weiß«, sagte Clarice.

»Mir ist bis zur letzten Nacht gar nicht richtig klar gewesen, dass ich ihn liebe.« Tränen der Verzweiflung traten in Emilys Augen. »Die Beziehungen zu Dads Verwandten waren immer so belastet, das Wort Liebe hätte ich nie damit in Verbindung gebracht.«

»Worüber hat dein Grandpa mit dir gesprochen?«

»Er hat zum ersten Mal Avrils Namen erwähnt, ohne dass man ihn danach gefragt hat.« Emily lächelte schwach. »Er sagte mir, sie wäre ein sanftmütiger Mensch gewesen, eine unfassbar umsichtige und liebenswürdige Frau.«

»Das klingt, als hätte Pattie recht. Meinst du, sie war ihm wichtig?«

»Er hat gesagt, dass er sie liebte, sie aber enttäuscht habe.«

»Die Beziehung, von der sie erfahren hat?«

»Davon hat er nichts gesagt; nur, dass er sie hängengelassen hätte. Dabei kann es doch nur um Tessa gehen.«

»Macht das nach all der Zeit noch etwas aus?«, fragte Clarice. »Alles weist auf Tessa hin, nachdem sie so rasch nach Avrils Verschwinden hier eingezogen ist. Aber wer immer zu der Affäre gehört hat, relevant ist sie nur als eine Art Impulsgeber – als der Umstand, der Avril zum Gehen veranlasste, was wiederum andere Dinge in Gang gebracht hat.«

»Ich wollte fragen, hab es aber nicht fertiggebracht, jedenfalls nicht geradeheraus. ›Grandpa, hast du sie umgebracht?‹«

Clarice antwortete nicht, und für eine Weile kehrte Stille ein.

»Ich werde ins Bad gehen und danach nach unten, um etwas zu essen«, bekundete Clarice schließlich, griff zu ihrem Kulturbeutel und ging zur Tür.

»Worüber haben Sie nachgedacht?« Emily starrte sie forschend an.

»Ich denke, wir sollten uns später unterhalten, um alles ans Licht zu bringen«, sagte Clarice. »Keine Geheimnisse mehr.«

Als sie die Treppe hinunterstieg, hielt sie an dem Fenster im nächsttieferen Stockwerk inne, um hinauszusehen. Die Sonne war aufgegangen, und der mit Raureif überzogene Boden funkelte. Sie dachte über Dawn und die Art ihres Todes nach. Sie hatte sie kaum gekannt, in ihr aber einen viel besseren Menschen wahrgenommen als Colin beschrieben hatte; ihrer beider Leben waren in einem endlosen Kreislauf steter Verbitterung gefangen gewesen. Es bekümmerte sie, dass Colin, der gegenüber Freunden, Nachbarn und Mitschülern stets so einfühlsam war, es nicht geschafft hatte, die Kluft zwischen ihm selbst und seiner Halbschwester zu überbrücken. Andererseits hätte sich das, solange Tessa im Spiel war, auch als unmöglich erweisen können.

Schuldgefühle piesackten sie. Sie hatte es nicht geschafft, Dawn zu beschützen. Wäre sie nur früher imstande gewesen, dass Puzzle zusammenzusetzen …

Johnson kam ihr auf der Treppe entgegen. »Frühstück ist in der Küche auf dem Wärmewagen – sagen Sie Emily Bescheid.« Und schon war er fort, ohne auf eine Antwort zu warten.

Emily suchte nach ihr das Badezimmer auf. Anschließend gingen sie gemeinsam zum Frühstück nach unten.

Auf dem Kieferntisch in der Küche waren Messer und Gabeln mit der Spitze nach oben in Tassen bereitgestellt worden. Auf dem Wärmewagen, der ganz in der Nähe stand, fand sich ein Stapel Teller. Der Raum war angefüllt mit dem Geruch von Kaffee und Bacon. An einem Ende des Raums stand ein Calor-Heizgerät und nahm der Kälte leise vor sich hin zischend die Schärfe.

»Johnson war fleißig.« Graham zeigte auf eine Cafetière.

Clarice schenkte zwei Becher Kaffee ein und gab einen Emily. »Das ist sehr anständig von ihm.« Sie sah sich um. »Sonst hat sich noch niemand aus der Familie blicken lassen?«

Er sah auf seine Armbanduhr. »Lassen Sie ihnen etwas Zeit.« Er kippte den Rest seines eigenen Kaffees hinunter. »Ich werde allen die gleichen Informationen zukommen lassen. Nach neun Uhr heute Vormittag wird niemand mehr das Haus verlassen können. Wenn Sie noch etwas frische Luft schnappen wollen, dann tun Sie das gleich nach dem Frühstück. Und gehen Sie nicht in die Richtung, in der der alte Brunnen liegt. Alle Haushaltsangehörigen haben sich zur Befragung einzufinden, wenn sie dazu aufgefordert werden. Sie können sich, wenn Sie wollen, auch schon früher bereithalten und im Wohnzimmer warten; das ist der wärmste Ort im Haus. Oder Sie bleiben in Ihrem Zimmer, bis Sie gerufen werden. Die Befragungen werden von neun Uhr an in Mister Compton-Smythes Arbeitszimmer durchgeführt und aufgezeichnet.« Während er noch sprach, klingelte sein Telefon.

»Kann ich vorher noch kurz mit Ihnen sprechen?«, fragte Clarice.

»Das wird warten müssen, Clarice; Sie bekommen später Gelegenheit dazu.« Er hielt sich das Telefon ans Ohr und ging.

»Ernestine und Tessa zusammen eingepfercht? Das muss die Hölle sein«, bemerkte Emily.

»Tessa bleibt vermutlich oben. Ich nehme an, Graham wird sich darum bemühen, sensibel mit ihr umzugehen. Ralph und Tessa haben ihre Tochter auf eine Art verloren, wie sie schrecklicher nicht sein könnte; vielleicht verkriechen sie sich einfach in Tessas privatem Wohnzimmer, bis sie heruntergebeten werden.«

»Ihre Tochter zu verlieren, wird Tessa nicht dazu bringen, sich zu verkriechen.«

»Wirklich nicht?«

Emily dachte nach. »Wir werden sehen – Sie kennen Tessa nicht so wie ich. Sie ist die streitsüchtigste Person, die mir je begegnet ist – und sie hasst es, irgendetwas zu verpassen.«

Zehn Minuten später saßen sie mit Eiern, Tomaten und Bohnen vom Wärmewagen an dem großen Küchentisch. Emily trug einen überdimensionierten blauen Pullover, dessen Ärmel so lang waren, dass ihre Hände beinahe darin verschwanden. Nur ihre Finger lugten noch heraus, als sie mit ihrer Gabel Baked Beans auf dem Teller herumschubste. Mit grüblerischer Miene fixierte sie das Heizgerät. Sie hatte sich zwar die Haare gebürstet, aber nicht das übliche Make-up aufgelegt, wodurch sie umso blasser wirkte, und die Schwäche, die sich in jeder ihrer Bewegungen Ausdruck verschaffte, spiegelte ihre Stimmung wider.

»Kein Appetit?«, fragte Clarice.

»Nein.« Sie legte die Gabel auf dem Teller ab. »Es ist alles so durcheinander. Ich bin hergekommen, um Dad zu beerdigen – und jetzt hat Grandpa seine beiden Kinder verloren.«

»Das ist nicht deine Schuld«, mahnte Clarice. »Es gab nichts, was du hättest tun können, um Dawns Tod zu verhindern.«

»Wissen Sie, ob die Polizei diesen Mann festgenommen hat – Ian Belling?«

»Er wurde gestern Abend aufs Revier gebracht; sie haben ihn in einem Pub im Dorf aufgespürt.«

»Wie kann jemand nur so viel Hass empfinden?« Emily war so betroffen, ihre Stimme zitterte bei jedem Wort.

»Wenn Beziehungen scheitern, führt das oft zu viel Verbitterung und Zorn. Das passiert häufiger, als du es dir vorstellen kannst«, sagte Clarice.

»Aber jemanden kaltblütig zu ermorden …« Emily klang zutiefst erschüttert.

»Warten wir ab, was Graham zu sagen hat«, riet Clarice leise.

Als sie mit dem Frühstück fertig waren und Teller und Tassen abgespült hatten, schlug Clarice vor, dass sie ein bisschen hinausgehen und sich die Beine vertreten sollten.

»Den Weg zum Brunnen können wir natürlich nicht einschlagen. Gehen wir einfach ein paar Runden ums Haus, an dem alten Tennisplatz vorbei.«

In der großen Halle trafen sie auf Johnson, der gerade ins Haus zurückgekehrt war. Er blickte zu Boden und schien sie erst im letzten Moment zu bemerken. Wie üblich trug er seine Outdoorkleidung samt dem dunklen Wollschal, der aus dem Kragen seiner Jacke hervorquoll. Wie Ralph schien auch er während der letzten vierundzwanzig Stunden gealtert zu sein. Sein Gesicht und sein Tonfall gaben nichts preis, aber die Selbstsicherheit, die sich zuvor in seinem Auftreten ausgedrückt hatte, war verschwunden.

»Sie werden nicht in den Bereich gehen können, in dem die Polizei arbeitet«, erklärte er kurz und bündig.

»Wir wollten nur ums Haus«, sagte Emily.

»Es ist kalt da draußen.« Er sah sich zur Tür um.

»Ist Grandpa schon auf?«

»Ich habe ihm sein Frühstück ans Bett gebracht.«

»Er ist nicht er selbst. Er ist jetzt sogar noch griesgrämiger als sonst«, stellte Emily fest, als sie Johnson nachblickten, während der die Halle in Richtung Küche durchquerte.

»Es wäre seltsam, wenn ihn das nicht mitnehmen würde«, wandte Clarice ein. »Und nach dem, was du gesagt hast, war er überhaupt nicht im Bett. Er ist kein junger Mann mehr; er wird ein wenig Ruhe brauchen.«

»Daran hatte ich nicht gedacht«, räumte Emily reumütig ein.

Kaum waren sie draußen und außer Hörweite des Hauses, kam Emily zur Sache.

»Haben Dawn und Tante Ernestine identische Jacken getragen? Ich habe Dawn nicht mehr gesehen, nachdem …« Emilys Stimme versagte.

»Ja«, bestätigte Clarice. »Sie haben beide eine der blauen Jacken aus der Halle getragen.«

»Denken Sie, Ernestine könnte das eigentliche Ziel gewesen sein, nicht Dawn?«

»Das kam mir in den Sinn.«

»Und?«

»Ich glaube nicht, dass die Kleidung relevant ist, wenn man den Größenunterschied bedenkt.«

»In dem Nebel könnte der Mörder sie trotzdem verwechselt haben.«

»Ich glaube nicht, dass es so passiert ist.« Clarice ging weiter und schob die Hände tief in die Taschen.

Emily bedachte sie mit einem neugierigen Seitenblick und folgte ihr.

Als sie den ehemaligen Tennisplatz hinter dem Haus erreichten, hielten sie inne. Clarice kehrte in Gedanken zum vorgestrigen Nachmittag zurück, als sie hier mit Dawn gestanden und mit ihr über viktorianisch-gotische Architektur gesprochen hatte. In Dawns Tonfall hatte Leidenschaft gelegen, Begeisterung. Nun stand Clarice mit Emily hier. Beide blickten sich teilnahmslos um, während ihnen die kalte Luft ins Gesicht schlug und durch ihre Kleidung drang.

»Sollen wir wieder reingehen?«, fragte Emily, als sie sich einige Minuten später erneut der Eingangstür näherten.

»Lass uns noch eine Runde gehen; ich möchte meinen Kopf klarkriegen.« Clarice kontrollierte ihr Handy. »Uns bleibt nicht mehr viel Zeit, bis die Befragungen beginnen.«

Während sie sich unterhielten, kam ein großer, weißer Lieferwagen aus dem Wald gefahren und hielt an. Graham verließ das Haus und kletterte hinein, woraufhin das Fahrzeug wieder in den Wald zurückfuhr und außer Sicht verschwand.

Die Frauen wechselten schweigend einen Blick. Sie wussten beide, dass Dawns Leichnam beim ersten Tageslicht hätte fortgebracht werden sollen, und das war schon drei Stunden her. Vielleicht fragte sich auch Emily, wo Graham jetzt hinwollte.

Gemächlich umrundeten sie das Gebäude ein weiteres Mal, ohne noch ein Wort zu wechseln. In den letzten zwei Tagen war so viel geschehen, dass Clarice sich ausgelaugt fühlte, und ihr Körper schmerzte regelrecht vor lauter Müdigkeit und Anspannung. So, wie die Dinge lagen, war klar, dass Graham vor den formellen Befragungen, die aufgezeichnet werden sollten, zu beschäftigt sein würde, um mit ihr zu reden. Aber selbst wenn er es täte, wäre er auch bereit, ihre Theorie ernst zu nehmen?

Kapitel 36

Als sie zusammen mit Emily die Halle betrat, sah Clarice den weißhaarigen Doktor vom Vorabend dort sitzen und warten.

»Ich bin gekommen, um nach meinen Patienten zu sehen«, erklärte Arnold Maid dem Constable, der gestern als Danny Morris vorgestellt worden war. »Ralph hat mich gebeten, heute früh noch einmal herzukommen.«

»Danke, Doktor«, sagte PC Morris. »Wir haben mit Ihrem Besuch gerechnet. Einer der Officers wird Sie informieren, wenn wir mit den Befragungen fertig sind. Sie werden sich ein bisschen verspäten.«

Clarice dachte an Graham, der wenige Augenblicke zuvor in den Van gestiegen war. Sie bezweifelte, dass man beginnen würde, ehe er zurück war.

Es war genau neun, als sie das Wohnzimmer betraten. Draußen im Korridor steckten Leanne und ein anderer PC die Köpfe zusammen und unterhielten sich leise. Das Feuer war mit neuen Scheiten gefüttert worden, und jemand hatte Stühle um den Kamin herum aufgestellt. Zum ersten Mal seit ihrer Ankunft sah Clarice Johnson bei der Familie sitzen, statt dienstbeflissen auf seinen Einsatz zu warten. Ein zweiter Lehnsessel war herbeigeschafft worden, damit Tessa bei

Ralph sitzen konnte. Sie sah teigig und teilnahmslos aus, als sie an ihrer Teetasse nippte.

Clarice fragte sich, warum die alle hier waren, obwohl Graham vorgeschlagen hatte, sie könnten andernorts warten und einfach herkommen, wenn sie gerufen wurden.

Der Raum fühlte sich warm an. Neben dem offenen Feuer zischte in einer Ecke das Calor-Heizgerät, das zuvor in der Küche gestanden hatte. Zwei Keramikkannen und mehrere Tassen standen auf Tabletts auf der Anrichte.

Ernestine saß in einem hellen, ockerfarbenen Pullover und einem schwarzen Rock auf der Chaiselongue und schwatzte vor sich hin, als sie eintrafen. Auf ihrem Schoß stand eine fast leere Packung Toffees, aus der sie sich bediente, während sie redete.

»Emily und Beth.« Entzückt zeigte Ernestine auf sie.

»Das ist Clarice«, korrigierte Emily sie ein weiteres Mal.

»Ihr könnt meine Toffees nicht haben.« Schützend hielt Ernestine eine Hand über die Packung. »Ich habe nicht mehr viele übrig. Ich kann nichts davon abgeben.«

»Niemand will deine verdammten Toffees, Ernestine«, sagte Ralph in scharfem Ton zu seiner Schwester.

Emily zeigte auf zwei Stühle mit gerader Rückenlehne in der Nähe der Anrichte. Sie nahmen sich jede einen, um sich in den Kreis der Familie vor dem Feuer zu integrieren.

»Wir dachten, ihr wäret in deinem Wohnzimmer und würdet darauf warten, dass ihr gerufen werdet.« Sie blickte von ihrem Großvater zu Tessa. Trotz des wissenden Ausdrucks in ihren Augen schaffte sie es, einen Hauch von Überraschung in ihrer Stimme unterzubringen.

»Wir haben beschlossen, herzukommen und hier zu warten, damit wir unsere Befragungen als Erste hinter uns bringen können. *Sie* war bereits hier.« Tessa deutete auf Ernestine und stellte ihre Tasse auf dem kleinen Beistelltisch neben sich ab. »Und du, Emily, hast den armen Ralph mit deinem Geschwätz die halbe Nacht wach gehalten.«

»Tessa, ich habe dir gesagt, wir hätten auch als Erste mit dem Inspector sprechen können, wenn wir oben gewartet hätten.« Ralph sprach leise und in ruhigem Ton. »Und du weißt, dass Emily mich nicht wach gehalten hat; sie hat mir Gesellschaft geleistet.«

Tessa schnaubte nur und starrte die brennenden Holzscheite im Kamin an.

»Wir haben gestern Nacht über Avril geredet.« Emilys Stimme klang hoch, und die Röte stieg ihr über den Hals in die Wangen. »Grandpa hat mir erzählt, sie sei ein sanftmütiger, umsichtiger und liebenswürdiger Mensch gewesen.«

»Wir wollen zu einem Zeitpunkt wie diesem nichts über diese verdammte Frau hören!«, keifte Tessa.

»Vielleicht ist das nicht der passende Zeitpunkt, Emily.« Ralphs Blick huschte von Tessa zu seiner Enkelin.

»Wann *ist* denn ein passender Zeitpunkt?« Emily gab sich aufsässig. »Dad hat fünfzig Jahre gewartet, und der passende Zeitpunkt ist nicht gekommen.«

»Ich habe gerade meine Tochter verloren.« Tessa tupfte sich die Augen mit einem Taschentuch ab.

»Und das tut mir ehrlich leid.« Emily hatte offenbar nicht die Absicht, sich zum Schweigen bringen zu lassen. »In den letzten paar Tagen habe ich sie besser kennengelernt. Ich glaube, wir hätten gute Freundinnen werden können.«

»Blödsinn.« Tessa sah Clarice an. »Es ist *ihre* verdammte Schuld, dass ich mit Dawn gestritten habe. Sie hatte kein Recht, in unseren Familienangelegenheiten herumzustochern und Ärger zu provozieren.«

»Ich habe Clarice gebeten, sich die Informationen anzusehen, die Dad gesammelt hat, als er Avrils Verschwinden untersuchte.«

»Welche Informationen?« Ralph drehte sich zu Clarice um. »Das hat Emily schon gestern erwähnt – was für verfluchte Informationen?«

Clarice schaute einem nach dem anderen ins Gesicht. Ralph sah grau und leidend aus, während Johnson nur ausdruckslos zu Boden starrte und Blickkontakt vermied; sein Kopf schien sich in seinen Kragen zurückgezogen zu haben, als wäre er geschrumpft, um niemandem aufzufallen – was so gar nicht zu ihm zu passen schien. Tessa kochte dem Anschein nach vor Zorn, vielleicht eine Art Ventil für ihren Kummer. Ernestines Augen zuckten von einem zum anderen, und ihr Kinn bewegte sich, während sie die Toffees mampfte.

»Dawn hat Avrils Verschwinden als den ›Elefanten im Raum‹ umschrieben«, erklärte Clarice. »Alle wussten, wie brennend Colin daran interessiert war, herauszufinden, was aus seiner Mutter geworden ist. Alles beginnt mit Avril und führt wieder zu ihr zurück.«

Bei der Erwähnung des Namens ihrer Tochter blickte Tessa auf, sagte aber nichts.

»Ich fragte, von welchen Informationen die Rede ist«, blaffte Ralph.

»Nach Colins Tod hat Emily mich gebeten, eine Kiste durchzusehen. Als ich das getan hatte, lud sie mich ein, sie hierher zur Bestattung zu begleiten.«

Emily blickte stur geradeaus, während Clarice sprach. Ihre Miene drückte immer noch Entschlossenheit aus, auch wenn Hals und Wangen inzwischen scharlachrot glühten.

»Die Kiste enthielt einen Bericht von einer Detektei, eine Postkarte, ein Medaillon, zwei Fotos und ein Notizbuch.«

Ralph beugte sich vor.

»Das Erste, was mir sonderbar erschien, war die Frage, warum Avril das Medaillon hätte zurücklassen sollen, das ein Foto enthielt, auf dem Colin als Baby abgebildet ist. Sie trägt es auf jedem Bild, das ich von ihr gesehen habe und das nach seiner Geburt aufgenommen wurde. Wäre sie wirklich mit dem Major fortgegangen, dann hätte sie es mitgenommen.« Clarice unterbrach sich kurz, um ihre Worte wirken zu lassen. »Das war so unbegreiflich, dass es mich regelrecht in das Geheimnis ihres Verschwindens hineingezogen hat.«

Für einen Moment war das Zischen des Heizgeräts das einzige Geräusch im Raum.

»Emily und ich haben Dennis Simpson von der Detektei in Lincoln aufgesucht. Er konnte uns keine Informationen liefern, die über das hinausgegangen wären, was in seinem Bericht stand. Aber Sie wussten von der Detektei, Ralph.« Clarice blickte ihn direkt an.

»Davon hat Colin mir nichts erzählt!«, widersprach Ralph in scharfem Ton.

»Sie haben sie am Tag unserer Ankunft beim Mittagessen erwähnt. Was sagten Sie noch genau zu Emily?« Sie wartete einen Augenblick. »Etwas darüber, dass Colin ein Dutzend Detektivagenturen hätte beauftragen können, aber wenn seine Mutter nicht gefunden werden wollte, dann würde sie auch niemand finden.«

Ralph starrte finster drein.

»Das war zu treffend für einen Schuss ins Blaue. Sie wussten, dass Colin Kontakt zu einer Detektei aufgenommen hatte, weil jemand es Ihnen erzählt hat.« Wieder legte Clarice eine Pause ein, doch Ralph schwieg sich aus.

»Dann war da die Postkarte. Colin war enttäuscht vom Bericht der Agentur. Er suchte eine Adresse in Roundhay,

Lees, auf, wo Janice, die Frau von Major Freddie Baxter, lebte. Seinen Notizen zufolge blieb er über Nacht in Leeds und saß zwei Tage lang in seinem Auto, um Janices Kommen und Gehen zu beobachten.«

»Dummer Junge, vergeudet nur seine Zeit«, platzte Ralph heraus.

»Er hat Janice angesprochen, als sie das Haus verlassen hat, aber sie hat nur gesagt, er solle verschwinden.« Clarice richtete sich auf ihrem Stuhl auf. »Dabei konnte er es nicht belassen, und so kam er immer wieder zurück, bis sie zustimmte, sich mit ihm zu treffen, nur um das Treffen dann später mit dieser Postkarte abzusagen.«

»Mich überrascht nicht, dass sie ihn weggeschickt hat. Sie hätte sich auch bei der Polizei beschweren können, wenn er sie nicht in Ruhe gelassen hätte.«

»Ja, das hat Janice ihm auch angedroht. Meine Theorie besagt, dass sie einem Treffen zugestimmt hat, um sich und dem Major etwas Spielraum zu verschaffen, damit er für eine Weile verschwinden konnte, bis Colin endlich aufgegeben hätte.«

Ralph musterte sie mit verdrießlicher Miene.

»Und kaum war ihr Mann aus dem Weg, da hat sie die Verabredung abgesagt. Ich nehme an, der Major hat Ihnen alles darüber erzählt?«

»Warum sollte dieser Mann Kontakt zu mir aufnehmen? Ich bin der letzte Mensch auf Erden, mit dem er hätte sprechen wollen.«

»Weil«, antwortete Clarice, »die Behauptung, er wäre mit Avril davongelaufen, frei erfunden ist. Als Avril von Ihrer Affäre erfahren hatte, da wollte sie Sie verlassen – aber nicht mit dem Major. Und sie hätte Colin mitgenommen.«

»Was fällt Ihnen ein!«, brüllte Ralph los. »Ich muss Ihnen

nicht Rede und Antwort stehen, wenn es um meine Beziehungen geht.«

»Das geht Sie verdammt noch mal gar nichts an«, warf Tessa ein.

»Ihre Treulosigkeit interessiert mich nicht im Geringsten, Ralph; worüber ich reden will, das ist Avrils Ermordung.«

»Mord? Das ist ja lächerlich!«, blaffte Ralph, das Gesicht so verzerrt, dass seine Brauen an der Nasenwurzel verschmolzen.

»Janice war nach Norden gezogen, um sich um ihre kranke Mutter zu kümmern. Sie ging davon aus, dass ihr Mann dort zu ihr stoßen würde. Sie versuchen, den Eindruck zu vermitteln, dass Sie den Major gehasst hätten wegen dem, was er Ihren Worten zufolge getan haben soll. Aber er war Ihr bester Freund, und es hat nie ein Zerwürfnis zwischen Ihnen beiden gegeben. Nach Avrils Tod hat er Ihnen den Rücken freigehalten und die Geschichte gestützt, die besagte, er sei mit ihr zusammen weggegangen.« Clarice starrte Ralph mit versteinerter Miene an. »Er war auf Ihre Einladung hin hier. Und die Wahrheit ist, dass er auch hier war, als Avril gestorben ist. Und falls nicht, so hat er dennoch gewusst, wer sie ermordet hat, weil Sie ihn – Ihren besten Freund – ins Vertrauen gezogen haben.«

»Was für eine unverfrorene Andeutung! Sie haben Dawn die Idee eingeflüstert, dass ich was mit Avrils Tod zu tun hätte. Von selbst wäre sie nie auf so etwas gekommen. Und mit wem ich Geschäfte mache, ist allein meine Angelegenheit«, knurrte Ralph.

»Ich weiß, dass Avril nicht gegangen ist. Das verdanke ich Ernestine.«

»Nein – ich habe nichts gesagt«, protestierte Ernestine errötend.

Clarice achtete nicht auf sie. »Ernestine hat mir erzählt, dass Avril sich die Fußnägel ebenso lackiert hat wie die Fingernägel. Sie sagte, das letzte Mal hätte sie Colins Mutter gesehen, als sie mit Ralph das Haus verließ. Sie habe zwar nicht Auf Wiedersehen gesagt, aber gewunken.«

»Hab ich nicht.« Ernestine setzte eine bockige Miene auf. »Nein, nein, Ralph, ich habe überhaupt nichts gesagt.«

»So hat sie gewunken.« Clarice hielt die Hände vor sich, nebeneinander, so, wie Ernestine es getan hatte, und zeigte dabei ihre lackierten Fingernägel. Dann bewegte sie die Hände auf und nieder. »Erst habe ich es nicht begriffen, aber dann ging mir auf, dass Ernestine über Füße gesprochen hat. Sie meinte Avrils Füße mit den lackierten Zehennägeln, die auf und ab wippten, als Ralph ihren in eine Decke gewickelten Leichnam fortgetragen hat. Ernestines Sinn für Humor ist unbezahlbar.« In Clarice Stimme lag jedoch keine Spur von Heiterkeit. »Und Sie haben ihr gesagt, sie solle sich nicht aufregen.« Clarice fixierte Ralph.

»Ich war das nicht. Ich habe das nicht getan!«

»Halt jetzt die Klappe, Ernestine!« Ralph maß seine Schwester mit einem finsteren Blick.

»Im Wagen, auf dem Weg zur Beerdigung, hat Ernestine über Colin gesprochen. Statt der kirchlichen Bestattung hätte man ihn auch in eine Decke wickeln und im Garten vergraben können, hat sie gesagt. Das hat sich angehört wie das, was Emily mir über die Hunde und Katzen der Familie erzählt hat, die in eine Decke gewickelt auf dem Tierfriedhof begraben wurden. Mir ging auf, dass Avril, als Ernestine sie zum letzten Mal gesehen hat, bereits tot war; ihr Körper war in eine Decke gewickelt, und die Füße ragten heraus.«

»Sie lügen sich das doch zusammen«, sagte Tessa mit blasierter Miene. »Erbärmlich. Sie wollen sich nur selbst reden hören.«

»Wenn die Polizei in den Brunnen hinuntersteigt, wird Avrils Leichnam alles sein, was an Beweisen nötig ist.«

»Das werde ich nicht zulassen«, polterte Ralph.

»Die werden Ihre Erlaubnis nicht brauchen, solange das Teil einer Mordermittlung ist.«

»Du hast sie getötet, Grandpa.« Emily weinte still vor sich hin.

»Sie im Brunnen zu versenken, das ist vermutlich aus der Panik heraus geschehen. Ich schätze, wenn Sie sich die Zeit genommen hätten, die Sache zu durchdenken, dann hätten Sie sie vielleicht im Wald oder draußen im Schlick vergraben«, fuhr Clarice fort. »Aber Colin war bei einem Freund und würde bald zurück sein, und dann war da noch der Gärtner, der hätte fragen können, was – oder wen – Sie vergraben wollen.«

»Nein, nein!« Ernestine wedelte mit den Händen, und ihre Stimme klang schrill. »Halt sie auf, Ralph.«

»Wollen Sie, dass sie einen Herzanfall erleidet?« Johnson sah Clarice bitterböse an. »Sie hat ein Herzleiden. Und ihm sollten Sie auch rücksichtsvoller begegnen.« Er sah Ralph an. »Er hat gerade seinen Sohn und seine Tochter verloren.«

»Grandpa.« Schmerz lag in Emilys Stimme. »Warum hast du sie umgebracht?«

»Dein Großvater hat Avrils Leichnam in den Brunnen geworfen, Emily«, sagte Clarice. »Aber er hat sie nicht umgebracht. Das ist mir erst letzte Nacht klargeworden, nachdem wir Dawn dort draußen tot auffanden.«

»Das verstehe ich nicht … aber … wer dann?«

»Deine Tante Ernestine hat Avril getötet.«

Emilys Augen zuckten schockiert in Ernestines Richtung, und sie starrte ihre Tante an.

»Sieh mich nicht an.« Ernestine bewegte ihre Hände wie Fächer vor ihr Gesicht. »Ich mag das nicht – sieh mich nicht an.«

»Ein Detail, das in Colins Notizen aufgeführt war, lautete, dass der Tag, an dem seine Mutter starb, der heißeste Tag des Jahres war.« Clarice sah Ralph an. »Ein anderes Detail, von dem ich erfuhr, besagte, dass sie, wenn es heiß war, die Doppelfenster in ihrem Zimmer immer weit geöffnet hatte.«

»Wir müssen uns das nicht länger anhören«, sagte Ralph mit lauter Stimme. »Genug ist genug.« Er stemmte sich aus seinem Sessel hoch.

»Sei still!«, forderte Tessa lauthals mit glühendem Blick. »Ich will das Ende hören … ich will wissen, was sie sonst noch zu sagen hat.«

»Ich glaube, Avril hat gepackt und wollte gehen, als Ernestine in ihr Zimmer kam. Vermutlich haben sie gestritten, und als Avril dann am offenen Fenster gestanden hat, da ist Ernestine zu ihr gelaufen und hat sie hinausgestoßen.«

»Ich war das nicht – das war Bellatrix!«, kreischte Ernestine. »Sie hat Ralph beschützt, weil Avril ihm Colin wegnehmen wollte.«

»Nein, Ernestine«, sagte Clarice. »Sie haben sie hinausgestoßen, und sie stürzte auf Bellatrix, und das hat sie getötet.«

Stille hatte sich über den Raum gesenkt. Ralph hatte eine Hand vor die Augen geschlagen, als wollte er all das nicht sehen.

»Normalerweise steckt in dem, was Ernestine sagt, ein Körnchen Wahrheit, und durch ihren makabren Sinn für Humor gibt sie manches preis.«

Ernestine starrte ausdruckslos vor sich hin, als wäre sie außerstande, Clarices Worte zu verarbeiten.

»Was hatten Sie nach der Beerdigung noch gleich zu Albert Wilson gesagt, Ernestine?«

»Ich erinnere mich nicht.« Die alte Dame sah Ralph an, der immer noch seine Augen bedeckt hielt.

»Als Albert sagte, Avril wäre im Urlaub gern in die Ferne geflogen, da haben Sie gesagt: ›Avril konnte nicht fliegen.‹ Und dann haben Sie gelacht, weil Sie das für lustig hielten. Das war einer Ihrer kleinen Scherze; denn als Avril aus dem Fenster gestoßen worden war, da war es genau, wie Sie gesagt haben. Avril *konnte nicht* fliegen – wie in dem Kinderreim von Jack und Jill: *Avril fiel und schlug sich den Schädel ein*. Und dann sind Sie durcheinandergekommen. Sie sagten, es wäre Beth, die besser Jill hätte heißen sollen. Wie die Jill aus dem Kinderreim. Ich nehme an, wenn die Polizei Avrils Leichnam geborgen hat, wird man feststellen, dass sie tatsächlich einen Schädelbruch erlitten hat – durch den Aufprall auf Bellatrix.«

»Bellatrix war die, die sie davon abgehalten hat, zu gehen und Colin mitzunehmen.« Wieder sah Ernestine hilfesuchend ihren Bruder an. »Sag es ihnen, Ralph.«

Endlich ließ Ralph die Hand sinken und maß seine Schwester mit einem eisigen Blick, ehe er sich langsam wieder setzte.

»Sie sind sehr gut darin, Menschen *und* Dinge herabzustoßen.« Bei diesen Worten fixierte Clarice Ernestine.

Tessa drehte sich mit einem harten Ausdruck in den Augen um. »*Du* warst das!«, sagte sie. »Du hast die Bronzekatze runtergestoßen – du hast Clarice im Erdgeschoss gesehen und versucht, sie umzubringen.«

»Sie ist neugierig.« Heimtücke klang in ihrer Stimme

an. »Wir haben es dir gesagt, Ralph. Tessa und ich haben dir beide gesagt, du sollst dafür sorgen, dass sie vor der Bestattung verschwindet.«

Ihre Worte überraschten Clarice. Sie hatte angenommen, Tessa und Johnson hätten dafür gestimmt, sie aus dem Haus zu verbannen. Aber dass Ernestine sie hatte loswerden wollen, ergab mehr Sinn.

»Das war schon Ihr zweiter Versuch – oder der dritte, wenn man mitzählt, dass Sie versucht haben, in unser Zimmer zu gelangen, als Sie dachten, ich würde schlafen.« Clarice sprach jetzt direkt zu Ernestine. »Ich habe eine Weile gebraucht, um darauf zu kommen, wer mich am ersten Abend im Wald verfolgt hat. Gestern Abend haben Sie Ihre Handschuhe fallen lassen, als Emily Ihnen mit der Jacke geholfen hat. Als ich sie aufhob, da habe ich mich gebückt und von unten zu Ihnen hochgeschaut – genau wie ich es an diesem ersten Abend im Nebel getan hatte. Da war ich zwar noch nicht vollkommen sicher, aber jetzt bin ich es.«

Ernestine legte eine Hand an ihre Kehle. »Sie will meine Halskette … Sie können sie nicht haben.«

Johnson, Tessa, Ralph und Emily, sie alle starrten sie an.

»Das hat keinen Zweck, Ernestine«, sagte Ralph. »Wenn Clarice herausgefunden hat, was mit Avril geschehen ist, dann bin ich ziemlich sicher, sie weiß auch, dass diese Kette dir eigentlich gar nicht gehört hat.«

»Sie haben einen Juwelier beauftragt, sie unter Verwendung der Diamanten aus der Kette, die Avril von ihrer Mutter nach deren Tod geerbt hat, und ihrem eigenen Perlenhalsband anzufertigen«, fuhr Clarice fort. »Auf dem Foto, das am Tag ihrer Hochzeit aufgenommen wurde, trägt Avrils Mutter die Diamantkette und Avril das Perlenhalsband.«

Ralph nickte. »Mir wurde klar, dass Ihnen das auffallen könnte – also habe ich die Hochzeitsfotos aus dem Album entfernt.«

»Die Diamantkette hatte eine viktorianische Sternfassung«, erklärte Clarice. »Diese Art der Fassung wirkt auf dem heutigen Markt bisweilen ein bisschen plump. Ich nehme an, dass Ernestine beide Ketten haben wollte, weil sie so gierig war. Also haben Sie einen Juwelier gefunden, der aus Teilen beider Ketten eine neue gemacht hat. Es war zwar nicht sonderlich wahrscheinlich, aber es bestand ein Risiko, dass jemand Ernestine Avrils Diamantkette tragen sehen und sich fragen würde, warum sie die nicht mitgenommen hatte.«

»Ich bin nicht gierig.« Ernestine sah Clarice an, die Hand immer noch schützend über die Kette gelegt.

»Ich fürchte, das bist du doch«, sagte Ralph bekümmert. »Missgünstig, gierig und habsüchtig.«

»Sie sind besitzergreifend, Ernestine«, sagte Clarice. »Das sind Sie schon, seit Sie ein Kind waren. Sie konnten nicht einmal akzeptieren, dass Ihre kleine Schwester ihre abgelegten Kleider trug.«

»Das waren meine Sachen«, erwiderte Ernestine und klang plötzlich gehässig. »Meine!«

»Gehörte Colin auch zu Ihren Sachen?«, fragte Clarice. »Sie wollten nicht, dass seine Mutter ihn mitnimmt, nicht wahr?«

»Er war etwas Besonderes, und er gehörte hierher zu uns. Bellatrix wollte ihm nicht erlauben zu gehen.«

»Hör endlich mit diesem Gerede von Bellatrix auf!«, fiel Tessa ihr wütend ins Wort. »Diesen Mist höre ich jahrein, jahraus. Es ist Blödsinn, und du hättest Ralph wegen eines Mordes in Schwierigkeiten bringen können, den er gar nicht begangen hat.« Sie drehte sich zu Ralph um. »Warum zum Teufel hast du sie beschützt? Du hättest die Polizei rufen sollen.«

»Das konnte ich meiner eigenen Schwester nicht antun.«

»Sie hat deine Frau ermordet«, sagte Tessa scharf. »Wir hätten heiraten und ein normales Leben führen können. Alles hätte so anders sein können. Sie ...«, sie zeigte mit dem Finger auf Ernestine, »... hätte dich wegen Mordes ins Gefängnis bringen können.«

»Nein, ich war diejenige, die ihn gerettet hat, Tessa. *Ich habe Ralph gerettet.*« Ernestine klang kindlich beglückt.

»Inwiefern?«, fragte Tessa.

»Ich hätte nie zugelassen, dass Ralph ins Gefängnis kommt. Er ist mein Bruder. Ich musste das verhindern.«

Tessa hatte endgültig genug von dem wirren Gerede. »Das ist nur wieder dein verdrehtes Gefasel, Ernestine.«

»Nein.« Ernestine tippte sich seitlich an die Nase. »Es ist ein Geheimnis – aber ich habe Ralph gerettet.«

Tessa sah sich verwirrt um. Ralph und Johnson wechselten einen Blick, in dem sich eine plötzliche Erkenntnis spiegelte.

»Ich weiß«, sagte Clarice.

Tessa richtete ihren Blick auf sie.

»Sie haben gehört, wie Dawn Ralph beschuldigte, er hätte Avril getötet«, sagte Clarice zu Ernestine.

Ernestine schüttelte den Kopf. »Nein, nicht laut sagen – das ist ein Geheimnis.«

»Sie haben Ruffian aus Dawns Zimmer geholt und ihn in dem Schuppen auf dem Tierfriedhof versteckt. Dann haben Sie geholfen, ihn zu suchen. Sie haben Dawn erzählt, er wäre in den Brunnen gefallen – *Pussy's in the well*, die Mietzi ist im Brunnen. Und dann, als sie sich über den Rand gebeugt und mit ihrer Taschenlampe ins Dunkel geleuchtet hat, haben Sie ihr mit der Metallstange auf den Kopf geschlagen.«

Tessa zuckte erkennbar zusammen, und ihre Augen weiteten sich.

Ernestine hatte die leere Toffeeschachtel auf den Boden fallen lassen. Ihre Lippen bewegten sich, aber es kam kein Ton heraus.

»Ist es das, was Sie gemeint haben?« Emilys Augen waren ebenfalls vor Schreck geweitet. »Sie haben gesagt, Sie wären erst letzte Nacht darauf gekommen – nachdem Dawns Leichnam am Brunnen gefunden wurde.«

»Ja, letzte Nacht war ich plötzlich davon überzeugt, dass Avrils Leichnam im Brunnen liegt – aber was hat dieses Gefühl ausgelöst? Na ja, als ich erst einmal herausbekommen hatte, dass Ernestine diejenige war, die Dawn getötet hatte, wurde alles klar. Da habe ich begriffen, dass Ernestine mit ihrer wirren Logik glaubte, sie könnte Dawn, nachdem sie sie niedergeschlagen hatte, einfach einen Stoß versetzen, und sie würde in den Brunnen stürzen.«

»Wie Avril«, sagte Ernestine leise. Ihre Augen, die den ganzen Raum abtasteten, waren aller Gefühle beraubt.

»Ja, wie Avril. Sie dachten, sie würde einfach verschwinden. Es hat aber nicht funktioniert, weil Dawn, als Sie mit der Stange zuschlugen, zu Boden fiel und viel zu schwer war, um sie in den Brunnen zu schaffen. Vermutlich haben Sie sie dann noch einmal geschlagen, um ganz sicher zu sein, dass sie tot war.«

»Nein!« Tessas Kopf zuckte wie wahnsinnig herum, als litte sie große Schmerzen. »Bitte sagen Sie mir, sie war es nicht – sagen Sie mir, es war dieser Mann, Belling.«

»Raus hier.« Ralph erhob sich wieder, das Gesicht gerötet, die Miene von mörderischen Absichten geprägt, seine

Stimme ein Gebrüll. »Geh mir aus den Augen – sofort!« Er zeigte auf Ernestine.

Auch Tessa erhob sich und stützte sich dabei auf einem Beistelltisch ab. »Du bist abscheulich, du böses, altes Weib!«, schrie sie.

Für einen Moment trat Stille ein, ehe eine dröhnende Stimme an der Tür aufklang.

»Was zum Henker ist hier los?«

Clarice drehte sich um und sah DI Graham Digby in den Raum stolzieren, gefolgt von zwei Constables – und von Rick.

Kapitel 37

Alle im Raum drehten sich zu Graham um, und für einen Moment schien die versammelte Mannschaft wie erstarrt. Dann ergriff Emily das Wort: »Tante Ernestine hat vor fünfzig Jahren meine Großmutter ermordet. Und letzte Nacht hat sie meine Tante Dawn umgebracht.«

Als würde ein Gemälde plötzlich lebendig, bewegten sich alle zugleich.

»Ich hoffe, du verrottest in der Hölle!«, schrie Tessa.

»Sofort aufhören«, donnerte Graham.

Tessa rührte sich nicht vom Fleck. PC Rickman huschte durch den Raum und baute sich zwischen ihr und Ernestine auf.

Ernestine schüttelte den Kopf. Ihre Lippen waren immer noch in Bewegung, doch es kam kein Ton heraus. Stumm sank sie zu Boden.

»Doktor Maid ist in der Halle«, sagte Graham zu einem der Constables. »Holen Sie ihn her. Sofort.«

Clarice kniete sich zu der am Boden Liegenden und ergriff ihre Hand.

Für einige Augenblicke kehrte Stille ein.

Dann schlug Ernestine die Augen auf, klammerte sich an Clarices Pullover und versuchte, auf die Beine zu kommen.

Clarice half ihr, sich in eine sitzende Position aufzurichten, und Emily schob ihr Kissen, die sie von der Chaiselongue genommen hatte, in den Rücken.

»Ralph!«, rief Ernestine in flehentlichem Ton, ehe sie sich mit offen stehendem Mund verwirrt umblickte.

Ralph ignorierte seine Schwester und drehte sich zu Tessa um. »Lass sie.«

PC Rickman entfernte sich, und Ralph ergriff Tessas Hand. Sofort riss sie sie weg.

»Rühr mich nicht an«, zischte sie. »Du hast dieser Frau gestattet, all diese Jahre hier bei unserer Tochter zu leben, obwohl du gewusst hast, wozu sie fähig ist.«

»Es tut mir leid …«, murmelte Ralph.

»Rühr mich bloß nicht noch mal an … niemals wieder.« Tessa ließ ihren Blick einmal durch den Raum schweifen, ehe sie ging.

Ralph eilte hinter ihr her. »Ich muss mit ihr reden«, raunte er verzweifelt.

Als Ralph auch gegangen war, betrat Dr. Maid das Wohnzimmer.

»Nach dem, was ich gerade gehört habe, wird Ihre Patientin von Officers begleitet werden, sollte sie in ein Krankenhaus müssen«, stellte Graham fest.

Der Arzt ging mit verdatterter Miene sofort zu Ernestine.

»Leanne und Stacey«, wandte sich Graham direkt an die beiden PCs. »Sie bleiben hier und berichten mir später. Ich bin nebenan. Clarice und Emily, Sie gehen jetzt bitte in die Küche.« Er trat zur Seite, um sie passieren zu lassen, ehe er ihnen folgte.

»Ralph, ich will Ralph«, fing Ernestine zu rufen an. Ihre Stimme verklang erst, als Graham die Küchentür schloss.

»So, dann erzählen Sie mal«, sagte er, und sein mürrischer

Blick wanderte von Clarice zu Emily. »Was zum Geier ist gerade da drin passiert?«

Nachdem sie Graham in allen Einzelheiten berichtet hatten, was vor seinem Eintreffen im Wohnzimmer geschehen war, kam Leanne kurz zu ihnen, um sie zu informieren, dass sie auf Dr. Maids Bitte hin einen Krankenwagen gerufen hatte. Sie und Stacey würden ihm zum Krankenhaus folgen und bei Ernestine bleiben, bis sie andere Befehle erhielten.

Nach einer scheinbar endlosen Wartezeit wurden Clarice und Emily jeweils einzeln von einem der Constables in der Küche abgeholt und zu Ralphs Arbeitszimmer geleitet, wo ihre offiziellen Aussagen aufgezeichnet wurden.

Später, als Graham losging, um mit Ralph und Johnson und dann mit den Männern am Tatort zu sprechen, kehrte Emily ins Wohnzimmer zurück und wartete dort auf ihren Großvater.

»Himmel und Hölle, Clarice«, wütete Rick, als sie unter sich waren. »Ich denke, du wolltest dich in aller Stille mit Graham unterhalten!«

»Ich habe es versucht«, protestierte Clarice. »Aber er hat gesagt, das würde bis später warten müssen, und ich hatte nicht damit gerechnet, dass die ganze Familie sich im Wohnzimmer versammelt. Da ist es dann einfach rausgesprudelt.«

»Wenigstens ist jetzt alles ans Licht gekommen.«

Clarice hatte für beide eine Tasse Tee gekocht. Rick umfasste seinen Becher nachdenklich, während sie am Küchentisch saßen.

»Was passiert mit Ralph und mit Johnson?«, fragte Clarice.

»Man hat ihnen ihre Rechte erklärt und sie zur offiziellen Befragung aufs Revier gebracht. Ralph wird mit einer Anklage rechnen müssen. Er mag Avril nicht umgebracht haben, aber er hat den Mord vertuscht und ihre Leiche verschwinden lassen.«

»Und Johnson?«

»Ich weiß es nicht. Er hat nichts zugegeben.«

Graham kehrte in die Küche zurück und unterbrach ihr Gespräch.

»Sie können gehen, Clarice, nun, da wir Ihre Aussage haben.«

»Danke.« Clarice sah von Graham zu Rick. »Ich werde warten, bis Emily so weit ist.«

»Ist Ernestine noch im Krankenhaus?«, fragte Rick.

Grahams Miene verhärtete sich. »Sie hatte einen leichten Herzanfall. Sie wird einige Tage dortbleiben müssen.«

Für einen Moment kehrte Stille ein.

»Sie ist eindeutig geisteskrank«, brach Rick das Schweigen.

»Das habe ich nicht zu beurteilen«, erwiderte Graham. »Wir werden ein psychiatrisches Gutachten einholen müssen.«

Clarice blickte zu Boden und dachte daran, wie Ernestines zierliche Füße am Vorabend auf den Fliesen getanzt hatten.

»Gier scheint einer ihrer stärksten Charakterzüge zu sein«, fuhr er fort. »Wie es aussieht, neidet sie anderen Menschen ihren Besitz und will ihn für sich haben.«

»Ja«, stimmte Clarice zu.

»Ich weiß nicht, wie sie keine soziopathischen Neigungen haben könnte, nach allem, was ich über ihren makabren Sinn für Humor und ihren Mangel an Reue gehört habe«, bemerkte Graham.

»Weiß Ralph über Ernestines Zustand Bescheid?«, fragte Clarice.

»Er wurde auf dem Revier auf den neuesten Stand gebracht.« Graham sah müde aus und lehnte sich schwer an den Küchentisch. »Er wird wegen Behinderung der Justiz und Beihilfe belangt. Ein Fluchtrisiko nehmen wir in seinem Fall nicht an, also wird man ihm gestatten, nach Hause zu gehen.«

Rick hielt einladend seinen Becher hoch. Graham bemühte sich um ein Lächeln. »Ein Tee wäre jetzt sehr willkommen.«

»Ich war erstaunt über das, was Clarice mir gestern Abend erzählt hat – dass Ernestine sofort Dawns Katze haben wollte.« Rick verzog das Gesicht und schaltete den Wasserkocher ein. »Die Katze war immer noch mit dem Blut ihrer Herrin befleckt, der Frau, die sie gerade eben ermordet hatte.«

»Ja.« Clarice nickte. »Pattie Freeman hat Ernestine mit den Worten ›verrückt wie ein Sack voll Frösche, aber harmlos‹ beschrieben.«

»Im letzten Punkt hat sie sich offenbar geirrt«, schnaubte Graham.

»Allerdings.« Ihre Stimme klang trübsinnig. »Ist es okay, wenn ich gehe und kurz mit Emily spreche?«

»Bei mir ist eine Pause fällig«, sagte Graham. »Ich werde mit Rick einen Tee trinken.«

Als Clarice die beiden Männer sich selbst überließ, konnte sie sich des Gedankens nicht erwehren, dass Graham sich bemerkenswert gesprächig und entgegenkommend gab, seit Rick zu ihnen gestoßen war. Aber der Fall war ja nun gelöst. Das Bild von der durch die Küche tanzenden Ernestine vom Vorabend blieb ihr jedoch hartnäckig im Kopf.

Kapitel 38

Im Wohnzimmer traf Clarice Emily ganz allein an. Sie saß mit untergeschlagenen Beinen auf ihrem Platz, es war schon wieder ungemütlich kalt im Raum.

»Alles in Ordnung mit dir?«, fragte sie.

»Abgesehen davon, dass ich total fassungslos bin?«

»Ja, abgesehen davon.«

»Erleichtert.« Emily wiegte sich beim Reden vor und zurück. »Rick denkt, Ralph wird wegen Verschwörung zur Vertuschung eines Mordes angeklagt werden, weil er Avrils Leichnam versteckt hat.«

»Ja«, sagte Clarice.

»Ich weiß, dass das, was er getan hat, falsch war, aber ich bin dennoch erleichtert, dass er nicht derjenige war, der Avril ermordet hat.«

»Das verstehe ich.«

Einige Minuten lang hingen beide ihren Gedanken nach.

»Ich war oben in unserem Zimmer und habe meine Sachen gepackt.« Emily klang bedrückt.

»Ich gehe in einer Minute hoch und kümmere mich um meine«, sagte Clarice.

Von dem Feuer im Kamin war nur noch glühende Asche übrig. Um sich zu beschäftigen, brach sie erneut Reisig aus dem Holzkorb in kleine Stücke und fachte es wieder an, ehe sie neue Scheite auflegte.

»Das ist schon das zweite Mal«, bemerkte Emily. »Sie bringen sich in Schwierigkeiten, wenn Sie Johnson seine Arbeit wegnehmen.«

Clarice rang sich ein Lächeln ab.

»Warum haben Sie mir nicht erzählt, was im Wald passiert ist, als Ernestine Sie verfolgt hat?«

»Weil du da noch die Beerdigung durchstehen musstest. Du warst schon mitgenommen genug, und zu dem Zeitpunkt war mir nicht klar, dass es Ernestine war.« Clarice hockte vor dem Kamin und sah zu, wie das Feuer wieder aufflackerte. »Ich war zwischen Johnson, Tessa und Ian Belling hin und her gerissen.«

»Aha, daher der Stuhl an der Tür unseres Zimmers?«

»Du hast es erfasst.«

»Sie waren mir gegenüber so nett und fürsorglich.« Emilys Stimme zitterte ein wenig.

»Das Trauma hast du jetzt hinter dir«, sagte Clarice. »Das Schlimmste ist überstanden.«

Ralphs Rückkehr wurde von zwei Hunden angekündigt. Ben sprang vor ihm in den Raum, Floss trottete hinterher. Zwar bewegte er sich langsam und schwerfällig, doch seine Stimme war kraftvoll.

»Jetzt beruhigt euch doch!«, schrie er die Hunde an.

Ben lief zu Clarice und drückte sich mit dem Körper an ihre Beine. Floss wählte die Wärme und legte sich vor den Kamin.

»Du weißt, dass ich angeklagt werde«, sagte Ralph zu Emily.

»Ja«, antwortete sie. »Was ist mit Tessa, ist sie noch hier?«

»Oben in ihrem privaten Wohnzimmer.«

Emily biss sich auf die Unterlippe, und Clarice fragte sich, ob sie versuchte, die Tränen zurückzuhalten.

»Was meine Schwester getan hat, ist unfassbar.« Ralph machte einen jämmerlichen Eindruck, als er auf seinem Lehnsessel Platz nahm. »Dawn war immer gut zu ihr, niemals lieblos oder unwirsch.« Er starrte in die Flammen der brennenden Scheite.

Eine Weile saßen sie schweigend beisammen und lauschten dem Knistern des Feuers. Sonnenlicht fiel durch die hohen Fenster herein und erhellte den Raum, sodass der schäbige Zustand der Möbel noch mehr zur Geltung kam.

»Warum hast du Tante Ernestine gedeckt, nachdem sie Avril ermordet hat?«, fragte Emily. »Du hättest einfach die Polizei rufen können.«

»Das ist alles so schnell passiert.« Während er sprach, drehte Ralph sich um und starrte Ben an, vielleicht, weil er Emilys Blick nicht begegnen konnte. »Ich war draußen, um etwas aus meinem Wagen zu holen. Als ich die Auffahrt wieder hinaufging, hörte ich jemanden schreien. Ernestine stand an dem offenen Fenster von Avrils Schlafzimmer und schaute hinab. Avril lag unten – auf dem Boden. Sie war tot, ihr Schädel gebrochen.« Er sah Clarice an. »Wie Sie vermutet hatten, ist sie, nachdem sie gestoßen wurde, rückwärts aus dem Fenster gestürzt und hat sich den Schädel an Bellatrix zerschmettert.«

»Aber warum hast du denn die Polizei nicht gerufen?«, beharrte Emily.

Ralph schien große Mühe zu haben, die richtigen Worte zu finden. »Sie war meine Schwester; sie wäre ins Gefängnis gekommen. Ich musste sie schützen.«

»Das war eine Gewohnheit, die schwer zu durchbrechen war«, konstatierte Clarice.

»Ja. Ich habe meine Eltern nachgeahmt. Ernestine war nicht gerade ein einfaches Kind, aber wie schwierig sie auch war, sie haben sie nie aufgegeben. Irgendwie dachte ich, ich müsse das Gleiche tun.«

»Nicht einmal nach Beth?«

»Das war bitter. Mutter hat tagelang geweint.« Ralph seufzte mit kummervoller Miene. »Vater hat uns gesagt, wir dürften uns seinem Hengst niemals nähern. Thunder war nicht gesund und sehr reizbar. Mutter sagte, die Mädchen müssten die Ermahnung vergessen haben und in den Stall geschlichen sein, um dort Verstecken zu spielen. Beth ist in Thunders Box gegangen.«

»Aber Sie haben das nicht geglaubt?«, hakte Clarice nach.

»Nicht so ganz«, räumte Ralph ein. »Ich glaube, Ernestine hat sie ermuntert oder herausgefordert, Thunders Box zu betreten. Meine Mutter meinte, als das mittlere Kind hätte sie es schwer.«

»Warum?«, fragte Emily.

»Ich war der Boss und bekam als Ältester und ersehnter Sohn und Erbe eine Menge Aufmerksamkeit. Beth war das Nesthäkchen, so entzückend, und ich glaube, meine Mutter, die wusste, dass sie ihr letztes Kind sein würde, wollte ihre Freude an ihr haben.«

»Und Ernestine?«, erkundigte sich Clarice.

»Ich nehme an, wäre Beth nicht gekommen, dann hätte Ernestine all die zusätzliche Aufmerksamkeit bekommen, mit der ihre kleine Schwester überschüttet wurde – aber so ist das Leben. Ernestine war höllisch eifersüchtig. Mutter hat ihr nur gesagt, sie müsse damit fertigwerden.«

»Aber mit Avril hat sie sich gut verstanden – am Anfang?«, fragte Clarice.

»Immer. Ich konnte nicht ahnen, was geschehen würde.

Avril war so wunderbar lieb zu Ernestine; sie hat ihr Bonbons mitgebracht, sie zum Einkaufen und zu Ausflügen mitgenommen – sie hätte keine aufmerksamere Schwägerin sein können.« Ralph verzog das Gesicht. »Das alles ist nur passiert, weil sie gesagt hat, sie würde mich verlassen und Colin mitnehmen.«

»Da hat Ernestine die Dinge in die eigenen Hände genommen?«

»Sie hat Colin vergöttert.«

»Das klingt recht sonderbar, wenn man die fürchterlichen Streiche bedenkt, die sie ihm gespielt hat.«

»Ich weiß, es mag schwer zu glauben sein, aber sie hat ihn geliebt. Ernestine hatte immer schon einen seltsamen Sinn für Humor.« Ralph wirkte nachdenklich. »Das Entscheidende ist: Sie ist einfach übergeschnappt. Vielleicht, weil sie dachte, sie würde etwas von ihren *Sachen* verlieren.«

»Und dann kam Tessa?«

»Ja.« Ralph nickte. »Tessa war das glatte Gegenteil von Avril. Ernestine hat sie wahnsinnig gemacht mit ihrem unsinnigen Geschwätz.«

»Ich dachte, das wäre eine Folge der Demenz.«

»Die hat natürlich zu ihrer Verwirrung beigetragen, aber sie hat immer schon so gefaselt, ständig über diesen oder jenen Unsinn geplappert. Um fair zu sein, das war lästig, aber harmlos.«

Clarice musste wieder an Pattie Freemans Beschreibung denken, die gesagt hatte, Ernestine sei »so verrückt wie ein Sack voll Frösche«.

»Für Tessa muss das Leben frustrierend gewesen sein«, sinnierte sie. »Nicht nur wegen Ernestine, sondern auch, weil sie nie Ihre Frau werden konnte – Sie waren nicht geschieden.«

»Das war unmöglich«, murmelte Ralph. »Zu heiraten hatte für Tessa von jeher einen hohen Stellenwert, aber ich konnte Avrils Tod nicht nachweisen, ohne Ernestine und mich in Schwierigkeiten zu bringen.« Für einen Moment verstummte er, als wäre er in Gedanken weit weg. »Wenn ich die Uhr zurückdrehen könnte, ich würde es sofort tun.« Er schnippte mit den Fingern. »Ich würde in dem Moment, in dem ich Avril gefunden hatte, zur Polizei gehen. Tessa hatte recht: Unser Leben wäre völlig anders verlaufen – und Dawn wäre noch am Leben.«

Clarice und Emily lauschten schweigend, ohne seine Betrachtungen zu unterbrechen.

»Was war es?«, fragte er Clarice. »Wodurch haben Sie erkannt, dass Ernestine Avril ermordet hat? Ich weiß, es war ein Fehler, dieses Medaillon zu behalten, aber ich konnte es nicht einfach irgendwo verstecken – es war so wichtig für sie. Es gehörte dermaßen zu ihr, dass ich wollte, dass Colin es bekommt.«

Clarice lächelte schwach. »Am Ende lief alles auf Avrils tanzende Füße und Ernestines Gier hinaus.«

Verwirrt starrte Ralph sie an.

»Ich wusste, dass da irgendetwas nicht so recht zusammenpasste, und das war irritierend. Ich habe mich ständig gefragt, ob es etwas war, das ich gesehen oder gehört hatte. In der letzten Nacht habe ich es endlich begriffen. In Colins Notizbuch wird etwas erwähnt, dass er beobachtet hatte, aber nicht so recht verstehen konnte.«

»Was?«, fragte Emily.

»Das war in den Vorher- und Nachher-Listen«, sagte Clarice. »›Vorher‹, als Avril noch da war, und ›nachher‹, als sie fort war. Schmuck stand in beiden Listen. Seine Großmütter liebten ihn, und das taten seine Mutter, seine Tante Ernestine und Tessa auch. Ich glaube, er stand kurz davor, das Rätsel zu lösen. Der Schmuck, den Ernestine getragen hatte, wirkte vertraut − aber anders. Der Trick, die Teile zu einem neuen Stück umarbeiten zu lassen, hat ihn von der Fährte abgebracht, genau wie beabsichtigt. Aber auf der Liste stehen auch Schuhe und tanzende Füße, und das hat letzte Nacht, als ich zugesehen habe, wie Ernestine in der Küche tanzte, endlich Sinn ergeben. Sie war diejenige, die mir erzählt hat, dass sie und Avril dieselbe Schuhgröße haben.«

»Avrils Freundin Pattie Freeman hat gesagt, sie hätte Schuhe geliebt, besonders welche von außergewöhnlichem Design«, erinnerte sich Emily.

»Ernestines angeborene Gier führte dazu, dass sie, als Avril tot war, ihre Schuhe an sich genommen hat. Es mag nur ein einziges Paar gewesen sein, aber es war das mit den bemerkenswerten goldfarbenen Schnallen, und das hat sich in Colins kindlichem Geist festgesetzt. Wenn seine Mutter wirklich fortgegangen war, warum tanzte seine Tante dann in ihren Schuhen?«

»Armer Colin.« Ralph schnaubte leise. »Das wusste ich nicht. So viel dazu, dass meine Schwester glaubte, sie wäre eine gute Tante. Tatsächlich ist sie einfach eine furchtbare Frau.«

»Tessa schien von der Frage, wer das Haus erben wird, regelrecht besessen. Weiß sie, dass Sie mehr oder weniger bankrott sind?«

Einige Minuten lang sagte Ralph kein Wort. Dann endlich blickte er auf. »Seltsamerweise will sie das nicht wissen. Ich habe so viele Male versucht, das Thema anzusprechen, und ich denke, es ist im Grunde auch ziemlich offensichtlich. Ein Haus wie dieses kostet eine Menge Geld. Jeder kann sehen, dass es an Instandhaltungsmaßnahmen mangelt.

Es müsste so viel getan werden. Ich glaube, Tessa will sich diesen Fakten, der Realität, einfach nicht stellen. Aber das ist irrelevant. Sie wird nicht bleiben, nun, da Dawn tot ist. Unsere Beziehung ist schon seit Jahren schwierig. Dawn war der Kleber, der uns zusammengehalten hat.«

»Vielleicht überlegt sie es sich noch mal«, wandte Emily ein.

»Nein, wird sie nicht.« Aus Ralphs Ton sprach Gewissheit. »Sie sagt, ich bin schuld, weil ich Dawn nicht vor Ernestine beschützt habe. Und sie hat nicht unrecht.«

»Was ist mit dem Major? Sie sagten, er war ihr Freund. Wusste er von Avrils Ermordung?«

Ralphs Gesichtsausdruck wurde milder. »Freddie war ein guter Freund, der beste Freund, den ich je hatte. Er starb vor gut zwei Jahren, ein Jahr nach Janice. Colin hat ihn vergöttert. Er war so etwas wie ein Lieblingsonkel für ihn. Hat ihm Kartentricks vorgeführt und eine Münze hinter seinem Ohr hervorgeholt – derlei Dinge.« Er lächelte traurig. »Freddie ist hiergeblieben, als seine Frau in Yorkshire war, um sich um ihre Mutter zu kümmern. Janice war praktisch veranlagt. Sie wollte sich nicht auch noch mit Freddie befassen, während ihre Mutter im Sterben lag. An dem Tag, an dem Avril starb, ist er nach London gereist; er war fort, einen Freund besuchen.«

»Hast du ihm erzählt, was passiert ist?«, fragte Emily.

»Ja, ich habe es ihm erzählt, und er hat mich beschworen, zur Polizei zu gehen. Aber es war zu spät.«

»Sie hatten Avrils Leichnam bereits im Brunnen versteckt«, schlussfolgerte Clarice.

»Ja. Wie hätte ich das erklären sollen?«

»Sie hätten die Wahrheit sagen können«, entgegnete Clarice achselzuckend. »Dass Sie in Panik geraten sind.«

»Nein, das kam nicht in Frage; es wäre in allen Zeitungen ausgebreitet worden«, polterte Ralph. »Ich hätte dagestanden wie ein Idiot!«

Clarice erinnerte sich, was Emily ihr über Ralph erzählt hatte, ehe sie das Anwesen erreicht hatten: dass er den Ruf der Familie Compton-Smythe und seine eigene Position in der Gemeinde als vorrangig betrachtete.

»Hat es ihm etwas ausgemacht, dass Sie ihn als den Mann benannt haben, mit dem Avril eine Affäre hatte?«

»Damit hat Colin angefangen. Ich habe ihm gesagt, seine Mutter sei fortgegangen und würde nicht mehr nach Hause kommen. Das konnte er nicht akzeptieren – er hat immer mehr und mehr Fragen gestellt. Ich war nach dem, was geschehen war, aus dem Gleichgewicht geraten und bin nicht sonderlich gut damit umgegangen.« Nachdenklich rieb Ralph die gekrümmten, arthritischen Finger aneinander. »Ehe er zu Bett ging, hat er mich gefragt, wo Onkel Freddie ist. Ich habe gesagt, er wäre fortgegangen, und da hat Colin sofort gefragt: ›Mit meiner Mummy?‹«

»Arglos«, warf Clarice ein.

»Als ich Freddie erzählt habe, was passiert war, da hatte er die Idee, diese Lüge fortzuführen. Und er hat Janice in die ganze schäbige Geschichte eingeweiht. Sie war klug – brillant sogar. Freddie sagte, sie würde es wissen, würde er sie belügen; dass es nicht funktionieren könne, wenn sie nicht über alles ins Bild gesetzt würde.« Ralph tätschelte Floss' Kopf. »Sie hat uns eine Menge Überzeugungsarbeit gekostet. Ich weiß, dass sie wegen der ganzen Sache außer sich war, aber am Ende hat sie mitgespielt.«

»Das klingt nach einer starken Frau.«

»Ja.« Ralph nickte. »Freddie hat mit ihr das passende Gegenstück gefunden. Nachdem er Janice getroffen hatte, würdigte er andere Frauen keines zweiten Blickes mehr – ganz egal, was die Leute über ihn dachten.«

»Was war mit Ihrem gemeinsamen Unternehmen?«, fragte Clarice.

»Es lag auf der Hand, dass Freddie nicht länger Partner sein konnte.« Bei der Erinnerung gruben sich tiefe Falten in Ralphs Stirn. »Wir haben die Papiere einfach auf den Tag zurückdatiert, an dem er angeblich mit Avril durchgebrannt ist. Seine Beteiligung am Unternehmen war damit erloschen, und ich habe ihm seinen Anteil ausgezahlt.«

»Und es gab niemanden, der nach Avril hätte suchen können?«

»Ihre Eltern waren beide tot, und mit ihrer Schwester Pamela ist sie nicht ausgekommen«, sagte Ralph. »Freddie ist nie mehr hergekommen, und Janice hat den Kontakt zu den wenigen Freunden, die sie im Dorf gehabt haben, abgebrochen. Und dann …«

»Dann hat Colin sich vierzig Jahre später auf die Suche nach ihr gemacht«, beendete Clarice den Satz an seiner Stelle.

»So ist es. Erst der Mann von der Detektei, dann taucht Colin plötzlich in Roundhay auf. Janice geriet in Panik, vereinbarte ein Treffen und sagte es wieder ab. Sie und Freddie sind danach nach London gezogen. Dort hatten sie eine Wohnung.«

»Grandpa …« Emilys Stimme zitterte; sie war ganz eindeutig außerstande, noch mehr zu sagen. Dann, als sie sich neben seinem Sessel auf den Boden setzte und den Kopf an sein Knie lehnte, flossen die Tränen. Ben beäugte sie und wedelte verunsichert mit dem Schwanz.

Für einen Moment hing Ralphs arthritische Hand über ihrem Kopf, und Clarice dachte schon, er würde ihr den

Kopf tätscheln wie dem Hund, aber dann strich er sanft über ihr Haar.

»Ich habe dir erzählt, was für eine liebenswerte Person Avril war. Colin hat so viel von ihren Eigenschaften geerbt, und ich habe ihn sehr geliebt. Die Parallele zwischen dem Verlust von Avril, als Colin fünf war, und dem Umstand, dass deine Mutter euch verlassen hat, als du dreizehn warst, ist ihm sicher nicht entgangen. Er war ein sensibler Junge. Als ich gestern seine Freunde erleben konnte, wurde mir klar, dass ich ihn im Grunde gar nicht gekannt hatte – meinen eigenen Sohn. Da war so viel, was ich verpasst habe.« Wieder schien Ralph weit weg zu sein. »Seine Freunde kamen mir so … zwanglos vor, so natürlich und frei. Ich habe sie beneidet. Und das Schlimmste ist, dass ich Colin nie gesagt habe, wie sehr ich ihn liebe.« Er beugte sich herab, um Emilys Scheitel zu küssen. »Und ich liebe dich, Emily – ich liebe dich wirklich sehr.«

Nachdem Ralph somit ein weiteres Geheimnis gelüftet hatte, trat Stille ein. Es war, als wären sie im Augenblick gefangen, in einem stillen, versiegelten Raum, in dem der Staub Gelegenheit hatte, sich zu legen.

Clarice dachte an Rick, der in der Küche wartete.

»Ich werde unsere Taschen herunterholen«, sagte sie.

Ralph blickte nicht einmal auf.

Ihre Sachen zu packen, dauerte nur zehn Minuten. Ehe sie hinausging, hielt sie für einen Moment inne und sah durch den langen Raum aus dem Fenster hinaus zum Wash und dachte dabei an Avril. Auf halber Treppe begegnete sie Johnson, der gerade auf dem Weg hinauf war.

»Lassen Sie mich das nehmen, Mrs Beech.« Er beugte sich vor und nahm ihr die Taschen ab.

Sie verweilte für einen Moment und musterte ihn.

»Darf ich etwas sagen?«

Johnson blieb ebenfalls stehen. »Wenn Sie darauf bestehen.«

»Danke, dass Sie mir im Wald geholfen haben.« Clarice sprach mit milder Stimme, ein Tonfall, den sie Johnson gegenüber bisher nicht benutzt hatte. »Ich habe — fälschlicherweise — gedacht, Sie würden mich da draußen verfolgen, dass Sie mir etwas Böses wollten.« Einige Augenblicke lang sah sie ihn nur an. »Dabei«, sagte sie dann, »war es genau umgekehrt: Sie haben versucht, mich vor Ernestine zu beschützen. Und am nächsten Tag im Stall, da haben Sie auf Emily aufgepasst.«

»Ich konnte mich unmöglich äußern«, bekundete Johnson.

»Loyal bis zum Ende.« Clarice bedachte ihn mit einem traurigen Lächeln. »Sie haben die Familie stets beschützt.«

»Am …« Er unterbrach sich kurz. »Am Ende ist es unmöglich, jemanden zu beschützen, wenn die, vor denen sie beschützt werden müssen, sie selbst sind.« Seine Miene war mürrisch wie eh und je.

»Ja, das verstehe ich.«

Sie folgte Johnson die Stufen hinab und sah, dass Rick am Fuß der Treppe schon auf sie wartete.

Kapitel 39

Als sie eine halbe Stunde später im Wagen saß und auf Emily wartete, besah sich Clarice Bellatrix ein letztes Mal, und ihr Blick wanderte am Haus empor, den zentralen Turm hinauf bis zu dem hohen Fenster, aus dem Avril gestürzt war, gestoßen von Ernestine. In der kurzen Zeit, die sie hier zu Gast gewesen war, hatte sie sich in die einmalige Schönheit des Gebäudes verliebt, und sie empfand Trauer bei der Erinnerung an Dawn und daran, wie stolz sie darauf gewesen war.

»Es fühlt sich seltsam an, ein Haus zu verlassen, in dem ich mehrere Tage verbracht habe, ohne den Gastgebern für ihre Gastfreundschaft zu danken«, sagte sie zu Emily, als die eingestiegen war.

»Es kommt wohl auch nicht allzu häufig vor, dass Ihr Gastgeber der Beteiligung an einem Mord und der Entsorgung der Leiche beschuldigt wird.« Emily betrachtete das Haus und klang reumütig. »Ich fühle mich furchtbar dabei, Grandpa allein zu lassen, aber er hat gesagt, ich müsse gehen.«

»Er braucht Zeit zum Trauern, und er ist nicht allein. Er hat Johnson.«

Johnson stand neben der riesigen, steinernen Siamkatzenstatue, aufrecht wie ein Ladestock, den gewohnten sardonisch-finsteren Ausdruck in den Augen. Er hatte ihre Taschen in den Wagen geladen. Zwei Polizeifahrzeuge standen in der Einfahrt, und Rick hatte ihr gesagt, dass auch am Brunnen noch immer ein Polizeiaufgebot zugegen war.

Erneut blickte Clarice den Turm an. Unwillkürlich stellte sie sich vor, wie Tessa heimlich zu einem der Fenster hinausschaute und hinter einem schweren Vorhang ihre Abreise beobachtete.

Rick beugte sich zum Wagenfenster hinein. »Ich werde jetzt auch aufbrechen, aber fahrt ihr nur in eurer eigenen Geschwindigkeit. Der Verkehr dürfte ziemlich heftig sein, und es wird allmählich dunkel. Ich habe Sandra und Bob angerufen und ihnen gesagt, dass wir auf dem Heimweg sind. Sandra macht etwas zum Abendessen. Sie hat gesagt, sie würde das Gästebett frisch beziehen, falls Emily bei uns bleiben will.«

Clarice lächelte. »Das ist unsere Sandra.«

Sie fuhr los, die lange Auffahrt hinunter. Im Rückspiegel sah sie Ricks weißen BMW ausparken und hinter ihnen herfahren.

»Ich weiß nicht, ob ich hungrig bin oder ob mir einfach nur übel ist«, sagte Emily. »Ein Teil von mir möchte einfach nur eine Woche lang schlafen, dabei bin ich viel zu nervös, um überhaupt zu schlafen. In meinem Gehirn geht es drunter und drüber.«

»Das ist nicht verwunderlich.« Clarice sah sie an. »Nach all dem, was passiert ist, bist du natürlich ziemlich durcheinander.«

Sie fuhren an einem zwischen den Bäumen versteckten Polizeitransporter vorbei, dann an der Stelle, an der sie bei ihrer Ankunft Ian Belling gesehen hatte. Clarice unterdrückte ein Schaudern; seitdem war so viel passiert. Wieder dachte sie an Colin, stellte sich vor, wie er mit seiner Tochter durch diesen Wald spazierte. Für einen flüchtigen Moment fragte sie sich, ob er es wohl schätzen würde, dass Emily nun endlich wusste, was aus der Großmutter geworden war, die sie nie kennengelernt hatte, ob er froh wäre, dass das Rätsel gelöst war. Vermutlich nicht; Dawns Tod rückte die Dinge in ein anderes Licht. Dann zogen ihre Gedanken weiter zu dem Gespräch zwischen Ralph und Emily im Wohnzimmer. Es war schmerzlich deutlich geworden, dass Ralph Reue empfand in Bezug auf seine Beziehung zu Colin; wie sehr er es bereute, seinem Sohn nie seine Liebe gezeigt zu haben.

»Alles in Ordnung?«, fragte Emily.

»Mir geht es gut«, sagte Clarice. »Ich habe über dich nachgedacht. Willst du heute Abend nach Hause gehen, oder würdest du lieber bei uns bleiben und erst morgen heimfahren?«

»Sie müssen meinen Anblick doch längst leid sein«, entgegnete Emily trocken.

»Sei nicht albern.« Clarice warf einen Blick in den Rückspiegel, ehe sie auf die Straße einbog, und war erleichtert zu sehen, dass Ricks Wagen ihnen immer noch folgte. »Vielleicht nimmst du ein heißes Bad, isst was mit uns und versuchst, zur Ruhe zu kommen. Und dann fährst du morgen früh nach Hause.«

»Danke, Clarice. Das wäre mir sehr lieb.« Emily lehnte sich auf ihrem Sitz zurück und schloss die Augen.

Die Heimreise verlief langsam. Freitagnachmittage waren immer die verkehrsreichste Zeit der ganzen Woche. Hier und da erhaschte Clarice einen Blick auf Ricks Wagen, dann verschwand er wieder hinter überholenden Fahrzeugen, tauchte erneut in dem schweren Verkehr auf und war wieder fort. Dieselgeruch hing in der Luft, und sie fühlte sich geistig überladen und gestresst.

Emily, die nun wieder wach war, durchbrach dann und wann ihre Gedankengänge, um diesen oder jenen Aspekt der Geschehnisse während ihres Aufenthalts auf Stone Fen Manor durchzugehen.

Als sie sich dem Cottage näherten, spendete ihr die sanfte, wellige Landschaft der Wolds Trost. Sie liebte die Ebenen von Lincolnshire im Süden des Countys, meilenweit offenes Land und freier Himmel, doch hier fühlte sie sich zu Hause.

Früh am Abend, es war bereits dunkel, trafen sie ein. Rick folgte ein paar Minuten später. Bob kam zum Wagen und erbot sich, ihre Taschen ins Haus zu bringen. Drinnen wurden sie von den Hunden bestürmt, die sie mit lautem Gebell und eifrigem Schwanzwedeln begrüßten. Blue und Jazz tanzten vor Freude regelrecht um sie herum.

»Wir sind gerade aus der Katzenscheune zurück. Sie haben alle Futter, Wasser und Bewegung bekommen, also kannst du dich entspannen«, sagte Bob zu Clarice. »Du musst nur noch deinen üblichen Katzenkontrollgang machen, und die Hunde müssen später, ehe du zu Bett gehst, noch einmal raus.«

»Ihr seid wunderbar, Bob, alle beide.« Wieder daheim zu sein, umgeben von Menschen, die sie liebte und denen sie vertraute, vermittelte ihr ein Gefühl von Frieden.

Emily ging in die Scheune, um nach Napoleon und Josephine zu sehen. Anschließend gesellte sie sich zu den anderen, die mit großen Teebechern an dem Kieferntisch in der Küche saßen. Rick und Clarice lieferten Bob und Sandra eine Kurzfassung des Geschehens. Clarice war bewusst, dass

Emily vermutlich kein Interesse daran hatte, die Ereignisse der letzten achtundvierzig Stunden noch einmal in allen Einzelheiten zu durchleben.

»Das hört sich an, als hättet ihr einen Albtraum hinter euch.« Sandra tätschelte Emilys Hand. »Bedauerst du, dass du herausfinden wolltest, was aus Avril geworden ist?«

»Nein«, sagte Emily mit fester Stimme. »Aber es tut mir leid, dass mein Dad es nicht schon vor zehn Jahren herausgefunden hat. Das hätte ihm vielleicht die Möglichkeit gegeben, damit abzuschließen. Allerdings hätte er, wenn er erfahren hätte, dass sein Vater die Sache vertuscht und Avrils Leichnam in den Brunnen geworfen hat, die Beziehung zu ihm wohl endgültig abgebrochen. Und ich bin furchtbar traurig wegen Dawn.«

»Du konntest nicht wissen, dass so etwas passieren würde, Liebes«, sagte Sandra. »Daran ist allein Ernestine schuld.«

»Ja, ich weiß. Ich hatte das Gefühl, ich könnte in Zukunft gut mit Dawn auskommen. Wir waren gerade dabei, Brücken zu bauen.« Emily sah Clarice an. »Clarice war diejenige, die sagte, wir sollten versuchen, uns von den Animositäten zwischen Dawns Mutter und meinem Vater zu lösen und dafür zu sorgen, dass sie sich nicht auf unsere Beziehung auswirken – und sie hatte recht.«

»Colin war ein furchtbar netter Kerl«, erzählte Clarice. »In so einer vergifteten Atmosphäre aufzuwachsen hätte jeden beeinträchtigt. Für ihn war es unmöglich, keine Animosität zu empfinden. Und ich bin auch sehr traurig wegen Dawn. Sie hat Ernestine vertraut und war immer gut zu ihr.«

»Ich glaube, alle haben ihr vertraut«, warf Rick ein. »Ralph hatte Avrils Tod hinter sich gelassen. Er war weitergezogen.«

»Nicht vollständig«, wandte Clarice ein. »Ich habe mich bei Johnson dafür bedankt, dass er mich vor Ernestine beschützt hat. Er sagte, er hätte unmöglich etwas sagen können. Und mir ist aufgegangen, dass Ralph, wenn Johnson es für notwendig gehalten hat, mich vor Ernestine zu schützen, davon gewusst haben muss.«

»Das ist wahr. Du hast gesagt, Tessa wäre schockiert gewesen, als sie herausfand, dass Ernestine die Statue heruntergestoßen hat, während Ralph keinen Ton von sich gab«, sinnierte Rick. »Aber du glaubst nicht, dass Ralph je auf den Gedanken gekommen ist, Ernestine könnte Dawn etwas antun.«

»Etwa das hat er auch über Avril gesagt«, warf Emily ein. »Er hat geglaubt, Ernestine hätte sie wirklich gern.«

»Vergesst nicht ihre Schwester Beth«, sagte Clarice. »Sie wurde von Thunder, dem Pferd ihres Vaters, totgetrampelt. Ich nehme an, Ralph hat sich damals eingeredet, dass das nur ein Kinderstreich war, der schiefgegangen ist.« Nachdenklich fummelte sie an ihrem leeren Becher herum. »Und weil ich zu viele Fragen gestellt habe, hat Ralph, wie ich vermute, gedacht, es wäre vielleicht gut, wenn Johnson ein Auge auf mich hat. Aber ich glaube nicht, dass ihm auch nur für einen Moment in den Sinn gekommen ist, Ernestine könnte Dawn etwas zuleide tun.«

»Das alles wird ihn von nun an ewig verfolgen«, sagte Rick.

»Ich glaube, Johnson hat die Sache richtig eingeschätzt«, bekundete Clarice leise. »Er sagte: ›Am Ende ist es unmöglich, jemanden zu beschützen, wenn die, vor denen sie beschützt werden müssen, sie selbst sind‹. Ich glaube, er hat dabei an Ralph gedacht. Wenn Johnson dort war, als Avril ermordet wurde, dann hat er Ralph vielleicht erfolglos zu überzeugen versucht, die Polizei einzuschalten. Wie Tessa gesagt hat, ihr Leben wäre vollkommen anders verlaufen.«

»Der Major hat auch versucht, ihn dazu zu bringen, sich an die Polizei zu wenden«, bemerkte Emily.

»Dieser Kerl von der Detektei hat nicht gerade viel herausgefunden«, sagte Sandra.

Clarice sah Emily an. »Wir waren nicht besonders beeindruckt, als wir ihn kennengelernt haben.«

»Da war diese eine Sache, der wir nicht auf den Grund gehen konnten.« Emily blickte von Clarice zu Rick. »Der Niedergang von Ralphs und Avrils Ehe hat begonnen, als Avril herausfand, dass Ralph noch eine Beziehung hatte – dass er eine Affäre hatte. Tessa hat nie zugegeben, dass sie es war, aber ich bin überzeugt davon.«

»Ich schätze, Tessa wirst du nie ganz durchschauen können.« Clarice lächelte sardonisch. »Sie ist eine sehr komplizierte Dame.«

»Und wir wissen nicht, was Johnson für Grandpa tun sollte«, fuhr Emily fort. »Ernestine hatte das erwähnt.«

»Ich schätze, es hat etwas mit der Beseitigung von Avrils Leichnam zu tun«, mutmaßte Clarice. »Vielleicht war er nach dem Fenstersturz da und hat Ralph geholfen, sie wegzubringen. Wir werden es nie erfahren.«

Später wärmte Clarice den Fischauflauf auf, den Sandra vorbereitet hatte, und sie setzten sich erneut an den Tisch und verspeisten ihn mit Brokkoli, gefolgt von Apfelkuchen mit Vanillesoße. Emily war still geworden, und Clarice fiel auf, dass sie kaum etwas aß und müde und lustlos wirkte.

Bob und Sandra, denen vermutlich bewusst war, dass sie nun genug von Emilys Familie gesprochen hatten, plauderten munter über die Hunde und Katzen.

Als sie aufbrechen wollten, half Clarice ihrer zierlichen Freundin in den Mantel und nahm sie in die Arme. »Danke,

Sandra. Nicht nur für das Abendessen, auch dafür, dass du nach den Tieren und nach Rick gesehen hast.«

»Das war großartig, Liebes! Ich hatte Rick ganz für mich allein – welch eine Wonne.« Sandra bedachte sie mit einem kecken Grinsen.

»Ihr könnt auch bleiben.« Rick lächelte. »Wir haben zwei Gästezimmer.«

»Danke«, sagte Sandra und erwiderte das Lächeln. »Wir haben den Aufenthalt genossen, aber heute Nacht würden wir gern wieder in unseren eigenen Betten schlafen.«

»Da draußen ist es schon dunkel und kalt dazu.« Rick grinste. »Hier drin ist es nett und warm.«

»Wirklich verlockend, mein Lieber.« Sandra lachte, ging zu Rick und tätschelte seine Wange. »Wir sehen uns morgen Nachmittag.«

»Sie sind so reizend«, stellte Emily fest, als die beiden gegangen waren.

»Sie gehören zur Familie«, sagte Clarice. »Bist du okay?«

»Macht es Ihnen etwas aus, wenn ich ein heißes Bad nehme und zu Bett gehe?« Emily gähnte. »Ich fühle mich total zerschlagen.«

»Nur zu. Bedien dich ruhig an den Badezusätzen. Da ist ein Avocado-Schaumbad, und es duftet wunderbar. Handtücher liegen auf deinem Bett. Rick und ich werden kurz rübergehen, um nach den Katzen zu sehen, und dann gehen wir noch mit den Hunden spazieren. Bis wir wieder da sind, liegst du bestimmt schon im Bett.«

»Danke, Clarice«, sagte Emily. »Für alles. Ohne Sie hätte ich das nicht durchgestanden.«

Sie sahen ihr hinterher, als sie die Treppe hinaufging.

»Katzenscheune zuerst?«, schlug Rick vor.

»Guter Plan.« Clarice folgte ihm nach draußen.

Kapitel 40

In der Scheune teilten sie sich auf. Clarice kontrollierte die Futter- und Wassernäpfe in zwei der drei getrennten Abschnitte des Gebäudes, und Rick blieb bei Sassy. Als sie zurückkam, stellte sie fest, dass Rick es sich in einer alten Gartenliege bequem gemacht hatte und der Kater sich nicht minder entspannt auf ihm ausstreckte und in gleicher Intensität schnurrte und sabberte.

»Er ist schnurstracks auf mich zugekommen.« Rick lächelte die Katze an, die nun selig mit ihren großen Tatzen seine Brust bearbeitete. Er bedachte Clarice mit einem verständnisinnigen Blick. »Und, wie hältst du dich? Du hast ein paar harte Tage hinter dir.«

Fragend neigte sie den Kopf zur Seite.

»Komm schon, Clarice, du siehst total erledigt aus.«

»Vor dir kann ich nichts verbergen.«

»Nein.« Er entzog der Katze seine Aufmerksamkeit und bedachte Clarice mit einem schiefen Grinsen.

»Du hast recht.« Clarice zog sich einen Stuhl von der anderen Seite des Raums heran und setzte sich ihm gegenüber. »Ich fühle mich völlig ausgelaugt. Das Gleiche könnte man über Emily sagen. Obwohl sie mir inzwischen wieder normaler vorkommt.«

Nun war Rick derjenige mit dem fragenden Blick.

»Sie war sehr still, kleinlaut und wehmütig, seit wir das Anwesen verlassen haben.«

»Sie trauert.«

»Ja, und das hätte sie schon tun sollen, seit Colin gestorben ist, statt zu versuchen, die Tapfere zu spielen.«

»Klar«, stimmte Rick zu. Eine Weile saßen sie einfach nur da und lauschten Sassys rumpelnden Schnurrlauten. »Du hast gesagt, als ihr angekommen seid, hattest du den Eindruck, dass Johnson dir gegenüber misstrauisch ist?«

»Inzwischen denke ich, das liegt in seiner Natur.« Clarice zuckte mit den Schultern. »Er ist Fremden gegenüber besonders argwöhnisch und ständig auf der Hut. Als die Caterer nach der Bestattung gegangen sind, hat er jeden Gegenstand kontrolliert, den sie in ihre Fahrzeuge geladen haben. Ich glaube, er hat aufgepasst, dass sie nichts stehlen, und sei es nur ein Teelöffel.« Noch ein Achselzucken. »Er hat mir misstraut, weil er mich nicht kannte.«

»Was Ralph gesagt hat, klingt, als wäre seine Beziehung mit Tessa am Ende.«

»Ja«, stimmte Clarice zu. »Er ist ziemlich sicher, dass es vorbei ist.«

»Was ist mit dir?«

»Was ist mit mir?«

»Willst du Emily erzählen, was du mir heute Nachmittag in der Küche erzählt hast? Über Ralphs Affäre? Das war doch der Funke, der die ganze Sache in Gang gesetzt hat. Dass Avril Ralphs Geheimnis aufgedeckt hat. Und Emily denkt immer noch, es war Tessa.«

»Nein«, sagte Clarice in entschiedenem Ton. »Das geht mich nichts an. Und ich glaube, Ralph wird es ihr irgendwann selbst erzählen. Außerdem kann ich es nicht beweisen.«

»Meinst du, Tessa weiß Bescheid?«

»Ja. Ich kann mir nicht vorstellen, dass sie in fünfzig Jahren nicht herausgefunden hat, dass Johnson immer schon Ralphs wahre Liebe war.«

»Sie hat es ignoriert?«

Clarice nickte. »Bis jetzt. Wie Ralph sagte: Nur Dawn hat sie noch zusammengehalten. Ihr Tod hat alles geändert. Ich habe Avril nie kennengelernt, aber das Bild, das ich von ihr gewonnen habe, ist weit entfernt von Tessa. Avril war unschuldig, unerfahren. Tessa hatte schon das eine oder andere erlebt, ehe sie mit Ralph zusammenkam. Sie wusste, was sie von einer Beziehung erwartete – trotzdem wurde sie am Ende enttäuscht. Sie hatte sich vorgestellt, dass sie einen Ring am Finger tragen würde, und sie wurde immer verbitterter, je mehr Jahre dahingezogen sind. Die Ehe von Avril und Ralph, das war eine Liebeshochzeit. Ich weiß noch, was Pattie darüber erzählt hat, wie sie die beiden zusammen im Garten gesehen hat.«

»Und Johnson hat erbittert zugeschaut.«

»Ja. Er war bestimmt eifersüchtig. Pattie hat gemeint, Avril hätte sich durch ihn bedroht gefühlt. Sie dachte, das läge daran, dass Johnson die Identität von Ralphs Geliebter kannte und Avril es nicht verkraften konnte, dass Ralph dieses Geheimnis mit ihm geteilt hatte. Tatsächlich lag es daran, dass sie herausgefunden hatte, dass er selbst Ralphs Liebhaber war, und sie viel zu beschämt, um es irgendjemandem zu erzählen. Ich schätze, Ralph und Johnson sind zusammengekommen, als beide in London lebten. Ralph hat dann nach dem Tod seines Vaters Stone Fen Manor bezogen; Johnson kam ein paar Wochen später nach – als sein Angestellter.«

»Wie bist du darauf gekommen?«

»Es war die Zärtlichkeit.« Clarice lächelte traurig. »Die

Berührung seines Arms, wenn Johnson, dieser scheinbar so mürrische alte Mann, die Hand ausgestreckt hat, um Ralph zu helfen. Er hat sich an Türen herumgetrieben, war immer in der Nähe, um ihm beizustehen. Ich glaube, es gab da zwei wahre Liebesbeziehungen, eine Dreiecksbeziehung, in deren Zentrum Ralph gestanden hat. Natürlich könnte ich auch völlig falschliegen – das ist nur mein Bauchgefühl.«

»Wenn du damit aber richtig liegst, dann ist es traurig, dass sie das Gefühl hatten, sie müssten es all diese Jahre verheimlichen«, sagte Rick.

»Jetzt wird mir klar, dass ich es gewissermaßen schon verstanden hatte, als ich das Foto, das Emily mir gezeigt hat, sah. Darauf hatte sich die Familie vor Bellatrix versammelt, und ich habe mich gefragt, ob Ralph, nachdem er das Haus geerbt hatte, auch alles andere in Ordnung bringen wollte; ob er sein wollte wie sein Vater und sein Großvater.«

»Eine Frau und ein Erbe?«

»Genau das: das große Anwesen, Grundbesitz, Ehefrau, Sohn und ein paar Labradore. Nicht zu vergessen die eine oder andere Siamkatze. Was er nicht erwartet hatte, war, dass er sich in Avril verlieben würde. Er hat versucht, falsche Fährten zu legen. Pattie sagte, dass Ralph Avril gegenüber angedeutet hätte, Johnson hätte irgendwo eine Freundin, die er besuchte. Aber sie ist ihr nie begegnet. Ich glaube, das war eine glatte Lüge. Und als Avril die Wahrheit über Ralph und Johnson herausfand, war das für sie das Ende ihrer Ehe.«

Rick lächelte mitfühlend. »Es muss schmerzhaft für Johnson gewesen sein, als Ralph sich in Avril verliebt hat.«

»Homosexualität wurde erst neunzehnhundertsiebenundsechzig legal. Emily hat davon erzählt, dass die Compton-Smythes ›echte‹ Männer seien. Für Ralph war diese Vorstellung etwas, wohinter er sich verstecken konnte, und es hat ihm geholfen, als Tessa eingezogen ist. Einen Erben wollte er natürlich auch, genau wie du gesagt hast. Er hat nie gewagt, zu seiner Liebe zu Johnson zu stehen – aber er gehört auch einer ganz anderen Generation an. Und wie du schon sagtest: Für Johnson kann das Leben auch nicht einfach gewesen sein. Bei der Beerdigung hat Albert Wilson mich an den Begriff ›Auswärtige‹ erinnert, der bis vor kurzer Zeit abwertend für Menschen benutzt wurde, die vielleicht aus Norfolk oder London hergezogen sind. Kannst du dir vorstellen, wie schwer es vor fünfzig Jahren für einen schwulen, nicht weißen Mann gewesen sein muss, nach Lincolnshire zu ziehen?«

»Ich weiß noch, dass man mich, als ich aus London hierhergekommen bin, als Fremden bezeichnet hat«, sagte Rick.

»Es gibt auch gute Neuigkeiten.«

»Bitte, erzähl mir davon – ich brauche dringend gute Neuigkeiten.« Rick klang dramatisch, grinste aber.

»Emily hat mir auf dem Heimweg erzählt, dass Ralph Napoleon und Josephine aufnehmen wird, bis sie sich im zweiten Jahr an der Uni eine eigene Wohnung nehmen kann. Dann wird sie die Katzen zu sich holen.«

»Das ist eine gute Neuigkeit. Es bedeutet, dass Emily ihren Großvater in nächster Zeit viel häufiger sehen wird.«

»Ja, und Ralph und Johnson sind an einen Haushalt mit diversen Tieren gewöhnt. Und die Katzen werden den Wald lieben. Er hat Emily gesagt, er würde sie in Colins Haus besuchen, sofern es die Bedingungen für seine Haftverschonung zulassen, und Johnson werde ihn fahren. Dann würden sie die Katzen mitnehmen. Wenn ich richtig liege, dann will Ralph vielleicht sein größtes Geheimnis aufdecken – wer weiß?«

Wieder saßen sie eine Weile schweigend beisammen, und der einzige Laut war Sassys pulsierendes Schnurren.

»Weißt du noch, was ich anfangs gesagt habe, als du in diese Familiensache hineingezogen worden bist?« Rick lächelte. »»Ich glaube nicht, dass etwas, das schon ein halbes Jahrhundert zurückliegt, dir gefährlich werden wird; keine irren Mörder mehr, die im Schatten auf dich lauern.‹«

»Ha!« Clarice grinste.

»Was meinst du, sollen wir zurückgehen und die Mädchen ausführen?«, fragte Rick.

»Ja, es wird allmählich Zeit.« Sie stand auf, während Rick vorsichtig Sassy auf den Boden setzte.

»Und wann willst du diesen alten Knaben drüben im Haus einquartieren?« Er sah zu, wie die alte Katze zu ihrem Futternapf stapfte.

»Ist das denn überhaupt denkbar?«, fragte Clarice lächelnd.

»Wir wissen beide, dass es das schon immer war.«

Draußen hielten sie einen Moment inne und ließen die nächtliche Kälte auf sich wirken, während sie zu dem sternenlosen Himmel emporblickten.

»Ich bin froh, dass du wieder daheim bist«, sagte Rick mit sanfter Stimme. »Ich habe dich vermisst.«

Clarice legte ihre Hand in seine, spürte, wie seine Finger ganz automatisch auseinandergingen, damit ihre sich mit ihnen verschränken konnten.

»Trotz Sandras extragroßen Steak Pies und ihrer speziellen Blätterteigdecke als Entschädigung?« In ihrer Stimme schwang ein Lachen mit.

»Das ist ein knappes Rennen – aber du gewinnst jedes Mal.«

Danksagung

Herzlichen Dank an meine Agentin, die bemerkenswerte Anne Williams. Und an Krystyna Green von Constable für ihre unbezahlbare Unterstützung. An das ganze Constable/Little-Brown-Team, an vorderster Stelle Amanda Keats. Und vielen Dank an Kate Hordern von der Kate Hordern Literary Agency.

Die Zeit während des Covid-Lockdowns, in der ich gestürzt bin und mir den Arm gebrochen habe, war anstrengend. Entsprechend gilt meine Dankbarkeit all den Freunden, die mir beim Einkaufen oder Gassigehen geholfen haben, die mich zu Terminen ins Krankenhaus gefahren oder einfach während langer Telefonate mit mir gelacht haben. Ohne euch und unseren Austausch in dieser schwierigen Zeit hätte ich das nicht geschafft. Ganz besonders danke ich Bruder Stephen, Brian und Sue, Stephan und Jenny, Sue und Chris, Nicola und Nick, Lyn, Steph und Les. Außerdem danke ich meinen Buchclubfreunden – es ist immer toll, mit euch zusammenzukommen.

Danke auch an Dr. Hilary Johnson, die Hunde ebenso liebt wie ich, für ihre Unterstützung, ihren wertvollen Rat und die Ermutigungen im Laufe der Jahre.

Und ich danke meinen Tierärzten Nigel Turner und Ma-

xine Briggs, weil sie sich um die Streuner und unsere hei-
matlosen Tiere kümmern.

In diesem Jahr habe ich Abschied von MC und Dan genommen. Ich behalte euch in liebevoller Erinnerung, und
ich werde nie die Freude vergessen, die ihr beide verbreitet
habt.

Hier werden Leserinnen und Leser zu
Wiederholungstätern: Charmante Rätselkrimis in
der Tradition des »Goldenen Zeitalters«
der Detektivliteratur. Die neue Krimireihe für
alle Fans von Agatha Christie, Ann Granger
und M.C. Beaton